Unicorn

独角兽书系

皇帝魂

The Emperor's Soul

[美] 布兰登·桑德森 / 著
小 龙 夜潮音/译

重庆出版集团 重庆出版社

图书在版编目(CIP)数据

皇帝魂 / (美) 布兰登·桑德森著;小龙,夜潮音译. —重庆:重庆出版社,2019.7
ISBN 978-7-229-14103-5

Ⅰ.①皇… Ⅱ.①布… ②小… ③夜… Ⅲ.①小说集—美国—现代 Ⅳ.①I712.45

中国版本图书馆CIP数据核字(2019)第061794号

皇帝魂
HUANGDI HUN
[美]布兰登·桑德森 著 小 龙 夜潮音 译
责任编辑:邹 禾 肖化化 陈 垦
装帧设计:破 晓
封面图案设计:郭 建
责任校对:郑 葱

重庆出版集团
重庆出版社 出版
重庆市南岸区南滨路162号1幢 邮政编码:400061 http://www.cqph.com
重庆出版社艺术设计有限公司 制版
重庆市鹏程印务有限公司 印刷
重庆出版集团图书发行有限公司 发行
E-MAIL:fxchu@cqph.com 邮购电话:023-61520646
全国新华书店经销

开本:890mm×1230mm 1/32 印张:13.5 字数:350千
2019年7月第1版 2019年7月第1次印刷
ISBN 978-7-229-14103-5
定价:56.00元

如有印装质量问题,请向本集团图书发行有限公司调换:023-61520678

皇帝魂

献给露西·段和雪莉·王

她们给了我写作的灵感

序章

高图纳的手指拂过厚厚的画卷，审视着他见过的最伟大的画作之一。只可惜，它是赝品。

“这个女人很危险，”他身后有个声音嘶嘶地说，“她做的事令人憎恶。”

高图纳将画卷微微转向壁炉里橘红色的火光，眯起眼睛。他年事已高，目光的锐利已不复往昔。*真是细致*，他审视着那些笔触，触摸着一层层的油彩，心里想着。*和原画一般无二*。

单凭他自己，绝无可能察觉那些瑕疵。一朵稍稍偏离了位置的花，一弯过于接近地面的新月。几位行家仔细察看了好些天，才发现这些谬误。

“她是在世的塑造师中最出色的几人之一。”高图纳的那些仲裁官同僚——也是帝国最有权势的官僚——说道，“她的名声已经传遍了帝国。我们必须处决她，以儆效尤。”

“不，”仲裁官领袖伏蕊瓦以尖利的鼻音说道，“她是件有用的工具。这个女人可以救我们于水火。我们必须善加利用。”

*为什么？*高图纳又一次想到。*一个有能力画出如斯杰作之人，为什么会去绘制赝品？她为什么不去创作自己的画作？她为什么不去成*

为真正的画师？

我一定要知道答案。

“没错，”伏蕊瓦续道，“这女人与窃贼无异，她的画作也令人厌恶。但我们可以控制她。凭借她的才华，就能解决我们陷入的困局。”

其他人担忧地低声反驳。他们提到的那个女人——万思露——并不只是个普通的骗子。远远不止。她能够改变现实的本质。这就引发了另一个问题。她为何要费心学习绘画？和她神奇的才能相比，绘画根本就不值一提，不是吗？

疑问太多了。高图纳从壁炉边的座椅上抬起头。其他人仿佛一群密谋者那样，聚集在伏蕊瓦的书桌周围，他们五颜六色的长袍在炉火的映照下闪闪发光。“我赞同伏大人的看法。”高图纳说。

其他人都看着他。蹙起的眉头表示他们对他的话不以为然，但他们身体的姿势却是另一回事。他们将对他的尊敬埋藏在内心深处，但并未忘记。

“召她来。”高图纳说着，站起身，“我想听听她的说法。照我看，控制她会比伏大人说的更难，但我们别无选择。我们只能利用那女子的技艺，否则就必须放弃在帝国的权力。”

私语声平息下来。伏蕊瓦和高图纳多年来难得地意见一致，而且还是在这样充满争议的事务上：如何处置那位塑造师。

其余三位仲裁官一个接一个地点头。

“那就这样吧。”伏蕊瓦轻声说道。

第二天

阿思将指甲嵌进牢房墙壁上的一块石头里。石头微微凹陷下去。她拂去指间的灰尘。是石灰石。作为监狱墙壁的原料相当罕见。但并非整面墙壁都是石灰石，它只是其中的一条脉络而已。

她笑了。石灰石。这条细小的脉络很容易看漏，但如果没弄错的话，此时她终于在这间圆形牢房的墙壁上辨认出了全部的四十四种石材。她在自己的床边跪下，用一把叉子——她折弯了大部分叉齿，只留下一根——在一条木头床腿上做着记号。没了眼镜，她在书写时只能眯起眼睛。

要塑造一件东西，就必须了解它的过去和本质。她的准备工作就快完成了。但当她借着烛火看到床腿上的另一组记号时，先前的快乐消失无踪。那组记号代表了她被囚禁的天数。

没多少时间了，她心想。如果她的计算没错的话，离公开行刑只剩下一天了。

她的神经紧绷得好比琴弦。一天。只剩下一天的时间去塑造魂印，然后逃脱。但她手边没有魂石，只有一片粗糙的木头，仅有的雕刻工具则是一把叉子。

过程会非常艰难。这正是他们的目的。这间牢房就是为她这样的人准备的：用脉络不同的石材制成，让塑造的过程更加困难。这些石头来自不同的采石场，有着各自不同的历史。她对这些过去几乎一无所知，塑造它们也就成了几乎不可能的事。就算她真的能转变这些石头，恐怕还会有什么后备措施等着她。

黑夜啊！她惹上了好大的麻烦。

做完记号后，她发现自己正看着那把叉子。在撬下金属的部分以后，她就一直在叉子的木柄上雕刻，希望将它作为粗糙的魂印。**你没办法靠这种法子逃出去的，阿思，**她告诉自己。**你需要另想办法。**

她等待了六天，搜寻其他出路。可以利用的卫兵，可以贿赂的人，关于这间牢房本质的线索。但目前为止，毫无——

上方远处，地牢的门开了。

阿思连忙起身，把叉子的握柄塞进后腰的束腰带里。他们是来送她去刑场的吗？

沉重的靴子踩在通往地牢内部的阶梯上，她眯起眼睛，看着出现在牢房上方的那些人。四个卫兵，陪同着一个脸孔和手指都很长的男人。是统领帝国的士大夫阶层。那件蓝绿相间的长袍代表他是通过了科举考试的官员，但官阶不高。

阿思紧张地等待着。

那个士大夫俯下身，通过牢房上方的格栅看着她。他只迟疑了一瞬，然后便挥挥手，示意卫兵打开牢门。“仲裁官要审问你，塑造师。”

阿思退后几步，看着他们打开牢房的天花板，然后放下一架梯子。她小心翼翼地爬了上去。如果她想拼命，就不能让卫兵察觉到自己的意图，所以她不打算抵抗。可他们带阿思离开地牢的时候，并没有给她戴上镣铐。

从路线判断，他们似乎真的要把她带去仲裁官的书房。阿思努力让自己镇定下来。这意味着新的挑战。她该把它视作一次良机么？她本不该被捕的，但眼下后悔已晚。她上了别人的当。她认为可以信任的那个皇家弄臣背叛了她。他拿走了她制作的《月色如意》的复制品，替换了真品，然后逃之夭夭。

阿思的文叔叔教导过她，一山更比一山高。无论你多么优秀，总有比你更优秀的人。只要记住这一点，就永远不会因为骄傲而疏忽大意。

上一次她输了。这次她会赢。她将被捕入狱的挫败感抛到脑后，决心无论如何都要抓住这次机会。她会把握时机，扭转乾坤。

这次她为的并非金银珠宝，而是自己的性命。

这些卫兵是“先锋卫”——士大夫这么称呼他们。他们过去自称为“穆拉迪尔”，但他们的祖国早在多年前就被帝国纳入版图，这个称呼已经很少有人使用了。先锋卫们个子高大，肤色苍白，身体强壮。他们的头发几乎和阿思一样黑，只是他们满头卷发，而阿思的发丝又直又长。她勉强压抑住了那种低人一等的感觉。她所属的迈鹏族并不以身材高大著称。

“你，”她走在这群人的前方，对为首的先锋卫说道，“我记得你。”从他整齐的发型判断，这位年轻的卫兵队长不怎么戴头盔。士大夫们相当看重先锋卫，提拔他们的情况也并不罕见。这个先锋卫看起来野心勃勃。他的铠甲擦得锃亮，一副精神抖擞的样子。没错，他肯定幻想自己有朝一日会身居要职。

“那匹马，”阿思说，“我被捕的时候，你把我丢到了这匹马背上。它很高大，有戈瑞希马的血统，而且毛色纯白。是匹好马。你懂得鉴赏马儿。”

那位先锋卫目视前方，却压低声音说道：“臭女人，我会享受杀死你的过程的。”

真棒，他们走进宫殿的皇家区时，阿思心想。这儿的石雕工艺十分出色，采用古老的拉米奥样式，搭配高大的浮雕大理石柱。石柱之间的那些巨瓮是模仿拉米奥古国的陶器制成的。

事实上，她提醒着自己，**传承宗仍旧统治着帝国，因此……**

皇帝必然来自传承宗，由五位仲裁官组成的议会也一样——真正进行治理的大多是后者。他们所属的宗派推崇过往文化的光荣与学识，甚至重建了宫中属于他们的区域，将其仿造成古代建筑的样子。阿思怀疑这些“古代”巨瓮的底部都刻有魂印，能将它们变化成与那些杰作完全相同的样子。

没错，那些士大夫说阿思的力量“令人憎恶”，但在她的行为之中，唯一触犯律法的只有利用塑造术来改变他人。帝国允许对物体的**寂静塑造**，甚至充分加以利用，不过前提是对塑造师严加管束。如果有人将其中一只巨瓮翻转过来，除去底部的魂印，那它就会变回一件简单粗陋的陶器。

先锋卫们领着她来到一扇镶有黄金的门前。门打开的时候，她瞥见门扇的底部边缘刻有红色的魂印，将这扇门变化为与古物相仿的样子。卫兵们领着她走进一个舒适的房间，这里有噼啪作响的壁炉、厚厚的地毯，以及染色的木制家具。**仿造的是五世纪的狩猎小屋**，她猜想。

传承宗的五位仲裁官全都等候在房间里。其中三个——两个女人，一个男人——坐在壁炉边的高背椅里。另一个女人坐在门边的书桌后：那是伏蕊瓦，传承宗里地位最高的仲裁官，在帝国的权势恐怕仅次于皇帝席拉凡本人。她花白的头发编成长长的辫子，系着金红相间的缎带，垂在一件与之相衬的金色长袍上。阿思早就想从这个女人手里弄走点什么了，毕竟伏蕊瓦的职责之一就是管理皇家画馆，她的办公场所也与之毗邻。

伏蕊瓦显然刚刚还在和高图纳争论，那位年长些的男性士大夫就站在书桌旁。他站得笔直，双手背在身后，一副若有所思的样子。高图纳是统领帝国的仲裁官中最年长的。据说不受皇帝宠爱的他也是地位最低的那个。

阿思进门的时候，两人都沉默下来。他们看着她，就像看着一只撞倒了珍贵花瓶的猫儿。阿思想念她的眼镜，但当她走上前去、面对这些人的时候，她努力不让自己眯缝起眼睛：她必须让自己显得尽可能的强大。

“万思露。”伏蕊瓦说着，伸手拿起书桌上的一张纸，“你的罪行简直罄竹难书。”

她这口气……这女人在玩什么把戏？她有求于我，阿思断定。*这是他们召我前来的唯一理由*。

良机就在眼前。

“冒充一位地位高贵的女子，”伏蕊瓦续道，“擅闯宫殿的皇家画馆，重塑你自己的灵魂，当然，还有企图盗窃《月色如意》。你真以为我们分辨不出那件重要的皇家财产与你的粗糙赝品之间的区别吗？”

你们只来得及发现区别而已，阿思心想，*看来那个弄臣带着真品逃走了*。阿思意识到，如今在皇家画馆占据了《月色如意》的荣显之处的，是她的仿造品。她感到了一丝兴奋和满足。

“这又是怎么回事？”伏蕊瓦说着，朝一名先锋卫挥了挥她修长的五指，示意对方从房间一侧拿来某件东西。卫兵放在书桌上的是一张画。那是韩书贤的传世之作——《春塘百合图》。

“这是在你的旅店房间里找到的。”伏蕊瓦说着，手指轻轻敲打那幅画，“原作在我的手里，它可是全帝国最知名的画作之一。我们把这幅画拿给了鉴定师，他们判断说，你的仿作只能算是外行水准。”

阿思迎上那女人的目光。

“告诉我，你为什么要仿制这幅画。”伏蕊瓦说着，倾身向前，“你显然打算用它调换我在皇家画馆旁的办公处里的那幅画。可你又对《月色如意》心怀不轨。你为什么打算盗走这幅画？出于贪欲？”

“我的文叔叔说过，”阿思说，“有备无患。我不确定《月色如意》会不会展出。”

“噢……”伏蕊瓦说。她换上一副近乎慈母般的表情，只是同时又充满嫌恶（而且她的掩饰技巧很差）与降尊纡贵的态度。“就像大多数囚犯那样，你请求仲裁官干预处刑。我一时兴起，决定答应你的请求，因为我对你仿制这张画作的目的感到好奇。”她摇摇头，“可是孩子，别以为我们会放你自由。毕竟你犯下了这么大的罪过。你卷入了史无前例的困境，而我们的宽大最多只能……”

阿思看向其他仲裁官。坐在壁炉边的那几个看似漠不关心，但并没有交头接耳。他们在聆听。**出了某种岔子**，阿思心想。**他们在担忧**。

高图纳仍旧站在旁边。他审视着阿思，眼神里不带任何感情。

伏蕊瓦的态度就像在责骂孩童。她刻意拖长调子，好让阿思产生获释的希望。这样双管齐下，目的是让她屈服，让她为了自由而答应任何要求。

的确是个良机……

是时候主导对话了。

“你们有求于我，”阿思说，“现在可以讨论我的酬劳了。”

“你的**酬劳**？”伏蕊瓦问，“孩子，你明天可就要被处死了啊！就算我们真的有求于你，酬劳也只会是你的性命。”

“我的性命由我自己做主，”阿思说，“何况我都乖乖待了好些天了。”

“拜托，”伏蕊瓦说，“你可是被关在塑造师牢房里，墙壁都是用三十种不同的石材筑成。”

“事实上，是四十四种。”

高图纳赞许地扬起一侧眉毛。

黑夜啊！幸好我没弄错……

阿思看向高图纳。“你们以为我认不出那些石头，是吗？拜托，我可是个塑造师。我在学艺的第一年就学过石材分类。那些石材显然是从赖氏采石场运来的。”

伏蕊瓦张开嘴，嘴角浮现一丝浅笑。

“没错，我知道牢房的石墙之后还藏着拉卡莱铁板——那种无法塑造的金属，”阿思大胆地猜测道，“那面墙是吸引我注意力的幌子。你们不可能真的用石灰石打造一间牢房，毕竟囚犯有可能放弃塑造、凿洞逃生。你们建造了石墙，又用拉卡莱铁板挡在后面，切断逃脱的道路。”

伏蕊瓦闭上了嘴。

“拉卡莱铁的问题在于，”阿思说，“它并非十分坚硬的金属。噢，我的牢房顶上的格栅倒是很结实，我没法打破。但是，一块薄薄的铁板就不好说了。你听说过无烟煤吗？”

伏蕊瓦皱起眉。

“那是种会燃烧的石头。”高图纳说。

“你们给了我一根蜡烛，”阿思说着，把手伸向背后。她把那只做工粗陋的木头魂印丢到桌上。“我只需要塑造那面墙壁，让石头相信它们是无烟煤——这并不难，毕竟我知道了所有四十四种石材。我可以点燃墙壁，它们就会烧穿墙后的那块铁板。”

阿思拉过一张椅子，坐在书桌前。她靠向椅背。在她身后，那名先锋卫的队长低吼一声。伏蕊瓦的双唇却抿成一条线，未置一词。阿思放松身体，默默地向未名神祷告了一番。

黑夜啊！看来他们相信了。她原本担心他们对塑造术知根知底，进而看穿她的谎言。

“我本来打算今晚逃跑的，”阿思说，“但你们希望我做的事想必十分重要，重要到让你们情愿和我这样的不法之徒打交道。所以，我们不妨来商讨一下酬劳吧。”

“我还是可以将你处死，”伏蕊瓦说，“就在此时此地。”

“可你不会这么做，对吧？”

伏蕊瓦绷紧了下巴。

“我提醒过你，她恐怕是个难以操控的人。”高图纳对伏蕊瓦说。阿思能看出自己给他留下了深刻的印象，但与此同时，他的双眼又流露出……悲伤？她没有看错吧？她觉得这个老人就像睿典语[1]著作那样

① 睿典语：原文为Svordish，拼写与发音都近似“瑞典”。

难懂。

伏蕊瓦抬起一根指头，朝一侧晃了晃。有位仆役端着一只用布料包裹的小盒子走上前。看到它的瞬间，阿思的心狂跳起来。

仆役咔嗒一声拨开盒子前方的搭扣，随后掀起盒盖。盒子的衬里是柔软的布料，内有五个放置魂印用的凹槽。每个圆柱形的魂印都长如手指，宽度则与魁梧男子的拇指相当。放在魂印上的那本皮面记事簿因常年使用而磨损不堪，阿思隐约嗅到了它熟悉的气味。

它们名为“本源印鉴”，是最为强大的一种魂印。每一枚本源印鉴都与特定的某个人调谐，可以暂时改写那个人的过去、人格和灵魂。这五枚印鉴的调谐对象是阿思。

“五枚可以改写灵魂的印章，”伏蕊瓦说，“每一枚都令人厌恶，持有即是非法。这些本源印鉴本该在今日午后销毁。即便你成功逃脱，也会失去它们。制作一枚需要多久？”

“好几年。”阿思低语道。

她没有别的备用品了。而且无论怎样保密，相关的笔记和图表都太过危险：别人可以借此窥见你灵魂的秘密。她这些本源印鉴从不离身，这次是被人强行取走的。

“你愿意接受这些作为报酬吗？”伏蕊瓦嘴角下弯，仿佛在讨论一顿烂泥和腐肉组成的饭菜。

“愿意。”

伏蕊瓦点点头，那名仆役合上了盖子。“那就让我告诉你该做什么吧。”

阿思从未见过任何一位皇帝，更别提用手指去戳皇帝的脸了。

八十骄阳之皇帝，席拉凡——玫瑰帝国的第四十九任统治者——并没有对阿思的行为做出任何反应。他以茫然的眼神目视前方，浑圆的脸颊红彤彤的，但表情却全无生气。

“发生了什么?”阿思从皇帝的床边直起身，问道。那张床做成拉米奥古国的样式，床头板的形状是只飞向穹苍的凤凰。她在一本书上看过这样的床头板的素描。

“一场刺杀。”仲裁官高图纳说。他站在床的另一边，身旁是两位医师。而在先锋卫之中，只有他们的那位队长阿祖有资格进入房间。“刺客在两天前的晚上闯入，袭击了皇帝和他的正妻。她被杀害了。皇帝的头部被十字弓矢射中。”

“考虑到这些情况，”阿思评论道，“他的气色还真不错。”

“你对封伤熟悉吗?”高图纳问。

“略知一二。”阿思说。她的同胞称之为“血肉塑造法”。用这种技巧，高明的医师可以塑造躯体，除去所有的伤口与疤痕。塑造师需要了解每一条肌腱、每一根血管和每一块肌肉，以此实现精准的治疗。

在塑造术的诸多分支之中，封伤是阿思只懂皮毛的少数几个分支之一。如果普通的塑造出了差错，只会做出一件拙劣的作品。而血肉塑造一旦失误，就会有人送命。

“我们的封伤师是全世界最优秀的。”伏蕊瓦说着，绕过床脚，双手背在身后，“未遂的刺杀过后，皇帝很快得到了治疗。他头部的伤口已经治好，但……”

“但他的头脑没治好?”阿思说着，又将手在那个男人面前晃了晃，“听起来，他们的水平不尽如人意啊。”

一位医师清了清嗓子。这个矮小男人的耳朵就像在艳阳天里敞开的天窗。“封伤能修复身躯，让它恢复如新。但这就像用新的纸张重新装订一本烧毁的书。是啊，看起来也许一模一样，而且完整无缺。但书里的文字……那些文字都不见了。我们给皇帝换了一副新的大脑。只不过里面空无一物。”

“哈，”阿思说，“你们查清是谁想杀他了吗?”

五位仲裁官交换了几个眼神。没错，他们知道。

“我们还不确定。”高图纳说。

“换言之，”阿思补充道，“你们知道，但你们没有足以指控幕后主使的证据。这么说，是朝廷里的另一个宗派？”

高图纳叹了口气。“荣光宗。”

阿思轻轻地吹了声口哨。这么一来就合情合理了。假如皇帝死去，荣光宗有相当大的机会将自己宗派的继承者送上皇位。席拉凡皇帝年届四十，但按士大夫的标准仍算年轻。他原本是有希望再统治个五十年的。

假如他驾崩，房间里的五位仲裁官也会下台——他们在帝国政界的地位也会随之一落千丈。他们将失去至高无上的身份，成为帝国的八十宗派里最不起眼的一群人。

“刺客当场伏法，”伏蕊瓦说，“因此荣光宗并不知道他们的密谋是否成功。你要做的，就是用仿制品……”她深吸了一口气，“替换皇帝的魂魄。”

他们疯了，阿思心想。塑造自己的魂魄已经够难的了，而且还不必从头开始。

这些仲裁官根本不知道自己提出的是怎样的要求。他们当然不知道。他们憎恨塑造术，至少他们自称如此。他们在仿造的地板上走路，身边是仿制的古代陶器，让他们的医师修复人的身躯，但他们从不把这些称之为“塑造”。

至于塑造灵魂，在他们看来更是可憎到了极点。这就意味着阿思的确是他们唯一的希望。在他们的部属中，没有人办得到这一点。她恐怕也办不到。

“你能做到吗？”高图纳问。

我不知道，阿思心想。“能。”她说。

“这次塑造必须十分精准。”伏蕊瓦严厉地说，“如果荣光宗对我们的手段稍有察觉，就会把它当做把柄。绝不能让皇帝举止失常。”

“我说了，我能做到。”阿思答道，“但过程会很困难。我需要皇帝的生平资料，有多少就要多少。我可以用史官的记载作为参照，不过那些内容太笼统了。我需要那些最熟悉皇帝的人给出翔实的说法和记录，包括仆役、友人，还有家人。他平时写日志吗？”

“写的。”高图纳说。

“太好了。”

“那些文献都在封存中，”另一位仲裁官说，“陛下希望我们全部销毁……”

房间里的所有人都看向他。他吞了吞口水，随即低下头去。

“无论你要求什么，都会有人拿来。”伏蕊瓦说。

“我还需要一名测试用的对象，”阿思说，“让我测试自己的塑造术。我需要一位男性士大夫，他必须经常跟随在皇帝身边，而且了解皇帝。这样我就能知道人格塑造得是否正确了。”**黑夜啊！**人格准确与否是之后考虑的事。让这种魂印真正生效……这才是第一步。她不确定自己能否做到这点。“还有，不用说，我还需要魂石。”

伏蕊瓦双臂交叉，看着阿思。

“你们该不会指望我不靠魂石就做到吧。”阿思冷冷地说，“有必要的话，我可以用木头雕出魂印，但你们的要求太困难了。魂石。要很多。”

“好吧，”伏蕊瓦说，“但你这三个月会处在监视之下。近距离的那种。”

“三个月？”阿思说，“照我的计划，至少要花两年才够。”

“你有一百天的时间，”伏蕊瓦说，“事实上，已经只剩九十八天了。”

办不到的。

“关于皇帝最近两天的闭门不出，”另一位仲裁官说，“我们给出的解释是，他正在为妻子服丧。荣光宗会认定我们是在皇帝死后拼命争取时间。等到百日的独处结束后，他们就会要求皇帝上朝。如果他无法上朝，我们就完蛋了。”

这个女人的言外之意是：**你也会一起完蛋。**

“那你们得用黄金犒赏我才行，”阿思说，“把你们觉得我会要求的数额翻一番。我要带着大笔钱财离开这个国家。”

“成交。”伏蕊瓦说。

答应得真轻巧，阿思心想。*表情还很愉快。他们打算事情一了就杀我灭口*。

好吧，至少她有九十八天的时间可以思考出路。“把那些文献拿来给我。”她说，“我需要工作的场所，充足的日常用品，还要拿回我的东西。”不等他们抱怨，她便抬起一根手指，“除了本源印鉴以外的一切。我可不要穿着监狱里的衣服干三个月的活儿。另外，我希望马上洗个澡。”

第三天

次日，沐浴完毕，吃饱喝足，在被捕后头一次睡了好觉的阿思听到了敲门声。

他们给了她一间房。房间很小，恐怕是整个宫殿里最缺乏装饰的，还带着淡淡的霉味。他们安排卫兵监视了她一整晚，而且根据她记忆中对于这座庞大宫殿的印象，她是在宫中最冷清的区域，而这里通常是用来贮存物资的。

但它还是好过牢房。虽然并没好上太多。

听到敲门声，阿思在房间里那张老旧的柏木桌后抬起头。这张桌子上次铺上油布的时间，恐怕要追溯到阿思出生以前了。卫兵打开了门，那位年长的仲裁官高图纳走了进来。他的手里拿着一只宽约两掌、深仅几寸的盒子。

阿思匆匆走上前去，令侍立在旁的卫兵队长阿祖怒目而视。“和高大人保持距离！”阿祖吼道。

“否则怎样？”阿思说着，接过盒子，“你就一剑刺死我？”

“总有一天，我会享受——”

“是啦是啦。”阿思说着回到桌旁，打开盒盖。盒子里是十八枚魂印，底部光滑，尚未雕刻。她激动地拿过一枚，举起来仔细察看。

她已经取回了眼镜，所以不必再眯着眼睛了。她还穿上了比那套脏囚服合身得多的衣物。一条长及小腿的红裙，以及一件带纽扣的外衣。士大夫们会觉得这一身不够时髦，他们将古式长袍和披肩视为当下的流行。阿思只觉得那种服装古板乏味。在外衣下面，她穿了一件贴身的棉衬衣，裙下则穿着裹腿。像阿思这样的淑女，随时都可能需要抛弃外面这一层衣物来实现伪装。

"这块石头不错。"阿思说的是指间的那枚魂印。她取出一把尖端几乎细如针头的凿子，开始刮擦石头的表面。这块魂石的确不错。雕刻时既轻松又精准。魂石几乎和白垩同样柔软，但刮擦时不会碎裂。你可以雕刻出极其精细的图案，然后用火烘烤，魂石就会硬化到接近石英的程度。要制作品质更高的魂印，唯一的方法是使用水晶雕刻，但过程将会异常困难。

在墨水方面，他们提供了明红乌贼的墨汁，再混入低比例的蜡。任何一种新鲜的天然墨水都是不错的选择，只不过动物墨水比植物墨水更胜一筹。

"你是不是……从外面的走廊那儿偷走了一只花瓶？"高图纳说着，皱眉望向放在房间一侧的那样东西。她沐浴归来时，顺走了一只花瓶。有个卫兵本想制止她，但阿思充耳不闻。那位卫兵此时涨红了脸。

"我对你们塑造师的技巧很感兴趣。"阿思说着放下工具，把那只瓶子放到桌上。她将瓶子倒转过来，露出底部和印在陶土里的红色印记。

塑造师的印记不难发现。它不仅印在物体的表面，更会渗入其中，留下红色的凹痕。圆形印记的边缘也是红色的，但却向外凸出，就像浮雕。

从一个人设计魂印的方式，能够得知关于他的很多事。比方说，这枚魂印就带着枯燥乏味的感觉。它算不上什么艺术品，与花瓶那种细致而精巧的美丽截然相反。阿思听说，传承宗会让尚未出师的塑造师以死记硬背的方式制作这些作品，就像制鞋工坊里的工匠。

“我们的工匠不是塑造师，”高图纳说，“我们不这么称呼他们。他们是铭记师。”

“这没什么分别。”

“他们不会碰触灵魂，”高图纳严肃地说，“除此以外，我们所做之事都是对过去的感恩，从不以愚弄或者欺骗人民为目的。我们致力于让人们更好地理解传统。”

阿思扬起一边眉毛。她拿起木槌和凿子，然后对着花瓶上那块印记的浮雕边缘斜斜地敲了下去。印记奋力抵抗——有一股力量努力让它维持在原处——但这一击还是打垮了它。印记其余的部分突然浮现，凹痕逐渐消失，印记也变成了普通的墨迹，失去了力量。

花瓶立刻开始褪色，化作朴素的灰色，形状也开始扭曲。魂印不仅是对外观造成改变，还会改写这件物体的历史。没有了魂印，花瓶变得丑陋不堪。制作这只花瓶的人肯定不在乎成果会是怎样的。也许他们早就知道它会用来塑造。阿思摇了摇头，转身继续制作她尚未完工的魂印。这颗魂印并不是用在皇帝身上的——她还没做好准备呢——但雕刻能帮助她思考。

高图纳摆手示意卫兵们离开，只有阿祖还留在他身旁。“你带来了一个难题，塑造师。”等另外两名卫兵走出房间，关上门以后，高图纳说。他在两张快要散架的木椅之一落座。这两张椅子，加上满是裂纹的床，年代久远的桌子，还有装着她的所有物的那只箱子，这些就是房间里的全部家具了。仅有的那扇窗的窗框是弯的，会透进风来，就连墙壁都有裂缝。

“难题？”阿思说着，把那只魂印举在面前，近距离打量自己的作品，“什么样的难题？”

“你是个塑造师。因此我们必须监督你的一举一动。只要你想到可行的方法，就会立刻逃跑。”

“那就让卫兵盯着我啊。”阿思说着，又刻了几下。

“那样的话，”高图纳说，“我怀疑你过不了多久就能用恐吓、贿赂或者要挟的方式让他们听话了。”

站在一旁的阿祖身体僵硬。

“无意冒犯，”高图纳对他说，“我对你们的族人很有信心，但眼前这位是老练的骗徒和窃贼。你手下最好的卫兵迟早会被她玩弄在股掌之间。”

“过奖。”阿思说。

“我没在夸你。凡是你们触碰过的东西，最后总会腐化。就算只把你交给凡夫俗子去监督一天，我都会心神不宁。按照我对你的了解，你简直能让神明都拜倒在你脚下。”

她雕刻的动作片刻不停。

“我不相信镣铐能困住你，”高图纳轻声说道，“毕竟为了让你解决我们的……麻烦，我们把魂石都交给了你。你可以把镣铐变成肥皂，然后趁着夜色逃走，再尽情嘲笑我们。”

这番陈述显然暴露了高图纳对塑造术原理缺乏认知的事实。塑造的目标物必须合乎情理——必须可信——否则物体就不会变化。谁会用肥皂制作镣铐？这太荒谬了。

但有些事她能够做到，那就是查明镣铐的起源和成分，然后改写其中一部分。她可以塑造镣铐的过去，让其中一节链环的做工留下瑕疵，并作为可资利用的漏洞。即使她无从得知镣铐确切的过去，也同样可以逃脱——不完美的魂印无法长时间维持，但她只需要片刻时间，就能用木槌敲碎那节链环。

他们也可以用拉卡莱铁——也就是“不可塑造的金属”——制作镣铐，但这样做只能拖延她的逃脱。只要有充足的时间，再加上魂石，她就能找到方法。她可以塑造墙壁，让它留下一条脆弱的缝隙，这样她就能抽走镣铐的另一端。她可以塑造天花板，让其中一块石头松脱掉落，从而砸碎脆弱的拉卡莱铁链。

如果没有必要，她并不想用如此极端的手段。“我不觉得你有必要提防我，”阿思一边雕刻，一边说道，“我对这件事很感兴趣，而且你们还答应要给我丰厚的奖赏。这些足够留下我了。别忘记，我在上一间牢房也是随时都能逃脱的。”

“噢是啊，”高图纳说，“你本可以用塑造术穿过牢房的墙壁的。但请为我解惑：你研究过无烟煤吗？就是你准备将墙壁塑造成的那种物质。我似乎记得，要让那种材质燃烧是非常困难的。”

这家伙的才智远超别人对他的评价。

只用蜡烛的火恐怕很难点燃无烟煤——根据文献记载，这种石材会在温度合适时燃烧，但让整面墙都达到足够的温度将会极其困难。“我完全可以用取自床铺的木材和几块变成煤的石头制造出足够的引火物。”

“不靠窑炉？”高图纳的语气有些愉悦，“也不靠风箱？但这些都无关紧要。告诉我，你打算如何在以两千度高温熊熊燃烧的牢房里生存下来？这样的大火难道不会抽尽所有可呼吸的空气吗？噢，当然了。你可以将床单转变成其他不良导热体，比如玻璃，将那里作为你的藏身之处。”

阿思不安地继续雕刻。他说话的口气就像是……没错，他知道她办不到。大部分士大夫在塑造术方面都十分无知，这个人当然也算不上了如指掌，但他知道的部分足以推断出她无法逃出那间牢房。就像床单无法转变成玻璃那样。

除此以外，将整面墙壁转变成另一种石材也是非常困难的。她必须改变许许多多的东西——改写它的历史，让每种石材所属的采石场都接近无烟煤的矿床，而且还要让每一块可燃材料阴差阳错地开采出来。这会是次非常大规模的塑造，而且几乎无法成功，尤其是在不了解相关采石场的特定细节的情况下。

“情理之中”是所有塑造的关键，无论是否在意料之外。人们总是传说塑造师能点铅成金，却不知点金成铅要容易得多。你可以为一块黄金编造历史，说在某时某刻，有人在里面掺进了铅……这就是情理之中的谎言。而倒转过来就显得不合常理，将其变化的魂印也无法支撑太久。

“你令我钦佩，高大人，”阿思最后开口道，“你的思考方式就像个塑造师。”

高图纳脸色一沉。

“我是在夸奖你。”她解释道。

“年轻人，我看重的是真相，并非塑造。”他看她的眼神就像一位对孙女失望的祖父，“我见过你的作品。你仿造的那幅画……非常出色。但它却是为了谎言而诞生。如果你关注的是绘画和美，而非财富和欺骗，你会创作出多么伟大的作品啊。”

“我的画作已经很伟大了。”

“不。你是在仿冒他人的伟大作品。你的画作技艺惊人，却完全缺乏灵魂。”

她手里的凿子差点滑脱，双手也绷紧了。他好大的胆子！威胁要处死她是一回事，可侮辱她的绘画才能？听他的口气，她就像是……像是那些流水作业的塑造师，不断炮制着一个又一个花瓶！

她费力地让自己镇定下来，随后摆出一张笑脸。阳婶婶告诉过阿思，对于最恶毒的侮辱，你可以一笑置之，但对于微不足道的指责，却应该大发雷霆。这么一来，就没人知道你在想什么了。

“那你们打算如何管束我呢？”她问道，“你们已经认定我是这座宫殿里最恶毒的恶棍之一。你们不能绑住我，又不相信自己的士兵能看住我。”

“噢，”高图纳说，“只要时间允许，我就会亲自监督你的工作。”

她更希望由伏蕊瓦来监督自己——她看起来更容易摆布些——但这样也可以接受。“随你的便，”阿思说，“对不懂塑造术的人来说，大部分内容都很无趣。”

“有趣与否不是我所关心的，”高图纳说着，朝阿祖摆了摆手，“每次我到这儿来，阿祖队长都会保护我。在先锋卫之中，只有他知道皇帝的伤势有多重，也只有他知道我们的计划。其他卫兵会在其余时间负责监督你，而你不可向他们提起你的使命。我们所做之事绝对不能走漏风声。”

“你用不着担心我说出去，”阿思难得地说了真话，“越多人知道塑造之事，它就越容易失效。”**而且**，她心想，**如果我告诉那些卫兵，你们无疑会杀他们灭口**。她不喜欢先锋卫，但她更不喜欢帝国，而且这些卫兵其实只是另一种形式的奴隶。阿思可不想害别人无缘无故地死去。

“好极了，”高图纳说，“确保你……专心工作的另一个手段正等在门外。劳驾你了，阿祖。”

阿祖打开了门。一个身披斗篷的身影伫立在卫兵之间。那个身影走进房间里：他步履轻盈，却不知为何有些不自然。阿祖关上房门，那个身影便除下兜帽，露出的那张面孔肤色雪白，双眼通红。

阿思透过齿缝轻轻地呼出一口气。“你们能做出这种事，居然还说我的行为令人憎恶?”

高图纳没有理睬她，而是起身向那人问好。“告诉她吧。”

那人将细长的白色手指按在房门上，审视着门板。“我会把符咒设在这里，”他以浓重的口音说道，“如果她因为任何理由离开这个房间，或者更改符咒与房门，我就会知道。我的宠物们会来找她的。”

阿思发起抖来。她瞪着高图纳。“血印师。你们居然邀请血印师到宫里来?”

“这一位近来已经证明了自己的价值，”高图纳说，“他既忠诚又谨慎。手脚也很麻利。有些……时候，必须借助小恶来抵御大恶。”

当那位血印师从长袍里取出某件东西的时候，阿思不禁低呼一声。那是一块用骨骼制成的粗糙魂印。他的“宠物”也是骨骼制成，是以死者的骷髅所仿制的生灵。

血印师看着她。

阿思退后几步。“你们该不会打算——”

阿祖抓住了她的双臂。**黑夜啊，他力气真大**。她开始恐慌。她的本源印鉴！她需要本源印鉴！有了印鉴，她就能搏斗，离开，然后逃亡……

阿祖割开了她手臂下侧的皮肤。伤口很浅，她几乎感觉不到痛楚，但她依旧奋力挣扎。那血印师走上前来，用阿思的血浸湿了他那颗骇人的魂印。接着，他转过身，将魂印按在房门的正中央。

抽回手的时候，木头上留下了一块散发微光的红色印记。它的形状就像一只眼睛。就在按下魂印的那一刻，阿思感到手臂的伤口传来剧痛。

阿思喘息着张大了眼睛。从没有人胆敢这样对她。也许被处死都还好些！也许——

控制你自己，她对自己说。**努力成为能够应付这一切的人**。

她深吸一口气，让自己变成了另一个人。一个在这种情况下依然冷静的人。这是种非常粗糙的塑造，只是在自己头脑里玩的小花招，但却十分有效。

她挣脱了阿祖，然后接过了高图纳递来的手帕。她瞪着那个血印师，手臂的疼痛也逐渐消退。他对她露出微笑，嘴唇发白、微微透明，就像蛆虫的皮肤。他对高图纳点点头，接着戴上兜帽，走出房间，然后关上了门。

阿思强行平复呼吸，让自己冷静下来。血印师所做之事毫无精妙可言：他们不靠精妙的技艺吃饭。他们擅长的并非技巧或者艺术，而是诡计和鲜血。但他们的魂印仍旧有效。如果阿思离开房间，那个人就会知道——他的魂印沾上了她的鲜血，与她调谐一致。只要有那枚魂印，无论她逃到哪里，他的不死宠物都能追踪而至。

高图纳坐回椅子里。“你知道逃走的话会发生什么吧？”

阿思瞪着高图纳。

“你现在该明白，我们有多么不顾一切了，”他轻声说着，十指交叉在身前，“如果你逃跑，我们就把你送给血印师。你的骨头会成为他的下一只宠物。这是他要求的唯一酬劳。你现在可以开始工作了，塑造师。好好干吧，这样你就能逃脱此次的命运了。”

第五天

她努力工作。

阿思开始查阅皇帝的生平记载。没有多少人明白，塑造的过程其实大多与查阅和研究相关。这是一项任何人都可以学习的技艺：它所需要的无非是平稳的手，以及关注细节的眼睛。

还有花费数日、数月甚至数年去制作理想魂印的意愿。

阿思并没有几年的时间。她带着焦虑的心情翻阅着一本本传记，还往往抄录笔记直至深夜。她不觉得自己能完成他们的要求。要在这么短的时间里，做出另一个灵魂的可信仿制品，这简直是不可能的事。不幸的是，她还必须在计划逃跑期间装出进展良好的样子。

他们不让她离开房间。她在内急的时候就用夜壶，需要洗澡时则有人送来装满温水的浴桶和毛巾。她自始至终处在监视之下，包括入浴的时候。

那位血印师每天早上都会前来重设门上的印记。每次他都会需要阿思的些许血液。她的双臂很快布满了细小的伤口。

高图纳也会不时来访。她查阅书籍的时候，那位年老的仲裁官就会打量她，眼神带着评判……但并无憎恨。

在构想逃亡计划的时候，她断定了一件事：想要得到自由，恐怕就得用某种方式操控高大人。

第十二天

阿思将魂印按在桌上。

像以往那样，印章稍稍陷入木头里。魂印会留下可以触摸的印记，无论所接触的材质为何。她将魂印扭动了半圈——这样做并不会刮花墨水，但她不太明白原因。她的一位导师说过，这是因为魂印在此时接触的是物体的灵魂而非外表。

当她收回魂印的时候，木头上留下了一块亮红色的印记，仿佛是铭刻进去的。变化自印记迅速蔓延开去。这张破旧的暗灰色书桌变成了一张保养良好的漂亮桌子，桌面反射着对面那根蜡烛的温暖光亮。

阿思将手按上这张新桌子：触感十分光滑。桌子的侧面和桌腿都经过细致的雕刻，到处都镶嵌着白银。

高图纳坐直身子，放下他在读的那本书。目睹这次塑造，阿祖不安地挪了挪身子。

“这是怎么回事?”高图纳质问道。

“我受够了木刺了，”阿思说着靠向椅背。椅子嘎吱作响。**下一次就轮到你了**，她心想。

高图纳站起身，走到桌边。他碰了碰桌子，仿佛指望这次变化只是幻象。但并非如此。这张精美的桌子在肮脏的小房间里显得格格不入。

“你之前就在忙这个？”

“雕刻能帮助我思考。”

“你应该专注于自己的使命！”高图纳说，“这太轻率了。帝国正危在旦夕！”

不，阿思心想。*危在旦夕的不是帝国，只是你们的地位而已。*不幸的是，经过了十一天以后，她还是没找到高图纳的弱点，至少没到可资利用的程度。

“我正在努力解决你们的问题，高图纳，”她说，“你的要求可不简单。”

“改变这张桌子就很简单？”

“那当然，”阿思说，“我只需要改写它的过去，让它得到保养，而不是就这样年久失修下去。这根本不费什么工夫。”

高图纳犹豫了片刻，随后单膝跪在桌边。“这些雕刻，还有镶嵌的白银……这些可不是原本就有的东西。”

“我也许是做了一点补充。”

她不太确定这次的塑造会不会成功。或许过不了几分钟，印记就会消失，桌子也会变回原本的模样。但她相当肯定自己对这张桌子的过去的猜想。她查阅的某些历史文献里提到了各种礼品的来处。按照她的猜测，这张桌子来自遥远的睿典国，是赠予席拉凡之前的那位皇帝的礼物。但两国间紧张的局势让那位皇帝冷落并忘掉了这张桌子的存在。

“我不认得这件作品。”高图纳还在看着桌子。

“你为什么会认得？”

“我对古代艺术涉猎颇广，”他说，“这是维瓦尔王朝的作品吗？”

“不。”

“你模仿的是查拉夫的作品吗？”

“不。”

“那又是什么？”

“什么也不是，”阿思恼怒地说，“我没有模仿任何东西；它只是变得比原本更好了而已。”这是衡量塑造是否优秀的准则：在基础上略微改进。这样一来，人们往往就会接受赝品，因为它更加出色。

高图纳站起身，神情困惑。**他又觉得我的才能都浪费了**，阿思厌烦地想着，推开了一堆关于皇帝生平的记录。这些是根据她的要求，从宫中的仆役那里收集来的。她想要的不仅仅是史官的记载。她需要的是真实可信的记录，不是死板单调的官样文章。

高图纳坐回椅子里。“我还是不认为改变这张桌子是很轻松的事，虽然它显然比你担负的使命简单得多。这两件事在我看来同样难以置信。”

“改变一个人的灵魂要困难多了。”

“我能接受这个概念，但我不了解具体的细节。为什么困难？”

她看着他。**他想更加了解我在做什么**，她心想，**这样就能猜出我打算如何逃脱了**。当然了，他知道她会企图逃跑。但他们都假装对方不知道这回事。

“好吧，”她说着站起身，走到房间的墙边，“我们来谈谈塑造。你们关过我的那间牢房有四十四种石材筑成的墙壁，大致上是作为吸引我注意力的陷阱。如果我想逃脱，就必须弄清墙壁的每一种成分和对应的过去。为什么？”

“当然是为了塑造那面墙壁了。”

“可为什么要了解全部？”她问道，“为什么不只是改变一块或者几块石料？为什么不干脆造出个能够钻过去的大洞，当做逃生的隧道？”

“我……”他皱起眉，“我不清楚。”

阿思将手按在房间靠外的那面墙壁上。墙面涂过漆，但好几处的油漆已经脱落。她能摸到石料间的连接处。“高大人，所有事物都在三个领域存在。现实、认知以及灵魂。现实就是我们能感受到的这部分。认知是他人如何看待这件事物，而它就是如何看待自身的。灵魂的领域包含这件事物的灵魂——它的本源，以及它与周遭的人或事的关联。”

“你要明白，”高图纳说，“我无法认同你的异端迷信。”

“是啊，你们信仰的是太阳，”阿思压抑不住语气中的愉悦，“或者说‘八十骄阳’——你们相信就算每天的太阳看起来相同，但实际上却不是同一个。好吧，你想知道塑造如何运作，还有皇帝的灵魂为何会如此难以仿造。要理解这些，三大领域的理论就至关重要。”

“好吧。”

“关键在于，一件事物作为整体存在得越久，在外人眼中以这种状态存在得越久，它的完整感就越强烈。这张桌子是用多种木材拼接而成的，但我们会这样看待它吗？不。我们眼里的它是完整的。

“要塑造这张桌子，我就必须理解作为整体的它。塑造墙壁的时候也一样。这面墙存在了很久，足以让它将自己看做整体。也许我可以对每一块石料分别下手——它们的区别或许依旧明显——但这么做会非常困难，因为墙壁希望被人看做整体。”

“墙壁，”高图纳用单调的语气说，“希望被当做整体对待。”

“是的。”

“你是在暗示墙壁拥有灵魂。”

“万物皆有灵魂，”她说，“每一件事物都对自己有着认识。关联和意图是至关重要的。正因如此，仲裁官大人，我不可能只为你们的皇帝写下人格，盖上魂印，然后就万事大吉。我读过的七份报告里说，他最喜欢的颜色是绿色。你知道为什么吗？”

“不，”高图纳说，“你知道？”

“我还不太确定，”阿思说，“我觉得是因为他六岁时死去的兄长一直喜欢绿色。皇帝依赖这种色彩，因为它能让他想起过世的兄长。可能也有一丝爱国情怀的作用，因为他出生在乌阔奇省，那个行省的旗帜以绿色为主色。”

高图纳面露困惑之色。“你需要知道那么细枝末节的事吗？”

“黑夜啊，当然需要了！还有另外一千件同样细枝末节的事。我可能会弄错其中一些。我肯定会犯错的。我只希望大部分错误都不妨事——它们的确会让皇帝的人格有些偏差，可反正每个人每一天都会有些改变。如果我弄错了很多事，那也就不重要了，因为魂印会无法维持下去。至少维持不了多久。我想如果你们的皇帝每隔一刻钟就要重盖魂印，秘密就不可能保守得住了。”

“你想的没错。”

阿思叹着气坐了下来，看着自己的笔记。

“你说过自己能办到的。”高图纳说。

“是啊。”

“你做过类似的事，用你自己的灵魂。”

“我了解自己的灵魂，”她说，“我了解自己的过去。我知道做出怎样的改变才能达到需要的效果——即便如此，正确使用本源印鉴也不是那么简单的事。现在我不仅要塑造另一个人的灵魂，改变的程度也大得多。而且我只剩下九十天的时间了。”

高图纳缓缓地点点头。

“好了，”她说，“告诉我，你们是如何维持皇帝仍然清醒且身体健康的假象的。”

“我们做了所有必要的工作。”

“我可不太相信。我想你们应该明白，在欺骗方面，我比大部分人都要擅长。”

“我想你会很吃惊的，”高图纳说，“毕竟，我们可是政客。”

“好吧。但你们至少在送食物过去，对吧?”

“当然，”高图纳说，“每天的三餐都会送到皇帝的卧室。碗盘拿回到厨房时都是空的，当然了，我们有专人负责给皇帝喂肉汤。他会顺从地喝下汤，但始终目视前方，就像是又聋又哑。”

“夜壶呢?”

“他没法控制自己，”高图纳面露苦相，“我们只能给他用尿布。”

“黑夜啊！没人出去倒夜壶？你不觉得这很可疑吗？宫女和门前的卫兵会说闲话的。你们应该考虑到这种事的！”

高图纳不由得涨红了脸。“我会去安排的，虽然我不喜欢再让别人进他的房间。他们都有可能发现他的异状。”

“那就挑选你们信任的人，”阿思说，“还可以在出入方面定下规矩。除非带着你本人盖章的文牒，否则任何人都不得进入。是啊，我知道你张嘴想要反驳什么。我很清楚皇帝卧室的守卫严密程度——我在打算潜入画馆时做过研究。那些刺客可以证明你们的保卫措施不够完善。照我建议的去做吧。保护手段越多越好。万一皇帝的情况走漏出去，我也就无疑会回到牢房里等待处决了。”

高图纳叹了口气，但还是点点头。“你还有什么建议？”

第十七天

凉爽的风带着陌生的香料气息吹入阿思窗户的缝隙。低沉的欢呼声透过墙壁传来。外面的整个城市都在欢庆。戴巴哈节，一个直到两年前才为人所知的节日。传承宗努力发掘和复兴这些古代节日，目的是让公众更加支持他们。

但这起不了什么作用。帝国并非共和国。在指定新皇帝方面有发言权的，也只有来自不同宗派的仲裁官。阿思将注意力从庆典那边收了回来，继续阅读皇帝的日志。

*我终于决定，答应我的宗派的要求，*日志上写道。*我会像高图纳时常建议的那样，去谋求皇帝的宝座。亚扎德皇帝病体虚弱，新任的皇帝很快就将选出。*

阿思做着记录。高图纳曾鼓励席拉凡谋求帝位。然而在后来的日记里，席拉凡提到高图纳时却语气轻蔑。为什么会有这种变化？她做完笔记，然后开始阅读数年后的又一篇日记。

席拉凡皇帝的日志令她着迷。这本日志是他亲手所写，其中还写下了死后便将其销毁的指示。仲裁官们给她这本日志的时候显得很不情愿，还以各种理由为自己开脱。他并没有死。他的身体还活着。因此他们不销毁他的手迹并没有错。

他们的语气信誓旦旦，但她能看出他们眼中的犹疑。他们太容易看穿了——只有高图纳除外，这个人内心的想法始终让她捉摸不透。他们不懂得这本日志的用意。他们只觉得奇怪：如果不是留给子孙后代，又何必写下呢？如果不打算给别人看，又何必将想法记在纸上？

就像他们无法理解我为何满足于制造赝品和看着它展出，尽管欣赏它的人全然不知那是我的——而非原作者的——作品那样，她心想。

这本日志告诉了她许多史官记载中没有提到的、关于皇帝的事，而且不仅仅来自日志的内容。日志的纸页磨损不堪，还因为时常翻阅而沾有污渍。席拉凡写这本日志是为了阅读——让他自己阅读。

究竟是哪段记忆让席拉凡如此重视，致使他一再翻阅日志？他是在虚荣地回忆征讨四方的过去？还是因为他缺乏自信？他花费许多个钟头去搜寻那些词句，是不是因为他想要纠正过去的错误？或者还有别的什么理由？

她房间的门开了。他们甚至连门都不敲了。何必呢？他们本来就没给她任何隐私。她仍旧是个囚犯，只是比从前更重要了而已。

一身淡紫色长袍的仲裁官伏蕊瓦板着面孔，步履优雅地走了进来。她的灰色发辫如今缠着金色和紫色的丝线。卫兵队长阿祖跟随在旁。阿思在心里叹了口气，正了正眼镜。高图纳去参加庆典了，她还以为自己能安安静静地研究和盘算一个晚上呢。

“我听说，”伏蕊瓦说，“你的进展不怎么快。”

阿思放下书本。“事实上，已经很快了。我快要准备好制作魂印了。就像我今早提醒仲裁官高图纳的那样，我仍旧需要一位对皇帝足够了解的测试对象。那个人和皇帝的关系让我可以在他身上测试魂印，然后他们的灵魂会暂时维系起来——这些时间足够我做几番尝试了。”

“你会得到这么个人的。”伏蕊瓦说着，在闪闪发光的桌边走了几步。她用手指抚过桌面，在那个红色的印记处停了下来。伏蕊瓦指了指那个印记。“真刺眼。既然你费了这么大工夫把桌子变漂亮了，为何不把印记留在底下？”

“我为我的作品而骄傲，”阿思说，“任何一个看到这张桌子的塑造师都可以审视魂印，看清楚我是怎么做的。”

伏蕊瓦嗤之以鼻。“你不该为这种事骄傲，小贼。另外，塑造的要点不就是掩盖塑造的事实吗？”

“有时候是，”阿思说，“当我仿造签名或者伪造画作的时候，掩饰就是工作的一部分。但对于塑造，对于真正的塑造，你不能掩盖自己所做的事。印记会永远留在上面，向他人描述所发生之事。你也可以为它骄傲。”

这就是她的人生令外人费解的地方。想要成为塑造师，必须学习的并不只是魂印的使用——还有彻底模仿事物的技艺。书法、绘画、印章……在族人的秘密教导下，塑造师学徒要学习所有平凡的伪造技艺，最后才会学习魂印的使用。

魂印是其中最高等的技巧，但也是最难以隐藏的。没错，魂印可以盖在物体上那些不起眼的位置，然后再进行遮掩。阿思也时不时会这么做。然而，只要魂印被人发现，塑造就称不上完美。

“你们出去吧。”伏蕊瓦对阿祖和其他卫兵说。

“可——”阿祖说着，踏前一步。

“同一句话我不想说两遍，卫兵队长。”伏蕊瓦说。

阿祖低声咕哝了一句，但还是顺从地鞠了一躬。他瞪了阿思一眼——这些天来，看守阿思已经成了他的另一项职责——然后带着部下走出门去。他们轻轻地关上了门。

血印师的印记还挂在门上，今早刚刚重设过。在大多数日子里，那位血印师会在同一时刻到访。阿思对此做了细致的记录。在他稍微迟到的那几天，印记就会在他到来前变得模糊。他每次都能及时赶来重设，但或许某一天……

伏蕊瓦审视着阿思，像是在计算着什么。

阿思不慌不忙地对上她的目光。“阿祖觉得我们独处的时候，我会对你做些可怕的事。”

“阿祖头脑简单，”伏蕊瓦说，“不过需要杀人的时候，他还是非常有用的。希望你永远不必体验他的狠辣手段。”

“你不担心吗？”阿思说，“你正和一个怪物共处一室。”

“我是在和一位投机取巧者共处一室，”伏蕊瓦说着，走到门边，打量着陷入门板中的印记。“你不会伤害我的。你太好奇我遣走卫兵的原因了。”

事实上，阿思心想，**我非常清楚你遣走他们的原因。我也非常清楚，你为什么会乘着所有仲裁官同僚都忙于处理节庆事务的时候来见我。**她等待着伏蕊瓦做出提议。

“你有没有想过，”伏蕊瓦说，“一位从善如流的皇帝对于帝国该是多么有用啊。”

“席拉凡皇帝肯定是个从善如流的人吧。”

“有时候是，”伏蕊瓦说，“还有些时候，他显得……愚钝而又鲁莽。如果他一生下来就缺乏这样的品性，难道不是件大好事吗？”

“我还以为你们希望他的举止跟过去一样，”阿思说，“尽可能贴近真人。”

“没错，没错。但你被誉为有史以来最伟大的塑造师之一，而且我也从可靠的途径得知，你在塑造自己的灵魂方面很有天赋。你当然可以让亲爱的席拉凡的灵魂既可信，又倾向于聆听劝告……特定的某些人的劝告。”

夜火啊，阿思心想。**你倒还真是毫不掩饰，对吧？你希望我在皇帝的灵魂里留下一道后门，而你说出这种话居然不觉得羞愧。**

“我……也许能办到这种事，”她说着，装出恍然大悟的模样，“但会很困难。我需要配得上这番努力的奖赏。”

“你会得到合适的奖赏，”伏蕊瓦说着，转身看着她。“我看得出，你恐怕打算在获释以后离开皇城，可为什么？有一位支持你的皇帝在位，这座城市对你来说应该意味着无穷的机遇。”

“麻烦把话说清楚，仲裁官大人，”阿思说，“别人欢庆的时候，我还要研究一整夜呢。我没心思玩文字游戏。”

“这座城市的地下走私生意十分兴旺，”伏蕊瓦说，“了解相关的动向是我的兴趣之一。我希望有合适的人帮我打理。如果你为我办成这件事，我就把那些生意交给你。”

这是他们常犯的错误——他们以为自己知道阿思干这一行的理由。他们以为她会欣喜若狂，以为走私者和塑造师本质上是一回事，因为他们都不服从别人的法律。

“听起来不错。”阿思说着，露出她最真诚的微笑——明显带着一丝虚伪的那种。

伏蕊瓦以露骨的笑容作为回应。“我会给你时间考虑。”她说着拉开门，然后拍了拍手，示意卫兵们回到房间里。

阿思惊恐地坐回椅子里。不是因为伏蕊瓦的提议——她几天前就猜到了——而是她此时才明白提议里隐含的意图。走私生意的提议当然是假的。伏蕊瓦也许有能力做这种安排，但她是不会这么做的。就算阿思原本认为伏蕊瓦不打算杀死她，这项提议也足以否定她的看法。

但不止如此。远远不止。*她这番话让我想到了操控皇帝这回事。她根本不信任我的塑造术。她觉得我会自己留下后门，让席拉凡彻底受我操控，而不是她。*

这又代表什么？

这代表伏蕊瓦手下还有一名塑造师。而且这一位多半缺乏才能或者胆量，没法尝试塑造另一个人的灵魂——但他可以审视阿思的成果，找出她布置的后门。那位塑造师应该更受信任，可以改写阿思的成果，转而让伏蕊瓦得到控制权。

如果阿思做的工作足够多，那个人甚至有接手完成的可能。阿思本打算用整整一百天计划逃亡的方法，但如今她才明白，她随时都可能突然被杀。

她的塑造越是接近完成，这种可能性就会越高。

第三十天

“焕然一新啊。”高图纳打量着面前的彩色玻璃窗。

对阿思来说，这扇窗带给她不少灵感。塑造窗户的尝试失败了许多次：每一次，只要经过五分钟左右，窗户就会变回原本破烂漏风的样子。

然后阿思在一侧窗框上发现了一小块彩色的玻璃。她意识到，这扇窗户原本是彩色玻璃窗，就像宫里的许多窗户那样。窗玻璃曾经碎裂过，而且打破窗户的那东西也撞弯了窗框，留下如今透进寒风的开口。

但人们并没有将它修复，而是将普通的玻璃装在窗户上，也留下那个开口。阿思盖在右下角的魂印修复了窗户，也改写了它的历史，让某位细心的工匠大师发现了摔落的窗户，并将它修复成原样。即便在这么多年以后，这扇窗依旧认为自己非常美丽。

也或许只是她又在自作多情了。

“你说过今天会带来测试对象的，”阿思说着，吹开一枚刚刚完成的魂印上的石屑。她在魂印背面刻下一串简单的记号。每个魂印上都会有这种定型记号，代表不需要继续雕刻了。阿思一直觉得这些记号就像她的祖国迈鹏的形状。

刻完记号以后，她便将魂印举到火焰上方。这是魂石的特质：火能让它变硬，这样魂印就不会碎裂缺角。她其实不必做到这一步的。魂印上的那些定型记号就足够了，而且她可以用任何东西雕刻出魂印，只要雕出的图案足够准确就行。然而，魂石的珍贵正是在于它硬化的特质。

等到烛火熏黑了魂印——先是一端，然后是另一端——她便将魂印举起，用力一吹。小块的炭屑随着她吐出的气息飘散而去，露出下面红灰相间的漂亮大理石。

“没错，”高图纳说，“测试对象。我按照承诺的那样带来了。”高图纳穿过小房间，走向站在门口的阿祖那边。

阿思靠向椅背——几天前，她把这张椅子塑造得舒服了许多——开始等待。她在心里和自己打赌。测试对象会不会是皇帝的卫兵之一？还是说是某个宫中的仆役，或许是从前给席拉凡送信的人？这些仲裁官打算以帝国福祉为借口强迫什么人来忍受阿思的渎神之举呢？

高图纳在门边的椅子上落座。

“怎么？”阿思问。

他抬起双臂，伸向两侧。“你可以开始了。”

阿思将双脚放到地上，挺直背脊。“你？”

“对。”

“你可是仲裁官啊！你是整个帝国最有权势的人之一！”

“噢，”他说，“我都没注意到。但我符合你的要求。我是男性，和席拉凡在同一个地方出生，而且我非常了解他。”

“可……”阿思的声音小了下去。

高图纳身子前倾，十指交扣。“我们就此讨论了好几周。其他人选不是没有，但我们没法问心无愧地命令哪个手下承受这种渎神行为。唯一的结论就是派出我们之中的某个人。”

阿思摇摇头，从震惊中回过神来。**伏蕊瓦下达这种命令的时候绝不会良心不安**，她心想。**其他仲裁官也一样。你肯定是坚持要自己来的，高图纳**。

他们把他看做对手，所以他们恐怕乐于让他承受在他们看来可怕而扭曲的行为。她打算做的事完全无害，但她没法让士大夫们相信这一点。但当她拉过椅子坐在他身边，然后打开盒子，拿出过去三周雕刻的那些魂印时，她还是希望自己能让高图纳放松下来。

“这些魂印是短效的，”她说着，拿起其中一枚，“这是塑造师的用语，意思是说这种魂印造成的变化太过反常，所以不可能稳定存在。恐怕每一枚魂印对你的影响都不会超过一分钟——还是在一切顺利的前提下。”

高图纳犹豫片刻，然后点点头。

“人的灵魂和物体的灵魂很不一样，”阿思续道，“人是在不断成长和变化的。因此用在人身上的魂印会逐渐耗损，而用在物体上就不会发生这种事。即使在最好的情况下，使用在人身上的魂印也只能持续一天。我的本源印鉴就是个例子。它们的效力在大约二十六个钟头之后就会消退。”

“那……皇帝呢?”

“一切顺利的话，”阿思说，“他只需要每天早晨盖一次魂印，就像那个血印师每天在我房间的门上盖印那样。不过，我会在魂印里增加让他记忆、成长和学习的能力——他在每天早晨不会变回原本的模样，而且可以在我赋予他的基础上成长。然而，就像人的身体会疲劳、需要睡眠那样，人身上的魂印也会恢复原样。幸好任何人都能盖印——席拉凡本人应该也能这么做——只要准备好合适的魂印就行。”

她把手里的魂印递给高图纳，让他得以仔细审视。

“我今天要用的这些特别的魂印，”她续道，“会改变你过去的某件小事，或者你与生俱来的性格。由于你并非席拉凡，这种改变不会持续。然而，如果一切顺利的话，你们两人在历史上的相似程度足以让印记在短时间内维持。”

“你是说，这是……皇帝灵魂的图案?”高图纳看着那枚魂印问道。

“不。只是一小部分的仿制品。我甚至无法确定最后的成品是否有效。就我所知，以前从未有人做过相同的尝试。但文献中提到，曾有不少人出于……邪恶的目的而塑造他人的灵魂。我借鉴了他们的做法，做出了这些魂印。就我所知，如果这些魂印在你身上能维持至少一分钟，就应该能在皇帝身上维持很久，因为它们和他的特定过去紧密相连。”

“他的灵魂的一小部分，”高图纳说着，递还了那颗印章，“也就是说，这些测试……你不打算把这些魂印当做最终成品使用?”

“是的，但我会选出可用的那些部分，加入复杂得多的灵魂图案中去。就把每个魂印看做巨幅画卷上的一个人物吧，我会在最后将每个人物聚拢起来，讲述完整的故事。不幸的是，即使塑造成功，也还是会有细微的区别。我建议你们开始散播皇帝受伤的流言。千万别说是重伤，但要暗示说他的脑袋重重地撞到了一下。这样就能解释那些差异了。”

“已经开始有谣言说他死了，”高图纳说，“是荣光宗的人散播的。”

“噢，那就指出他没有死，只是受伤了。”

“可——”

阿思举起魂印。“就算我达成了这桩难以置信的使命——别忘记，我自己也只做过那么几次——塑造出来的灵魂也不会拥有皇帝所有的记忆。它只会包含我查阅到或者猜测的那些事。塑造的灵魂无法让席拉凡回忆起过去的许多次私下谈话。我可以赋予他临时虚构的本领——我对这方面的了解颇深——但虚假的灵魂也就只能做到这些了。终究有一天，会有人意识到他的记忆中存在许多漏洞。把流言散播出去吧，高大人。你们会用得着的。”

他点点头，然后挽起袖子，露出手臂让她盖印。她举起魂印，高图纳叹了口气，然后紧闭双眼，又点了点头。

她将魂印按在他的皮肤上。和以往一样，魂印碰触的皮肤的时候，感觉就像印在某种坚实之物上——就好像他的手臂变成了石头。魂印微微下陷。这种感觉让人有些不安。她扭动魂印，然后抬起，在高图纳的手臂上留下了红色的印记。她掏出怀表，看着嘀嗒作响的表针。

魂印散发出淡红色的细烟：只有对活物使用魂印时才会如此。灵魂正抗拒着改写。但魂印并未立即消散。阿思松了口气。这是个好兆头。她在想……如果她在皇帝身上用这种魂印，他的灵魂是否会奋起对抗入侵？还是说它会接受魂印，希望借此纠正所有的异常？就像那扇窗希望恢复原本的美丽那样。她无法断定。

高图纳睁开了双眼。“它……生效了吗？”

“效力暂时维持住了。”阿思说。

“我没感觉到任何不同。”

“这就是关键。如果皇帝能感受到魂印的效力，他就会明白有什么地方出了问题。好了，回答我的问题吧，但不要思考：凭借你的直觉开口。你最喜欢的颜色是什么？”

“绿色。”他立刻答道。

“为什么？”

“因为……”他仰起头，声音渐渐小了下去，“不为什么。”

“你的兄长呢？”

“我对他没什么印象，”高图纳耸耸肩说，“我很小的时候，他就过世了。”

“幸好如此，”阿思说，“如果他被选中，肯定会成为非常昏庸的皇帝——”

高图纳站起身。“你怎么敢对他出言不逊！我要把你……”他僵直着身体看了看阿祖，后者警觉地将手伸向了剑柄。“我……兄长……？”

印记消失了。

“一分零五秒，”阿思说，“看起来不错。”

高图纳抬起一只手，捂住自己的头。“我记得自己有过一位兄长。但……我并没有兄长，从来都没有。我记得自己非常崇拜他；我记得他的过世带给我的痛苦。如此的*痛苦*……”

“这些记忆会渐渐淡去，”阿思说，“你会忘却这些印象，就像忘掉噩梦的残留部分。一个钟头之内，你就只能勉强想起自己不安的原因了，”她做着笔记，“我想你对我的侮辱的反应过于强烈了。席拉凡崇拜他的兄长，但始终出于内疚而将这些感受深埋在心底：他觉得兄长会成为比他更优秀的皇帝。”

“什么？你能肯定？”

“你说这件事？”阿思说，“是的。我需要对这枚魂印稍稍做些修正，但我认为它大体上是正确的。”

高图纳坐回椅子里，那双苍老的眼睛打量着她，锐利的目光仿佛要刺穿她的身体，挖掘她的内心。“你对人的了解真不少。”

“这是塑造师要学习的基本技艺之一，”阿思说，“甚至在接触魂石之前，我们就要学习这些了。”

“如此优秀的才能……”高图纳低声说道。

阿思压下心头的恼怒。他怎敢这样看待她，就好像她虚度了人生一样？她热爱塑造术。她喜爱这种充满刺激，以及凭借智慧获得成功的人生。她就是这样的人，不是吗？

她想起了那些本源印鉴之中的某一颗。她从未使用过那颗印鉴，但它同时又是五颗印鉴里最珍贵的。

“我们试试另一颗魂印。”阿思没理睬高图纳的目光，自顾说道。她可负担不起生气的后果。阳婶婶总说，骄傲会是阿思毕生的大敌。

“很好，”高图纳说，“但有一件事让我困惑。根据你告诉我的那些事，我无法理解为什么这些印记能对我生效。为了保证魂印生效，你需要确切了解事物的过去，不是吗？”

“是的，为了让魂印长期维持，”阿思说，“就像我所说的，重点在于‘情理之中’。”

“但这完全不合情理！我根本没有兄长。”

“噢。好吧，我会试着解释一下，”她说着，身子靠向椅背，“我改写了你的灵魂，让它与皇帝的灵魂相符——就像我改写那扇窗的历史时加上了新的彩色玻璃。这两次塑造能够生效，都是因为相似。窗框知道彩色玻璃窗是个什么样子。它曾经装着彩色玻璃。即使新窗户和过去并不相同，魂印仍然可以生效，因为它的样子符合彩色玻璃窗的一般概念。

“你经常跟随在皇帝的左右。你的灵魂和他非常熟悉，就像窗框和彩色玻璃那样熟悉。所以我才必须用你这样的人——而不是用我自己——来测试魂印。我在你身上盖印的时候，感觉就像……就像在向你的灵魂提起一件它本该知道的事。但必须是不起眼的一段往事，并且正如我所说，你的灵魂必须认为这段往事和席拉凡有相似之处，魂印才会短暂生效，然后消失。”

高图纳茫然地看着她。

“我猜你觉得这些全是迷信的胡言乱语，对吧？”阿思说。

“听起来……相当令人费解，”高图纳说着，摊了摊手，“窗框会知道彩色玻璃窗的‘概念’？灵魂能理解另一个灵魂的存在？”

“这些东西超乎我们日常生活而存在，”阿思说着，拿出另一枚魂印，“我们会回想窗户，我们知道关于窗户的事。但说到什么是窗户，什么又不是窗户，这些在灵魂领域才有其意义。可以说，窗户在灵魂领域才会拥有生命。无论是否相信这种解释，我想都不重要。事实在于，我可以在你身上测试这些魂印，如果效力能维持至少一分钟，就在很大程度上证明我猜中了。

“理想的情况是以皇帝本人做测试，但以他现在的状态恐怕无法回答我的问题。我不仅需要让这些魂印生效，还要让它们协同生效——这就需要你来解释相应的感受，我才能朝正确的方向进行修改。好了，能把你的手臂再伸出来吗？”

“好吧。”高图纳努力让自己镇定下来，而阿思将另一枚魂印按在他的手臂上。她将魂印转了半圈，但她的手刚刚抬起，印记就化作一阵红烟消失不见。

“该死。”阿思说。

“怎么了？”高图纳说着，摸了摸胳膊。他的手指沾染了普通的墨水；印记消失得太快了，墨水甚至没来得及融入进去。“这次你又对我做了什么？”

“看起来，我什么都没做。”阿思说着，在那枚魂印上寻找瑕疵。但一无所获。“我弄错了。错得厉害。”

“它是关于什么的？”

“关于席拉凡答应成为皇帝的理由，”阿思说，“夜火啊。我还以为肯定是那一颗呢。”她摇摇头，把魂印放到一旁。看起来，席拉凡成为皇帝并不是出于深埋在心中的渴望：向家族证明自己，并逃离兄长始终徘徊不去的影子。

“我可以告诉你原因，塑造师。”高图纳说。

她看了他一眼。**是这个人鼓励席拉凡登上帝位的**，她心想。席拉凡后来还因此记恨他。**我想是这样的**。

“好啊，”她说，“为什么？”

“他想改变，”高图纳说，“改变帝国里的一些事。”

“他在日志里没提到这些。”

“席拉凡是个谦逊的人。”

阿思扬起一边眉毛。这与她看过的那些文献不符。

“噢，他的确有脾气，”高图纳说，“而且如果你和他争论，他会紧咬牙关，固执己见。但他……他的……内心深处的确是个谦逊的人。你必须理解这一点。”

“我懂了。”她说。**你也对他这么做过，是吗？**阿思心想。**露出那种失望的表情，暗示说我们原本可以成为更优秀的人**。并不是只有阿思觉得，高图纳看待自己的样子就像是郁郁不快的祖父。

这让她动了不再让高图纳继续测试的念头。只不过……他是自愿来做测试对象的。他认为她所做的事非常可怕，所以他不肯派别人前来，而是坚持由自己接受惩罚。

你的话是真心的，对吗，老人家？阿思这么想着，而高图纳靠向椅背，眼神恍惚起来：他在回忆皇帝的事。她发现自己有些生气。

在她这一行里，有不少人会嘲笑诚实的人，把他们称作“肥羊”。这完全是谬论。诚实并不会让人变得幼稚。不诚实的傻瓜和诚实的傻瓜同样容易蒙骗，只是对应的方法不同。

但既诚实又聪明的人，永远要比聪明却不诚实的人更难蒙骗。

真诚。从定义上来说，它就是难以伪造的。

“你的心里在想些什么?”高图纳身子前倾，问道。

“我在想，你肯定也曾像对待我那样对待皇帝，无休无止地唠叨他本该做到些什么，所以才惹恼了他。”

高图纳哼了一声。“或许是这样吧。但这不代表我现在和过去的看法是错误的。他本可以……噢，他本可以达成杰出得多的功绩。就像你完全可以成为非凡的艺术家。”

“我已经是了。”

“我是说真正的艺术家。”

“我已经是了。”

高图纳摇摇头。“伏蕊瓦的画……我们一直没提这件事，对吧？她让评估师检查了那件赝品，他们找出了几处细微的谬误。如果没人提醒，我可看不出来——但那些谬误的确存在。现在回想起来，我还是感到费解。那幅画的笔触毫无瑕疵，堪称杰作。风格的搭配也十分完美。如果你能做到这些，又为什么会把月亮画得那么低呢？这是个微不足道的错误，但我却觉得你不可能犯这种错——至少不会是因为粗心。”

阿思转身去拿另一枚魂印。

“他们认为是真品的那幅画，”高图纳说，“挂在伏蕊瓦的办公处的那一幅……也是伪造的，对吗?”

“对，”阿思叹息着承认了，“在向《月色如意》下手的几天前，我就把那幅画掉了包：我当时在调查宫中的保卫措施。我溜进画馆，进入伏蕊瓦的办公处，然后调换了那幅画作为试探。”

“这么说，他们觉得是赝品的那幅画就是真迹了，”高图纳笑着说，“你在真迹上添上了那些谬误，让它看起来就像是仿制品!”

“不是这样的，”阿思说，“虽然我过去的确用过这套花招。两幅画都是赝品。只不过其中一幅明显的赝品，是用来让人发现，以防情况有变的。”

“这么说真品还藏在什么地方……”高图纳的口气充满好奇，“你潜入宫殿来调查保卫措施，然后用赝品替换了真迹。你在自己的房间里留下了另一幅稍差的赝品，充当虚假的线索。如果你溜进去的时候被人发现——或者你因为某些原因被同伙出卖——我们就会搜你的房间，找到那张比较差的赝品，然后认定你尚未实施掉包。官员们会认为那张优秀的赝品是真品。这样一来，就没有人会去寻找真迹了。”

“差不多吧。”

“这可真聪明，”高图纳说，“哎，如果你潜入皇宫偷窃《月色如意》的时候被捕，可以招认说自己想偷的是那幅画。搜查你的房间以后，他们会找到赝品，而你会因为企图盗窃伏蕊瓦的财物而被定罪，这要比盗窃皇家文物的罪名轻多了。你会被判十年苦役，而非处决。”

“不幸的是，”阿思说，“我遭受背叛的时机不太好。那个弄臣做了安排，让我在带着《月色如意》离开画馆后才被捕。”

“可真迹呢？你藏在哪儿了？”他犹豫了片刻，“它还在宫里，对吗？”

“可以这么说吧。”

高图纳看着她，脸上仍然挂着笑容。

“我烧掉了。”阿思说。

笑意消失得无影无踪。“你撒谎。”

“这次可没有，老人家，”阿思说，“那幅画不值得我冒险带出画馆。我把它掉包只是为了测试保卫措施。把赝品带进去并不难：他们搜身的对象是出来的人，不是进去的人。《月色如意》才是我真正的目标。是否偷到那幅画并不重要。掉包之后，我就把真品丢进了画馆主厅的壁炉里。”

“这太可怕了，”高图纳说，“那是韩书贤的真迹，是他最杰出的作品！他已经瞎了，再也无法作画。你想过它的价值……”他气急败坏地说，“我不明白。为什么，你为什么要做出这种事?”

“这不重要。没人会知道我做过什么。他们会继续看着那幅赝品，然后感到心满意足，没人会因此蒙受损失。”

“那幅画是件无价的艺术品!”高图纳怒视着她，“你掉包它只是出于自负，仅此而已。你根本不打算卖掉真迹。你只想要你的仿作挂在画馆里。你摧毁某件美丽的事物，只是为了抬高你自己!”

她耸耸肩。情况没这么简单，但事实在于，她的确烧毁了那幅画。她有她的理由。

“今天就到此为止。”高图纳涨红了脸说。他站起身，轻蔑地朝她摆了摆手。“我本来还觉得……呸!”

他大步走出门去。

第四十二天

每个人都是一幅拼图。

她在塑造术方面的启蒙导师陶老师是这么解释的。塑造师跟普通的骗子不同。塑造师是以人的认知作画的画师。

街边随便哪个满身脏污的流浪儿都能骗过别人。塑造师追求的是更高的目标。普通骗子的做法是用一块布蒙住别人的眼睛，然后在对方反应过来之前逃之夭夭。塑造师则必须创造出非常完美、非常美丽而又非常真实的东西，让受蒙骗的人始终无法察觉。

每个人都像一片丛林，长满了纠缠的藤蔓、杂草、灌木、树苗和花朵。没有人只有一种情感。没有人只有一种欲望。他们有许多欲望，而且这些欲望往往会互相冲突，就像两片蔷薇丛会争夺同一块土地。

陶老师教导过她，要尊敬那些被你欺骗的人。只要欺骗的时间够久，你就会开始理解他们。

查阅文献的同时，阿思也在写一本书，一本席拉凡皇帝真正的生平故事。它会比那些刻意美化他的史官记载更真实，甚至比他自己记录的更真实。阿思慢慢地拼着拼图，也逐渐深入席拉凡内心的那片丛林。

就像高图纳所说的那样，他*曾经*是个理想主义者。现在她从他早期日志中那种谨慎的担忧，以及对待仆役的方式就能看出来。帝国并不是多么糟糕的东西。但它也并不美好。帝国就只是帝国而已。人们能忍受帝国的统治，是因为他们能承受些许的暴政。腐化是不可避免的。你必须接受它的存在。或是接受腐化，或是接受混乱的未知。

士大夫受到格外的偏袒。而在谋求朝廷公职——最有利可图，也最有名望的行当——的时候，贿赂和关系往往比技艺和天资更重要。除此之外，对帝国贡献最大的人群——商贩和工匠——却要遭受层层盘剥。

这些事尽人皆知。席拉凡想要改变这一切。他当初是这么想的。

然后……好吧，也没什么**然后**可言。诗人们会指出，席拉凡性格中的一处缺陷导致了他的失败，但一处优点或者瑕疵无法代表一个人。如果阿思只以某项品质为基础进行塑造，那么她制作出的就只会是拙劣的仿制品。

但……她能指望的最好结果就这样了吗？或许她应该尝试在特定方面务求真实，塑造出一位在宫廷里举止得体却无法骗过亲近之人的皇帝。或许这样就够好了，就像戏院里的舞台道具。只要戏还在演，它们就能发挥应有的作用，但细看之下就会暴露。

这倒是比较现实的目标。也许她可以去找仲裁官们，说明自己能做到什么，然后给他们一位有缺陷的皇帝——一个能在公务方面受他们操纵的木偶，然后再以患病为由解释他的异样。

她能做到。

但她发现自己不想这么做。

这样显得毫无挑战。这是街边蟊贼水准的伎俩，为的只是短期利益。塑造师的方法是营造出持久的骗局。而在内心深处，这番挑战让她兴奋不已。她发现自己想让席拉凡活过来。至少她想要试试看。

阿思躺回床上，而那张床经过她的塑造，如今更加舒适，配有床柱和厚厚的被子。她放下了床帘。负责在晚上看守她的卫兵们正在她的桌边玩牌。

为什么你想让席拉凡活过来？阿思暗自想着。**没等你看到成果，**

那些仲裁官就会杀死你。逃脱应该是你唯一的目标。

但……那可是皇帝本人啊。她选择盗走《月色如意》，是因为它是全帝国最知名的画作。她希望让自己的作品在宏大的皇家画馆展出。

她如今所做的工作比这更重大许多。让仿造品坐在玫瑰帝国的王位上——哪位塑造师达成过这样的成就？

不，她告诉自己，而且这次更加坚定。别被诱惑了。提防骄傲，阿思，别让骄傲控制了你。

她打开书，翻到后面的几页，她把逃脱计划写成密文，伪装成术语和人名对照表的样子。

血印师曾在某天飞奔着赶来，仿佛担心自己会来不及重设印记。他的衣服沾着浓重的酒气。看起来，他很享受宫廷对他的款待。如果她能设法让他某天早上提早前来，然后再确保他当晚醉得格外厉害……

先锋卫的山脉与德扎玛国交界，而血印师们居住的沼泽就在那里。先锋卫和血印师之间的仇怨很深，甚至胜过他们对帝国的忠诚。有几个先锋卫在血印师到来时显得特别反感。这些天里，阿思和卫兵们逐渐热络起来。他们会不经意地互开玩笑，或者谈论彼此身世的相似之处。按照命令，这些先锋卫是不能和阿思说话的，但时间已经过去了好几周，而阿思所做的无非是翻阅书籍，或者跟那些上了年纪的仲裁官谈话。卫兵们觉得无聊，要操控百无聊赖的人向来都很简单。

阿思的手上有充足的魂石，她也会善加利用。但她常用的往往是那些更加简单的方法。人们总觉得塑造师做任何事都会用到魂印。士大夫们讲述着塑造师的黑暗邪术，说他们会趁人睡着时在其脚上盖印，改变他们的性格，入侵他们的心灵，劫掠他们的头脑。

事实上，魂印往往是塑造师的最后手段。魂印太容易被人察觉了。但眼下我宁愿付出不菲的代价，只要能换回我的本源印鉴……

她几乎想要重新雕刻一枚印鉴，然后用它来逃跑。但他们肯定料到了这一点，而且她恐怕很难找到机会进行必需的数百次试验。如果她在自己的手臂上盖印测试，卫兵就会立刻上报，而在高图纳身上做测试根本毫无意义。

至于使用未经测试的本源印鉴……噢，结果可能会非常糟糕。不，她的逃脱计划会用到魂印，但核心部分用到的则是更加传统的诡计。

第五十八天

伏蕊瓦再次造访时，阿思已准备万全。

那女人在门口停下脚步，卫兵们毫无异议地缓缓离开房间，让阿祖队长接替他们的工作。“你最近很忙啊。”伏蕊瓦评论道。

阿思从文献堆里抬起头。伏蕊瓦所指的不是她的研究进展，而是她的房间。阿思在不久前改进了地板的外观。这并不难。关于建造宫殿的石料的一切——采石场、开采日期、负责建造的石匠——都记录在文献中。

“你喜欢吗?”阿思问，“我觉得大理石和壁炉的搭配很不错。”

伏蕊瓦转过身，眨了眨眼。“壁炉？你是从哪儿……这房间是不是比从前大了些?”

“隔壁的储藏室荒废很久了，”阿思咕哝着，重新埋首于书中，“而且两个房间之间的墙壁是几年前才建起的。我改写了建筑结构，让这儿比隔壁更大一些，这样就能放下壁炉了。”

伏蕊瓦似乎很是震惊。“我真没想到……”她回头看着阿思，摆出平时的严肃神情，“我很难相信你在认真对待自己的使命，塑造师。你要做的是塑造一位皇帝，不是修缮这座宫殿。”

“雕刻魂石能让我放松，”阿思说，“在不会让我联想起壁橱的房间里工作也有同样的作用。你会及时得到你们皇帝的灵魂的，伏蕊瓦。”

仲裁官大步穿过房间，审视着书桌。“这么说，你已经开始雕刻皇帝的魂石了?”

“我已经开始雕刻很多颗魂石了，”阿思说，“过程会很复杂。我已经在高图纳身上——”

“你该说高大人。”

“——在那位老人家身上测试了一百多枚魂印。每一枚都是这幅拼图的一小部分。等我测试过所有部分以后，就会将它们重新雕刻成更小更细致的图案。这样一来，我就能将大约十来枚测试样品刻成最终的一枚魂印。”

“但你说你测试了超过一百枚魂印，”伏蕊瓦说着，皱起眉，“你最后只会用其中十余枚?”

阿思大笑起来。“十余枚？用来塑造一个完整的灵魂？恐怕不行吧。最终的魂印，你们每天早晨需要用在皇帝身上的那枚魂印，作用就像……车辖[1]，或者说拱门上的楔石。这才是唯一需要按在他皮肤上的魂印，但这枚魂印会和一百枚关系纵横交错的印章相连。”

阿思把手伸向腰间，取出她的笔记簿——最后那几枚魂印的初稿草图就在里面。“我会把这些魂印印在一块金属板上，然后与你们每天用在席拉凡身上的那枚印章相连。他必须始终随身带着那块金属板。”

“他需要随身携带一块金属板，”伏蕊瓦冷冷地说，“而且每天还要盖一次魂印？你不觉得这会让他很难像普通人那样生活吗?”

“我想，成为皇帝本来就意味着很难过上普通人的生活。一般来说，这块金属板可以设计成某种装饰物。比如一枚大奖章，或者方形的臂环。如果你看过我的本源印鉴，就会发现盒子里也有对应每枚魂印的金属板。”阿思犹豫片刻，“话说回来，我从没制作过这样的魂印，也没有任何人制作过。有可能……要我说的话，可能性还不小……随着时间流

①车辖：即车轴两端的销钉。

逝，皇帝的头脑会消化吸收这些知识。就像……就像你在一叠纸上每天描画同一个图案，等到一年以后，下面的每一张纸都会出现相同的图案。或许在盖印几年之后，他就不需要这种治疗了。”

“照我看，这仍旧异乎寻常。”

“比死还不如吗？”阿思问。

伏蕊瓦把手放在阿思那本写满记录和半成品草图的笔记簿上，然后拿了起来。“我会让文书拿去抄录一份。”

阿思站起身。“我还要用呢。”

“这是当然的，”伏蕊瓦说，“所以才需要抄录下来，以备不测。”

“抄录花的时间太久了。”

“我会在一天之内还回来。”伏蕊瓦轻描淡写地说着，转身走开。阿思朝她伸出手，但阿祖却上前几步，佩剑几乎出鞘。

伏蕊瓦转身看着他。“好了，好了，卫兵队长。不必如此。塑造师只是关心她的作品。这是好事。这代表她投入了心血。”

阿思和阿祖目光交接。**他想要我的命**，阿思心想。**非常想**。至于原因，她也已经明白了。守卫这座宫殿是他的职责，而入宫行窃的阿思等于侵入了他的领地。阿祖没能抓获她，反而是那个皇家弄臣告发了她。这次失败让阿祖坐立不安，出于报复的目的，他才想除掉阿思。

阿思最终移开了目光。虽然她满心不快，但又必须甘居下风。“小心，”她提醒伏蕊瓦，“别让他们弄丢哪怕一页。”

“我会保护它，就好像……就好像这关系到皇帝本人的性命。”伏蕊瓦觉得自己的笑话很好笑，便向阿思露出罕见的笑容。“你考虑过我们讨论的另一件事没有？”

“考虑过了。”

“然后？”

“好的。”

伏蕊瓦笑得更欢了。“我们回头再谈吧。”

伏蕊瓦带着那本记录了近两个月工作内容的笔记簿离开了。阿思非常清楚她的目的。伏蕊瓦不会拿去找人抄录——她会拿给她手下的另一位塑造师看，让他确认借用这些资料能否完成余下的工作。

如果他认定可以，那么在其他仲裁官反驳之前，阿思就会无声无息地遭到处决。阿祖应该会很乐意亲自下手。一切都会在这里结束。

第五十九天

阿思那天晚上辗转难眠。

她很确定自己的准备做得很充分了。但此时此刻，她还是要像脖子上套着绞索那样等待下去。这让她不安。要是她误解了局势，那该怎么办?

她有意将笔记写得艰涩难懂，而且每一条都在暗示工作量会有多么庞大。难辨的文字，数量众多的交叉引用，无数提醒她该做什么的清单……这些和那本厚厚的笔记簿加在一起，足以证明她的工作复杂至极。

这也是一种塑造，是最难的几种塑造之一。它模仿的并不是特定的某个人或者某件事物，而是一种语气。

走开，笔记簿里的语气这样述说着。你不会想把这份工作做完的。你会让阿思继续做麻烦的那些部分，因为工作量实在太过庞大。而且……如果你失败……上绞架的可就是你了。

这本笔记是她创造过的最为精妙的赝品之一。里面的每一个字都真假参半。恐怕只有塑造大师才能看出它是赝品，以及看出她在阐明这项工作的危险和困难方面花了多少心血。

伏蕊瓦的塑造师有没有这个本事?

阿思会不会在早晨之前死去?

她没有睡觉。她很想睡，也应该睡上一觉。等待时间一分一秒地过去简直是种煎熬。但想到他们或许会在自己睡着时到来……感觉就更糟了。

最后她起了床，取了几份席拉凡的生平记录。在她的桌边玩牌的卫兵们看了她一眼。有个卫兵看到她通红的眼睛和疲惫的样子，甚至同情地点了点头。“光太亮了吗?”他说着，指了指房间里的灯。

“不是的，”阿思说，“只是有个念头总在脑袋里转悠。”

一整晚，她就这样看着席拉凡的生平度过。她为少了笔记簿而恼火，随后拿出一张白纸，开始进行新的记录，准备等笔记还回来的时候添进去。如果伏蕊瓦真的会物归原主的话。

她觉得自己终于明白，席拉凡为什么会放弃年轻时的理想了。至少，她知道了导致他走上现在这条路的种种因素。权力导致的腐化是其中一部分，但并不是主要的部分。缺乏自信也是理由之一，但并非决定性的理由。

不，席拉凡失败的是他的人生本身。在宫廷中度过的人生，以及作为钟表般运作着的帝国的一部分度过的人生。在帝国，一切都有其存在的意义。噢，也许它们并不美好，但仍有意义。

挑战这一切需要花费精力，而有时集中精神是件非常困难的事。他过着清闲的生活。席拉凡并不懒惰，但对于帝国官场的运作方式来说，懒惰与否并不重要：你会告诉自己，下个月我就会做出这些改变。随着时间的推移，他也就越来越容易在玫瑰帝国这条大河里随波逐流。

到了最后，他变得放纵。他关心自己宫殿的华美，甚至胜过关心自己的臣民。他也放任仲裁官处理越来越多的国家事务。

阿思叹了口气。即便是这样的描述也简单得过了头。这段话没有提到皇帝过去是怎样的人，又成为了怎样的人。大事年表可不会提到他的脾气，他对争论的热爱，他的审美眼光，或者他创作拙劣诗句却希望自己的手下一致赞美的习惯。

这段描述也没有提到他的傲慢，或是成为另一种人的隐秘愿望。所以他才会一遍又一遍地阅读自己的日志。或许他是在寻找自己人生走上歧途的那个岔路口。

他并不明白。一个人的人生中，很少有什么显而易见的岔路口。人们都会随着时间慢慢改变。你不可能仅仅踏出一步，却发现自己置身于截然不同的新场所。起初，你会为了避开几块石头离开路面。你会沿着路边走上一阵子，接着，为了走在更松软的泥地上，你会走到稍稍远离路面的地方。然后你会不再关心什么道路，就这样越走越偏。最后你会发现自己来到了错误的地方，却怪指路牌没有好好给你指路。

她房间的门开了。

阿思在床上坐直身子，几乎丢下了手里的笔记。他们来抓她了。

但……她弄错了，时间已经是早上了。阳光透过彩色玻璃渗入房间，而卫兵们也纷纷站起，伸着懒腰。开门的是那位血印师。看他的样子，像是又宿醉未醒，手里像平常那样拿着一叠纸。

他今天来得早了，阿思看了看怀表，心想。*他平时经常迟到，今天为何来得这么早？*

血印师一言不发地割破她的皮肤，将印记盖在门上，也让阿思的手臂传来剧痛。他匆匆走出房间，仿佛要去赴某人的约。阿思目送他离开，然后摇了摇头。

片刻之后，门又开了，伏蕊瓦走了进来。

“噢，你醒了。”就在先锋卫们敬礼的时候，那女人说。伏蕊瓦把阿思的笔记簿重重地丢在桌上。她似乎很是恼火。“抄录完成了。继续干活吧。”

伏蕊瓦匆匆离去。阿思靠向床头板，松了口气。她的花招见效了。她又赢得了几周的时间。

第七十天

“这么说，这个符号，”高图纳指着她的草图上那几个即将雕刻的重要魂印之一，“是时间记号，特指……七年前的某个时刻？”

“对，”阿思说着，拂去一枚刚刚刻成的魂印上的石屑，“你学得很快。”

“可以说，我每天都在接受外科手术，”高图纳说，“如果能知道用在自己身上的手术刀有哪几种，我心里会好受些。”

“改变不是——”

“不是永久的，”他说，“是啊，你一直是这么说的。”他伸出手臂，让她盖印。“但这又让我不禁思索。如果划伤身体，伤口会痊愈——但如果在同一个位置反复划伤，就会留下伤疤。灵魂的差别不可能这么大吧。”

“但灵魂跟身体的确天差地别。”阿思说着，在他的手臂上盖了印章。

由于烧毁韩书贤那幅杰作的事，他一直没有完全原谅她。他们打交道的时候，她就能看出这一点。他不仅对她失望，还生她的气。

愤怒随着时间渐渐淡去，他们又恢复了讲求实用的工作关系。

高图纳仰起头：“我……这次有点奇怪。”

“哪里奇怪？”阿思看着怀表上的时间一分一秒地过去，不禁问道。

“我想起了我鼓励自己成为皇帝的情景。而且……我憎恨自己。原因是……光辉之母啊，他真是这么看待我的吗？”

印记在他的手臂上留存了五十七秒。足够了。“是的，”印记褪去时，她说，“我相信他正是这么看待你的。”她有些激动。这枚魂印终于生效了！

她正在接近。接近理解皇帝，接近将拼图拼凑完整。每当手头的工作接近尾声的时候——比如一幅画，一次大规模的灵魂塑造，一座雕塑——她就会在某个时刻看到作品的全貌，即使它远未到完成的时候。当那个时刻到来时，在她的脑海中，工作已经完成了：接下来就只剩走走形式了。

她这次也接近那个时刻了。皇帝的灵魂在她面前铺展开来，只剩下几个角落仍然被阴影笼罩。她想要顺利完成，她渴望知道自己能否让他重获新生。在阅读了这么多关于他的文献以后，在开始觉得自己十分了解他以后，她必须完成这份工作。

当然了，她的逃亡可以等到完工后再说。

“就是它，对吗？”高图纳问，“它就是你试过十几次都没能成功的魂印，是代表他为何自愿成为皇帝的那一枚。”

“对。”阿思说。

“他和我的关系，”高图纳说，“你认为他下定决心是因为他和我的关系，以及……以及他跟我说话时的那种羞愧感。”

“对。”

“而且这枚魂印生效了。”

“对。”

高图纳靠回椅背。“光辉之母啊……”他再次低语。

阿思拿起魂印，放入她确认可用的那些魂印之中。在过去的几周里，其余每一位仲裁官都做出了和伏蕊瓦相同的举动：他们分别来找阿思，答应用慷慨的奖赏来换取对皇帝的绝对掌控。只有高图纳没有贿赂她的意图。他是个诚实的人，却同时又是帝国政权中地位最高的官员之一。真不寻常。利用他恐怕要比她想象中困难许多。

“我要再重复一次，”她说着，转身看着他，“你让我印象深刻。我不觉得有多少士大夫会花时间去学习魂印的知识。他们会避开他们认为邪恶的这些东西，永远都不会去尝试理解。你改变看法了吗？”

“没有，”高图纳说，“我仍旧认为你所做的事，即使不算邪恶，也肯定不能说是神圣。而且我有什么资格评论呢？我是在指望你借由我们鄙夷的方法来维系我们的权力。我们对权力的渴望盖过了良知。”

“对其他人来说的确如此，”阿思说，“但这并不是你的动机。”

他朝她扬起一边眉毛。

“你只想要席拉凡活过来，”阿思说，“你拒绝接受失去他的事实。你将他视如己出——他是你教导的那个年轻人，也是你一直相信的那位皇帝，尽管他有时连自己都不相信。”

高图纳偏开目光，神情显然很不自在。

“那不是他，”阿思说，“就算我能让皇帝活过来，那个皇帝也不是真正的他。你当然明白这一点。”

他点点头。

“但话又说回来……有时候出色的赝品和真品一样好，”阿思说，“你是传承宗的一员。你身边的古物并非真正的古物，画作也只是那些失传多年的杰作的仿制品。我想有一位赝品皇帝也没什么区别。而你……你只是想尽己所能而已。为了他。”

“你是怎么做到的？”高图纳轻声问道，“我见过你和卫兵们说话的方式，也发现你甚至记住了仆役的名字。你似乎了解他们的家庭生活，他们的喜好，他们每晚会做的事……而你始终被锁在这个房间里。你已经几个月没出过门了。你是怎么知道这些事的？”

“从本质上来说，”阿思说着，起身去拿另一枚魂印，“人们总是会尝试向周遭的事物运用力量。我们建造墙壁和屋顶是为了遮风避雨。我们让自然听从我们的意志。这让我们觉得自己拥有权力。

“但这样做只是用一种影响替代了另一种而已。影响我们的不再是风，而是墙壁。人造的墙壁。人的影响力无处不在，染指一切。人造的地毯、人造的食物。在这座城市里，我们碰触、看见、感受、体验的一切都来自某些人的影响。

“我们也许觉得自己拥有权力，但除非我们去理解人们，否则一切都是空谈。操控环境的方式不再是阻挡风雨，而是了解侍女昨晚为何哭泣，或者某个卫兵玩牌时为何屡战屡败。或者你的雇主当初为何会雇你。”

高图纳看着她坐进椅子里，随后举起一枚魂印。他犹豫着伸出手臂。“我忽然觉得，”他说，“即使我们认真告诫过自己，结果却还是低估了你。”

“很好，”她说，“你开始专心了。”她把魂印盖了上去。“现在告诉我，你究竟为什么讨厌鱼?”

第七十六天

我必须这么做，血印师割开她手臂皮肤时，阿思心想。*今天。我今天就可以离开。*

她在袖子里藏着一张纸，仿造成那位血印师早早到来时经常会带着的纸。

她在两天前瞥见其中一张纸上有一块蜡。那些是信。她恍然大悟。她对他的看法从一开始就错了。

“是好消息吗?”当他将魂印沾上她的血液时，她问道。

嘴唇苍白的男人轻蔑地看了她一眼。

“是家乡寄来的，”阿思说，“在迪扎玛的那个女人写来的信。她的信是今天寄到的？这座皇宫每天早晨都会收到信件。他们敲响你的房门，递上一封信……”*然后把你吵醒*，她在心中补充道，*所以你那些天才会准时到来*。“你连她的信件都随身带着，看来你肯定非常思念她。”

那人放下手臂，揪住阿思的衣襟。“别碰她，妖女，”他嘶声说道，“你……你别碰她！不准用你的诡计和妖法加害她!”

他比她以为的还要年轻。这是迪扎玛人经常带给他人的错误印象。他们的白发和白肤对外乡人来说很难看出年纪。阿思早该看出来的。他很年轻。

她将嘴唇抿成一条线。“你的手里拿着浸有我血液的魂印，却大谈我的诡计和妖法？威胁要派骷髅追捕我的人可是你。我所做的不过是把桌子弄得漂亮些而已。”

“你……你……噢！”那年轻人放弃地抬起双手，然后将魂印盖在门上。

卫兵们以事不关己和不以为然的表情看着这一幕。阿思刻意斟酌过的话语巧妙地提醒了他们，她毫无危害，而血印师才是真正反常的存在。将近三个月以来，卫兵们看着她像个友善的学者那样做着修补的活儿，而那个血印师却每天让她见血，还用来施展可怕的巫术。

我必须丢下那张纸，她心想着，垂下了袖子，打算趁着卫兵们望向别处的时候丢下那封伪造的信件。她的逃脱计划将由此展开……

但真正的塑造尚未完成。皇帝的灵魂。

她犹豫了。她愚蠢地犹豫了。

门关上了。

机会溜走了。

阿思麻木地走到窗边，坐在床沿，那封伪造的信仍旧藏在袖子里。她为何犹豫？她自保的本能就这么不值一提吗？

我可以多等一段时间，她告诉自己。*等到席拉凡的本源印鉴完成以后。*

她已经这么说了好些天了。事实上，是好几周。距离最后期限近上一天，伏蕊瓦下手的可能性也就大上一分。那女人又提出了其他的借口，把阿思的笔记拿去研究。要不了多久，那位塑造师就能轻松地解读并且完成阿思的工作了。

至少他会这么认为。但她的进展越大，也就越意识到这项使命有多么艰巨。而她也越希望将其完成。

她拿出那本记录皇帝生平的书，很快发现自己在回顾他的年轻时代。想到他没法再活过来，想到她的所有工作只是在计划逃脱时用来掩人耳目的骗局……她就会郁郁寡欢。

黑夜啊，阿思心想。*你喜欢上他了。你开始像高图纳那样看待他了！*她本不该有这种感觉的。她从没见过他。何况他还是个卑劣的人。

但以前的他并不卑劣。不，事实上，他从未真正卑劣过。真正的他要复杂得多。每个人都很复杂。她能够理解他，她明白——

“黑夜啊！”她说着，站起身，把那本笔记放到一旁。她需要平复思绪。

六个钟头后，当高图纳踏入她的房间时，阿思正在将一枚魂印盖在门对面的墙壁上。老人打开门，走了进去，发现地板充斥着色彩时，他的身体僵住了。

藤蔓的花纹从阿思的魂印上盘旋涌出，仿佛飞溅的颜料。碧绿、鲜红、明黄。颜料仿佛活物般生长，枝头发出新叶，结出鲜嫩多汁的果实。图案愈加复杂，金色的镶边骤然出现，仿佛溪水般流淌，包围在树叶边缘，反射着阳光。

壁画越来越复杂，每一寸都给人以正在移动的错觉。卷曲着的藤蔓，意料之外的荆棘在树枝后隐现。高图纳敬畏地呼出一口气，然后走到阿思身边。阿祖跟在他身后，另外两名卫兵走出房间，关上了门。

高图纳伸出手去抚摸墙壁，但那些颜料当然是干的。高图纳单膝跪地，看着阿思盖在壁画底部的那两枚魂印。但真正引发这番变化的，却是第三枚盖在上方的魂印：前两枚只是关于如何塑造图案的笔记。它们是指南和说明，是对过去的回顾。

“这是怎么做到的?”高图纳问。

“津多的亚津虎来拜访玫瑰宫的时候，是由一名先锋卫护卫的，”阿思说，“亚津虎得了病，在客房里休养了三周。他的房间就在上面那一层。”

“你的塑造术把他换到了这个房间里?”

“对。那是去年水渍渗透这里的天花板之前的事，所以他在这儿下榻也合乎情理。墙壁记得亚津虎在这里的那些天虚弱得无法启程离开，但仍有绘画的力气。每过一天，他都会画上几条藤蔓，几片叶子或者几颗果实。为了消磨时间。”

“这些壁画应该不会长久维持才对，”高图纳说，“这次塑造太牵强了。你改变得太多了。”

“不，”阿思说，“这次塑造抓住了重点……也就是发掘它的最美之处。”她将魂印放到一旁。她几乎不记得过去六个钟头的事了。狂热的创作欲占据了她。

“但是……”高图纳说。

“它会持续下去的，”阿思说，“如果你是墙壁，你又会怎么选呢？是沉闷无趣，还是生动美丽？”

“墙壁可不会思考！”

“但这不会阻止它们在乎这些事。”

高图纳摇摇头，嘀咕着“迷信”之类的话。“花了多久？”

“你是说制作这枚魂印？我在过去的一个月里一直时不时地雕刻它。这是我想为这个房间所做的最后一件事。”

“那位艺术家是津多人，”他说，“或许是因为你和他属于同一民族，才会……不！这种想法就跟你们的迷信差不多了。”高图纳摇摇头，想要明白这幅壁画为何能持续下去，虽然在阿思看来，这是理所当然的事。

“顺带一提，津多人和我的族人并不一样，”阿思恼怒地说，“我们也许在很久以前曾有血缘关系，但从那时起，我们就和他们大不相同了。”这群士大夫。只因为别人长相相似，士大夫们就觉得他们完全是同一种人。

高图纳的目光扫视着她的房间，还有房间里那些雕工精巧、擦得闪闪发亮的家具。大理石的地板里镶嵌着白银，壁炉噼啪作响，还有一盏小巧的枝形吊灯。一块上好的地毯——从前它只是一条破破烂烂的被子——铺在地板上。彩色玻璃窗在右方的墙上闪闪发光，照亮了美丽的壁画。

唯一保持原样的是那扇厚重却毫不起眼的门。只要上面还印着血印，她就没法塑造它。

“要知道，现在你的房间是整座宫殿里最好的了。”高图纳说。

“我很怀疑，”阿思说着，哼了一声，“皇帝的房间肯定是最好的。”

“是最大的没错。但不是最好的。”他在壁画前单膝跪地，查看着底部的印记。“你把绘制这幅壁画的细节都归纳出来了。”

“要创造真实的塑造品，”阿思说，“你就必须拥有想要模仿的那种技艺，至少得有相当的水准才行。”

“也就是说，你可以自己画这幅壁画。”

“我没有颜料。”

“但你完全可以。你可以要求颜料。我会给你送来。可你却创造了一幅赝品。”

“我就是这样的人。”阿思说。他又一次惹恼了她。

“这是你的选择。如果墙壁也会希望自己成为壁画，那么万思露，你也可以希望自己成为伟大的画师。”

她重重地将魂印拍在桌上，然后深吸了几口气。

“你有副坏脾气，”高图纳说，“和他一样。事实上，我非常清楚他的感受，因为你让我体验过好几次了。我很想知道，你所做的……这些事，能否成为帮助人们互相理解的工具。把情感刻在魂印里，然后让其他人亲身感受……”

“听起来很不错，”阿思说，“要是塑造灵魂不是什么‘对自然的可耻冒犯’该多好。”

“是啊。”

“既然你已经能解读那些印记，看来你已经精于此道了，”阿思故意转换了话题，“我几乎都觉得你是在作弊了。”

“事实上……”

阿思振作精神，驱走心中的怒火，毕竟她的气头已经过去了。她刚才是怎么回事?

高图纳怯懦地将手伸进长袍上宽大的衣袋里，拿出一只木头盒子。那是她用来保存她的宝贝——那五枚本源印鉴——的盒子。在必要的时候，这些魂印能改写她的灵魂，从而将她改变成**本可以**成为的样子。

阿思踏前一步，但高图纳打开盒子时，她才看到那些印鉴不在里面。“很抱歉，”他说，“但我觉得，如果现在给你这些印鉴，会让我显得有些……愚蠢。任何一枚魂印似乎都能帮你立即逃出去。”

“事实上，只有其中两枚能办到，”阿思酸溜溜地说着，手指抽搐起来。这些印鉴代表了她整整八年的辛劳。她从出师以后就开始雕刻第一枚印鉴了。

“唔，是啊。”高图纳说。小盒子里有几块金属板，上面分别铭刻着组成她的灵魂改写蓝图的那些独立的小魂印。“应该是这一枚吧?”他拿起一块金属板。“思战。翻译过来就是……铁拳阿思?把这枚魂印盖在身上，你就会成为一名斗士?”

“对。”阿思说。这么说，他一直在研究她的本源印鉴，所以他才会如此擅长解读她的魂印。

“这里铭刻的图案，我能理解的部分恐怕只有十分之一，”高图纳说，“但它给我的印象足够深刻了。说真的，制作这些肯定需要许多年的时间。”

“它们对我来说……非常宝贵。”阿思说着，强迫自己坐在桌边，不再紧盯着那些金属板不放。如果她带着这些金属板逃走，就能轻而易举地做出新的本源印鉴。她还是得花掉几周时间，但这么一来，她大部分心血就不会付诸东流了。只不过，如果他们要毁掉这些……

高图纳坐在平常的那张椅子上，若无其事地看着那些金属板。如果换作别人，她会觉得这种举动隐含着威胁。**看看我手里拿着什么，看看**

我能对你做些什么。但高图纳不同。他的好奇是由衷的。

但事实真是如此吗？她无法压抑本能的担忧。一山还有一山高。正如文叔叔的教诲那样。高图纳会不会从始至终都在耍弄她？她强烈地觉得应该相信自己对高图纳的看法。但如果她错了，结果会是一场灾难。

无论如何，结果恐怕都不会变了，她心想。**你几天前就该逃跑的**。

“把你变成斗士的这枚我能理解，”高图纳说着，将金属板放到一边，“还有这个。林中居民和生存专家。看起来用途非常广。真了不起。这儿还有一枚成为学者的印鉴。可为什么？你已经是学者了。”

“没有哪个女人无所不知，”阿思说，“能用来学习的时间就这么多。如果我用这枚本源印鉴盖在自己身上，我就能说十来种语言，从芬国语到穆拉迪尔语——甚至包括几句塞克拉语。我会了解数十种不同的文化，以及融入其中的方法。我会了解科学、数学以及世界上的各大政治派系。”

“噢。”高图纳说。

别废话了，赶紧给我，她心想。

“可这又是什么？”高图纳说，“乞丐？为什么你会希望自己变成那副憔悴的模样？而且……这儿显示你的大部分头发都会脱落，皮肤也会结满疮疤。”

“它能改变我的外表，”阿思说，“彻底地改变。这很有用。”她没有提到，那副模样的她会了解在街头和社会底层生存的方式。不用这枚魂印，她的撬锁技艺也不太差，但盖上魂印以后，她就无可匹敌了。

盖上这枚魂印以后，她应该就能爬出这扇狭小的窗户——那枚印鉴会改写她的过去，赋予她多年的柔术表演者的经历——然后从五楼爬下，前往自由。

“我早该想到的。”高图纳说。他拿起最后一块金属板。“那就只剩下最让人困惑的这一枚了。”

阿思一言不发。

“烹饪，”他说，“农活，缝纫。我猜是另一个假身份。为了模仿那些较为无知的人？”

“对。”

高图纳点点头，放下了那块金属板。

诚实。必须让他看到我的诚实。诚实是无法作伪的。

“不。”阿思说着，叹了口气。

他看着她。

“它是……我的出路，”她说，“我永远不会去用。但如果需要的话，我随时都能用它。”

“出路？”

“如果我使用这枚印鉴，”阿思说，“它就会改写我作为塑造师的过去。改变相关的一切。我会忘记如何制作最简单的魂印：我甚至会忘记自己学习过塑造。我会变成一个普通人。”

“你想这么做吗？”

“不。”

她顿了顿。

“好吧，也许想。一部分的我一直很想。”

诚实。诚实真的很难。但有时候，诚实是唯一的出路。

她有时会梦想那种简单的生活，但却是以一种病态的方式，就像某个人站在悬崖边缘，思索着跳下去会是什么感觉。尽管荒谬，却仍是种诱惑。

平凡的人生。不再躲藏，不再撒谎。她喜爱作为塑造师的生活。她喜爱那种刺激，那种成就感和惊奇。但有些时候……身陷囹圄，或者被迫逃命的时候……她会梦想不一样的人生。

“你的婶婶和叔叔呢？”他问，“文叔叔，阳婶婶，他们也是改写的一部分。我在这儿看到了。”

“他们是假的。”阿思低声答道。

“但你总在引用他们的话。”

她用力闭上双眼。

“我猜，”高图纳说，“是充斥谎言的人生让你混淆了真实和虚假。但就算你真的使用这枚魂印，也不可能忘记一切。你要如何欺骗你自己？”

“它将是有史以来最伟大的塑造，”阿思说，“甚至连我也能愚弄。这枚印鉴铭刻的图案会让我相信，如果不能每天将它盖在自己身上，我就会死。印鉴包括一段过去的病史，而治疗我的人……用你们的说法，是封伤师。用魂印治疗病人的医师。我从他们那里得到了治疗用的魂印，每天早晨都必须使用。阳婶婶和文叔叔会写信给我；这是我用来蒙骗自己的手段之一。信我早就写好了。在使用那枚本源印鉴之前，我会付给信使一大笔钱，让他们定期分别寄出那几百封信。”

“可万一你想去探望他们呢？”高图纳说，“去探究你的身世……”

“那块板子上都写着呢。我会变得害怕旅行。这并不是完全的谎话，因为我年轻时确实害怕离开村子。使用那枚印鉴的时候，我会远离城市。我会觉得探访亲戚的旅途太过危险。但这不重要。我是绝对不会使用它的。”

那枚魂印会终结她。她会忘记过去二十年的事，回到她八岁那年——那时她才刚刚开始打听成为塑造师的方法。

她会彻底成为另一个人。其他那些本源印记都做不到：它们能重写她的一部分过去，但她仍然记得自己的真实身份。但最后这枚不同。它是名副其实的“最后一枚”。这让她害怕。

“以一件绝对不会使用的东西来说，你花费的精力还真不少。”高图纳说。

“人生有时就是如此。”

高图纳摇摇头。

“我是受雇去毁掉那幅画的。”阿思脱口而出。

她不太确定是什么驱使她说出这句话的。她需要和高图纳坦诚相见——只有这样，她的计划才能运作——但他不需要知道这件事。不是吗?

高图纳抬起头。

“是韩书贤雇我毁掉伏蕊瓦的画的，”阿思说，“所以我才会烧毁那幅杰作，没有把它偷出画馆。”

“韩书贤？但……他是那幅画的画师啊！为什么他会雇你毁掉自己的作品?”

“因为他憎恨帝国，”阿思说，“他当初创作那幅画，是为了送给他所爱的女子。那个女人的子女将画作为礼物送给了帝国。韩书贤现在既老又盲，几乎无法动弹。他已经半截身子入土，不想让自己的作品继续为帝国增光添彩。他央求我烧毁那幅画。”

高图纳简直目瞪口呆。他看着她，仿佛想要看穿她的灵魂。阿思不明白他何必费这种工夫：在这场对话中，她已经知无不言、言无不尽了。

“像他那样的大师是很难模仿的，”阿思说，“尤其是在没有原作参照的情况下。只要思考一下，你就会明白：如果我想创作赝品，就必须得到他的协助。他允许我进入他的书房，也愿意和我交流思想：他把创作那幅画的过程告诉了我。他教导我应该用怎样的笔触。”

“可你为什么不把真迹还给他呢?”高图纳问。

“他快死了，”阿思说，“拿回这幅画对他来说毫无意义。这件作品是为他的爱人所画。她已经逝去，而他觉得那幅画也应该随她而去。”

“无价的珍宝，”高图纳说，“就因为愚蠢的自尊而一去不复返。”

“那是**他**的作品!”

“不再是了，”高图纳说，“它属于所有见过它的人。你不该答应这种要求的。摧毁这样的艺术品不可能是正确之举。”他犹豫了片刻，又说：“但我想我能理解。你所做的事有其高尚之处。你的目标是《月色如意》。毁掉那幅画是在给你自己平添危险。”

“韩书贤在我年轻时教过我绘画，”她说，“我没法拒绝他的要求。”

高图纳似乎不以为然，但他似乎可以理解。但阿思却觉得心神不宁。

这是必要的，她告诉自己。*而且或许*……

但他并没有把金属板还给她。她并不指望他会这么做，至少不是现在。她得等到他们的协议达成的那一天——而她能肯定自己没法活着看到那一天，除非她成功逃走。

他们测试了最后一组魂印。每一枚都至少持续了一分钟，正如她的预料。她迎来了那个时刻，也看到了最后的灵魂该有的样子。等她完成第六枚魂印的测试以后，高图纳静静等待着。

“就这些。”阿思说。

“今天就这些？”

“全部就这些。”阿思说着，将最后那枚魂印收好。

“你完工了？”高图纳站得笔直，“几乎早了一个月！这——”

“我还没完工，”阿思说，“现在才是最困难的部分。我必须把这几百颗魂印刻成细小的图案，合并起来，然后制作一颗车辖魂印。我目前所做的就像是准备好全部颜料，做好上色和形象方面的研究。现在我必须把这些整合起来。我上次这么做的时候，花去了超过两个半月的时间。”

“而你只有二十四天。”

“而我只有二十四天。”阿思说着，突然感到一阵内疚。她*必须*逃跑。而且要尽快。她不可能等到完工再离开。

“那我就不打扰你了。”高图纳说着，站起身来，放下了袖子。

第八十五天

没错，阿思这么想着，开始在床边的那堆纸张里翻找。书桌不够大，所以她把床当成了堆书的地方。**没错，他的初恋来自那本故事书。**正因如此……库西娜的红发……但那种爱应该是下意识的。他不可能知道。所以那份感情藏在心底深处。

她怎么会看漏这件事？她并不像自己以为的那样接近完工。没时间了！

阿思把刚才的发现添加在她正在雕刻的魂印上：它集合了席拉凡的倾慕与情史的数个部分。她将一切都囊括其中：无论是令人难堪的、不够体面的，还是辉煌壮丽的，她将她发现的一切——再加上一点点推测——在考虑过预期风险后填入那个灵魂之中。席拉凡与他不记得名字的某位女性的调情。无所事事时的幻想。与一位如今已过世的女性间近乎恋爱的关系。

这是灵魂中阿思最难以模仿的一部分，因为它最为私密。皇帝所做之事很少有真正的秘密，但席拉凡并非生来就是皇帝。

她必须自行推断，以免让这个灵魂缺乏修饰，毫无激情。

如此私密，如此**强大**。梳理那些细节的时候，也是她觉得自己和席拉凡最为接近的时候。这并非出于窥探隐私的欲望：在那一刻，她就是他的一部分。

她现在手中有两本笔记。对外的那本笔记表明她的进度严重落后，而且遗漏了不少细节。而另一本笔记上的内容才是真实的，只是伪装成无用的记录，显得杂乱无章。

她的进度的确落后了，但并没有那本公开的笔记所显示的那么严重。她希望这个花招能够将伏蕊瓦下手的日子延后几天。

就在阿思搜寻某段记录的时候，恰好看到了她的逃脱计划。她犹豫起来。*第一步，处理门上的印记*，密文写就的那段文字如此说道。*第二步，让卫兵闭嘴。第三步，可能的话，取回你的本源印鉴。第四步，逃离皇宫。第五步，逃离城市。*

她为每一步写明了具体的实施方法。她并没有忘记逃跑这回事，并没有彻底忘记。她制订了完善的计划。

但她却发狂地想要完成灵魂，为此投入了绝大部分的精力。*再过一周*，她告诉自己。*再有一周时间，我就能在最后期限的五天前完工。然后我就能逃跑了。*

第九十七天

“嘿，”赫力说着，弯下腰来，“这是什么？”

赫力是个体格健壮的先锋卫，总是装得比实际上要笨。这让他总能赢牌。他有两个孩子——都是女孩，都还不到五岁——但最近常和一名女性卫兵私会。私底下，赫力希望能成为他父亲那样的木匠。如果他意识到阿思对他的了解有多深，肯定会大惊失色的。

他拿起自己在地上找到的一张纸。血印师刚刚离开。在被囚禁的第九十六天清晨，阿思决定实施她的计划。她*必须*逃走。

皇帝的灵魂尚未完成。*只差一点了*。只要再努力一晚，她就能完工。反正按照计划，她也需要再等待一晚。

“肯定是血印师落下的。”依尔说着，走了过来。她是今早在房间里的另一名守卫。

“那是什么？”阿思在书桌边问道。

“信。”赫力咕哝着说。

两名卫兵在阅读时都陷入了沉默。皇宫里的每个先锋卫都识字。这也是所有二阶以上的帝国公职人员必备的能力。

阿思沉默而紧张地坐在那儿，小口喝着一杯柠檬茶，努力平复自己的呼吸。她强迫自己放松下来，虽然放松是她最不想做的事。阿思很清楚那封信的内容。毕竟那是她亲笔写就，又趁着血印师匆忙离开时悄悄扔到了地上。

信上写着：兄弟，我就快完成这边的使命了，我赚到的财富甚至能和从南方诸省归来后的艾扎雷克匹敌。我看守这个人根本不花什么力气，但我又有什么资格质疑付我大笔酬劳的雇主们的理由呢？

我很快就会回到你那里。我要自豪地宣布，我在这儿的另一项任务也大获成功。我鉴别出了几名有能力的武者，也从他们那里收集到了足够的样本。头发、指甲，还有几件丢失了也没人在意的私人物品。我相信，我们很快就会拥有自己的私人护卫了。

信的内容还在继续，信纸的正面和背面都写满了字，所以看起来并不可疑。阿思在信中提到了许多宫中的话题，包括其他人认为她不知道而那个血印师却知道的事件。

阿思担心那封信有点太明显了。那些卫兵会不会觉得它是伪造的？

“那个库努坎，”依尔低声用他们的语言说道。这句话翻译过来，大致相当于“嘴巴就像肛门的人”。“那个帝国库努坎！”他们显然相信这封信真是他写的。这些武人向来不太注意细节。

“我能看看吗？”阿思问。

赫力把信递给她。“我没弄错他的意思吧？”那位卫兵问道，“他一直在……*搜罗*我们的东西？”

“他指的也许不是先锋卫，”阿思读完信以后说，“他没提到你们。”

“他为什么想要头发？”依尔问，“还有指甲？”

“有了你的一部分，他们就能作法，”赫力又咒骂了一句，“你也看到他每天拿阿思的血在门上做什么了。”

“我不觉得他用头发或者指甲能做到什么，”阿思怀疑地说，“这只是夸口而已。不超过一天的新鲜血液才能用在他的魂印上。他是在跟兄弟吹牛。”

“他不该做这种事。”赫力说。

“换作是我，就不会担心这个。”阿思说。

另外两人对视一眼。几分钟以后，另一组卫兵前来接班。赫力和依尔离开时低声交谈，那封信还塞在赫力的口袋里。他们应该不会伤那个血印师太重。威胁他倒是肯定的。

人人都知道，那个血印师习惯每晚光顾附近的茶馆。她几乎觉得有些对不起他了。根据她的推断，每当他收到家乡的音信时，就会准时到她的房间来。他有时会面露喜悦。没收到信件的时候，他就会酗酒。今天早晨，他看起来有些悲伤。看来是有阵子没收到信了。

今晚的遭遇也不会让他这一天更好过。没错，阿思几乎为他感到内疚，但她随即想起了门上的血印，还有他今天蘸过血以后，她缠在手臂上的绷带。

在卫兵交班结束的那一刻，阿思深吸了一口气，随后继续埋首于工作。

今晚。今晚，她就能完工。

第九十八天

阿思跪倒在地板上，周围是四散的书页，每一页都满是难懂的文字与绘制的印章。在她身后，早晨睁开了惺忪的睡眼，阳光透过彩色玻璃窗渗透进来，为房间染上了鲜红、天蓝和深紫。

一枚用光滑的石头雕刻而成的魂印——印章的部位朝下——放在她面前的金属板上。就石材而言，魂石看起来和滑石或者其他纹理细致的石头不无相似之处，只是其中会混入红色的斑点，仿佛有几滴血液沾在了上面。

阿思眨了眨疲惫的双眼。她真的打算逃脱吗？她睡了……多久来着？过去三天加起来不超过四个钟头？

她肯定可以再等等。她当然可以再休息一晚。

休息，她麻木地想着，*然后我就再也不会醒来了*。

她跪在那里，一动不动。那颗魂印仿佛是她见过的最美妙的东西。

她的祖先崇拜从夜晚的天空落下的石头。他们把那些石块称为“破碎神明之魂”。工匠大师会将它们雕刻成神明的样子。阿思曾经觉得这很愚蠢。何必去膜拜你自己创造出来的东西呢？

但跪倒在这件杰作面前的时候，她明白了。她觉得自己将全部心血都倾注其中。她在三个月的时间里付出了平时两年的努力，而最高潮就是那一整晚不顾一切地疯狂雕刻。在昨天晚上，她改写了笔记的内容，也改写了灵魂本身。巨大的改变。她仍然不清楚这些改写源于她脑海中所看到的成果的样子，还是疲惫和幻觉所滋生的错误想法。

直到她使用那枚魂印之前，都不会知道这些。

“这……完成了吗？”一名卫兵问道。两人早已挪到了房间的另一边的壁炉旁，给她留出地方，让她能在地板上忙碌。她依稀记得自己移开了房间里的家具。她花了不少时间把床底下的成堆纸张搬出来，又爬进床下去找其余的那些。

完成了吗？

阿思点点头。

“这究竟是什么？”那卫兵问。

黑夜啊，她心想。*这就对了*。*他们根本不知道*。每次和高图纳谈话之前，普通卫兵就会离开房间。

这些可怜的先锋卫恐怕会被调派到帝国边远地带的某个哨站，负责守卫通往遥远的泰奥德半岛之类地方的关隘，就这样度过余生。他们会被雪藏起来，免得不小心泄露任何相关的秘密。

“想知道的话，就去问高大人吧，”阿思轻声说道，“他们不允许我回答。”

阿思毕恭毕敬地拿起那颗魂印，然后将它和那块金属板放进事先准备好的盒子里。魂印放在红色的丝绒上，而金属板——形状就像一块又大又薄的奖章——则放入盒盖底部的凹口中。她合上盖子，然后拖来另一只稍大些的盒子。盒子里放着五枚魂印，是为了她即将开始的逃脱而雕刻和准备的。如果她能成功逃脱的话。其中两颗已经使用过了。

如果她能睡上几个钟头的话。只要几个钟头……

不。*反正我已经不能用那张床了*。

但在地板上蜷成一团似乎也很有诱惑力。

门缓缓开启。阿思突然有些恐慌。是血印师吗？遭到那些先锋卫的殴打以后，他本该在床上醉得不省人事才对啊！

有那么一瞬间，她有种古怪而又内疚的解脱感。如果血印师真的来了，她今天就没有逃脱的机会了。她可以睡上一觉。难道说赫力和依尔没去教训他？阿思相当确定自己对他们的看法，而且……

……而且，疲惫的她发现自己太早下结论了。房门敞开，有人走了进来，但并不是那位血印师。

是阿祖队长。

“出去。”他对那两个卫兵吼道。

他们立刻站起身。

“事实上，”阿祖说，“你们今天可以休息了。我会一直看守到换班为止。”

两人敬了个礼，随后离开。阿思觉得自己就像一头被鹿群遗弃的麋鹿。门关上了，而阿祖缓缓地、不慌不忙地转过身，看着她。

“魂印还没有准备好，”阿思谎道，“所以你可以——”

“用不着准备好，”阿祖说着，厚厚的嘴唇噘起，露骨地笑了起来。“我想我三个月前答应过你一件事，小贼。我们还有……恩怨未了。”

房间昏暗，那盏灯的灯油快要燃尽，天色也才刚刚破晓。阿思向后退去，飞快地修订着自己的计划。不应该是这样的。她不是阿祖的对手。

她的嘴动个不停，努力分他的心，同时也匆忙开始虚张声势。“如果伏蕊瓦发现你来过这儿，”阿思说，“她会大发雷霆的。”

阿祖拔出了剑。

“黑夜啊！”阿思说着，退到窗边，“阿祖，你不需要这么做。你不能这么做。我还有必须完成的工作！”

“会有别人来完成你的工作，”阿祖恶狠狠地看着她说，“伏蕊瓦手下还有个塑造师。你以为你很聪明。你大概准备好了明天出逃的完美计划。这次我们要先下手为强。你根本没料到，是不是啊，谎话精？我会享受杀死你的过程的。非常享受。”

他举剑刺来，剑锋钩到了她的上衣，在布料上划开了一道口子。阿思向后跳去，大呼救命。她仍然在虚张声势，但这不需要什么演技。她的心脏狂跳，恐慌升起，而她手忙脚乱地绕过那张床，让它阻挡在她和阿祖之间。

他露骨地笑着，随后跳到了床上。

床立刻垮了下去。在昨天夜晚，趁着爬到床下拿笔记的时候，她塑造了床身的木料，让它因昆虫肆虐而留下严重的缺陷，从而脆弱不堪。她还把下面的床垫切开了好几道长长的口子。

阿祖连大叫都来不及，便随着分崩离析的床落进她在下方地板上留下的开口。渗入她房间的水渍——她第一次进房间时嗅到的霉味——就是关键。根据文献记录，要不是他们迅速找到了漏水的位置，木头的横梁和天花板早就塌下来了。她只用一次简单的塑造——非常合乎情理——就让地板塌陷了下去。

阿祖摔进了下面那层楼空荡荡的储物室里。阿思气喘吁吁地站起身，朝地上的窟窿里看去。那人躺在床的残骸之间。其中一些是柔软的填充材料。他多半还活着——她本打算用这个陷阱对付平时的卫兵之一，而她还挺喜欢那个人的。

和我计划的不太一样，她心想，*但仍旧行得通*。

阿思跑到桌边，收起她的东西。那只装着魂印的盒子，皇帝的灵魂，几块多余的魂石和墨水。还有解释她制作的那些复杂魂印的两本笔记——给外人看的那本，还有真正的那本。

经过壁炉时，她把前一本笔记丢了进去。接着她在门口停了下来，计算着自己的心跳次数。

她痛苦地看着血印师的印记持续脉动。终于，在折磨人的几分钟过后，门上的印记闪烁了最后一次……然后渐渐消失。血印师没能及时赶回来重设它。

自由。

阿思冲进走廊，抛弃了她过去三个月来的家，那个如今金碧辉煌的房间。门外的走廊离她那么近，但感觉上就像是另一个国度。她将第三枚准备好的魂印按在外衣上，将它变成宫廷仆役那样的装束，左胸处还绣有皇家的徽章。

她必须抓紧时间。要不了多久，血印师就会走进她的房间，或者坠落的阿祖会苏醒过来，又或者接班的卫兵会抵达。阿思很想跑着穿过走廊，直奔宫殿的马厩。

但她没有这么做。奔跑只代表两种状况——犯下了过错，或是担负着重要的使命。两者都会给人留下印象。于是她加快了步子，而且摆出一副目的明确、旁人勿扰的表情。

她很快走进了这座庞大宫殿里不那么冷清的区域。没有人拦住她。在某个铺着地毯的十字路口，她自己停了下来。

在她的右方，那条长长的走廊的尽头，就是皇帝的卧室。她右手中那枚装在盒子里的魂印似乎在她指间跃动。她为什么不把魂印留在房间里，让高图纳能够找到？如果那些仲裁官拿到魂印，应该就不会那么努力追捕她了。

她可以把魂印留在这儿，留在这座挂满历代统治者的肖像、散布着塑造出来的古代陶器的走廊里。

不。她带走魂印是有理由的。她准备好了进入皇帝卧室所需的工具。她自始至终都清楚自己会这么做。

如果她现在离开，就永远无法真正知晓魂印是否有效。那种感觉就像是造了栋屋子，却从未踏入过一步。就像铸造了一把剑，却从不挥舞。就像创造了一件杰出的艺术品，然后便将它锁入柜中，再也不看上一眼。

阿思沿着长长的走廊走了起来。

等到四下无人的那一刻，她便翻过其中一只丑陋的瓮，破坏了底部的印记。它变回了原本毫无装饰的陶土形态。

她有充足的时间可以弄清这些瓮是在哪里、又是由谁制作的。她准备的第四枚魂印将陶瓮变成了一只装饰华丽的黄金夜壶。阿思沿着走廊大步走向皇帝的房间，走到门前时，她将夜壶夹在手臂下面，对卫兵们点点头。

“我没见过你。”卫兵之一说道。她也没见过那张满是伤疤的脸和那对斜眼。正如她的预料。仲裁官们刻意将看守她的卫兵与其他卫兵隔离开来，这样一来，他们就无法泄露工作的内容了。

“噢，”阿思面露困窘之色，支支吾吾地说，“很抱歉，大人。我是今早才被安排来做这份活儿的。”她涨红了脸，从口袋里摸出一张方方正正的厚纸条，上面盖着高图纳的印章，还有他的签名。这些是她用比较传统的方法伪造的。幸好他听从了她对于皇帝房间的保卫措施方面的建议。

她没有遇到其他麻烦便通过了。之后的三个宽大的房间空无一人。那些房间后面是一扇上锁的门。她只好将那扇门塑造成昆虫侵蚀过的木头——用的是她在床上动手脚时的那枚魂印——才得以通过。效力维持不了太久，但这几秒钟足够她踢开那扇门了。

门后便是皇帝的卧室。他们提议给她这个机会的时候，带她来的就是这个房间。除了躺在床上的他，房间里以外空无一人。他醒着，双眼却漫无焦点地看着天花板。

这里很静。很安静。气味……太干净了。就像一张空白的画纸。

阿思走到床边。席拉凡没有看她。他的双眼一动不动。她将五指按在他的肩上。他有一张英俊的面孔，但比她要年长十五岁左右。这对士大夫们来说算不了什么：他们的寿命比大多数人都要长。

尽管卧床许久，他的外表依然很有气势。金色的头发，紧绷的下巴，还有显眼的鼻子。他的五官和阿思的族人迥然不同。

“我了解你的灵魂，”阿思轻声说道，“比你自己还要了解。”

到目前为止，周围还很安静。阿思知道示警声随时都可能传来，但她还是跪在了床边。“我真希望自己能认识你。不是你的灵魂，而是你。

我读过关于你的事；我窥视过你的心。我尽我所能重塑了你的灵魂。但这并不一样。但这不代表我认识你，不是吗？我只是了解关于你的事而已。”

她刚才是不是听到了宫殿远处响起的呼喊？

“我要求的并不多，”她柔声说道，“只要你活着。只要你像过去那样。我已尽我所能。希望这样就足够了。”

她深吸一口气，随后打开盒子，取出了他的本源印鉴。她蘸上墨水，然后掀开他的衬衣，让他的上臂暴露在外。

阿思犹豫片刻，然后将魂印盖了上去。魂印碰触到血肉，一如既往地停滞了片刻。皮肤和肌肉随后放弃了抵抗，而魂印陷入了几分之一寸。

她旋动魂印将其固定，随后抽离。亮红色的印记闪烁微光。

席拉凡眨了眨眼。

阿思起身后退，而他坐了起来，四下张望。她沉默地数着数字。

“这儿是我的房间，”席拉凡说，“发生了什么？有人袭击我。我……我受了伤。噢，光辉之母啊。库西娜。她死了。”

悲伤浮现在他的脸上，但他很快便将其掩盖。他毕竟是皇帝。他也许脾气不好，但只要他没有大发雷霆，就很善于掩饰自己的感受。他转身面对着她，充满生机的双眼——能够看到东西的双眼——看向了她。“你是谁？”

这个问题让她心头一紧，尽管她早有预料。

“我算是某种医师吧，”阿思说，“你受了很重的伤。我治好了你。只不过，我用的方法在你们的某部分文化看来……令人厌恶。”

“你是个封伤师，”他说，“是……塑造师？”

“某种程度上是这样。”阿思说。他认为是什么就是什么吧。“这种封伤非常困难。你必须每天给自己盖上魂印，并将那块金属始终带在身边——它就在那个盒子里，形状像块圆片。如果没有这些，你就会死，席拉凡。”

“给我。”他说着，伸手去拿那枚魂印。

她犹豫起来。她并不清楚原因。

“给我。”他的口气强硬了些。

她将魂印放进他的手里。

“别把这儿发生的事告诉任何人，”她对他说，“卫兵或者仆役都不行。只有你的仲裁官知道我做了什么。”

外面的吵闹声更响了。席拉凡朝那边看去。“如果说不能让任何人知道，”他说，“你就必须离开。离开这个地方，再也不要回来。”他低头看了看那颗印章。“你知道了我的秘密，我本该处死你的。”

这是他在多年的宫廷生涯中学到的自私。噢，她没弄错这部分。

“可你不会的。”她说。

“我不会的。”

还有深埋在他心底的仁慈。

“走吧，趁我还没改变主意。”他说。

她朝门那边踏出一步，然后看了看她的怀表——已经远远超过一分钟了。印鉴起效了，至少在短时间内是有效的。她转过身，看着他。

“你在等什么?”他问道。

“我只是想多看一眼。”她说。

他皱起眉头。

呼喊声更响亮了。

“走吧，”他说，“拜托。”他似乎知道那些呼喊声是怎么回事，至少他能猜到。

“这次做得更好些吧，”阿思说，“拜托。”

说完这句话，她开始逃跑。

她一度考虑过给他的灵魂加入保护她的欲望。但这么做没有合适的理由，至少以他的角度来说是如此，而且很可能会损害塑造的效力。除此以外，她也不相信他**有能力**救她。直到哀悼期结束前，他都不能离开自己的房间，或者跟除了他的仲裁官之外的人说话。在此期间，统治帝国的是那些仲裁官。

反正他们也是实际上的统治者。不，只是草率地改写席拉凡的灵魂，并让他保护她，这种做法是不会成功的。靠近最后一扇门的时候，阿思拿起了伪造的夜壶。她举高夜壶，跌跌撞撞地穿过那扇门。她对着远处的呼喊声倒吸了一口凉气。

“那是因为我吗？”阿思大叫道，“黑夜啊！我不是故意的！我知道我不应该看到他。我知道他在独自哀悼，可我只是开错了一扇门！”

卫兵们盯着他，然后其中之一放松下来。“不是因为你。回你的房间待着去吧。”

阿思匆匆鞠了一躬，然后快步走开。大部分卫兵都不认识她，因此——

她感到腰侧传来剧痛。她倒吸一口凉气。那种感觉就像是每天早晨，血印师往门上盖印时那样。

她惊慌地摸向身侧。被切开的不光是她的外衣——那是阿祖的剑划过的位置——甚至还有她黑色的内衣！她抽回手指，发现上面沾了好几滴血。只是一处划伤，没什么大碍。手忙脚乱的她甚至没注意到自己受了伤。

但阿祖的剑锋……上面沾了她的血。新鲜的血液。血印师找到了那些血，开始了追捕。痛楚意味着他正在寻找她的位置，将他的宠物与她调谐一致。

阿思丢下夜壶，开始飞奔。

寻觅藏身处已经不值得考虑了。举止低调也失去了意义。如果血印师的骷髅仆从追上她，她就会死。就这样。她必须尽快找到马匹，而且随后的二十四个钟头内都不能让那些骷髅追上，直到她的血不再新鲜为止。

阿思飞奔着穿过走廊。仆从们开始指指点点，还有些尖叫起来。她几乎撞倒了一位身穿红色祭司铠甲的南方使节。

阿思咒骂一声，匆匆绕过那个人。皇宫的出口应该已经封锁了。她很清楚。她研究过保卫措施。现在再想出去恐怕难于登天。

有备无患，文叔叔这么说过。

她一向如此。

阿思在走廊里停下脚步，然后认定——虽然已经有些迟了——跑向出口也毫无意义。她此时几乎陷入恐慌，血印师又在追踪她，但她必须清晰地思考。

有备无患。她的后备手段虽然孤注一掷，但却是她仅有的出路。她又开始奔跑，绕过一个转角，朝她来时的路跑了回去。

黑夜啊，我对他的看法千万别错，她心想。*如果他其实是比我优秀得多的骗术大师，我就死定了。噢，未名神啊，拜托。这次请别让我失望*。

她心跳飞快，将疲惫抛诸脑后，最后在通往皇帝房间的走廊里急停下来。

她在那儿等待着。卫兵们皱眉打量着她，但仍然按照训诫坚守在走廊尽头的岗位上。他们招呼她上前。停止不动真是种煎熬。那个血印师正带着他可怕的宠物逐渐逼近……

“你为什么会在这儿?”有个声音问。

阿思转过身，看到高图纳拐进了走廊。他首先想见的人是皇帝。其他人都会寻找阿思，但高图纳会来见皇帝，确保他的安全。

阿思焦虑地走到他身边。*这恐怕是我这辈子最差劲的后备手段了*，她心想。

“成功了。”她轻声说道。

“你试过魂印了？”高图纳说着，拉住她的手臂，瞥了眼那些卫兵，然后把她拉到他们听不到的位置。“所有这些草率、疯狂而又愚蠢的——”

“成功了，高图纳。”阿思说。

“你为什么会来见他？为什么不趁机逃跑？”

“我必须知道。必须。”

他看着她，迎上她的双眼。一如既往地看穿了她的眼睛，窥见了她的灵魂。黑夜啊，他本可以成为出色的塑造师的。

“血印师知道你的去向，”高图纳说，“他召唤了那些……*东西*来追捕你。”

“我知道。”

高图纳犹豫了仅仅一瞬间，然后从他宽大的口袋里拿出一只木头盒子。阿思的心跳到了喉咙口。

他递了过去，她用单手接过，但他并未放手。“你知道我会来这儿，”高图纳说，“你知道我带着这些印鉴，也知道我会交给你。你把我当成傻瓜摆布了。”

阿思一言不发。

“你是怎么做到的？”他问道，“我以为我看你看得够仔细了。我很*确定*自己没被你操纵。可我到这边来的时候，却隐约觉得会遇见你。我知道你需要这些印鉴。直到这一刻，我才意识到这些或许全在你的计划之中。”

“我确实操纵了你，高图纳，”她承认道，“但我被迫选择了最为困难的方法。”

“什么样的方法？”

“坦诚相待。”她答道。

“靠坦诚可不能操纵别人。”

“不能吗？”阿思问，“你能有今天的地位，靠的不就是这种方法吗？你言行坦荡，让别人能看清你的本质，也期望他们以诚实回报你。”

“这不是一回事。”

“是啊，”她说，“的确不是。但这是我能想到的最好方法。我对你说过的一切都是真话，高图纳。我毁掉的那幅画，关于我人生和希望的那些秘密……全都是真话。只有这样，我才能把你争取到我这一边。”

“我不在你那一边，”他顿了顿，“但我也不希望你被杀，孩子。尤其是被那些**东西**所杀。拿去吧。天啊！拿上这些，然后走吧，趁我还没改变主意。”

“谢谢你。”她低声说着，将盒子贴在胸前。她摸索着上衣的口袋，拿出一本厚厚的小册子。“好好保管这个，”她说，“别给任何人看。”

他犹豫着接了过去。“这是什么？”

“真相，”她说着凑近身子，在他脸颊上亲了一口，“如果成功逃脱，我就会改写我的最后一枚本源印鉴。就是我永远不打算用的那一枚……我会在印鉴里——也就是我的记忆里——加上一位救过我性命的和蔼祖父。一位拥有智慧和同情心，让我十分尊敬的男子。”

“走吧，傻孩子。”他说。他的眼里真的涌出了一滴泪。要不是她已经处在恐慌的边缘，肯定会为此自豪，并为曾经的骄傲而羞愧，为过去的她而羞愧。

“席拉凡活过来了，”她说，“每当你想到我的时候，就请想起这件事吧。**成功了**。黑夜啊，**成功了！**”

她转过身，沿着走廊飞奔而去。

高图纳听着女孩离去的声音，但并没有转身目送她。他看着皇帝的房间。两个困惑不解的卫兵，以及一扇门……通往哪里？

通往玫瑰帝国的未来。

领导我们的，将会是个并非真正活着的人，高图纳心想。**那是我们肮脏的努力结出的果实**。

他深吸一口气，然后走过卫兵身边，推开那扇门，打算去看看他一手促成的那个东西。

只是……拜托，千万别是个怪物。

阿思沿着皇宫走廊大步走着，手里拿着那只装着魂印的盒子。她脱掉了那件带有纽扣的上衣——露出下面那件黑色的紧身衬衣——然后将盒子塞进口袋里。她留下了衬衣和裹腿。这一身跟她受训时的衣着差别不大。

仆从们在她面前四散奔逃。他们从她的样子就能看出避之则吉。突然间，阿思的心中涌出了前所未有的自信。

她取回了她的灵魂。全部的灵魂。

她脚下不停，同时取出一枚本源印鉴。她用力蘸上墨水，把盒子塞回衬衣口袋里。随后，她重重地将印章按在她右臂上，将印记固定，也改写了她的过去，她的记忆和人生经历。

在那个瞬间，她同时回忆起了两个过去。她想起自己闭门不出整整两年，设计和制作这枚本源印鉴。她想起了她作为塑造师的一生。

与此同时，她又记得自己过去的十五年是与铁卢国的人们一起度过的。他们收养了她，还将他们的武艺传授给她。

同时身在两地，平行的两段人生。

随后前者渐渐消退，她成为了“思战”——那是铁卢人给她取的名字。她的身体变得更结实、更苗条。这是武者的体格。她摘下了眼镜。她的双眼很久以前就治好了，她已经不需要什么眼镜了。

融入铁卢人的社会是很困难的：他们不喜欢外乡人。在学艺期间，她有十几次险些被杀。但她还是学成归来了。

她失去了所有制作魂印的知识，以及所有对学识的爱好。她仍然是她自己，而且她记得近期发生的一切：遭到逮捕，身陷囹圄。她知道自己刚才用那颗魂印做了些什么，也明白她如今想起的这段人生是伪造的。

但她的感觉却并非如此。就在印记烙入她的手臂时，她也成为了另一个自己：如果她真的能融入那样严酷而尚武的文明，并且与他们共同生活十余年，就会变成这个样子。

她蹬掉了脚上的靴子。她的头发变短了，右脸颊处还有一条伤疤从鼻子那里蔓延而下。她的步态就像个武者：她悄然潜行，而非大步前进。

她来到了马厩前的仆役区，皇家画馆就在她的左方。

一扇门在她面前打开。身材高大、嘴唇发肿的阿祖走了过来。他的额头有一道伤口——鲜血正从绑在那里的绷带渗出——而且衣物也因为坠落而破破烂烂。

他的眼中满是怒意。看到她的时候，他便冷笑起来。“你已经完蛋了。血印师带我们找到了你。我会很享受——”

他的话戛然而止，因为思战身形一晃，化手为刀，一招便击碎了他的腕骨，也令他的剑脱手落下。她的手骤然抬起，击中了他的咽喉。随后她变掌为拳，短促有力地打向他的胸口。六根肋骨顿时粉碎。

阿祖蹒跚后退，大口喘息，又在震惊中瞪大了双眼。他的剑当啷一声落到地上。思战走过他身边，抽出他腰带上的匕首，向上一挥，割开了他斗篷的系带。

阿祖倒在地上，斗篷落入她的手中。

换作阿思，也许会对他说些什么。思战可没有说俏皮话或者出言讥讽的耐心。武者仿佛河流，从不停歇。她披上斗篷，走进阿祖身后的走廊，步履依旧飞快。

他艰难地喘息着。他会活下去，但恐怕有几个月没法举剑了。

走廊的那一边有了动静：一群白色肢体的东西，身形单薄到绝非活物。思战扎下马步，身体转向侧面，面对走廊，膝盖微微弯曲。那个血印师手下有多少怪物并不重要，她是赢是输也并不重要。

重要的在于挑战本身。挑战即是一切。

怪物有五个，形状像是持剑的人。它们匆匆穿过走廊，骨骼咔嗒作响，没有眼球的颅骨打量着她，始终一副咧嘴大笑般的神情，露出满口尖牙。几块骨头换成了雕刻过的木头，用来固定在战斗中损坏的部分。每个骷髅的额头上都有闪闪发光的红色印记：要赋予它们生命，就要用到鲜血。

即使是思战也从未和这样的怪物交过手。戳刺它们恐怕毫无用处。但那些替换过的部分……有些是肋骨或是其他搏斗时用不着的骨头。如果打碎或者抽走几块骨头，这些怪物会不会停止动作？

这似乎是最好的方法。她从不深思。思战是依靠本能行动的生物。当那些怪物来到她面前的时候，她甩动阿祖的斗篷，裹住了为首那个的脑袋。它奋力挣扎，拍打斗篷的时候，她已经对上了第二只怪物。

她用阿祖的匕首接下了它的攻击，随即欺近身前——她都能嗅到它骨头的气味了——将手探入那怪物的胸腔下方。她抓住脊椎，用力一拉，扯下一把椎骨，而它的胸骨的尖端划伤了她的前臂。每只骷髅的每一根骨头似乎都磨尖过。

它垮了下去，骨头发出咔嗒的响声。她没猜错。只要拿走作为中枢的骨头，这种怪物就无法继续活动了。思战把那几块椎骨丢到一旁。

还剩四个。就她有限的知识而言，骷髅不会疲累，而且残酷无情。她必须速战速决，否则就会被它们拖垮。

身后那三只骷髅朝她攻来，思战矮身避开，绕过刚刚扯下斗篷的第一只。她将手指伸进它的眼窝，抓住颅骨，手臂也因此多了一道深深的剑伤。她的鲜血喷洒在墙壁上的同时，颅骨被她扯脱下来：那只怪物其余部分的身体落到地上，变成了一堆骨头。

保持移动。别放慢速度。

如果稍有迟缓，她就会死。

她转身面对另外三只骷髅，用那颗头骨挡下了一剑，又用匕首格开了另一剑。她扭身避开第三把剑，剑尖在她的身侧留下了一道口子。

她感觉不到疼痛。她做过训练，能在搏斗时忽略痛楚。这是好事，因为从不受伤的人世间少有。

她将头骨砸在另一只骷髅的头上，两者同时粉碎。见对手倒下，思战便从另外两只骷髅之间闪身而过。它们双剑交击，发出叮当的响声。

思战踢得其中一只踉跄后退，又以身体撞上了另一只，令它重重砸在墙壁上。它的骨头全部挤到了一起，而她抓住脊椎，又扯脱了几节椎骨。

那怪物的骨头在一阵响声中散了架。思战的身子晃了晃，随即努力站稳。她流了太多的血。她的速度慢下来了。她在何时丢下了匕首？一定是她将那只骷髅撞到墙上的时候滑脱了。

集中精神。还剩一只。

它朝她冲来，双手各持一把剑。她纵身扑去——在它挥剑之前便欺近身前——随后抓住了它的两条前臂的臂骨。从这个角度，她没法扯脱骨头。她低哼一声，努力阻止那两把剑。但很勉强。她越来越虚弱了。

它凑近身子。思战大吼一声，双臂和腰侧血流如注。

她用头撞上了那只怪物。

这一招没有故事里描述的那么有效。思战的视野模糊起来，而她跪倒在地，喘息不止。那只骷髅在她面前倒下，破碎的颅骨因这一击的力道滚到一旁。她的脸侧开始滴落鲜血。她的额头破了，或许还撞碎了自己的颅骨。

她倒向一旁，挣扎着想要维持清醒。

黑暗缓缓退去。

思战发现自己置身于一条石制长廊里，周围只有散落一地的骨头。唯一的色彩就是她的血。

她赢了。她完成了又一场挑战。她大声吟唱着养父母教她的一段赞歌，随后拿起匕首，从外衣上切下几条布料。她用这些布料包扎了伤口。她的失血状况很严重。在今天，即使受过她这种训练的女子也无法应付其他挑战了。至少是那些需要花费力气的挑战。

她勉强起身，拿回了阿祖的斗篷——仍旧动弹不得的他震惊地看着她。她收起血印师的全部五名骷髅仆役的颅骨，系在斗篷里。

做完这些以后，她沿着走廊继续前进，努力展现出力量——而非她实际感受到的疲惫、晕眩和痛苦。

他应该就在附近的什么地方……

她拉开走廊尽头的一间储物室的门，发现血印师就坐在门后的地板上，他目光呆滞，为自己仆役的接连被毁而震惊。

思战抓住他衬衣的领子，拖着他站了起来。这个动作几乎让她再度失去意识。*小心*。

那血印师呜咽起来。

“回你的沼泽去，”思战低声吼道，“等着你的人不在乎你是不是在首都，不在乎你是否赚到了大笔钱财，也不在乎这一切都是为了她。她只想要你回家。所以她的信里才会那么说。”

这番话是思战为阿思说的：就算思战不觉得内疚，阿思也会的。

那人困惑地看着她。“你是怎么……呃啊！”

最后那一声是因为思战刺入他腿中的那把匕首。她松开了抓着他衬衣的手，而他倒在地上。

“这一下，”思战俯下身，轻声说道，“是以血还血。别来追捕我。你看到我是怎么对付你的仆役的了。你的下场会更惨。我会带走这些头骨，这样你就没法再派它们来抓我了。*滚——回——家——去*。”

他无力地点点头。她转过身，不再去看缩成一团，抱着血流不止的腿部的他。那群骷髅也让其他人退避三舍，包括卫兵们。思战大步走向马厩，随即停下步子，想到了什么。那儿并不太远。

这些伤已经快要了你的命了，她告诉自己。*别做傻事*。

但她都做了这么多傻事了。

不久后，思战走进马厩，只看到了几个心惊胆战的杂役。她选中了马厩里最与众不同的那匹马。这样一来，身披阿祖的斗篷，骑着阿祖的马儿的她，就能光明正大地冲出宫殿大门，没有任何人会阻止她。

“她说的是实话吗，高图纳？”席拉凡看着镜中的自己，问道。

高图纳从座椅上抬起头。*是实话吗*？他心想。他始终猜不透阿思的想法。

席拉凡坚持要自己穿衣，虽然他明显因长期卧床而虚弱不堪。高图纳坐在附近的一张椅子上，努力梳理纷乱的情绪。

“高图纳？”席拉凡说着，朝他转过身来，“我真像那女人说的那样受了伤？你不用我们训练有素的封伤师，却找了个**塑造师**来医治我？”

“是的，陛下。”

他的表情，高图纳心想。**她是怎么重现这一切的？他提问前皱眉的样子，以及没有立刻听到回答的时候歪头的动作。他站立的姿势，还有说到他认为尤其重要之事时摇晃手指的习惯……**

“迈鹏人的塑造师，”皇帝说着，套上了他的金色外套。“我真的不认为有**那种**必要。”

“您的伤超出了封伤师的能力范围。”

“我还以为他们什么伤都能治好。”

“我们曾经也这么以为。”

皇帝看着手臂上的红色印记。他的表情严肃起来。“这会是一副镣铐，高图纳。一份重担。”

“你会因此受苦。”

席拉凡转身看着他。“看起来，你的君主的濒死经历并没有让你更懂礼貌，老人家。”

“我最近很疲倦，陛下。”

“你在评判我，”席拉凡说着，回头看向镜子，“一向如此。天光啊！总有一天我会摆脱你。你自己也很清楚，对不对？要不是因为你过去的功劳，我根本不会把你留在身边。”

这太离奇了。他和席拉凡简直一般无二：这件仿制品如此完美、如此精妙，要不是高图纳早已知道真相，恐怕永远也看不出破绽。他很想相信皇帝的灵魂仍在原处，仍在皇帝的身体之中，而那颗印章只是……将灵魂揭露出来而已。

这会是个适合用来欺骗自己的谎言。或许高图纳迟早会开始相信的。不幸的是，他见过皇帝那种毫无生气的眼神，而他知道……他知道阿思做了些什么。

“我该去找其他仲裁官了，陛下，”高图纳说着，站起身，“他们肯定也想见您。”

“很好。你可以走了。”

高图纳朝门那边走去。

“高图纳。”

他转过身。

“卧床三个月，”皇帝说着，打量着镜中的自己，“没有人可以见我。封伤师也无能为力。而所有普通的伤势他们都能治好。我受的伤跟大脑有关，对吗？”

他本不该发现真相的，高图纳心想。*她说过，她不会把这段记忆加入他的灵魂*。

但席拉凡是个聪明人。归根结底，他一直都是个聪明人。阿思让他恢复了原来的样子，而她无法阻止他去思考。

“是的，陛下。”高图纳说。

席拉凡咕哝了一声。“算你走运，你的计划成功了。你可能会毁掉我的思考能力——你可能会出卖我的灵魂。考虑到风险的程度，我不太确定自己该赏赐你还是惩罚你。”

“我向您保证，陛下，”高图纳说，“过去的这几个月里，我已经同时得到了丰厚的奖赏和巨大的惩罚。”

说完，他转身离开，留下皇帝去凝视镜中的影子，思考隐藏在这种治疗背后的含意。

无论结果好坏，他们的皇帝都回来了。

至少他的翻版回来了。

终章：第一百零一天

“正因如此，”席拉凡对来自八十个宗派，此时集结在一起的仲裁官们说道，“我希望能借此平息某些恶毒的谣言。夸大我的病情显然是一厢情愿的妄想。我们尚未查明刺客的主使者，但我们不会忘记皇后的遇害，”他扫视着仲裁官们，“也不会让此事就这么过去。”

伏蕊瓦抱着双臂，满意却又不悦地看着皇帝的复制品。**你往他的脑袋里安插了怎样的后门，小贼？**伏蕊瓦思索着。**我们会弄清楚的。**

彦已经在察看那些魂印的复制品了。那个塑造师声称自己能以追溯的方式进行解译，虽然这样做要花费不少时间。或许好几年。但伏蕊瓦终究还是会知道操控皇帝的法子。

那女孩倒是挺精明，把笔记烧了个一干二净。莫非她猜到了伏蕊瓦并没有真的找人抄录？伏蕊瓦摇摇头，走到高图纳身边，后者正坐在他们位于演说剧院的包厢里。她坐在他身边，用细如蚊呐的声音说：“他们相信了。”

高图纳点点头，目光定格在伪造的皇帝身上。“他们连半点怀疑都没有。我们所做的……不仅胆大妄为，在旁人看来也毫无成功的可能。”

“那个女孩掌握的把柄足以要了我们的命，”伏蕊瓦说，“我们所做之事的证据已经烙进了皇帝本人的身体。在随后的这些年里，我们必须小心行事。”

高图纳点点头，显得有些走神。天光啊，伏蕊瓦真希望自己能想办法让他下台。他是仲裁官之中唯一曾表态反对她的人。就在那次刺杀之前，在她的怂恿下，席拉凡已经准备撤他的职了。

那几次谈话都是私下进行的。阿思不知道这回事，所以这个假货应该也不知道。伏蕊瓦只能重头再来一次，除非她能找到操控席拉凡的复制品的方法。两个选择都让她泄气。

“一部分的我不敢相信我们真的成功了，”高图纳轻声说着，这时那位假皇帝开始了下一段演讲，内容则是呼吁团结。

伏蕊瓦嗤之以鼻。“计划一直都很顺利。”

“阿思逃走了。”

“我们会找到她的。”

“我不这么认为，”他说，“我们能抓住她一次已经够走运了。不过幸好，我认为我们不必担心她会给我们惹麻烦。”

“她会勒索我们的。”伏蕊瓦说。*或者想方设法控制皇帝。*

“不，”高图纳说，“不，她已经心满意足了。”

“因为她活着逃走了？”

“因为她将自己的一件作品送上了皇位。她曾经敢于欺骗成千上万的人——但如今，她有了愚弄数百万人的机会。愚弄整个帝国。在她看来，揭露真相就会毁掉这番壮举。”

*这老傻瓜真的相信这些？*他的幼稚经常给伏蕊瓦以可乘之机：就因为这点，她也曾考虑让他保留现有的地位。

假国王继续演讲。席拉凡*从前*就喜欢听自己说话。那个塑造师没弄错。

“他在利用这次刺杀作为壮大我们宗派声势的方法，”高图纳说，“你听到了吗？他说我们必须团结一致，上下同心，回忆起我们伟大的血脉，这些话里的暗示……还有谣言，荣光宗传播的关于他已经遇害的谣言……通过这番话，他在削弱他们的势力。他们赌他不会回来，但如今他回来了，而他们成了傻瓜。”

“的确，”伏蕊瓦说，“这些是你教他的？”

“不，”高图纳说，“他拒绝让我在演讲方面给予他建议。但这种做法像是从前的席拉凡会做的事，就像是十年前的他。”

“这么说，这件复制品并不完美，”伏蕊瓦说，“我们必须铭记此事。”

“是的。”高图纳说。他的手里拿着什么东西，是一本厚厚的小册子，伏蕊瓦没见过那东西。

包厢后面传来窸窸窣窣的响声，一名佩戴伏蕊瓦家徽的仆从走了进来，从仲裁官史提威和乌娜卡身边经过。那名年轻的仆人走到伏蕊瓦身边，随后弯腰行礼。

伏蕊瓦不快地看了那女孩一眼。“你有何要事，竟来此打扰我？”

“抱歉，大人，”那女子轻声说道，“但您之前要求我布置您在宫中的办公处，以便进行下午的会晤。”

“那又怎样？”伏蕊瓦问。

“大人，您昨天进过那个房间吗？”

“没有。我要处理那个无赖血印师的事，以及执行皇帝的旨意，还有……”伏蕊瓦的眉头皱得更深了，“怎么了？”

阿思转过身，看着皇城。城区铺展在连绵的七座高山之间：外侧的六座山头各有一座主要宗派的房屋，而皇宫占据着中央的高山。

她身边的马儿与她从皇宫带出的那匹几乎毫无相似之处。它缺了几颗牙，走路时低垂着头，还驼着背。它的皮毛看起来有几百年没刷洗过了，而且一副营养不良的样子，肋骨紧贴毛皮，就像是椅背上的一根根木条。

阿思这几天一直保持低调，用她那颗能变成乞丐的本源印鉴隐藏在皇城的贫民区。有了这番伪装，再加上改头换面的坐骑，她毫不费力便离开了那座城市。但离开以后，她就立刻去除了印记。用乞丐的方式思考让人……很不舒服。

阿思松开马鞍，然后将手伸到马腹下，用指甲按住那个发光的印记。她稍稍用力按下印记边缘，也解除了塑造的影响。马儿立刻发生了变化，它挺直背脊，昂起头颅，腰侧的肌肉也长了出来。它犹豫地挪动了几下步子，脑袋前后甩动，拉扯着缰绳。阿祖的座驾是匹好马，在帝国的某些地方，它的价值比一栋小房子还高。

藏在马背上的补给品之间的，是阿思再次从仲裁官伏蕊瓦的办公处偷来的那幅画。一件赝品。阿思从没试过偷自己的作品。那种感觉……很有趣。她留下了空荡荡的画框，还在画框正中央的墙上刻下了一个“里奥”符文。它的含意令人不怎么愉快。

她拍了拍马儿的脖子。考虑到所有这些，这份活儿还不坏。一匹好马加上一幅画，画虽然是赝品，但逼真到足以让拥有者认为是真迹。

*眼下他应该在演讲吧，*阿思心想。*我倒是很想听听看。*

她的珍宝，她至高无上的杰作，身披代表皇帝权势的大氅。这让她兴奋，但这份兴奋却驱使她前行。她如此热忱地工作，并不是为了让他再活一次。不，到了最后，她拼命鞭策自己，其实是为了灵魂里加入几处特别的改动。或许是这几个月与高图纳的坦诚相待改变了她。

*只要在一叠纸上不断描画同一个图案，*阿思心想，*总有一天，下面的每张纸都会出现相同的图案。清晰的图案。*

她转过身，取出那枚会将她变成生存专家和猎手的本源印鉴。伏蕊瓦应该以为阿思会走大路，所以她选择深入附近那座粟特森林。森林能良好地隐藏她的行迹。在几个月的时间里，她会谨慎地离开这个行省，继续她的下一件工作：找到那个背叛了她的皇家弄臣。

但眼下，她只想远离高墙、皇宫和宫廷谎言。阿思坐上马鞍，对皇城与如今统治帝国的那个男人道别。

*好好活下去，席拉凡，*她心想。*让我为你骄傲。*

当天深夜，在皇帝的演讲结束以后，高图纳坐在自己书房里那座熟悉的壁炉边，看着阿思给他的那本小册子。

并为之惊奇。

这本册子是关于皇帝的那枚魂印的记录，包括细节和笔记。阿思所做的一切都在此一览无余。

伏蕊瓦不可能找到操控皇帝的方法，因为这种方法根本不存在。皇帝的灵魂是完整的，毫无空隙，而且完全属于他自己。但这并不代表他跟过去完全一样。

如你所见，我冒昧地做了些改动，阿思的笔记解释道。我希望尽可能准确地复制他的灵魂。这是我的使命，也是挑战所在。我正是这么做的。

随后我更进一步，加深了某些记忆，淡化了其余那些。我在席拉凡的内心深处植入了某种诱因，让他会对这次刺杀和自己的死里逃生做出特别的反应。

这并非更改他的灵魂。这也不会让他成为截然不同的人。这只是在敦促他走上特定的某条道路，就像街头的骗子强烈地暗示下手的目标拿起特定的某张牌。他还是他。他会成为原本可以成为的那个人。

谁又知道呢？也许他本就想成为这样的人。

当然了，高图纳只靠自己肯定无法得知真相。他在这方面的知识少得可怜。但就算他精于此道，他也不认为自己能察觉阿思动的手脚。她在笔记中解释说，她的做法非常巧妙，非常谨慎，没人能看出她的改动。除非对皇帝本人极其了解，才可能有所怀疑。

借助这些笔记，高图纳看出来了。席拉凡的濒死体验令他进入了深刻的自省。他会找来自己的日志，一再重读年轻时的记录。他会看到自己过去的样子，最终也会下定决心，试着重拾当时的雄心壮志。

阿思指出，这个转变的过程将会非常缓慢。在几年之内，席拉凡会成为原本似乎注定会成为的那个人。深藏在交织的魂印之间的微弱倾向会促使他追求美德而非颓废。他会开始思考自己的祖先，而非下一场筵席。他会想起自己的人民，而非佳肴美餐。他会最终敦促八十个宗派进行这些改革——他，还有他之前的许多位皇帝，都曾经认为必须做出的改革。

简而言之，他会成为一名斗士。他会踏出这简单——但十分艰难——的一步，跨越梦想家和实干家之间的界线。高图纳在字里行间看到的正是这些。

他发现自己流下了眼泪。

不是为了未来，也不是为了皇帝。这些是看到杰作的人才会流下的泪水。真正的艺术不仅仅在于美，也不仅仅在于技艺。它并不只是一件仿制品。

它大胆豪放，它差异鲜明，它精妙绝伦。在这本册子里，高图纳看到了难得一见的作品，足以和任何时代中最伟大的画师、雕塑师和诗人媲美。

这是他曾目睹的最伟大的艺术品。

高图纳虔诚地举着这本书，就这样度过了大半个夜晚。它是狂热、专注而超卓的艺术天才耗时数月的成果——尽管有外界的压力逼迫，却在崩溃的边缘大功告成。质朴，却毫无瑕疵。轻率，却面面俱到。

出色，却无人得见。

正因如此，这个秘密必须保守下去。如果任何人得知阿思的所作所为，皇帝就会下台。事实上，整个帝国都可能因此陷入动荡。不能让任何人知道，席拉凡成为伟大领袖的决心，源于一名渎神者蚀刻在他灵魂中的几个字。

黎明破晓之时，高图纳缓缓地——也浑身酸痛地——从壁炉边站起身。他拿起那本册子，那本举世无双的艺术品，将它举向前方。

然后将它丢入了火中。

（本篇完）

后记

在写作课上，老师经常教导我说："写你了解的事物。"这是作家耳熟能详的箴言，却令我感到迷惑。写我了解的事物？我要怎样才能做到？我写的是奇幻小说。我不可能知道使用魔法的感觉——这么说来，我也不可能知道女性的感受，但我仍想以多样化的视角进行创作。

随着写作技巧的纯熟，我开始理解这句箴言的含意。尽管我们创作的是幻想题材，但最恰当的做法却是让故事植根于现实世界。对我来说，魔法的描写最好能与科学原理相符。架构世界时，最好的方法是从我们的世界中寻找素材。创作角色时，最好的方法则是以真实的人类情感和体验为根基。

因此，作为作者，观察和想象同样重要。

我会努力在新的体验中寻找灵感。在这方面我非常幸运，因为我可以经常旅游。每次游览一个新的国家，我都会尝试将当地的风土人情写成故事。

最近我去了中国台湾。我有幸能去参观台北故宫博物院，并由我的编辑雪莉·王与翻译露西·段为我充当向导。一个人没法在短短数小时内完全了解中国的数千年历史，但我们尽了最大的努力。幸好我之前接触过一些亚洲的历史与传说。（我曾经作为后期圣徒会的传教士在韩国生活了两年，也在大学期间辅修过韩语。）

这次的台湾行让故事的种子在我心中生根发芽。令我印象最为深刻的则是印章。在英语里，我们有时将它叫做“chops”，韩语里则叫做“tojang”。在中国古代，人们称之为“yìn jiàn”。在亚洲的许多文化中，这种图案复杂的石头印章是作为签名使用的。

在我的博物院之行中，我看到了许多熟悉的红色印章。当然了，有一些是画家的印章——但也有作为其他用途的。有一幅书法作品就盖着这种印章。露西和雪莉解释说——中国古代的文人与贵族如果喜爱某件艺术品，有时就会将自己的印章盖在上面。有位皇帝对此尤为热衷，他会在美丽的雕塑和上百年的玉器上盖上他的印章，或许还会刻下几行他创作的诗句。

这是多么迷人的想法啊。想象一下，作为国王，你特别喜欢米开朗基罗的大卫像，便在大卫的胸口刻下自己的名号。从本质来说，这是一回事。

这个概念太不同寻常了，于是我开始在脑海中琢磨起“印章魔法”的构思来。魂印——可以改写一件事物存在的本质。我不想让它和“飓光”世界中“铸魂”的概念过于相似，于是我运用了博物院的历史气息带给我的启发，设计了一种能够改写事物过去的魔法。

故事便以此作为起点，逐渐成形。由于这种魔法和《伊岚翠》背景中的赛尔世界关系密切，我便将这个故事设定在那里。（我还以现实中的亚洲塑造出了几个文明，使背景更加丰满。）

你不可能永远写自己了解的事物——未必一定是你所“了解”的，还可以是你所“看见”的。

布兰登·桑德森

致谢

这本书的封面上只有一个人的名字，但没有任何一件作品是凭空生成的。我所创作的一切能够存在，全都要归功于许多人给予我的支持。

我曾经提到过，这本书的灵感来自于我的一次台湾之旅。非常感谢露西·段与雪莉·王，我将这本书献给她们，感谢她们带我游览那座城市。同时感谢伊凡娜·许和奇幻基地的所有人，他们让这次旅行为我留下了深刻的印象。还要感谢促成这次旅行的格雷·谭（我的台湾代理人），以及我的美国代理人约书亚·比尔默和JABberwocky文学代理公司的每位成员。

我与超光速粒子（Tachyon）出版社的雅各布·魏斯曼与吉尔·罗伯茨的合作非常愉快，感谢他们出版了这部作品。也要感谢马蒂·哈珀恩做了这本书的编辑校对工作。美丽的封面图画出自亚历山大·纳尼奇科夫之手，它简直无与伦比。伊萨克·斯图尔特用那张封面图设计了电子版的封面，他绘制的印章插图也非常精美。谢谢！

这个中篇故事能有如今的架构，全都要归功于玛丽·罗宾奈特·科瓦尔：是她让我明白，我原本创作的序章对这本书的情节来说并不是最合适的。尽管已经改换东家，摩西·菲德尔仍然热心地为我逐行校订，让这本书得以精益求精。布莱恩·希尔、伊萨克·斯图尔特与凯伦·奥斯特罗姆给了我重要的阅读反馈。

我仍要一如既往地感谢我的家人，特别是我的妻子艾米丽。此外，我还要特别感谢彼得·奥斯特罗姆，为这部作品花费了大量的时间。（甚至不厌其烦地敦促我写下这段致谢文字，尽管我忘掉了很多次。）

向你们所有人，致以我最真挚的感谢。

布兰登·桑德森

保卫至福净土

保卫至福净土

那个女人在病床上抽搐和挣扎。汗水让她的黑发纠缠成团，而她不受控制的动作几乎像是癫痫病人。但她的眼神却没有疯人那样的狂乱——反而显得专注以及坚决。她没有发疯；她只是没法控制身体的肌肉。她不断在身前挥舞双手，动作十分笨拙，但在杰森看来却出奇地眼熟。

而且她从始至终都保持沉默，一言不发。

杰森关闭全息播放器，靠向椅背。他已经把这段录像看了十多次，但困惑仍未解开。然而，在抵达**晚祷**之前，他什么都做不了。在那之前，他只能耐心等待。

* * *

杰森·赖特一直很同情外部平台。因为它们孤单地挂在宇宙里，不属于行星，也不属于恒星。但它们并不孤单——它们只是在……独居。自治。

杰森坐在太空梭的左舷窗边，看着逐渐逼近的晚祷平台。这座太空平台跟同类的那些相似——外观是一块五十英里长的平坦金属板，而其顶部和底部生长着建筑物。它不是飞船，甚至不是太空站——它只是泡状空气围绕下的各种建筑物的集合体而已。

在所有外部平台里，晚祷平台是最偏远的。它悬挂在土星和天王星的轨道之间，是人类最遥远的外太空前哨。在某种程度上，它就像旧西部的边境小镇，标志着文明的边缘。只是这一次——无论人类怎么想——文明位于边境外部，而非内部。

随着太空梭逐渐接近，杰森感应到了这座城市各自独立的天岗与高楼，其中许多都由行人通道相连。他坐在那里，双眼转向窗户，尽管这种姿势毫无必要。他在十六岁那年就成了法定盲人①。他已经有好些年连光和影都无法分辨了。幸好他有别的方法能够看见。

他能感应到在窗户和街道上闪耀的灯光。对他来说，那些白光就是脑海里微弱的嗡鸣。他也能感应到，那些建筑物排列而成的轮廓与旧地球的城市天际线相仿。当然了，这儿没有真正的天空，也没有地平线。只有黑暗的太空。

黑暗。他的脑海深处传来欢声笑语。那是记忆。他将其驱散。

太空梭滑入晚祷平台的大气层——这个平台没有旧式太空站采用的那种球状力场。元素指定重力发生器消除了相关需要，也为人类提供了开阔空间。ESG②——再加上核聚变发生器——意味着人类可以将一块没有动力的金属丢进太空，并让数百万人在上面定居。

太空梭即将抵达的时候，杰森靠向椅背。不用说，他有自己的单人客舱。这里家具齐全，而且相当舒适——这对长途旅行来说是必要的。房间里残留着他的午餐——牛排——的微弱气息，此外便是用灭菌剂仔细清洁过的气味。杰森很满意——如果他有自己的家，也会用相似的方式打理。

我猜休假该结束了，杰森心想。他向悠闲的独居生活沉默地道别，随后抬起手来，轻轻碰触附着于他右耳后皮肤上的小型控制圆盘。他的耳内响起一声“咔嗒”——这表示他的呼叫穿过虚空，传到了遥远的地

① 法定盲人：legally blind，指视力低于一定程度的人群，但并未完全失明。

② ESG：元素指定重力发生器的首字母缩写。

球。超光速通讯——这是人类有史以来最令人尴尬的政治失态为地球赢得的礼物。

“收到呼叫。”有个活泼的女性声音在他耳中响起。

吉森叹了口气。“兰娜？”他问。

“对。”

“那边应该没别人了吧？”杰森问。

“没有，只有我。”

“亚伦呢？”

“分配到瑞利那边去了，”兰娜说，“他在调查CLA在十七号木星平台上的实验室。”

“多兰呢？”

“在休产假。你只能跟我凑合一下了，老人家。”

“我不老，”杰森说，“太空梭抵达了。我要发起恒定连线。”

“认可。”兰娜答道。

杰森感觉到太空梭降落在码头上。“我的旅馆在哪儿？”

“离太空梭码头相当近，”兰娜答道，“名字叫‘第四摄政期’。你的登记名是埃尔顿·弗里潘德。”

杰森迟疑了片刻。“埃尔顿·弗里潘德？”他用单调的语气发问，同时感受着停泊夹为船身带来的颤抖，“我的标准化名怎么了？”

“约翰·史密斯？”兰娜问，“那太无聊了，老人家。”

“并不无聊，”杰森说，“只是低调。”

“是啊。噢，就我所知，比那个名字更‘低调’的就只有石头了。真的很无聊。你们特工的生活应该充满刺激和危险才对——约翰·史密斯实在不相衬。”

这次任务会很漫长，杰森心想。

微弱的嗡嗡声在房间里响起——这意味着停泊结束了。杰森站起身，拿起他仅有的那袋行李，戴上墨镜，离开了客舱。他知道那副眼镜看起来会很奇怪，但他失明的双眼往往会令人紧张。尤其是在他们发现他的瞳孔无法聚焦，却明显能看到东西的时候。

“所以这趟旅行如何？”兰娜问。

“不错。”杰森简短地回答，同时沿着太空梭的走廊前进，又朝船长点点头。那家伙雇了一群好船员——在杰森看来，不来打扰他的船员就是好船员。

“得了吧，”兰娜在他的耳朵里刺探道，“肯定不只是‘不错’吧。他们供应的是哪种食物？你对……”她滔滔不绝，但杰森已经没在听了。他关注的是另一件事——兰娜嗓音里那个微弱的颤音。它只出现了短短的一秒，但杰森立刻明白了其中的含意。这条线路被窃听了。兰娜无疑也听到了——她的确饶舌，但并不无能——不过她却继续说了下去，仿佛什么都没发生。她应该在等待杰森的暗号。

“孩子们最近如何？”杰森问。

“我的外甥们？”兰娜答道，她收到了他用暗语发出的要求，却没有打破自己发言的节奏，“大的那个还好，但小的那个得了流感。”

小的那个生病了。这表示对方窃听的是杰森这边，不是她那边。**有意思**，他心想。有人设法接近了他，扫描了他的控制圆盘，却没被他发现。

兰娜沉默下来。她做好了妨碍窃听的准备，不过除非杰森给出命令，否则她不会行动。他还没有下达命令。

他反而走出太空梭，沿着那条短坡道前往到达站。一排用来搜查武器的扫描拱门铺陈在他面前。杰森满不在乎地大步穿过了那里——人类太空里没有任何扫描装置能发现他的武器。经过某个守卫身边时，他微笑着点了点头；那个人身上带着微弱的烟草气味，穿着蓝色制服，后者在杰森脑中呈现为脉动的韵律。看到杰森西服翻领上的银色电司别针时，那守卫皱起眉头，随即将怀疑的目光转向扫描器。

其他乘客在登记台前排成一队的时候，杰森走到旁边，装作在寻找身份证件的样子。但他却用感应能力看着他们，将派不上用场的双眼转向下方。大部分人穿着海军蓝的轻柔韵律，白色的咆哮，又或是黑色的寂静。无论哪个都不算显眼，但他记住了他们面孔的样式。窃听他通讯的人肯定也在这艘太空梭上。

等他们全部通过以后，杰森装作找到了身份证明——塑料的老式证件，并非新的那种全息影像卡。有个疲惫的保安——他的呼吸带着咖啡的气味——收下了证件，开始为杰森办理手续。那保安是个年轻人，皮肤染成了新近流行的蓝色。那个人的手脚很慢，而杰森的双眼转向后部柜台上的那台全息显示器。它正在运行某个新闻程序。

“……死在某座焚化设施内。”主持人说。

杰森突然挺直背脊。

“杰森，”兰娜在他耳中的嗓音带着急切，“我刚才看到了一条新闻。发生了——”

“我知道。”杰森说着，接过证件，冲出海关，踏上街道。

* * *

晚祷警察局的奥森·安塞德警监匆忙跑过顶部区的贫民窟。晚祷平台有贫民窟这件事依旧令他吃惊。这座平台的所有建筑物在建造时都用到了大量的泰拉铂：那是一种极为轻巧的银色金属，不会遭受腐蚀，也不会破碎瓦解。事实上，大部分房屋都是预制在平台上的，是它铁板般外壳的扩展部分。那些建筑空间宽敞、结构合理，而且井然有序。

但贫民窟依旧存在。晚祷平台的穷人住在许多富有地球人都负担不起的大房子里，但这并不重要。相比之下，他们依旧贫穷。不知为何，他们的住所也会反映出这一点。这地方弥漫着某种绝望的气息。闪闪发亮的现代化建筑挂着破烂的窗帘和待干的衣物。飞车寥寥无几，行人却随处可见。

“这边来，警监。”他的部下之一说着，朝某栋房屋打了个手势。那屋子又长又矮——不过就像平台上的所有建筑物那样，屋顶上还建着其他房屋。那个警官——他是个新人，名叫肯·哈里斯——领着奥森进门，刺鼻的烟味随即扑面而来。这栋建筑物是个焚烧站，有机物质会在这里回收利用。

警官们在昏暗的房间里走来走去。就像晚祷平台的大多数建筑那样，这儿光线很差。晚祷与太阳的距离让它保持着永久的黄昏状态，而这座平台的居民也习惯了有限的光照。许多人即使在室内也会调暗灯光。这种倾向起初令奥森不安，但现在他已经习以为常了。

几名警官向奥森敬礼，而他以暴躁的手势制止了他们。“这儿有什么情况？”

“过来看看吧，长官。”哈里斯说着，穿过几台设备之间，朝房间后部走去。

奥森跟随其后；他们最后在一台巨大的圆筒形焚烧炉边停下了脚步。它的金属表面黝黑而扁平。底部容器之一的门开着，露出下方的尘土。一大块甲壳与泥土和灰烬混合在一起，其表面被高温加热变成了黑色。

奥森低声咒骂了一句，跪在甲壳边。他用一根搅拌棒戳了戳甲壳。“我猜这就是那位失踪的大使？”

“我们也是这么猜测的，长官。”哈里斯说。

真棒，奥森这么想着，叹了口气。自从瓦尔瓦克斯大使在两周前失踪后，它的同胞就一直在询问它的下落。

“我们知道些什么？”奥森问。

“不多，”哈里斯说，“这些焚烧炉每个月才会清空一次。这块甲壳在炉子里已经有段时间了——几乎什么都没剩下。如果再烧几天，我们就找都找不到他了。”

那样恐怕更好，奥森心想。“传感网络记录了什么？”

“啥都没有。”哈里斯说。

“媒体知道这件事吗？”奥森怀着侥幸心理问。

“恐怕知道，长官，”哈里斯说，“发现尸体的工人走漏了风声。”

奥森叹了口气。“那好吧，我们……”

他停了口。有道人影出现在这栋屋子敞开的门口——那个人影没穿警察制服。奥森轻声咒骂了一句，站起身来。屋外的警官本该阻止媒体才对。

“抱歉，”奥森说着，朝入侵者走去，“但这附近不对公众开放。你不能……”

那人没理睬他。他又高又瘦，有一张倒三角脸，黑发剃得很短。他穿着简单的黑色西装，式样有点过时，但除此之外毫无特色，另外戴着一副墨镜。他无动于衷地从奥森身边经过。

奥森伸出手，想要抓住那个无礼的陌生人，身体却僵住了。那个男人的翻领上别着一枚闪烁微光的别针——形状是个小巧的银色铃铛。

什么！奥森吃惊地想。电司（译注：下文的“电话公司”的缩写）特工是什么时候来的？他是怎么知道的？但这些问题并不重要——无论答案为何，有件事是可以肯定的。奥森的管辖结束了。

电话公司来了。

* * *

在一百四十年前——也就是2071年——那件事终于发生了。奇怪的是，最初进行接触的是一家落伍且接近破产的电话公司。北方贝尔[1]股份有限公司当时是技术发展领域的落后方。当时它的竞争对手在研究和吸收全息影像技术，而北方贝尔却做出了相对大胆的尝试：以神经机械学为基础的传心联络技术。

事实证明，赛托技术[2]——这是人们对它的称呼——是个败笔。全息影像技术不仅更便宜，更稳定，而且能够正常运作。赛托技术无法运作——至少没法像北方贝尔公司希望的那样运作。在濒临破产的最后几

---

①贝尔：Bell，有“铃铛”之意，同时也是现代电话发明者的名字。

②赛托技术：上文“以神经机械学为基础的传心联络技术”的缩写。

天里，这家公司终于通过这套系统发出了几声“吱吱”。这些“吱吱”声对人类监听者来说不值一提，却在不经意间发送到太空，传到了一群名为“泰纳西人”的生物那里。泰纳西人的答复成为了地球有史以来的第一次跨物种接触。

第二次接触的发起者是联合政府军：他们当时意外击落了一艘泰纳西人使节船。不过当然这完全就是另一个故事了。

“他失踪了两个星期?”杰森说着，跪在烧焦的甲壳边。他的脑海里一片寂静——这意味着它是黑色的。

“是的，长官。”那个警官说。

“没错。”兰娜几乎在同时开了口。

“为什么没人通知我?”杰森问。

那位警官一时间面露困惑，然后才意识到杰森不是在跟他说话。耳内连线在现代生活中司空见惯，却容易造成混淆。

“我还以为你早就知道了，老人家，”兰娜说，“要知道，杰森，作为无所不知的那类特工，你的消息也太不灵通了。”

杰森咕哝着站起身来。她说得对——他在旅途中完全可以浏览当地新闻的。但现在为时已晚。

那位警官用严厉的目光打量杰森。杰森能轻易读懂那个人的情绪。并非借助赛托感应——人们有个普遍的误解，那就是心灵能力者都会传心术。不，杰森能分辨对方的情绪，是因为他习惯和地方执法部门打交道了。这位警官应该很恼火，因为杰森干涉了他的调查。但与此同时，他也会松一口气。在和其他物种打交道的时候，地方人员总是会感到不堪重负。外星人就该交给电话公司。进行第一次接触的是电司；在泰纳西事件发生后，通过协商让地球转危为安的也是电司。将超光速通讯技术带给人类的更是电司。

因此那个警官看着杰森，眼神嫉妒却又感激。杰森能听到其他警官在房间角落嘀咕，为他的干涉而气愤。**肮脏的电司。他来这儿干什么?**

他干吗像那样看着我们？你看不见吗？你面前是什么？是我的拳头吗？如果我给你一拳，你能看得到吗？

或许这能给——

“杰森？”兰娜的声音在他耳中响起。

杰森猛然回神，肌肉抽搐，回忆也逐渐淡去。他仍旧跪在焚烧炉边。那个警官仍旧在旁边瞪着他，房间仍旧散发着浓重的烟味，而他仍旧能听到记者和警察在外面的争吵声。

“我没事。”杰森低声道。

他站起身，拍掉外套上的灰尘，聆听起那些记者的话来。他们多半和警察们一样，以为杰森来晚祷平台是为了调查大使之死。杰森的太空梭是在谋杀发生的一个多月前出航的，但这无关紧要。有个外星人死了，而电司特工赶到了。这对他们来说就足够了。

“我不该来现场的。”他咕哝道。

“你还能怎么办？”兰娜问，“这毕竟是我们的职责。”

“不是我的职责，”杰森说，“我来这儿是为了寻找失踪的科学家，不是调查谋杀案。”然后他抬高嗓门，续道：“我相信地方执法部门能够胜任。让他们调查吧——电司来负责外交谈判就好。”

那警官露出惊讶的表情。他显然不知所措，于是朝杰森敬了个礼。杰森点点头，然后转身准备离开。

“不过这场‘外交谈判’应该不会太棘手，”兰娜评论道，“瓦尔瓦克斯人温顺到了不正常的程度，没准还会向谋杀犯道歉，因为他们给他带来了不便。”

“他们全都这样，”杰森说着，踏上屋子前方的台阶，“这才是麻烦之处，不是吗？”

记者们意识到他的身份，随即陷入了短暂的寂静。他们在几名受到围攻的警察身边站成一圈，而这场骚动又引来了围观的人群。紧接着，记者们开始了连珠炮似的发问。杰森充耳不闻，在人群中挤出一条路来。他低着头，又抬起手来，表示不接受提问。但与此同时，他却在头脑中察看状况。

他扫视人群，推开嗡鸣和脉动的色彩。他审视每一张脸，将他们与记忆中的那些进行对比。找到目标的时候，他的嘴角浮现出笑意。媒体人员没有纠缠他——他们早就习惯电司特工忽视提问的做法了。杰森听到身后传来他们的现场全息播报声。不用说，他们完全弄错了事实。他们的语气里带着恐惧——对于无法理解之事的恐惧，对于可能到来的报复的恐惧。在他们的世界里，报复是理所当然的。在他们的世界里，强者总会伤害弱者。

杰森低垂着头，继续走着。在他身后，有个男人钻出人群，朝杰森的方向漫步走来，显然想装作只是偶然。

"要是这地方的花儿再多些就好了。"杰森说。

一秒钟过后，他的耳中响起一声"咔嗒"。然后兰娜叹了口气。"你干吗等这么久?"她质问道，"从你下太空梭那时起，我就在等你的暗号了。想到有人在窃听线路，我就毛骨悚然。"

杰森继续向前走去。他的"影子"跟随在后——那个人跟踪的技巧很娴熟，却犯了不少新手才犯的错误。他的步伐毫无改变——他多半尚未察觉切换的事。此时此刻，他应该在窃听伪造出来的兰娜和杰森的对话。出于某种理由，杰森不太想知道他的声音——那是兰娜复制而成的——在说些什么蠢事。

"他上当了吗?"兰娜问。

"我想是的，"杰森说着，走出了贫民窟，"他还跟着呢。"

"你觉得他是哪边的人?"

"我还不确定。"杰森转了个弯，走下飞行列车站的楼梯。那人跟在后面。

"如果你这么快就发现他了，那他肯定没什么本事。"

"他很年轻，"杰森说，"他知道自己该做什么，但他不知道该怎么做。”

“是个记者。”兰娜猜测道。

“不，”杰森说，“他的装备好过头了。别忘了，他成功侵入了有防护的超光速通讯线路。”

“某个公司的人？”

“也许吧。”杰森说着，大步走进一家地下咖啡馆。这里散发着泥土、霉菌和咖啡的气味。他的跟踪者在外面等了一会儿，然后走了进来，在离杰森有相当距离的桌边坐下。

杰森点了一杯咖啡。

“关于他扫描你圆盘的手段，我们还没谈过呢，”兰娜评论道，“你退步了，老人家。”

“我不老。”女招待端来咖啡时，杰森咕哝道。杯子里飘出奶油的气味，虽然他点的是黑咖啡。他将不管用的双眼转向某人留在桌上的报纸，头脑却在审视跟踪者。那人的确很年轻——也就二十岁出头。他的衣服是温柔的灰色和棕色。

“所以，”兰娜说，“你要不要想办法拍下他的样子，让我调查他的来头？”

杰森迟疑了片刻。“不了。”最后，他抿着咖啡说。里面的奶油太多了——也许是为了掩饰糟糕的味道。

“好吧，那你想怎么做？”

“耐心点。”杰森责备道。

* * *

科恩·艾布拉姆斯抿了口咖啡——奶油不够多。他不断告诫自己，不要看向目标。想要监听对话，科恩并不真的需要盯着对方，只要保持在范围内就好。

你在这儿做什么，赖特？科恩恼火地想着。**你是怎么知道大使会遇害的？这些跟你的计划又有什么关系？**

科恩摇了摇头。杰森·赖特，北方贝尔电话公司的首席特工，太阳系里最神秘的人物之一。他来晚祷平台做什么？联合情报局掌握了此人的许多情报，但每份情报似乎都不完整。

比方说泰纳西协议。科恩把那份文件读了上百次，又将泰纳西事件相关的全息影像、评论和与旧新闻看了一遍又一遍。联合政府军意外击落了一艘泰纳西人的使节船——由此开始了相当令人尴尬的首次接触。困惑和担忧令地球陷入了混乱。他们会被入侵吗？他们会因为犯下如此可怕的错误而遭受入侵吗？

然后电司插了手。他们不知怎么——他们尚未解释具体的方式——联络上了泰纳西人。电司为地球带来了和平。但作为交换，公司开出了极高的价码。从那一刻起，电司就得到了彻底的自治权——无需交税，不容置疑，而且彻底超脱于法律。除此之外，电司还确保了外星人的超光速通讯技术的独占权。凭借这两项特许权，电司成为了星系内最强大也最傲慢的势力。

科恩紧紧攥住杯子，几乎没发现女招待给他端来了三明治。他还在窃听赖特和基地支援特工之间的对话——他们在讨论自己最喜欢哪种颜色的玫瑰。

科恩从未信任过电司——而他又痛恨那些无法信任的事物。电司从协议中获益颇丰——它与人类遇见的全部十二个外星种族签订了独家代理合同。如果没有电司穿针引线，外星种族全都会拒绝与地球打交道。电话公司让人类封闭在太空一隅，拒绝分享超光速旅行技术。它声称外星人尚未把技术交给他们。科恩不认为这是事实。外星人拥有超光速旅行技术，这点是肯定的。电司只是刻意藏起了这项技术，而这让科恩非常愤怒。他想找出——

科恩的身体凝固了。他耳中的对话戛然而止。在恐慌的那个瞬间，科恩生怕赖特会溜出咖啡馆，并且离开窃听范围。

科恩迅速扫视房间。他释然地发现赖特还坐在座位上，平静地抿着咖啡。对话只是暂时停止了而已。

“你觉得他意识到伪装暴露的时候会怎么做？”基地支援特工兰娜的声音在科恩耳中响起。

科恩愣住了。

“我不知道，”杰森·赖特语气坚定，而且傲慢。科恩能看到赖特说话时嘴唇的翕动。“我猜他会很吃惊。他还年轻——他会高估自己的能力。”

赖特抬起头来，墨镜后的双眼直视科恩的脸。恐惧在科恩的胸中浮现，紧随而来的则是羞愧。他被发现了。

“过来这边，孩子。”赖特在科恩的耳中命令道。

科恩瞥了眼店门。他也许还来得及脱身——

“如果你离开，”赖特说，“你就永远不会知道我来晚祷平台的原因了。”他的嗓音尖锐而认真。

科恩犹豫不决地看着对方。他该怎么办？他上过的那些课为什么从没提到过类似的状况？特工暴露的时候，就该撤退才对。但如果目标想和他说话，又该如何是好？

科恩缓缓起身，跨过咖啡馆肮脏的地板。赖特的墨镜静静地注视着他。科恩在赖特的桌边伫立了片刻，然后僵硬地坐了下来。

要守口如瓶，科恩警告自己。*别让他知道你是——*

“作为联情局探员，你真够年轻的。”赖特说。

科恩在内心里叹了口气。*他已经知道了。我给自己——给情报局——惹上了怎样的麻烦？*

“我很好奇，”赖特说着，抿了口咖啡，“是情报局更信任年轻特工了，还是说只是我的优先级下降了？”

*他不知道！*科恩吃惊地察觉了这点。*他以为我是来这儿公干的。*

“都不是，”科恩迅速思考起来，“我们没料到你会离开。当时没有任务的外勤特工只有我一个。只是运气不好。”

赖特自顾点头。

他信以为真了！

“我得说，”赖特说着，放下杯子，“我已经受够联情局了。每次我以为你们不会来打扰我的时候，都会发现有人跟踪我。”

“要是电司没那么不可信，”科恩说，“它的特工也就用不着担心被人跟踪了。”

“要是情报局的调查水平没那么差劲，”赖特说，“它现在就该明白，电司是情报局唯一可以信任的公司了。”

科恩涨红了脸。“你究竟想说正事，还是只打算羞辱我？”

“够聪明的人就会明白，我这番羞辱里包含了你想要的最有用的信息。”

科恩哼了一声，起身离席。赖特邀请他只是出于幸灾乐祸，而科恩自毁前程却一无所获。他原本确信自己能尾随赖特，弄清他在做什么，揭露藏在泰纳西协议背后的真相……

“你可以跟着我。”赖特说着，喝完了最后一口咖啡。

科恩迈出的脚停在了空中。“什么？”

赖特放下杯子。“你想知道我在做什么？噢，你可以跟我来。也许这样就能减少联情局愚蠢的猜疑了。我烦透被人跟踪了。”

“杰森，”兰娜的声音在科恩耳中响起，“你确定——”

“不，”赖特说，“我不确定。但我现在没时间对付联情局。这次的任务很简单——如果这小子愿意，就可以跟着我。”

科恩目瞪口呆地站在那儿。他犹豫不决。他真的能信任电司特工吗？不，他办不到。但万一他能得知某种重要的情报呢？“我——”

“嘘。”赖特抬起一只手，突然说道。

科恩皱起眉头。但赖特看着的不是他。他直视前方，面露困惑之色。

*又怎么了？*科恩心想。

* * *

有哪里不对劲。杰森的思维扫视周围，试图感应令他不安的那样东西。这间咖啡馆另有十来个顾客，全都在安静地吃喝。他们大都穿着工人的服装——法兰绒和牛仔布在杰森的脑海里奏响了杂乱的交响曲。他审视他们的脸，却没认出任何一个。他究竟为何不安？

一排子弹打穿了杰森旁边的窗户。子弹以现代化武器的惊人速度飞速接近，让他的身体来不及反应或躲闪。

子弹虽快，但杰森的思维更快。他迅速出手，十数道心灵刃劈开了空气。攻击的力道将子弹打向后方，同时将它们全部一分为二。在一连串清晰的"咔嗒"声中，子弹的碎片撞上窗户，然后弹落到咖啡馆的地板上。周围一片寂静。

那个联情局的小子噗通一声坐回位子上，以惊恐的表情看着窗户和上面的窟窿。

"杰森？"兰娜焦急地说，"杰森，发生了什么？"

杰森将感应探向窗外，但枪手早已不见踪影。"我不知道。"

"有人朝你开枪？"兰娜的语气带着关切。

杰森凝视弹孔——在那个联情局年轻探员头部下方的窗玻璃附近，弹孔构成了小小的圆形。"不，"他说，"他们是想杀这小子。"

咖啡馆里的顾客们在恐惧中东奔西跑，有些大喊大叫，另一些藏到长凳下。联情局的小子低下头，吃惊地看着自己的身体，仿佛不敢相信他还活着。"一枪都没打中。"年轻人惊愕地低声自语。

杰森皱起眉头。为什么会有人想杀联情局探员？他们的目标为什么不是杰森？要论威胁程度，电司可大多了。

"你怎么会被人接近到那种程度？"兰娜问。

"我没料到会有人开枪。这本该是个简单的任务。"然后他转向那小子，颔首示意。"走吧。"

那小子惊讶地抬起头。"有人想杀我！为什么？"

“我也不确定。”杰森说。他最后一次用感应能力扫视房间，记下人们的脸。就在这时，他察觉了一件事。在大多数人努力躲藏或者吓得发抖的时候，有个人却似乎满不在乎。那个孤零零的身影静静地坐在咖啡馆后部。他是个平凡无奇的男人，鼻梁很高，身体健壮。他用好奇的双眼看着杰森——看起来有些失焦的双眼。简直就像是……

不可能！杰森心想。然后他便离开了咖啡馆，甚至没去确认那个联情局小子是否跟在身后。

* * *

“请您务必接受我们的致歉。”桑恩诚恳地说。当然了，这位瓦尔瓦克斯外交部长的话语是经由翻译程序转换过的——瓦尔瓦克斯人的语言由搭配手语的“咔嗒”和“噼啪”声组成。全息显示屏上的身影高大矮胖，皮肤闪耀着石英和花岗岩的色彩。不用说，那只是外骨骼而已——瓦尔瓦克斯人其实是漂浮在无机质外壳内的营养液里的小巧生物。

“桑恩，”杰森坐回椅子里，同时指出了事实，“你的同胞才是受害者。你们的大使被人谋杀了。”

桑恩摆了摆爪子般的手，那是在表示否认。“请您务必理解，他清楚在不发达文明生活的风险。不能让智能较低的生物为他们的野蛮行径负责。你们只是尚未学会更好的方式。”

杰森自顾笑了笑。正是因为类似的评论，瓦尔瓦克斯人——以及其他大多数外星物种——才会引来人类的反感。评论是否属实并不重要——事实上，陈述的真实之处只会让人类更加恼火。

“我们会尽快把尸体剩下的部分送回去的，桑恩部长。”杰森许诺道。

“感谢您，电话公司的杰森。请您务必告诉我——你们开化的努力有何进展？你们的同胞快要达到一等智慧了吗？”

“还得花些时间，桑恩部长。”杰森说。

“电话公司的杰森，你们真是个有趣的种族。”桑恩说着，双爪在身前摆出恳求的姿势。

“继续说吧。”

“你们之间的差异如此巨大，”桑恩说，“有些具备一等智慧，还有些只有三等——甚至是四等智慧。如此悬殊。请您务必告诉我；您的同胞仍旧坚信科技的力量吗？”

杰森夸张地耸了耸肩——瓦尔瓦克斯人喜欢观察和解读人类的姿势。“人类相信科技，桑恩部长。要他们接受另一种方式是非常困难的。”

“当然了，电话公司的杰森。我们下次再谈。”

“下次再谈。”杰森说着，关闭了全息显示器。他坐了一会儿，感应着周围的房间。他没法就这么彻底放松——他怀念那种感觉。一旦注意力松懈，黑暗就会向他袭来。

“他们还真够自信的，不是吗？”兰娜在他耳中发问。

“他们有自信的理由，”杰森答道，“情况每次都和他们预想的一样。物种会在实现和平开化的同时发现超光速赛托传输技术。”

“要是他们没有天真过头的毛病该多好，”兰娜说，“我有点希望面前有三个瓦尔瓦克斯人外交官，一张牌桌，还有一堆能骗得他们倾家荡产的‘无用’科技。”

“这就是问题所在，”杰森说，“我们每个人多少都有类似的想法。”

“万一他们错了呢，杰森？”兰娜问，“万一我们在‘开化’之前就得到了超光速旅行技术呢？”

杰森没有回答——他也不知道答案。

“我替你调查过那小子了。”兰娜开口道。

“继续说，”杰森说着站起身，开始收拾东西。前一天的袭击依旧令他担忧。那是想吓退杰森吗？理由呢？“你离开的那天，在木卫十四上的情报局训练设施里，有个名叫科恩·艾布拉姆斯的年轻联情局探员不见了，”兰娜说，“他偷走了某种复杂的监控设备。联情局发布了好几份通缉令，但他们没来这么远的地方找他——他们似乎没想到他会跑来晚祷平台。”

“这儿算不上什么旅游胜地。”杰森评论着，大步走向窗边，努力想象这座城市在普通人眼里的样子。他断定这儿很昏暗——在他的脑海里，大部分地区颤动的幅度都很小。它黑暗而高大，就像一座完全由小巷构成的城市。照明稀疏而有限，空气永远散发着霉味。这地方似乎永远比标准温度要低上几度——仿佛宇宙真空比实际上更近，也更加不祥。

“所以，”兰娜说，“我们手头有个通缉要犯。我们要告发他吗？”

“不。”杰森说着，离开了窗边。他穿上外套，戴好墨镜。

“我们还是告发他吧，”兰娜说，“说真的，昨天想杀他的没准就是联情局。”

“他们不会用那种手段，”杰森说着，走向房门，“你帮我搞定许可了吗？”

“搞定了。”兰娜说。

“很好。重新接通那小子的线路，然后我们就出发。”

* * *

照片很模糊，而且曝光不足。不幸的是，这是他仅有的一幅。科恩环绕着硕大的全息照片，像之前数百次那样打量它。答案近在咫尺；他能感觉得到。这张照片里藏着秘密。但科恩和另外几千人一样，无法判断那究竟是什么秘密。

这张照片的拍摄者是成功渗入电司指挥部的唯一一个间谍。它拍摄的是个简朴的白色房间，后墙边摆放着一台仪器。那台仪器——无论它究竟是什么——为人类的所有超光速通讯提供着动力。

这就是当代最大的秘密。将近两个世纪的时间里，人类都在试图打破电司对超光速通讯的垄断。不幸的是，即使做再多的研究，他们也无法复制电司的奇怪科技——在那之前，人类只能继续欠那位暴君人情。

秘密肯定就在这儿！科恩这么想着，盯着不肯屈服的照片。**要是它没那么模糊该多好**。他仔细审视全息照片。有个保安坐在房间的右侧，注视着拍摄者的方向。远处的墙上似乎有好几个圆筒形的凸出物——某种中继装置？其中一个比其余的都要大，颜色也偏深。它就是答案吗？

科恩叹了口气。远比他更懂科技的那些人曾尝试分析照片，但他们没能得出任何决定性的结论。照片太过模糊，派不上多少用场。他整个早晨都在推测究竟是谁想杀他。他只能得出一个结论——出于某种理由，赖特下达了暗杀他的指令。是那个电司特工迫使科恩坐到他身边，而刺客就是朝那个位置开了枪。电司以某种方法策划了这一切。*只不过那刺客没打中*，科恩心想。*他肯定是故意这么干的。赖特想吓退我。他装作不在乎我是否跟着，然后又想把我吓跑*。科恩点点头。以电司的扭曲方式，这样说得通。如果赖特不希望他跟着，那他就非跟着不可了。

“醒醒，小子。”兰娜带着噼啪声的嗓音突然在他耳中响起。

“我醒着呢，”科恩说着，为对方提及他的年龄而恼火——二十三岁跟“小子”这个称呼实在不太搭调。至少他们俩不再给他播放假对话了——他们不希望他听到的时候，就会直接切断他的线路。

“大家伙要走了。”兰娜用无礼的语气说。科恩开始好奇赖特是怎么忍受她的了。“他说你可以跟他一起走，但前提是你能跟得上。”

科恩咒骂着披上夹克。

“噢还有，科恩，”兰娜说，“可别偷他的东西。杰森对他那些装备有点感情。”

科恩脸色发红。*他们知道多少？*

他冲进走廊，恰好看到赖特身穿黑西装的身影绕过转角。科恩轻手轻脚地跨过地板，追上了那位特工。赖特就好像没看到他似的。他们在沉默中来到走廊的尽头，然后乘坐私人电梯前往大厅。豪华的地毯和奢侈的陈设都在暗示，他们离昨天的贫民窟已经很远了。

“所以是什么？”他们踏上银色的泰拉铂街道时，科恩问道。这条街道一如既往照明不足——但仍有数百扇窗户和招牌在发出光芒。晚祷城很暗，但从不沉睡。

“什么是什么?”赖特发问的时候，一辆出租飞车——显然是他包下的——恰好停在了旅馆前方。

“赖特，你在这儿的目的是什么?”科恩说着，钻进车里，和那位特工一起坐到后座上，“我猜你应该知道大使之死的内幕?”

“你猜错了，”等飞车开始移动以后，赖特说，“大使的遇害只是巧合。”

科恩怀疑地扬起一边眉毛。

“你爱信不信，我不在乎。”

“那你为什么要来这儿?”科恩问。

赖特叹了口气。“告诉他吧。”

“事情发生在不到两个月之前，小子，”兰娜说，“在晚祷平台的研究设施里，有位名叫丹妮斯·卡尔森的科学家失踪了。”

这句话让科恩皱起眉头，在记忆里搜寻起来。凡是情报局掌握的电司情报，他全都留意过。他记得自己看到过那位科学家失踪的消息，但这件事似乎不怎么重要。

“可是，”科恩说，“我们的报告里说她只是个实验室助理。电司的内政部几乎完全不在乎她的失踪——据说她只是遭遇了普通的街头抢劫。”

“好吧，至少还有人关注时事。”兰娜说。

赖特哼了一声。“他也许关注过，但他早该明白，我们低调处理的那些事远比表面上重要。”

科恩涨红了脸。“这么说，你是来找这个丹妮斯·卡尔森的?”

“错了，”兰娜说，“他出发时是为了这个，但现在目的已经变了。杰森来这儿的途中，我们找到了卡尔森小姐。不到两周前，当局发现了一名与她特征相符的女子。她被诊断出了好几种精神疾病，目前正在本地的一家治疗机构住院。”

“所以……”科恩说。

“所以我是来接她的，”赖特说，“只是这样而已。我们要把她带回木卫十四，让她接受正规的治疗。我的角色就只是个信使而已。”赖特微微一笑，将墨镜转向科恩，然后说：“所以我才愿意让你跟着我。你牺牲了自己的前途，只是为了监视我护送一名精神病人。”

* * *

杰森大步走进医院，科恩垂头丧气地跟在后面。那小子问个没完没了，坚信杰森的行动在电话公司的“总体规划”里有更深远的意义。杰森开始后悔带他来了——他眼下最不需要的就是另一个喋喋不休的家伙。

他进门的时候，前台的护士吃惊地抬起头，目光迅速转向他翻领上的银色别针。

“弗里潘德先生?”她问。

那个可怕的名字让他迟疑了一瞬间。“我就是。带我去见病人吧。”

护士点点头，让另一位看护人员接管前台，然后挥手示意杰森跟上。她一身白衣——那是种咆哮着的喧嚣色彩。在其他人看来，白色并不惹眼，但对杰森来说，它却是他所见过的最花哨的色彩。灰色的微弱嗡鸣就好得多。墙壁也是白色的，走廊散发着清洁液的气味。

他们干吗要做这种事？杰森思索着，微微摇头。**他们觉得这样能让病人轻松自在？就凭死气沉沉的无菌环境和单调的白色？想让这些人的心智恢复正常，或许就只需要一点点色彩而已。**

护士领着他们来到一个简朴的房间前，房门上了锁，表面上是为了病人的安全。

“我很欣慰，你们终于决定过来了，”护士的语气带着一丝责备，“我们几周前就联络了电话公司，然后这个女人就一直等在这儿。考虑到她在平台上没有亲人，这只会让人觉得你们……”

杰森转头看向她，她的声音便小了下去。失去视力以后，他终于明白了一件事：用眼睛能办到的那些事，不满的神情也同样能办到。他用看不见的双眼注视那位护士，而她的决心随之减弱，责备的口吻也消失了。

“别说了。”杰森简短地说。

“好的，先生。”护士咕哝着，恶狠狠地瞪了他一眼，然后打开了门锁。

杰森走进那个狭小而缺乏装饰的房间。丹妮斯坐在书桌边——除此之外，房间的家具就只有一张床和一张梳妆台。她张大眼睛看着杰森。她看起来和那段全息视频里差不多——身材瘦削，留着黑色短卷发，穿着式样简单的裙子和衬衫。

杰森见过她好几次——丹妮斯曾表现出对赛托有好感，她当时也正在接受训练。过去的她是个坦率又精明的人。如今她看起来就像一只尚未学会畏惧捕食者的松鼠。

“他们说过你会来，”她口齿不清地低语道，“你知道我是谁吗?”

杰森看向那位护士。

“她失忆了，”护士说，“但我们找不到任何身体方面的理由。她的肌肉也出现了某种程度的问题——她在维持平衡和操控四肢的时候有些困难。”

丹妮斯缓缓站起身来，也的确展现出了类似的症状。她迈开步子，身体微微摇晃，但勉强站住了脚。

“她的进步很惊人，”护士说，“现在她已经能走路了，前提是速度不能太快。”

“丹妮斯，你得跟我离开，”杰森说，“艾布拉姆斯，扶着她。”

那小子惊讶地抬起头。杰森没给他抱怨的时间——他就这么转过身，走出了房间。艾布拉姆斯低声咒骂了一句，但还是照做了：他朝困惑的丹妮斯伸出一条胳膊，搀扶着她走向医院外。

他们就快走出大门的时候，杰森注意到了某件事。如果没有感应能力，他永远不可能察觉——有个男人躲在一扇门后，偷偷向外窥探。但感应能力远比肉眼要敏锐，即便只是透过细小的门缝，杰森也认出了那张脸。那是刚才在咖啡馆的顾客之一：不是那个坐在雅座里的怪人，而是某个普通工人。

也就是说，他们一直在监视她，杰森这么想着，走出门外，那小子和丹妮斯跟在后面。他们是指望她会泄露秘密，还是知道我会来接她？

* * *

“我不明白这些是什么意思。”丹妮斯瞪大眼睛，看着菜单说。她抬起目光，一脸困惑。

“你不认识这些字？”杰森问。

“对。”丹妮斯答道。

“来吧，我帮你。”艾布拉姆斯提议道。他读起了菜名。

杰森靠向椅背，悄悄露出一抹微笑。这小子对失忆的女子展现出了近乎骑士般的热忱。她算得上有魅力，只是天真到令人反胃。艾布拉姆斯只是暴露出了年轻人类男性与生俱来的倾向：他看到了一位需要帮助的女子，此时正伸出援手。

科恩朗读的时候，丹妮斯笨拙地抬起手，做了个奇怪的手势。“我还是不明白那是什么意思。”

“就没有听起来耳熟的词吗？”杰森说着，好奇地前倾身体。

“没。”

“可你能说话，”杰森思忖道，“你记得些什么？”

“不记得，”丹妮斯说，“我什么都不记得，弗里潘德先生。”

杰森打了个哆嗦。“叫我杰森。”他咕哝的时候，艾布拉姆斯问那女孩喜欢吃什么食物。当然了，她不知道。

她不应该什么都不记得。大多数失忆症患者都能想起些什么——虽然有时只是片段。“你怎么想？”

“很奇怪，”兰娜说，“她变了，老人家。无论他们对她做了什么，手段都相当彻底。”

“同意。”

艾布拉姆斯为女孩和自己点了单——杰森注意到，他挑选了菜单上最贵的两道。他知道杰森会付钱。至少这小子懂得风度。

落座的同时，杰森开始回忆咖啡馆里的那个陌生人。那个人不可能在使用赛托能力——过去的一百五十年里，除了电司以外，没有任何人得知这种能力。但如果有人知道了呢？假如他们听说过丹妮斯的事，所以才抓住她，试图让她吐露情报呢？为了得到她的知识，他们对她做了些什么？

他的思考没能得出任何结论。食物终于送到桌上，杰森也吃了起来。他更喜欢简单省事的饭食，因此点的是简单的意大利面和非常清淡的酱汁。他静静地吃着，在思索的同时看着不远处那个正在跟服务生争论账单数额的男人。

他应该不需要操心大使的死。警方多半会发现，是某个激进恐外主义团体实施了谋杀。这种事很常见。有些人出于自诩的优越性而憎恨其他物种，有些人则是觉得外星人太过傲慢，还有些人的恨意纯粹来自于物种差异。学生资助计划——将人类孩童送往其他行星，以了解其他物种的计划——在联合参议院已经三次未能通过了。

大使的死或许和丹妮斯无关。杰森本该离开的——他有太多的事需要关心，不能浪费时间去追寻错误的线索。这趟旅途已经耗费了太多的时间。

杰森中断了思考。丹妮斯转过头，正盯着那个为账单争辩的男人。他朝服务生扬起拳头，说了几个字，接着终于将几张钞票拍在桌上，大步走出了餐馆。

“他这是怎么了？”丹妮斯问，“他干吗那么生气？”

“人有时候是会这样，”科恩不太自在地说，“你的食物如何？”

丹妮斯把目光转向牛排。她先前以笨拙的动作吃了几口，虽然那都是科恩给她切的。“非常……”

“非常什么？”杰森催促道。

“我不知道，”丹妮斯红着脸坦白道，“口味太……强烈了。其中一种味道很奇怪。”

杰森皱起眉。“什么味道?”

“我不知道。这种味道在医院的食物里也很重，虽然我什么都没说。我不想惹他们生气。”

“给我描述一下那种味道。”杰森说。在他的脑海深处，有个念头在蠢蠢欲动——那是他本该发现的某种关联。

“别为难她了，老人家，”艾布拉姆斯说，“她已经受了不少罪了。”

“老人家”这个词让杰森扬起眉毛。他听到兰娜经由超光速线路传来吃吃的笑声。杰森没理睬艾布拉姆斯，就这么转向丹妮斯。“描述一下那种味道。”

“我没办法，”过了一会儿，丹妮斯说，“请你务必理解——我不知道那是什么。”

杰森伸手拿起盐瓶，在手心里洒了些盐粒。“尝尝这个。”他命令道。

丹妮斯照做了，然后点点头。“就是它。我不太喜欢这种味道。”

艾布拉姆斯翻了个白眼。“你现在发现她不知道‘盐’这个词了。所以呢？她本来就不认识这些食物里的任何一种，就连她的名字都不记得。”

杰森靠向椅背，没理睬那小子。然后转向自己的食物，在沉默中继续进食。

* * *

“我给你安排好返回木星的行程了，”兰娜说，“你要搭乘的是当地时间下午10:30出发的邮政飞船‘卓越号’。”

杰森自顾点头。他站在阳台上，背靠栏杆，听着兰娜在他耳中的声音。

“那条船很快，而且一向准点——符合你的喜好，”兰娜说，“你的客舱是两人用的。”

杰森没有答话。他感应着面前的晚祷城，感受着庞大的金属建筑物与繁多的行人通道。有时候，他会努力回忆能够看到东西时的感受。他试图把色彩想象成画面——而非赛托能力带来的震颤——却发现自己很难办到。那是很久以前的事了，而他的视力从一开始就算不上好。

晚祷城在他周围运转——疾驰而过的飞车，在通道里走动的行人，还有明灭的灯光。从某种角度来说，这座城市很美。人类在如此偏远的地方扩张也一样，因为他们甚至能在这儿，在太空的中央，在太阳只是一颗普通恒星的此处繁荣兴旺。

“你还不打算回去，是吗？”兰娜轻声发问。

“对。”

“也就是说，你觉得大使之死也许和这件事有关？”

“我也没法肯定，”杰森说，“或许吧。有件事让我担心，兰娜。”

“担心谋杀案么？”她问。

“不。我担心我们的科学家。丹妮斯有点……不对劲。”

“哪里不对劲？”

杰森顿了顿。“我也不确定。首先，她学习走路和说话的速度太快了。”

兰娜没有立刻答话。“我不知道该说什么才好。”她最后说。

杰森叹了口气，摇摇头。他其实也不太清楚自己想说什么。他静静地站了一会儿，看着不远处那条人行通道上的人流。有哪里不对劲——他也不确定究竟是哪儿，但他知道自己害怕什么。在超过一个世纪的时间里，电司垄断了赛托技术。他并不希望心灵能力仅限电司使用——事实上，他的终极目标就是避免这种状况。但他害怕的正是自己的努力本身。

“杰森，”兰娜问，“你有没有担心过，我们做的事也许是错的？”

“每天都会。”

“我是说，”兰娜续道，“万一他们是对的呢？泰纳西人，瓦尔瓦克斯人，还有其余那些——他们都比人类古老得多。他们比我们知道的更多。也许他们是正确的——也许人类会在得到超光速旅行技术之前开化。也许在隐瞒赛托技术的同时，我们也在妨碍人类应有的发展。”

杰森静静地站在阳台边，听着孩童在下方的人行通道上奔跑的声音。孩子们的欢笑声……

“兰娜，”他说，“你知道跨物种监控同盟是怎么评定物种的智力等级的吗？”

“不知道。”

“他们会观察那个物种的孩童，”杰森平静地说，“比较年长的那些。那些活得够久，开始模仿自己身边的社会的孩子；那些失去了纯真，但尚未用成年人的圆滑与道德观来填补的孩子。在那些孩子身上，你会看到物种真正的模样。瓦尔瓦克斯人会用他们来判断某个物种是开化还是野蛮。”

“而我们在测试中失败了。”兰娜说。

“悲惨地失败了。”

“没关系，”兰娜说，“每个物种在发展初期都会失败。我们最后会达成目标的。”

“泰纳西人进行初次超光速跳跃的时候，才刚开始使用蒸汽动力，”杰森说，“瓦尔瓦克斯人也没落后太多——他们到现在还没有电脑。在学会将太空梭送入太空之前，这两个种族就能够前往其他星球了。”

兰娜陷入了沉默。

“我们进入太空已经将近三个世纪，”杰森续道，“瓦尔瓦克斯人说过，科技并非正道——他们声称科技发展有其界限，而拥有智慧的头脑却没有极限。但……我还是担心。我担心人类会找到某种方法。就像从前每一次那样。”

“所以你才扮演看门狗。”兰娜说。

杰森静静伫立了片刻。“其中少数得到修补，又经受了清洗，”过了很久，他用平静的语气念诵道，“他们伫立于广袤的田野，呼吸至福净土的轻柔空气。久而久之，诸般罪孽都将随风消逝，而他们也将获得喜乐；根深蒂固的污点将不复存在，唯有灵魂的纯净太虚留存下来。”

“荷马的诗？”兰娜问。

“维吉尔[①]的。”在那些建筑物的上方远处，在空气的彼端，杰森能感应到天空中的点点星光，“太空就是至福净土，兰娜。英雄们死后会去的那个地方。瓦尔瓦克斯人和其余那些物种，他们和我们一样，也曾战斗和流血。他们克服了这一切——他们付出了代价，也赢得了和平。我想确保他们的乐园维持原样。”

“所以你要扮演上帝？”

杰森沉默了。他不知该如何回答，所以什么都没说。他只是站在那儿，感应着头顶的乐园和脚下的晚祷城。

* * *

科恩在客服酒吧里翻找，想弄点能喝的东西。他平时不怎么喝酒，但平时的他也不用面对失业和可能入狱的前景。最后，他给自己倒了一小杯苏格兰威士忌，然后朝阳台走去。

他一只脚才迈出阳台门，动作就停住了。在不远处，杰森·赖特依旧倚着自己房间的阳台栏杆。他没有看向这边，但科恩仍旧有被人注视的感觉。

别让他吓倒你，科恩告诉自己。他冷漠地转身背对赖特，靠上自己这边的阳台栏杆。

他当初还觉得跟踪赖特是个绝妙的主意。情报局的信息不足一直让科恩很恼火。他们知道电司在对他们隐瞒技术，却完全不清楚具体是什么。他们知道赖特的某些工作与电司的运作息息相关，但并不清楚理由。他们曾打算持续跟踪他，但之前的承诺又让他们束手束脚。情报局已经准备不再去打扰赖特了。

科恩叹了口气，喝下一小口酒。他选错了任务。赖特打算在今天之

---

①维吉尔：古罗马诗人，上文出自他的《埃涅阿斯纪》第六章。

内离开，并带上那位不幸的科学家。而科恩——他既是个逃犯，又是个傻瓜——就只能独自留在这儿了。

* * *

“那小子是个傻瓜。”兰娜说。

“我知道，”杰森咕哝道，“但至少他有热情以及勇气。”

“不是勇气——莽撞才对。”

“随你怎么称呼都行。”杰森说着，感应到那位年轻联情局探员就站在不远处。

“除此以外，”兰娜续道，“他也许是有热情，但那份热情来自对你的痛恨。我做了些调查。看起来，他还在读大学的时候，就在好几个课题里把你当成了研究对象。他得出的结论不怎么令人愉快，老人家。你真该读读其中几篇……”

兰娜还在滔滔不绝，杰森却开始走神。他的思绪不断转回到丹妮斯身上。是谁掳走了她，又对她做了什么？

她不理解何为暴力，杰森心想。她不理解何为暴力，而且从没尝过盐的味道。她说话的方式很怪，却几乎让他有种熟悉感。她先前不会走路，也不会运用肌肉。简直就像……

杰森惊讶地深吸了一口气。

简直就像在习惯另一具身体。

“怎么了？”兰娜问。

“丹妮斯·卡尔森已经死了。”他说。

“什么！她出了什么事？”

杰森沉默了片刻。

“杰森！发生了什么！”

杰森没理睬她，径直转身走回房间。他踏入走廊，紧接着走向隔壁房间——不是科恩的，而是另一边的那间。他推开房门，没有费事去敲门。

丹妮斯惊讶地坐起身，但发现来者的身份后便放松下来。杰森一言不发地从旁走过，来到客房的控制面板那里。他输入了几道指令，房间里的灯光强烈了许多，灯泡也转为淡红色。

“这样如何？”他说着，转头看向她。

丹妮斯困惑地看着他。“不错。不知为什么，这样感觉很好。”

杰森点了点头。灯光明亮到了让大多数人不适的程度——在杰森的脑海里，它已经在名副其实地咆哮了。

“拜托，”丹妮斯说着，十指交扣在身前，“请告诉我，你这是在做什么。”她的双手伸向前方——摆出瓦尔瓦克斯人的恳求手势。他早该发现的。

“杰森，你吓坏我了。”兰娜的声音在他耳中响起。

“这不是丹妮斯·卡尔森。”杰森平静地说。

“什么？那她是谁？”

“它的名字是瓦恩。”杰森解释道。

科恩突然闯进了房间。面对灯光，他立刻用手遮住了双眼——那光芒仿佛刺眼而灼热的太阳，需要坚固的结晶质甲壳才能抵挡。

“你做什么呢，你这疯子！”科恩说着，从杰森身边挤过，调整了房间的灯光。然后他转向丹妮斯。“你没事吧？”

“我……”丹妮斯说，“没事，我为什么会有事？”

科恩将严厉的目光转向杰森。然后他愣了愣，皱起眉头。

“怎么？”杰森问。

“赖特，你干吗那样看着我？”科恩问。

“哪样？”

科恩发起抖来。“你的眼睛……就像是在看着我身后。就好像……”

杰森下意识地抚摸脸庞，寻找并不在那儿的墨镜。他忘了自己没戴墨镜了。羞愧感让他转身离开房间，冲进走廊。

我不能让他看到——不能让他知道。他会讥讽我。他会嘲笑……

科恩留了下来，跪在那个拥有女人身体和外星人心智的生物旁边，困惑地看着她。

* * *

“这不可能。”兰娜说。

“许多年前，他们也是这么说心灵能力者的。”杰森说着，在旅馆外的一条人行通道上大步前进。

“可这实在……”

“实在什么?”

兰娜恼火地叹了口气。“好吧，假设你是对的。可谁会做这种事？干吗把人类的心灵换成外星人的？这对他们有什么好处?”

“瓦尔瓦克斯人是宇宙里最发达的赛托能力使用者。”杰森说。他穿行于晚祷城昏暗街道上的行人之间，刻意压低了嗓音。

“所以?”

“所以，”杰森说，“只要在瓦尔瓦克斯人的脑袋里待上几年，就能知道很多事，对吧？如果你能设法占据某个瓦尔瓦克斯人的身体，然后渗入他们的社会呢？有人想抓住某个瓦尔瓦克斯人宿主——结果却出了岔子。他们偷来的那具身体被杀了，又或者转移的过程出了问题。随后，他们丢掉了瓦尔瓦克斯人的尸体，留下丹妮斯在街上游荡。”

“可为什么是丹妮斯?”

杰森顿了顿。“我不知道。也许她跟那些人是一伙的——都是某种间谍。她发现有机可乘，然后就行动了。”

“这推理有点牵强，老人家。”

“我知道，”杰森承认，“但我眼下想不到别的可能性。我只知道房间里那个女人不是人类。她的行为像瓦尔瓦克斯人，思考方式和肢体语言也都像瓦尔瓦克斯人。”

“她会说英语。”兰娜指出。

“很多瓦尔瓦克斯人都学过英语，”杰森说，“至少都能听懂。他们觉得口头语言很有趣。此外，也许她的身体还残存着一些对话语和手势的理解能力。”

“也许吧，”兰娜的语气带着怀疑，“你要去哪儿?”

“你会明白的。”杰森又前进了一小段路，最后来到那家精神病院前方。他走进医院，先前那位护士依旧坐在前台。看到他的时候，她扬起一边眉毛，露出困惑和稍显不满的表情。

杰森没理睬她，径直走向医院深处。

“先生!”她叫了起来，“您不能去那儿！先生，您没有……”她的声音渐渐变小，但没过多久，她开始高声呼唤保安。

“是那个护士?”兰娜听着那边的声音，开口道，“你回到医院了？这么说你终于承认自己发了疯，所以决定自首?”

护工，护士，就连部分病人都开始朝走廊里张望。**他最好还在这儿**，杰森心想。这个念头才刚刚浮现，他就感应到某个房间里有张熟悉的面孔正在窥视这边。

“请警告晚祷警察局，兰娜，”杰森说，“他们很快会接到报警，对方会说有个疯子正在袭击这间医院的一位护工。请告诉他们，就当没听到。”

“杰森，你这人真够怪的。”

杰森面露微笑，然后猛然转身，闯进了那个房间。杰森的出现让好几位护工吓退了几步——那个嗡鸣的白色房间似乎是某种员工休息室。那个护工——杰森先前在咖啡馆见过的那位——立刻转身想逃。杰森扑向前去，抓住那人的一只手，将他的身体扭转过来。

那人挣扎起来，但瞄准腹股沟的袭击阻止了他。杰森脱掉墨镜，用双手抓住那人的头部，强迫他看向自己。

“谁派你来的?”杰森说着，用他的盲眼瞪着对方。

那人挑衅地瞪了回来。

“噢，我懂了，”杰森说着，用双手固定住那人的脑袋，“没错，我可以轻易读你的心。非常有趣。噢，是的。所以他们交换了头脑，对吧？没想到真会有这种事。多谢了，你让我获益良多。”

杰森放开了惊讶的男人的脑袋。

兰娜在他耳中哼了一声。“杰森，除非你一直藏着某些奇怪的能力，否则刚才那些就是我这辈子听过的最荒唐的谎话了。”

“是啊，”杰森说着，重新戴上墨镜，大步走出房间，“但他们并不知道。”

“这有什么意义？”兰娜问。

“耐心点。”杰森责备道，在保安进入走廊的时候举起双手。“我这就走。”他说完这句话，然后从他们身边挤过，离开了医院。

* * *

回到旅馆以后，杰森把丹妮斯和科恩叫到自己的房间。其中一位睁大眼睛，以惯常的困惑眼神看着他；另一位的目光则带着同样习以为常的敌意。杰森摘下领子上的别针，递给科恩。

“有一艘飞船会飞往木卫十四，”杰森说，“乘着它离开吧，带上丹妮斯。去那里找电司办公室，他们会保护你的。”

“那你呢，赖特？”科恩怀疑地问。

“如果情况如我所料，我很快就得去别的地方了。你们该走了——飞船一个钟头之内就会出发。”

科恩皱起眉头。杰森能感应到他脸上的担忧。他不想接受电司的帮助，但他同样不想面对情报局的制裁。他也希望能保护丹妮斯。

经过短暂的内心挣扎后，科恩点点头，站起身。“我会去的，赖特。但首先，我希望你告诉我一件事。回答我的一个问题。”

“什么？”

“你们真的有所有人都说你们有的那东西吗？”

杰森皱起眉头。“有什么？”

“超光速引擎，”科恩说，“电司究竟有没有制造这种引擎技术？你们是否向其余的人类隐瞒了超光速旅行的奥秘？”

杰森犹豫起来。“你问错了问题。”他说。

科恩脸色一沉。“我就知道你不会回答，”他说着，转向丹妮斯的座椅，“来吧，丹妮斯。”

丹妮斯没有动。她瘫坐在椅子里，闭着双眼。

“丹妮斯！”科恩焦急地说着，跪在她身旁。她似乎还在呼吸，但……

杰森开始觉得头晕目眩，也察觉到空气里淡淡的气味。他低声咒骂了一句，转身穿过房间。他在半途中失去平衡，摔倒在地。他几乎感觉不到身体与地面的碰撞。

他们下手很快。肯定早就准备好对付我们了……

* * *

杰森在黑暗中醒来。纯粹而骇人的黑暗。没有视野，无法感应，没有任何感觉。黑暗回来了。

杰森开始发抖。*不！这不可能！我的感应去哪了！*他蜷起身子，只能勉强感觉到身下冰冷的金属地板。黑暗吞没了他——那不仅仅是黑暗，而是虚无。毫无感觉。杰森这辈子真正害怕过的只有一件事。如今它卷土重来了。

他不由自主地啜泣起来，回忆也随之泛滥。

一切是从他的夜视能力开始的，就像视觉疾病常见的症状那样。他想起了儿时在床上度过的那些夜晚，那时的黑暗仿佛每一刻都更加沉重。接着，症状开始在白天出现。首先是他的周边视觉——就好像黑暗始终跟随着他，包裹着他。他每次在早晨醒来，黑暗都仿佛又逼近了一些。它仿佛一头野兽，蜷伏在他视野的一角。

恐惧。医生们无能为力。杰森只能试着像平常那样生活，黑暗却似乎每时每刻都在接近。他曾活在必然到来之事的恐惧中。

然后是那些孩子。那些并不理解状况的孩子。当时的他试图像常人那样生活，就好像什么都没发生那样。他本该向他们坦白的。结果他们却把他当成了笨手笨脚的傻瓜。他们嘲笑他。噢，他们笑得那么欢快。

杰森尖叫起来，仿佛想凭借叫喊驱散黑暗。他的感应能力去了哪儿？出了什么差错？他在黑暗中胡乱拍打，手指拂过一面墙壁。惊恐和困惑令他退向墙角。

“你是怎么办到的？”上方有个声音问道。

杰森抬起头，但他既看不见，也感应不到，什么都做不了。

“告诉我，赖特先生，”那声音质问道，“你能读心吗？赛托能力做不到这种事——就连瓦尔瓦克斯人也没法刺探个体的想法。你是怎么办到的？”

杰森没有回答。漆黑。黑暗。

*我是故意这么做的，*杰森心不在焉地想。*我引诱了他们。我想要引起他们的注意，好让人带我来到他们面前。他们这么做了。正如我的期望。*

但……这片黑暗。

“怎么回事！”杰森用嘶哑的嗓音说，“你们是怎么夺走它的？”

“回答我的问题，赖特先生，”那声音说，“然后我就会把感应能力还给你。你是怎么读那个人的心的？”

杰森颤抖着靠向冰冷的泰拉铂。那人的嗓音严厉而刺耳。他的语调很怪——带着某种口音，但杰森分辨不出。

*不会一直这样的，*杰森告诉自己。*黑暗会离去。就像你得到赛托能力时那样。*

“我可没什么耐心，赖特先生，”那个声音警告道，“快点开口，我就会让你的同伴们活命。”

科恩，丹妮斯。他们当时也在客房里。

杰森没有回答。他坐了下来，开始深呼吸，努力保持理智。自从开发出赛托能力以后，他就从未置身于黑暗。即使在无光之处，他的感应能力依旧能发挥作用。

“兰娜?”杰森感受着逼近的黑暗，低声说着，“兰娜!”

“你和基地的联络线路已经被切断了，赖特先生。”那个声音说。

杰森啜泣起来。黑暗似乎靠得更近了——为了吞噬他的心智。

“如你所愿，赖特先生，”那声音说，“我给你三分钟。如果你到那时还不给我答案，那个女人就会死。”

一声“咔嗒”传来，然后便是寂静。话声的消失仿佛雪上加霜——突然间，杰森开始希望对方还在说话了。他真希望自己刚才能说出事实：他并没有读心的能力。

只要别让他独处就好。

现在他成了孤单一人。

我办不到！杰森心想。**只有这件事我办不到。我经历过这种恐惧。我没法再面对它了！**

他试图使出心灵刃，但什么都没发生。

冷静，杰森。控制住自己。瓦尔瓦克斯人提到过类似的事。桑恩提到过。他当时显得冷淡又不安——这对瓦尔瓦克斯人来说很反常。杰森曾问他，是否有抑制赛托能力的手段存在。桑恩承认的确有，但又告诉杰森，他不需要知道。眼下还不需要。

黑暗……

不！专心点。你没有恐惧的时间。那台抑制装置多半具有某种科技成分。很多赛托能力都有功能相同的机械——比如超光速通讯，只是没有物理接收端就无法运作。囚禁他的那位赛托能力者必须将部分心灵能量提供给某种机械装置，让它通过电力增强效果。但正因为经过增强，杰森不可能挣脱束缚。他会被困在这片黑暗里，直到永远。

并非永远。只会再困上几分钟，然后他们就会杀了我。他甚至觉得这样更容易接受。

有幅画面浮现于脑海。那是人类逃入太空的画面。科技水平居于劣势的瓦尔瓦克斯人、泰纳西人和霍玛尔人受人类商人欺骗，又被人类暴君捕获的画面。

我不能允许这种事！

可他能做什么？他摸着墙壁，摇摇晃晃地站起身，然后摸索着在房间里走动。房间很小，或许只有两平米。他几乎漏掉了门封——他这一边没有门把。

时间不够了！杰森沮丧地想。**我没法逃脱，没法联络兰娜——**

他没法联络兰娜，但……他把手伸向耳朵，轻叩控制圆盘。他们切断了他和基地的线路，但或许他们没想过还有窃听线路……

* * *

“你们别以为能逃脱惩罚！”科恩对着空无一人的房间大喊，“我是联情局探员。囚禁执法人员的后果可是很严重的！”

没人答话。科恩叹了口气，强烈的无聊感减弱了他的怒意。他是在这个房间——看起来是某种贮藏室——伴随着头痛醒来的。从那时起，他就没听到过门外的任何动静。丹妮斯也在房间里，正安静地坐在一只箱子上。

赖特打算做什么？科恩心想。他让人抓住了我们，可为什么？肯定跟电司的那个什么“总体规划”有关。

突然间，有个声音伴随噼啪声在他耳中响起。“科恩？”那个声音有气无力——就像死者的呢喃。

“赖特？”科恩问，“你为什么要囚禁我！”

“安静，科恩，”那个声音低声道，“我们都被囚禁了。除非你能做点什么，否则我们都会死。”

“做点什么？”科恩怀疑地问，“比如？”

“你得想办法切断电力。烧断保险丝，让电路过载——怎么都行。”

科恩皱起眉头。“那有什么用？他们肯定有备用的。”

“照做就好。”线路关闭了。

科恩轻声咒骂了一句。赖特这次又有什么打算？他有相信那家伙的胆量吗？可他又有不照办的胆量吗？

丹妮斯困惑地看着科恩在小小的房间里搜寻，推开箱子和手推车。终于，他找到了墙上的一个电源插座。他伫立片刻，打量着它。最后他叹了口气，从附近那只箱子的包装上取下一小片金属。**有何不可？我惹上的麻烦不可能更多了。**

* * *

杰森无法逃离这片黑暗。他没法闭眼对抗，没法逃出房间，也没法视而不见。他只能靠着墙壁瑟缩身体，感觉自己的决心——以及理智——每时每刻都在减弱。那个声音再次响起的时候，他听在耳中，却无法理解。

俘虏他的人犯了个严重的错误。他们也许正在提出各种要求，但他的状态无法做出回应。他们也许会杀了他。但这不重要。

那个声音在对他尖叫。杰森能感觉到理智在逐渐消失。他没法反抗。他不想反抗。反抗太困难了。愉快地不省人事才是唯一的答案——只有这样，思想和知觉才能得到抑制。

在那一刻，他的感应能力回来了。

那只是瞬间的断电——只是功率电频上微不足道的波动。但那就足够了。感应涌入杰森的身体，仿佛注入瘾君子血管里的毒品。它立刻开始消退，抑制器也恢复了运转。

杰森同时放射出了一千道心灵刃，撕裂了他周围的墙壁。他将泰拉铂墙壁粉碎成块，块碎成片，片又化为尘。墙壁消失不见，仿佛核弹爆炸中的绵纸，金属的颗粒喷溅到了远处。他在尖叫的同时释放出力量的波浪，野兽般的叫喊驱散了黑暗。

抑制器随即停止运转，爆炸摧毁了它的内部结构。杰森蜷缩身子，躺在明亮的泰拉铂地板上，西装沾染了泥土和汗水。在那个寂静而美妙的瞬间，他为归来的感应能力而狂喜。然而，随着感应到来的还有理智——对他来说，这两者向来形影不离。

这儿还有个赛托能力使用者，而我的逃脱肯定让他不太愉快。

因此杰森深吸一口气，强迫自己站了起来。

* * *

科恩头晕目眩地坐了下来。他的手里拿着一块橡胶——他就是用它捏住塞进电源插座的那枚金属片的。他以为反作用不会很大；但他没料到隔壁房间会爆炸。

科恩眨了眨眼，拍掉衣服上的银色泰拉铂薄片。**这是……**？他惊讶地想着，用手指揉捏那些泰拉铂颗粒。**这是怎么办到的**？现代武器就连划伤泰拉铂都很困难。

他抬起头，然后看到杰森·赖特站在爆炸的正中央。那位特工的西服破破烂烂。科恩看到了赖特的眼睛，泰拉铂粉末随即从他发麻的指缝间飘落。就像先前那样，那双眼睛无法聚焦，甚至毫无反应。赖特的双眼呆滞地注视前方，一动不动，就像是……盲人的眼睛。

"你究竟是什么东西?"科恩低声说。

赖特没理会他的问题。"带上那女孩离开，"他说着，语气平静却令人恐惧，"这附近很快就会变得非常危险了。"

科恩点点头，伸手去拉吓坏了的丹妮斯的手。与此同时，有个新的声音传来——那是科恩不认识的声音。

"噢，别这样，赖特先生，"那声音说，"我们就非得屈尊去做那种事吗？我们不都是……开化的人吗?"

赖特没有转向声源——墙壁上的那只扬声器。"现身吧。"

一阵寂静。脚步声。科恩把丹妮斯推到身后，警惕的双眼注视着房间外的走廊——多亏了那场离奇的爆炸，走廊如今全无遮蔽。

有道身影出现在走廊里。除了高鼻子和瘦削的身体以外，他的长相没什么特别的。他穿着显眼的海军服，笑着走上前来，脚底拂开了地上那层泰拉铂灰。

“说出你的身份。”赖特说着，缺乏焦点的双眼转向那个人。

“得了吧，杰森，”那人说，“你不认得我了？”

“不。”

“我猜我不该吃惊的，”那人说着，继续绕过房间，“事情都过去好几年了，而且我真的不是什么大人物。只是你手下的许多新人之一。我的名字是埃德蒙。”

房间被寂静笼罩。“你为什么想杀科恩？” 最后，赖特问。

埃德蒙只是笑了笑。“即使在电司特工里，你也是个特别神秘的人，杰森。你向瓦尔瓦克斯人隐瞒了某些事。如果他们知道你能创造出心灵刃，就肯定会考虑提升人类的智慧等级标识了。”

赖特皱起眉头。“那是在测试。你想确认我能不能阻止子弹。”

“而我没有失望，”埃德蒙说着，停在赖特的正前方，“心灵刃是非常先进的，杰森。再钻研个几十年，你或许就能超越光速了。令人印象深刻。”

两人面对面地站在那儿——但眼睛都没有聚焦在对方身上。他们在紧张的气氛中对峙了片刻，而科恩皱起眉头。他觉得某种重大事件即将发生，但它却迟迟未至。

怎么回事？

* * *

杰森奋力自保。数百道心灵刃朝他抽打而来，那是纯粹思想的无形猛攻。他所能做的就只有阻止它们撕碎自己的血肉。他做出反击，用自己的心灵刃抵挡对手——他依旧无法理解的对手。

他依稀记得埃德蒙，但对他的长相并不熟悉，所以在咖啡馆才没认出他来。埃德蒙曾是个有赛托能力潜质的人。他在数月的训练后就逃离了电司。那不过是两年前的事——在这么短的时间里，他是如何学会这么多东西的？

心灵刃的炮火减弱，埃德蒙也向后退去。他依然面带微笑，眼神却多出了戒备。他没料到杰森能和他势均力敌。

杰森深吸一口气。科恩在不远处看着，一脸困惑——他看不到杰森刚才经历的那场鏖战。

“你再次让我印象深刻了，杰森。”埃德蒙说。

杰森感到一滴汗水顺着脸颊流下。他能嗅到自己的疲惫。“我可没料到你懂得格挡心灵刃的方法，”埃德蒙续道，“我们之中真正这么做过的人寥寥无几。”

杰森僵硬地站在那儿。“我倒是早就料到了，”他低声道，“我知道你这样的人迟早会发现。我知道我总有一天必须战斗。”

“你准备万全。”

心灵刃再次击出。杰森咕哝一声，同样用心灵刃攻向对手。心灵刃即将出现时，他的感应中会出现微弱的涟漪，而他便会用自己的利刃劈向那个位置。猛攻彼此抵消，在他的感应中摇曳不止，仿佛两道弧形的光线。他挡住了数百道心灵刃，而他周围的空气闪闪发亮，仿佛他正站在大爆炸的中央。

我没法坚持太久。迟早会有某道心灵刃突破他的防线。杰森的手里只有一张牌——他不能白白浪费。

杰森继续搏斗，等待着合适的时机。埃德蒙比杰森更强。这原本是不可能的事——杰森运用赛托能力的时间比任何人都要长。怎么会有人如此迅速地超越他？杰森必须弄清原因。否则，他过去的一切努力都将付诸流水。

攻势再次停止了。埃德蒙出汗了——至少这对他来说也不轻松。

“你跟瓦尔瓦克斯人学得不错。”杰森决定碰碰运气。

埃德蒙惊讶地抬起头，然后大笑起来。“这么说你根本没法读心，”他笑着说，“你唬起人来真有一手。”

我猜错了，杰森心想。**那他又是**……？

“再见了，杰森·赖特。”

杰森感觉周围的空气在摇曳。多到他数不清的心灵刃开始成型——而他仿佛被纯粹能量的穹顶包围在中央。他不可能全部挡下。他会死。

就是现在!

杰森专注于自身。他没有发出心灵刃。取而代之的是，他开始感应体内。他感受着自己身体在感应中的震颤，感受着那个身穿黑衣的冷静造物。与还是男孩时的他有天壤之别。那个他曾因恐惧而无法动弹。

杰森已经不是那个男孩了。在尖叫声中，他感受着朝他降下的心灵刃，心甘情愿地将身体投入了黑暗。

一切都静止了。

黑暗——从他儿时起就威胁着他的虚无之物——包裹了他。只不过这次，他是出于自愿去找它的。在它的拥抱中，他窒息了仿佛永恒的一瞬间。

然后他再次出现，重新进入正常空间的同时，他推开空气，以免那些分子困在他逐渐出现的身体里。他以相似的方式，用手推开了埃德蒙的血肉。

世界摇晃，杰森随之归来。他站在那儿，手臂径直伸向埃德蒙的身前。杰森的手腕根部与埃德蒙的血肉相触——他的手掌在对方的胸腔内成型。

埃德蒙的心脏——它正被杰森攥在手中——重重地跳动了一次。埃德蒙目瞪口呆地看着前方。心灵刃在杰森方才所在之处引发了爆炸。

杰森用力一捏，埃德蒙便痛呼出声。那颗心脏停止了跳动。埃德蒙跪倒在地，而杰森将手掌略微推入外部空间，随后将其抽回。

埃德蒙向后倒下，瞪大了惊讶而痛苦的双眼。在濒死之际，他没有失去意识——他的赛托能力太强大了。他反而低声说起话来。

“超光速传输。杰森，你又一次让我惊讶了。我们根本不知道……”

杰森跪在那人身旁。“我已经学会有一阵子了。告诉我，告诉我，你是怎么办到的。你是在哪学到这些能力的?”

埃德蒙大笑起来，那是伴随着干咳的痛苦笑声。“我用了一辈子去学习，杰森。”

“怎么可能?”杰森追问。

埃德蒙努力对上了杰森的视线。“噢，你可真是个理想主义者，电话公司的杰森。等有空的时候，你真该问问你自己：为什么像瓦尔瓦克斯这样的物种需要学习抑制赛托能力的方法?”

杰森愣住了，他的大脑开始发麻。他只知道一个答案，一个他几乎不敢去考虑的答案。“为了关押囚犯。”

“囚犯?”埃德蒙咳嗽着说，“思想家！异议者！任何不赞同他们做法的人。”

“你撒谎!”

埃德蒙大笑起来，因痛楚而弓起背脊。“而你能帮我们摆脱那种命运，”他说着，声音越来越响，最后近乎尖叫，“他们享受乐园的时间已经够久了。你只是在失去感应的情况下待了几分钟，就差点发疯——想象一下在那种牢房里过上一辈子吧！你看到的只有和平，只有完美的社会。

“但你没有看到代价!”

埃德蒙吐出最后一口气，身体也软瘫下来。

“你撒谎，”杰森低声道，“他们是和平的种族。怪物是我们，不是他们……”他沉默地坐了片刻，审视着那具尸体。科恩仍旧站在不远处，震惊——而且困惑——地看着这一幕。

“到这边来，”杰森平静地说，“带上那女孩。”

科恩一言不发地照办了。杰森将两只手分别放在他们身上，然后再次进入了黑暗。

* * *

科恩立刻认出了那个房间。他眨了眨眼，试图忘掉刚才体验到的可怕空虚感。他身在弧形墙壁包围的白色房间里——那是电司总部的控制中心。他那张模糊的全息照片拍摄到的房间。科恩将那张照片研究了数百次，而如今他真的来到这里了。

只不过电司的中央控制室位于地球，离晚祷平台足有数月的路程。科恩惊讶地深吸一口气。赖特站在不远处，西服破破烂烂，鲜血沿着手臂滴落。

“你们真的会超光速旅行!”科恩控诉道。

“是的。”

“这么说我是对的!”科恩说，“你们一直在对人类隐瞒超光速旅行技术!”

“是的。”

“为什么?”科恩质问道，“你们想从什么东西手里保护我们?”

“我不是想保护我们，”赖特说着，走到房间另一边。他靠近墙壁——那道本该藏着超光速通讯设备的墙壁——然后拉下了拉杆。墙根处凭空出现了一只小杯子，一股热气腾腾的咖啡随即涌出。“我是想保护他们。并且让我们做好准备。”

“准备?”科恩问。

“交换生计划，”赖特说，“推广计划——甚至是改换肤色的风潮。能让我们的思想更加开放的一切。当然，现在这些已经不重要了，对吧?”

科恩皱了皱眉，然后看看那台咖啡机。“所以这不是超光速通讯装置……”

赖特摇摇头，然后指了指旁边。有个男人——科恩在全息照片里误以为是保安的那位——就坐在稍远处的椅子上。那个人闭着眼睛。

“他的头脑，”赖特说，“在为所有超光速线路提供动力。”

“但，”科恩说，“那可有数百万条……”

“必要的就只有一颗提供超光速能力的头脑，”杰森解释道，“实际的路由工作可以交给电脑。”

科恩吃惊地倒吸一口凉气。

“科技是有限的，”杰森说，“心灵却是无限的。”

没等他问出下一个问题，房门便砰然打开，有个红发女人冲进了房间。她立刻跑上前来，用力抱住了赖特。“出了什么事！”她质问道，而科恩立刻认出了兰娜的声音。

“科恩，”赖特咕哝说，“来见见兰娜·赖特。我妻子。”

“什么？你妻子？”

“很不幸。”赖特说。他的语气带着溺爱。

“可是，”科恩反驳道，“情报局窃听过你的通讯几十次——每次她分配到你的线路，你都会抱怨！”

“是啊，但分配的人就是他自己，”兰娜说着，确认起赖特手臂上的细小伤口来，“他总说情报局对他的私人生活知道的越少越好，而且他总是忍不住想戏弄我。”她抬头看着赖特，又说：“好了，坐下来告诉我情况吧。医生正在赶来的路上。”

赖特叹了口气，又喝了一口饮料。“也许我错了，兰娜。”

“哪里错了？”

“哪里都错了。”他用忧心忡忡的语气说道。

* * *

杰森坐在自己的房间里，让医生为他包扎手臂。兰娜不满地站在不远处。她是电司中央控制室的恐怖源头：敢于惹怒她的勇士——或者是蠢人——寥寥无几。

“好了，老人家，”她说，“出了什么事？”

杰森摇摇头。他还没来得及回答，全息显示装置就发出了哔哔声。杰森按下按钮，桑恩的面容随之出现。

“你得跟我解释几件事，桑恩。”杰森说。

瓦尔瓦克斯人的双手在身前摆出恳求的姿势。“我听凭您差遣，电话公司的杰森。”

杰森按下一个按钮，向桑恩展示了丹妮斯受电司特工询问的画面。

“告诉我没这回事，桑恩，”杰森平静地恳求道，“告诉我，你们不会关押不满者。”

“瓦尔瓦克斯人的不满者？”兰娜惊讶地问。

桑恩抬起双手，那是表示道歉的手势。“我说过你迟早会发现抑制赛托能力的理由的，电话公司的杰森。”

杰森垂下头。**不。这不可能……**

“这是唯一的方法，”桑恩说，“得到和平的唯一方法。”

“赞同你们的人才能得到的和平。”杰森轻蔑地说。

“这是唯一的方法。”

“那其他人呢？”杰森质问道，“泰纳西人和哈罗人呢？”

“一样，”桑恩说，“他们发现了那条路，正如你们迟早也会发现。通往一等智慧之路。我必须为我们给你们添的麻烦道歉。”

杰森坐了下来，震惊不已。他错了。经历了这么多年——超过一个世纪——的努力，可他却是错的。他们欺骗了他。突然间，他感到反胃——反胃，以及愤怒。

“他们会来找你的，桑恩。”杰森说着，对那位结束了包扎的医师感激地点点头。那个男人值得信任——他是杰森在一百余年前雇用的最初几名赛托能力使用者之一。

“抱歉，电话公司的杰森，你说什么？”短暂的停顿过后，桑恩问。他抽回双手，摆出瓦尔瓦克斯人代表困惑的手势。

医师离开了房间，而兰娜坐到杰森旁边。她用审慎的目光看着桑恩——她向来不喜欢瓦尔瓦克斯人。她说她不喜欢能在身体语言上轻易伪装的种族。

“大使——死掉的那位，”杰森说，“他就是不满者之一。他在我手里。我还以为是人类试图渗透瓦尔瓦克斯人社会，没想到真相恰恰相反。你们的异议者逃跑了，而他们就藏身在我们之中。他们试图掌握人类科技。我们依旧没有开化，桑恩。我们拥有的某些战争机器能够接连不断地击落你们的所有飞船。”

桑恩维持着困惑的手势，随后又以担忧的手势加以强调。没几个人知道，在地球上空被击落的那艘泰纳西人使节船曾是这个银河系里最先进也最强大的飞船之一。仅仅一发人类的导弹就摧毁了它。其余种族的科技更是远远不及。

“令人不安。”桑恩承认道。

“我知道。”杰森说。然后他伸出手，切断了连线。桑恩的脸孔模糊起来，随即消失不见。

杰森叹着气靠向椅背，感应着身边的兰娜。他早知道会有这么一天——他一直担心自己无法阻止人类染指太空。他只是没料到辜负他的是天堂那一边。

“抱歉。”兰娜低声说。

杰森摇摇头。“你一直都在提醒我，说我太理想主义了。”

“但无论如何，我都想相信你。”兰娜说。她的手掌缓缓地抚过他的脸颊。“你觉得袭击你的那个人是单独行动的吗？”

“不可能，”杰森说，“他太自信了。”

“那么……”

杰森深吸一口气。“安排一场新闻发布会，兰娜。告诉他们，电话公司终于开发出了超光速旅行技术，而且会在联合政府认可我们的专利后立刻公布。”

兰娜点点头。

“或许我们还能从乐园里抢救点东西出来。”杰森低声道。

（本篇完）

长子

长子[1]

在安全的旗舰上，丹尼森有两种方法可以观看战斗。

显而易见的方法是借助舰桥中央巨大的战斗全息影像。全息影像此时显示出及腰高处的许多三角形蓝色光点，那代表正在飞行的战机。有个大得多的蓝色椭圆光点——它代表丹尼森的指挥舰——悬停在离战机有一定距离的后上方。这头强大却不够灵巧的巨兽今天多半不会经历战斗。敌方飞船的火力太弱，无法伤害它的船身，但它也跟不上对方的速度。这场战斗恐怕只会发生在较为小型的战机之间。

而丹尼森会负责指挥。他从指挥椅里站起身，朝全息影像的边缘走了几步，审视起敌人来。敌方的红色飞船在闪烁中现身：扫描器在小行星带翻滚的巨石间找出了它们的位置。那些人自称反叛军，却干着海盗的勾当，又肆意横行了太久。自从他的兄长瓦里昂在这片地区重新实行皇帝陛下的法律开始，已经过去了五年的时间，早该有人镇压这些叛乱分子了。

丹尼森踏入全息影像内部，又继续向前，直到站在他那些飞船的正后方。飞船共有二十来艘——以舰队标准算不上大型部队，但已经超出

---

①长子：本文为作者发表的第一篇科幻小说，最初刊登于《前沿(*The Leading Edge*)》杂志。

他配得上的规模了。他看向一旁。侍从武官和低级军官们暂时放下手头的工作，目光转向他们年轻的指挥官。尽管他们没有摆出明显的不敬态度，丹尼森却能看出他们眼里的真实感受。他们并不期待他能获胜。

好吧，丹尼森心想，*我可不想让这些好伙计失望*。

“分成中队。”丹尼森下令。他的命令径直发送到几名上尉耳中，而他小小的舰队也分为了四队。在前方，那些海盗也开始排兵布阵——只是仍旧藏在作为掩体的小行星之后。

通过飞船的移动路线，丹尼森能感觉到他们的作战策略在逐渐成型。通过昂贵的学院教育获得的所有正规军事知识任由他支配。关于讲座和教科书的记忆在他的头脑中交融，令他通过整整六年的指挥模拟——以及随后的实战——所获得的经验更具意义。

没错，他看得出来。他能看穿敌方指挥官在做的事：他能察觉他们的策略。而且他差不多知道该如何反击。

“大人？”有个侍从武官说着，走上前来。她的双手捧着一副战斗面甲。“您需要这个吗？”

面甲是指挥官观看战斗的第二种方法。每架战机的驾驶舱内都装有一台摄影机，能够转播直观的画面。瓦里昂每次都会佩戴战斗面甲。但丹尼森并不是他哥哥。虽然察觉这个事实的似乎只有他而已。

“不用。”丹尼森说着，摆手赶走了那个侍从武官。他的举动在舰桥人员中引发了骚动，丹尼森的副指挥官布瑞尔也对他怒目相视。

“让C中队前往交战。”丹尼森给出了命令，没去理会布瑞尔。

四架战机脱离了大部队，朝着小行星带迅速飞去。蓝色与红色遭遇，战斗也真正展开。

丹尼森大步穿过全息影像，他观察、下令，以及分析——就像他在课堂上学过的那样。缠斗着的战机掠过他的头部附近；他穿过那些拳头大小的小行星，后者粉碎四散，又在他通过后恢复原样。他就像传说中的古老神灵那样迈开步子，支配着这片战场，而渺小的凡人看不到他，却无疑能感受到他那只无所不能的手。

只不过，如果丹尼森是位神灵，他的专长肯定不是战争。

他受的教育让他不至于犯下灾难性的失误，但没过多久，战局就发展到了赢面全无的地步。多亏了他的全无自尊心，他立刻下达了意料之中的撤退命令。舰队随之败退，数量减少了超过一半。从浮现于他面前的全息统计图来看，丹尼森发现他的舰队仅仅消灭了十余架敌方战机。

丹尼森从全息影像里走出，将凯旋的红色飞船和沮丧的蓝色飞船抛在身后。全息影像随即消散，粉碎的图像落向指挥中心的地板，仿佛发光的尘埃，而碎片最终也在光芒中逐渐消失。船员们站在周围，眼神透露出落败的羞愧。

只有布瑞尔有勇气说出所有人的想法。“他真的是个白痴。”他小声嘟囔道。

丹尼森在门边停下脚步。他转过身，扬起一边眉毛，发现布瑞尔正毫不退让地回瞪他。换作别的高阶军官，也许会以违抗上级为由关他的禁闭。当然了，别的指挥官首先也不会被部下如此蔑视。丹尼森背靠门框侧面，双臂交叠成不像军人的姿势。“或许我应该处罚你，布瑞尔。我毕竟是个高阶军官。”

至少这句话让那家伙偏开了视线。丹尼森懒洋洋地靠在那儿，让布瑞尔明白，不管无能与否，丹尼森都有只凭一次通话就摧毁某人前途的权力。

最后，丹尼森叹了口气，站起身，走上前去。“但你知道，我从来都不觉得处罚说真话的人是正确的。是的，布瑞尔。我，丹尼森·科雷斯特玛——伟大的瓦里昂·科雷斯特玛的弟弟，皇亲国戚与舰队指挥官——是个白痴。正如你听闻的那样。”

丹尼森顿了顿，停在布瑞尔正前方，然后伸出手，拍拍对方胸口的崇高帝国徽章。“不过想想看吧，”丹尼森微笑着说了下去，“如果我是白痴，那你自己肯定也相当无能；若非如此，他们也不会把你送到我手下来浪费了才干。”

这句侮辱让布瑞尔涨红了脸，但他展现出了罕见的克制，一言未发。丹尼森转过身去，大步走向房间外。“为我准备好返回中点星的高速飞船，”他下令道，“我明天预定要和父亲共进晚餐。”

* * *

他错过了晚餐。但这不是他的错，毕竟他得穿过半个崇高帝国。抵达太空港的时候，丹尼森的父亲，崇高公爵塞尼恩·科雷斯特玛正在那里等他。

丹尼森离开气密舱，走上前去，而塞尼恩沉默不语。崇高公爵是个高大的男人——态度傲慢，肩膀宽阔，面容高贵。他是高阶军官的象征。至少丹尼森继承了他的身高。

崇高公爵转过身。丹尼森与他并肩而行，两人沿着军官步道前进——那是一条铺着深红色金边地毯的小路。它专供高阶军官使用，在道路两侧摩肩接踵的平民和低阶军官无权踏足。军官步道上没有车辆，也没有自动走道。高阶军官们必须步行。行走中蕴藏着力量——至少丹尼森的父亲总这么说。崇高公爵相当喜欢这种自我吹捧式的格言。

“所以？”最后，塞尼恩目视前方，问道。

丹尼森耸耸肩。“虽然没什么分别，但我这次真的努力了。”

“如果你真的‘努力’了，”塞尼恩断言道，“你就应该获胜。你拥有优秀的飞船，优秀的部下，以及优秀的训练。”

丹尼森没有费力去和塞尼恩争辩。他从好些年前就不再做这种有损心智健康的行为了。

“崇高皇帝本人认为你只是需要实际经验，”塞尼恩几乎是在自言自语，“他觉得模拟战和学校竞赛不够真实，没法让你真正投入。”

“就算是皇帝也是会犯错的，父亲。”丹尼森说。

塞尼恩甚至没有回头瞪他。

这一天总算来了，丹尼森心想。*他终于要承认了。他终于要放过*

我了。丹尼森并不确定自己离开军事指挥岗位以后要做些什么——但无论他如何选择，表现都不可能更差劲了。

“我为你安排了一个新职位。”最后，塞尼恩说。

丹尼森吃了一惊。然后他闭上双眼，差点吐出一声叹息。这位崇高公爵还要见证多少次失败，才会选择放弃？

“暴风号上的职位。”

丹尼森愣住了。

塞尼恩停下脚步，终于转过头来，看着他的儿子。人们在两侧较低的步道上来来往往，对深红色地毯上穿着精致制服的两人视若无睹。

目瞪口呆的丹尼森花了点时间才做出反应。“可……”

“那条船不错——是个学习的好地方。你会担任崇高上将科恩的副手与中队长。”

“我知道那条船‘不错’，”丹尼森透过咬紧的牙关说，“父亲，那是在帝国旗舰上的真正指挥工作，不是在边远星区的消遣。在对抗海盗时损失十几个部下就够糟的了。你就非得让我背负再统一战争中的数千条人命吗？”

“我了解科恩上将，”塞尼恩说着，没理睬他儿子的抗议，“他是个优秀的战术家。也许他能帮你解决你那些……问题。”

“问题？”丹尼森轻声问道，“您说问题，父亲？您就没想过我只是缺乏天分吗？如果崇高公爵的儿子证明了自己不适合发号施令，那他再改行就算不上耻辱了。老天爷啊，我可是相当符合这个条件的。”

塞尼恩走上前去，抓住丹尼森的双肩。“你不能说这种话，”他命令道，“你和其他军官不同。崇高帝国对你期望更高。崇高帝国对你要求更高！”

丹尼森被父亲无礼的举动吓了一跳，某些过路人也停下脚步，看着崇高公爵慷慨激昂的奇妙景象。丹尼森站在那儿，忍受着父亲攥紧的双手，打量着他的双眼。**不是因为崇高帝国，对吧，父亲？**丹尼森心想。

是因为你自己。一个天才儿子还不够。对你来说，一次成功和一次失败只会相互抵消。

“去收拾行装，”塞尼恩说着，放开了他，“暴风号会在三天后迎接你的高速飞船，而这段路要花费七十个小时。”

* * *

“请您原谅，陛下，但我不认为这个职位适合我。”丹尼森跪在高速飞船内的壁式显示屏前，开口道。

崇高皇帝是个中年男子，下巴结实，脸庞丰满。他在大多数男人都会做头皮抗衰手术的时期谢了顶，但他拒绝改良外貌的举动为他增添了某种……可靠感。丹尼森的意见让他皱起眉头。“这是个抢手的岗位，丹尼森。大多数年轻高阶军官都会认为这种机会可遇不可求。”

“我跟大多数年轻军官不太一样，陛下。”丹尼森指出。

“是啊，你当然不一样，”皇帝说，“但我还以为，像这样和你兄长近似的岗位会让你感兴趣。”

丹尼森耸耸肩。“说实话，陛下，我并不了解瓦里昂。我对他很好奇，但我对其他人也同样好奇。我还是希望谢绝这一职位。”

皇帝的眉头皱得更深了。“你需要更积极些，年轻的科雷斯特玛。你的悲观态度让崇高王座非常恼火。”

丹尼森低下了头——皇帝换用第三人称从来都不是好兆头。“陛下，”他说，“我真的努力过了——我努力了一辈子。但我在学院的成绩只是勉强合格，从没在比赛里取得过名次，还搞砸了安排给我的所有指挥工作。我真的一无是处。”

“你是有才能的，”皇帝说，“你只是需要再多努力一点儿。”

丹尼森低声呻吟起来。皇帝显然又跟他父亲谈过了。

“您为何能如此肯定，陛下？”

“我就是能。你的请愿被否决了。还有别的事吗？”

丹尼森摇了摇头。

* * *

丹尼森离开飞船的时候，科恩上将并没有在港口等候，但这算不上不寻常。尽管丹尼森是高阶军官，但他资历尚浅，科恩却是舰队中最有权势的上将之一。

丹尼森跟着一名侍从武官穿过旗舰内的通道。以战舰而言，通道的布置出奇地精美，更以崇高帝国的十二种徽记作为装饰。这儿可是帝国旗舰，从内到外都给人深刻印象就是它的设计目的。那名侍从武官带领他来到一个宽敞的圆形房间，房间中央是一幅战斗全息影像。虽然空中满是闪烁的飞船微缩模型，房间里却只站着一个人。这儿不是舰桥，而是模拟室——和丹尼森在学院里用过的那种很像。

考虑到军阶，崇高上将科恩相当年轻。他有一张方脸和浓密的黑发，身材魁梧到让人想起远古时代那种骑着战马、佩带阔剑的将军，却又拥有帝国贵族典型的矜持气质。丹尼森走进房间时，他没有将目光从全息影像上移开。房间的边缘光线黯淡，仅有的照明来自那些幻影飞船与标志着全息影像边沿的那个发光圆环。科恩站在房间中央，但没在指挥，只是观察。侍从武官离开房间，关上了门。

"你认得这场战斗吗？"上将突然问。

丹尼森走上前去。"是的，长官，"他惊讶地发现自己真的认得，"这是西普莱斯之战。"

科恩点点头，依旧看着不断掠过的飞船，下方的光线照亮了他的脸。"你哥哥的初次战斗，"他轻声说，"再统一战争的开端。"他又注视了片刻，然后摆摆手，让那些飞船凝固在空中。他终于将目光转向丹尼森，后者行了个敷衍了事的军礼——实际上就只是摆摆手而已。还是从一开始就给人留下正确印象比较好。

草率的礼节并没有让科恩皱眉。他交叠双臂，好奇地打量丹尼森。"丹尼森·科雷斯特玛。我听说你是个口齿伶俐的人。"

"这恐怕是我唯一能称得上伶俐的地方了。"

科恩露出了笑容——这对高阶军官来说可是罕见的表情。“我猜这就是你父亲把你送来的理由。”

“他很尊敬您，长官。”丹尼森指出。

科恩嗤之以鼻。“他根本忍受不了我。他觉得我不够庄重。”

丹尼森扬起一边眉毛。见科恩停了口，他便说了下去：“我想我必须提醒您，长官，我非常不适合这个岗位。我不认为自己作为中队长能满足您的期望。”

“噢，我不打算让你指挥任何飞船，”科恩说着，大笑起来，“请原谅，但我看过你的记录。我只有一个疑问，那就是你的战略和战术哪个更差。”

丹尼森松了口气。“那您打算让我做什么呢？”

科恩朝他招招手。“过来。”他说着，另一只手动了动，将全息影像重新启动。

丹尼森踏入了全息影像。他以前看过那场战斗——想从学院毕业，就免不了上几堂关于强大的瓦里昂·科雷斯特玛的课。瓦里昂的飞船标有白色边框。他指挥的飞船有两艘——其中一艘只是普通的商船，另一艘是他的帝国长战舰——而且他麾下的战机只有四十八架。比先前分配给丹尼森，让他在对抗海盗中白白浪费的飞船还要少。

“跟我说说他的事，”科恩看着瓦里昂的长战舰趋近战场，同时要求道。

丹尼森扬起一边眉毛。“瓦里昂？他比我年长了二十岁还多。我从来没见过他。”

“我可不是打听你家事的客人，丹尼森。我是你的指挥官。跟我说说作为军人的瓦里昂。”

丹尼森犹豫起来。瓦里昂的长战舰——著名的“虚空之鹰号”——飞向前方。与敌方相比，瓦里昂的部队少得可笑——叛逆行星西普莱斯有其引以为傲的五条巨型战舰和将近一百架战机。在二十年前帝国权势的低谷期，这么一支舰队可是相当惊人的。

然而，那些西普莱斯飞船却没有列队攻击瓦里昂。他们只是等待着。

“瓦里昂是……”丹尼森轻声道，“瓦里昂是完美的。”

科恩扬起一边眉毛。“哪方面？”

“他从没打过败仗，”丹尼森说，“他在离开学院的当天就指挥了第一场战斗。五年的时间里，他就升任了帝国舰队的总指挥官，并负责夺回边远星区的掌控权。他毕生都在为此战斗，而且从未留下过哪怕一场败绩。他打了数百场仗，却一次都没输过。”

“完美？”科恩问。

“完美。”丹尼森说。

科恩点点头，把目光转回那片战场。外形仿佛木块的商船超过了瓦里昂的旗舰，此时正笨重地飞向西普莱斯的部队。

“一切都是从这儿开始的。”科恩说。

在瓦里昂以班级第一的成绩从学院毕业后，最大型的那些舰队旗舰都向他发出了邀请。他拒绝了所有那些邀请，转而接受了一艘由普通军官——并非贵族的军官——指挥的飞船上的不起眼岗位。

舰队准则第117条规定，高阶军官可以运用他的贵族地位——而非军阶——来接管低阶军官指挥的任何飞船。这条准则很少有机会使用，因为如果贵族的待遇太差，皇帝允许——甚至是期待——处决相关人士。

瓦里昂当时就动用了117条，接管了虚空之鹰号和它麾下的小小舰队，而那位平民舰长成了他的副指挥官。瓦里昂随后所做的第一件事就是忽视现行命令，朝西部边远星区的反叛殖民地发起进攻。

“要知道，那艘商船其实是他用武力夺来的，”科恩说，“就像海盗那样。我还记得崇高皇帝那时的暴怒。他下令六艘长战舰去追捕你哥哥。但若非如此，瓦里昂的计策就没法成功了。西普莱斯——就像大部分反叛集团那样——在舰队高层安插了密探。他们肯定以为瓦里昂想要叛变。所以他才如此轻率地夺取指挥权，并且强占那艘商船，然后拖着它前往西普莱斯，声称那是“礼物”。

“飞船上没有人不服他的指挥。这就是你哥哥最引人瞩目的特点，丹尼森。他并不只是个战术大师。他还是位出色的领袖，也是个出色的骗子。”

商船的影像突然剧烈摇晃，引擎以出乎意料的力量运转起来。它以惊人的势头飞去，而西普莱斯的那些主力舰才刚刚开始转向——指挥官们陷入混乱，因此耽搁了引擎的启动。那艘商船撞上了西普莱斯旗舰，然后纠缠着的两条飞船撞上了另一艘母舰。

“他还有天杀的好运气。”科恩评论道。

丹尼森点点头，这时瓦里昂的部队突然行动起来，战机从他的旗舰内疾飞而出，小型炮舰移动到纵向射击位置，开始攻击剩下的三艘西普莱斯指挥舰。

科恩单手抬起，那些飞船便凝固不动。他转向丹尼森。“好了，”他说，“轮到你了。”

丹尼森皱起眉头。“你希望我来继续指挥?”

科恩点点头，离开了全息影像，在控制面板上输入了几条指令。“让我瞧瞧你能做到些什么。”

丹尼森扬起一边眉毛。“这能证明什么?”

“就照我说的做吧。”科恩说。

模拟再次开始。庞大的西普莱斯指挥舰无力地横向翻滚，舰身侧面的窟窿喷出火焰，氧气也随之逸入太空。西普莱斯军本该在瓦里昂进入空域的那个瞬间将他击落的。刚从学院毕业的指挥官带着帝国长战舰做出叛国之举？他们本该看穿这套策略的。但他们没有。不知为何，瓦里昂让他们信以为真了。

丹尼森瞥了眼正在阴影中注视自己的科恩。他看到了什么？年轻时的瓦里昂？据说丹尼森和他哥哥的外貌非常相似。他们最大的区别在于头发：丹尼森一头黑发，瓦里昂的头发却在二十二岁生日那天开始转为银灰色。等到二十五岁那年，他已经有了“银鬃”这个绰号。

“让战机以三个编队出击，”丹尼森说着，转头看向全息影像，“命令暗弦号前往471区域，让它停留在那儿，朝任何企图逃出受损旗舰的飞船开火。我要法内尔号在我侧翼的左下方就位，如果有战机太过靠近，就提供火力掩护。”

战斗打响，而丹尼森开始奋斗。他一如既往地努力了。他非常努力。每当他进入战斗全息影像时，叛逆和愤世嫉俗的想法就都会消失不见。当他伫立在战场之中，飞船云集于周围、头顶和脚边的时候，他就会抛开习惯性的悲观态度，名副其实地努力战斗。

然后他以惨败收场。西普莱斯飞船不断削减丹尼森战机的数量，因为他无法提供充分的掩护火力。受到致命损伤的西普莱斯旗舰翻滚到近处并自爆，令他失去了暗弦号。他试图撤退时，敌方的导弹撕碎了指挥舰的后部，令生命维持系统失效，而他也窒息而死。全息影像关闭了。

丹尼森叹了口气，转身看向科恩。

“我见过比这更差的。”最后，科恩说。

“噢?”丹尼森说，“你见过我在学院的战斗记录了?”

科恩没有答话。他站起身，思忖着轻敲下巴。“你想知道自己在这儿的工作，”最后，他说，“因为你不想负责指挥。”

丹尼森点点头。

“崇高皇帝希望我把你打造成领导者，”科恩解释道，“但我不打算把部下浪费在你身上，所以我找了位教官来教你。”

“谁?”

“你哥哥，”科恩说，“好好习惯这个房间吧，丹尼森。你会在这儿度过很多时间。我希望你经历瓦里昂的每一场战斗，学习他的手法和战略。我希望你阅读瓦里昂的所有重要资料。对于和瓦里昂·科雷斯特玛有关的一切，你要成为帝国最权威的专家。你会熟记这些，不断练习，直到像他那样打赢这场——以及其他每一场——战斗。”

“你在说笑吧。”丹尼森用单调的语气说。

“你该忙活起来了。”科恩说着，在控制面板上按了几下。一张日期与战斗的列表出现在墙壁上。“你还有很多工作要做呢。”

“尊敬的科恩长官，”丹尼森的发言罕见地用上了正规礼节，“我不是我哥哥。我也不可能成为他。”

“这可不是不向他学习的理由。”

“他毁了我的人生，”丹尼森说，“从我进入学院的第一天起，我就注定会失败。考虑到其他人对我的期待，我根本没法拒绝入学，不是吗？让我换个人学习吧。比如崇高上将福尔斯戴特。”

科恩思索片刻，然后摇摇头。“你得照我的命令去做，孩子。”

* * *

每场战斗都是对他自尊心的痛击。即使学习过瓦里昂的战术，即使一次又一次观看战斗回放，丹尼森也难以获胜。模拟装置的程序中加入了随机成分，因此他无法直接记下瓦里昂的做法，然后依样画葫芦。

丹尼森叹了口气，揉搓额头，看着全息影像重播他的上一场战斗。他在暴风号上的这一年过得飞快，还伴随着奇怪的失真感。他觉得自己和帝国的时事脱了节。他的整个世界缩小为无休无止的战略、战术和失败的重放，而且全部都以一个人为中心。

瓦里昂。

马库斯七号之战的重放继续下去。在那时，瓦里昂的舰队已经增长到数千条飞船的规模，又得到了帝国的官方支持。瓦里昂甚至没有亲自参战；他是在许多光年外的旗舰上进行指挥的。物体越大，通过超限航行抵达目的地的时间也就越久——所以可视通信基本可以实时进行，而旗舰于帝国的偏远地带间往来时却要花费数月的时间。

这种限制让当时的瓦里昂很恼火，所以他只好将军队分成两个战斗群，让他们前往相反的方向。丹尼森现在能理解瓦里昂的思维方式了——在一年来对“银鬃”的研究中，他逐渐沉浸在自己毕生都在逃避的那个人的世界观里。瓦里昂·科雷斯特玛是什么人？他是个完美的人。如今的丹尼森已经无法用讽刺的口气说出这句话了。

通过战斗体验兄长人生的每一天，都让他们更加接近。丹尼森发现自己在全息影像室里花费的时间越来越久：他会审视自己的战斗录像，然后观看瓦里昂处理那次纷争的手段。他不再探寻战略，而是专注于那个人本身。“银鬃”瓦里昂是个怎样的人？他和家人分别了二十年，自愿过着光荣的流放生活，因为这场战争需要他倾注全部的精力。

在瓦里昂早期参与的战斗中，有许多都显得合乎情理。那时候，瓦里昂还需要说服皇帝，让他相信自己值得信任和支持。丹尼森能看出必须尽快击溃行星尤塔瑞斯的理由：因为它呼吁其他行星加入己方的号召力。他能够理解首先镇压西普莱斯人，然后再对付不那么强大——但科技实力远胜前者远夜联盟的逻辑关系。

然而，随着再统一战争的进行，瓦里昂的选择开始令人困惑。明知道会导致兵力分散，他为什么还要攻击新罗费洛斯星？为什么要动用如此庞大的兵力去征服杰姆沃特星，尽管它只是一颗没什么战略价值、军事力量更加有限的行星？

类似的问题令丹尼森百思不解。瓦里昂真正的天赋在于连接战场，率领舰队从一次胜利前往下一次，始终保持势头，将战争扩展到第二条、第三条——然后是第十条、第二十条——前线。他并不只是消灭或镇压，还会化敌为友。在瓦里昂的征服开始前，帝国的飞船只能勉强守住它不断收缩的边境而已。但到了马库斯七号之战的时候，舰队里的前叛军飞船已经比正规军飞船还多了。

瓦里昂大胆无畏，敢于冒险。但他又非常走运，因为那些风险总是能带来回报。可那真是运气吗？丹尼森的父亲恐怕会嗤之以鼻。然后做出“每个人都要为自己的存在负责”这样符合他风格的宣言。

在全息影像里，丹尼森的旗舰爆炸了，金属碎片和强光迸射而出。瓦里昂是完美的。而丹尼森的无能也是完美的。承认这点的同时，他并未感到沮丧或是自怨自艾。那只是单纯的事实。瓦里昂只用两个钟头就打赢了马库斯七号之战。丹尼森刚才观看的那场惨败是他的第四次尝试。他需要七次机会才能获胜。

丹尼森叹了口气，站起身来，离开了全息影像室。他需要活动身体。奇怪的是，暴风号奢华的通道里空无一人，丹尼森皱起眉头，沿着铺着地毯的走廊前行，最后遇到了一位低阶侍从武官。那人暂时停步敬礼，同时露出不安与困惑的表情，这是低阶军官面对丹尼森时的常事。他们不确定该如何看待他这样不负责发号施令，身份却又重要到每天都和科恩上将共进晚餐的高阶军官。

“我们眼下在战斗吗？”丹尼森问。

“呃，是的，长官。”年轻人飞快地回答，目光转向一旁。

“那就快去吧。”丹尼森说着，挥手示意他离开。

那个低阶军官匆忙跑开。丹尼森站在那儿，自顾皱眉。他是真的专心过了头，所以才没听见战斗警报吗？这并不代表科恩的旗舰会有什么危险。这场仗的规模应该不大；大型战斗都是由瓦里昂的私人舰队处理的。

不过丹尼森还是很想观战。他朝舰桥走去。

暴风号的主舰桥比丹尼森指挥过的那些飞船都要宽阔，但其主要特征依旧是战斗全息影像系统。丹尼森走出升降梯，对敬礼视而不见，径直来到栏杆边，然后向下看去。科恩本人就站在全息影像里，但几乎一言不发。他是那种传统的指挥官；他让中队指挥官负责大部分现场决策，而后者会乘坐相对小型的炮舰或是长战舰前往战火密集的区域。

瓦里昂从不借助中队指挥官的力量。他每场战斗都亲力亲为，直接操控每一支中队。对其他人来说，这种做法非常鲁莽，但瓦里昂却带着象棋大师对弈新手那样的自信。丹尼森摇摇头。**暂时别想瓦里昂的事了**，他心想。

科恩自己的战斗看起来没什么悬念。崇高上将的飞船数量至少是对方的三倍。

战斗的发展一如预期。在观看的同时，丹尼森感受到了某种憧憬，那是他本以为自己在学院就已压下的渴望。他对瓦里昂的研究唤醒了过去的痛苦。他几乎能感觉到战场上的动向。中队指挥官们做出决定的时候——他们的命令会体现在飞船全息模型的行动上——丹尼森就立刻能看出哪些选择胜过其余那些。他能看出整个战场的关键所在。科恩的部队需要推进到东北象限，将保护指挥舰的战机引开，以便击落南部的炮舰。这么一来，科恩占优的兵力就能耗尽敌方的资源，让叛军部队别无选择，只能投降。

丹尼森能看出这一点，但他并不清楚该如何办到。就像以往那样，他掌握的是概念，而非应用。他不是帝国想要的那种实干型指挥官。这没什么奇怪的。丹尼森就认识热爱音乐，自己却无法弹奏乐曲的人。即使没有临摹杰出绘画的能力，也不会妨碍你喜爱作品本身。艺术之所以珍贵，正是因为缺乏相应技巧的人也能加以欣赏。远程指挥和战场策略也是名副其实的艺术，而丹尼森永远都只会是观众而已。

“说起来，我们这是在哪儿?”丹尼森问某个侍从武官。

“在盖默特星系，大人。”对方答道。

丹尼森皱起眉头，靠向栏杆。**盖默特**？他没想到瓦里昂已经攻到了这么偏远的地方，更别提科恩的扫荡部队也来到这儿了。他朝一名侍从武官招招手，让他拿来数据板，然后调出一张帝国星图，又将瓦里昂的征讨计划图覆盖上去。眼前的景象让他大吃一惊。

大功即将告成。瓦里昂的部队正在逼近最后的几个反叛星系。**我最近真的太投入了**，丹尼森心想。和平很快就会到来。有了和平，指挥官就没那么重要了。就像伟大纪元时那样。

那他们又为什么急着把丹尼森打造成瓦里昂的模样？从所有人的态度——包括崇高皇帝、科恩，还有丹尼森的父亲——来看，丹尼森的研究仿佛都至关重要。

肯定是他父亲恳求他们继续训练丹尼森——不是因为这对帝国有多重要，而是因为塞尼恩不希望自己儿子是个失败的军人。

* * *

“指挥官当然是有用武之地的，”某个仆从在为科恩盛汤的时候，他皱着眉说，“你为什么会觉得不是这样？”

“再统一战争就要结束了。”丹尼森说。

科恩的用餐室是他在中点星的宏伟宅邸里那间的精简版本，连大理石圆柱和织锦都一应俱全。崇高上将的地位令他无法与其他下属指挥官结交，不过丹尼森的高贵出身以及和瓦里昂·科雷斯特玛的亲属关系让他成为了例外。在和丹尼森一起用餐的时候，科恩似乎能放松下来——仿佛他并非手下，而是前来拜访的年轻家族成员。

科恩对丹尼森的推理嗤之以鼻。“叛乱还是会有的，丹尼森。”他说着喝起汤来。科恩过着帝国贵族的生活，但他并不像大部分贵族那样拘谨。或许这就是丹尼森能跟他和睦相处的理由。

“是啊，但到那时候，瓦里昂和他部下也会有处理他们的闲暇。”丹尼森说着，没去碰自己那碗汤。

“所有人都会老，需要新鲜血液来替代。”科恩说。

“皇帝不需要我，科恩，”丹尼森说，“从来都不。只是因为我父亲的顽固，我才会留在这儿。”

“我可不敢说得那么肯定，”科恩说，“不管怎么说，我都有命令要服从。你的训练进展如何？”

丹尼森耸耸肩。“我今天又打了四次马库斯七号之战，然后输了两次。还是没法一直获胜。”

“马库斯七号，”科恩皱着眉说，“你倒是不慌不忙。以这个速度，你恐怕还需要一年才能看遍瓦里昂的档案。”

“至少我现在不抱怨了。”

“是啊，”科恩赞同道，“你是不抱怨了。事实上，你似乎还挺享受的。”

丹尼森抿了口汤。“也许吧。我哥哥是个有趣的研究对象。”

“你刚上船的时候，我能看出你恨他。”

丹尼森把汤匙放回碗里。“我想是的，”最后，他说，“在学院里，我根本没有成功的机会——其他人没等我做好准备就来挑战我，每个人都想得到击败瓦里昂的弟弟的殊荣。在了解其他可能性之前，我就成了输家。我没有选择自己的道路——是瓦里昂替我选的。“可现在……”丹尼森的声音越来越小，随后看向科恩的双眼，“真有人能恨他吗？你要怎么去恨一个完美的人？”

科恩似乎陷入了苦恼。最后，他重新吃起了晚餐。“无论如何，你很快就会有机会和他见面了。”

丹尼森抬起头来，一脸惊讶。

科恩喝了一小口汤。“边远星区的镇压就快结束了。不出两个月，瓦里昂就会在克雷斯星和皇家使者会面，那里也会举行一场欢迎他回归文明的庆祝仪式。如果愿意的话，你也可以出席。”

丹尼森欢快地笑了。“我愿意，”他斩钉截铁地说，“我很愿意。”

* * *

鲜明的色彩让丹尼森吃了一惊。克雷斯星是边远星区附近的一颗人烟稀少的星球。这里的气候显然缺乏规律，因为丹尼森才刚站到高速飞船的门口，就有强风扑面而来。

丹尼森踏上柔软的地面，打了个喷嚏，又抬手遮住明亮的阳光。翠绿的野草长及他的膝盖。这种星球真的适合用来欢迎回归的英雄吗？不远处竖起了一座凉亭，而丹尼森走了过去。至少那里安装了局部气候调节装置，当他进入它看不见的影响范围时，风便和缓了许多。他意外地发现，他父亲站在由高级别大使和军人组成的代表团里。塞尼恩洁白的制服一尘不染，与周围的荒野对比鲜明。

乡下星球上的一座小凉亭？为什么不让敬仰瓦里昂的民众和他碰面？

丹尼森看到，这片荒野的上空有一艘运输机正在下降。他走到他父亲身边。丹尼森已经有六个多月没见过他了，但塞尼恩仅仅向他点头致意。运输机的下降仿佛一道闪光。它笔直下落，只在接近地面时减速，喷射出的等离子流漫不经心地熔化了野草。气候控制球体阻挡了它降落时掀起的风，以免打扰凉亭里尊贵的客人们。丹尼森朝前方凑近了些，热切地等待着运输机的舱门打开。

他见过瓦里昂的照片。他不太上相。照片无法传达像瓦里昂·科雷斯特玛那样的人的自信与气势。他一头银发，眼神威严，走下坡道的模样仿佛降临俗世的神灵。

上次在帝国母星亮相时，瓦里昂还是个没长胡子的男孩。如今战斗和衰老在他脸上留下了印记；他人生的第五个十年也已过半。他穿着帝国军制服，但服色与标准的那些不同。丹尼森皱起眉头。白色代表贵族，蓝色代表平民军官，红色代表普通士兵。可……灰色？从来没有过灰色军服。

一群军官跟着瓦里昂走下坡道。丹尼森认出了其中很多人。那个女人应该是尤塔瑞斯的柯瑞莎，著名的战机驾驶员和中队长，最早成为瓦里昂部下的叛军指挥官之一。历史和传记里经常提到她。但其中并未提及瓦里昂的手按在她手肘上的方式，还有他看着她的目光中明显的爱意。

瓦里昂的右方是布拉卡和泰兰这两位上将，他们在学院里就和瓦里昂熟识，随后又请求分配到他的麾下。据说他们是他最信任的顾问。两人转而跟在瓦里昂身后，而他走上前来，步履一如丹尼森想象中那样坚定。瓦里昂在快要走进凉亭时停下了脚步。

塞尼恩·科雷斯特玛——高阶军官和帝国公爵——迈步向前，欢迎他的儿子。“以崇高皇帝的名义，我欢迎您，归来的战士，”他的话语随着仍在凉亭外呼啸的狂风远去，“请收下这件敬意的信物，并接受你应得的地位：帝国有史以来最伟大的崇高上将。”

塞尼恩伸出一只手，手里拿着一块饰有双重日芒标志的金奖章，那是最高阶也最珍贵的帝国纹饰。

瓦里昂站在风中，低头看着从他父亲手中垂下的那块奖章。他伸出手，接过那件奖赏，然后举到眼光下，在自己眼前晃了晃。

一切仿佛都静止了。

然后瓦里昂放开了奖章，让它落向草地。

塞尼恩立刻拔枪在手。他将武器瞄准他儿子的额头，而且没给对方反应的机会。他就这么扣动了扳机。

能量束在瓦里昂面前仅仅几毫米的位置爆裂，随即消失不见。瓦里昂纹丝不动。他毫发无伤，而且显然满不在乎。

在丹尼森周围，凉亭内的众人动了起来。人们扑向掩体后方，将折叠式光束枪和实弹枪抽出皮套。士兵和军官都拿出了武器。丹尼森一动不动地站在叫喊声和枪声之间，然后意识到自己并不惊讶。

舰队创立以来最伟大的崇高上将……或许是人类有史以来最伟大的指挥官。他当然不会在边远星区止步。怎么可能呢？丹尼森的父亲再次开火，武器举在离瓦里昂的脸仅有几英寸的位置。那发能量束再次击中了某种隐形的护盾，随后消失不见。

这可不是帝国技术，丹尼森想着，走向前去，仿佛没注意到双方的交火。无论是能量弹还是金属弹，都会被瓦里昂的古怪护盾拦下。二十年的独立自治，不受帝国限制……当然了！瓦里昂总是首先占领科技最先进的那些星球。所以某些选择才显得不合理。他从那时就开始计划这一切了。

人们高声要求丹尼森的父亲让开。有些人朝瓦里昂的部下开火，但他们同样拥有那种奇怪的个人护盾，而且他们都平静地站在那儿，甚至没有费神去还击。丹尼森继续迈步向前，被他哥哥吸引过去。他看着瓦里昂伸手抽出配枪，举向他父亲的脑袋。

“你不是我的孩子，”塞尼恩说着，傲慢地瞪着他儿子，“我要和你断绝关系。我二十年前就该这么做了。”

瓦里昂扣动扳机的时候，丹尼森的身体凝固了。公爵的尸体倒在地上，几缕青烟从他的头部飘出。

一连串能量束从丹尼森身后飞来，毫无意义地瞄准了瓦里昂。瓦里昂前方的野草和泥土在火焰和光束中爆开。有人在呼唤医生。

瓦里昂转身察看这次攻击，随后摆摆手，示意他的部下返回飞船。然后他注意到了丹尼森。银鬃走上前去，在伤痕累累的地面谨慎地挑选落脚点。丹尼森很想逃回他的高速飞船，但逃跑肯定是白费力气。这位可是“银鬃”瓦里昂。他从不失败。没人能从他手里逃走。那双眼睛……看着那双眼睛，丹尼森就明白这个人有摧毁他的能力。

瓦里昂在丹尼森的正前方停下脚步。那位崇高上将的眼神透出深思。“这么说，”他终于开了口，嗓音甚至在枪声和叫喊声中也清晰可闻，“他们真的克隆了我。好吧，崇高皇帝只会发现，我连自己也能打败。”

他转身离开。有人总算让一把大型连发卡尔泽枪运转起来，后者随即射出密集的蓝色弹雨。瓦里昂的护盾将其挡下。就连本该出现的反冲力也踪影全无。瓦里昂走上飞船的坡道，就像他走下时那样平静。

卡尔泽枪很快耗尽了凉亭的能量贮备，气候球体随之失效，风势也恢复了原本的狂暴。丹尼森迈开步子，穿过被狂风撕扯和吹散的烟雾，没去理解那些陷入愤怒、困惑和惊恐的人们的话声。

瓦里昂的运输机猛然升空，气流将丹尼森掀翻在地。等他的视野恢复清晰时，那艘船已经成了空中的一个黑点。

* * *

“我们早知道他藏了一手，”科恩说着，开始第十次观看那段全息影像，“但他的护盾——他是在哪儿开发的？我们在每颗星球都安插了间谍……”

“他把他们带在身边。”丹尼森靠着栏杆，轻声道。

“什么？”

“那些科学家，”丹尼森在全息室的另一边说，“瓦里昂只相信自己能亲眼看到的东西。他会把杰姆沃特星的那些科学家带在身边，或许就安置在他的旗舰上。这么一来，他就能监督他们的工作了。”

“杰姆沃特星……”科恩说，“但他在超过十五年前就打下那颗星球了！你觉得你哥哥把秘密隐瞒了那么久？”

丹尼森心不在焉地点点头。“在西普莱斯第一次上战场的时候，他就知道了。他明白镇压边远星区会让崇高帝国更强大，也更难以击败。所以他才早早夺取杰姆沃特星，就是为了给科学家留出打造秘密技术的十来年时间。”

科恩再次看向全息影像。

对丹尼森来说，这个宇宙仿佛是……**错误的**。他父亲死了。塞尼恩·科雷斯特玛从来都算不上慈父，但他为丹尼森灌输了获胜的强烈愿望。他严格、死板又无情。可丹尼森还是希望有朝一日……或许……他能让塞尼恩骄傲。

而他永远都办不到了。瓦里昂从丹尼森手里夺走了那种机会。

这重要吗？丹尼森心想。下方的全息影像展示着烟雾和青草之间的枪林弹雨。**塞尼恩甚至不是我父亲。我没有父亲。除非瓦里昂弄错了。**

不。瓦里昂从不犯错。

只有两个人能断言这种说法的真实性。其中一位已被能量束射中头部而死。而另一位——也就是崇高皇帝，所有克隆的请愿都要得到他的首肯——尚未回复丹尼森的觐见请求。不过丹尼森知道答案会是什么。丹尼森只是制造出来的工具，但最可悲的部分不在于此，而在于他作为工具的拙劣。从基因角度来说，他和瓦里昂一般无二。他甚至照过了镜子，还发现了几缕银发。瓦里昂的头发是在二十三岁发白的——而这正是丹尼森现在的年龄。

发生的事太多又太快，其含意也令人生畏。**你跟其他军官不同**，他父亲这么说过。**崇高帝国对你期望更高**。难怪他们会给丹尼森那么多压力；难怪他们拒绝让他离开军队。他就是瓦里昂。

但他又不是他。无论瓦里昂拥有怎样的才能，都没能遗传给丹尼森。那份自信并非来自于染色体的随机混合。胜利，力量，还有那股势头。这些都是无法复制的。

崇高皇帝只会发现，我连自己也能打败。瓦里昂知道——不知为何，他知道自己是特别的。

“丹尼森。”科恩说。

丹尼森抬起头。科恩坐在下方的全息影像前，不以为然地看着他。他暂停了录像。他凑巧选中了一幅令人不安的画面。瓦里昂举着的武器冒出青烟，一具尸体倒向草地……

“丹尼森，你还没回答我的问题。”科恩说。

“他会赢的，科恩，”丹尼森盯着全息影像说，“帝国……对瓦里昂来说，帝国只是另一群有待纳入势力版图的反抗行星，不是吗？”

科恩瞥了眼全息影像，发现了自己暂停的位置，于是关掉了影像。

“我们是高阶军官，丹尼森，”科恩语气严厉，“说这种话可不太合适。”

丹尼森哼了一声。

“击败瓦里昂是可能的。”科恩坚持道。

丹尼森摇摇头。“不，不可能。而且我们何必费那个工夫？英雄会在什么时候变成暴君？如果他有权把反叛的边远星区纳入麾下，又为什么不主张对我们拥有相同的权力？”

科恩皱起眉头。“我们攻打的只有那些袭击我们的行星——至少一开始是这样，那时瓦里昂表面上还受我们管束。彻底征服边远星区是他自己的计划，而且违背了崇高皇帝的意愿。等我们意识到自己的错误时，他已经强大过了头。我们只有一个选择——积蓄力量，并且等待，希望他能满足于夺下边远星区。”

丹尼森摇摇头。“如果你们期待这种事，只说明你们根本不了解他。

他是个征服者，科恩。夺取崇高王座就像是他的神授权力一样。”

科恩的眉头皱得更深了。他伸出手，重新打开了录像。丹尼森再次面对他父亲死去，而他哥哥……他的另一个自己……冷眼旁观的那一幕。

“至少崇高帝国相信荣耀，丹尼森，”科恩说，“你能在那张脸上看到荣耀吗？那个杀死自己父亲的人有荣耀可言吗？”

丹尼森转过头去，闭上双眼。“拜托。”

他听到了全息影像关闭的声音。“抱歉，”科恩由衷地说，“来吧，我给你看点别的东西。”

丹尼森转回头去：全息影像切换成了瓦里昂的肖像。但那幅肖像却在动。瓦里昂坐在宽大的黑色指挥桌后，手里拿着一块小巧的数据板。

“这是什么？”丹尼森说着，打起了精神。

“我们在瓦里昂书房里安装的窃听器发回的影像，”科恩解释道，“就在虚空之鹰号上。”

丹尼森皱起眉头。“你们是怎么——？”

“别管怎么办到的，”科恩说，“克雷斯星的事件过后，虚空之鹰号上还能运作的窃听器只剩下了这么一个。我猜瓦里昂的扫描装置找出了另外二十个，但漏掉了这个。”

“他当然知道它的存在，”丹尼森说，“但他为什么要……”他停了口。“银鬃”留下这个窃听器只是为了消遣。就在丹尼森看着画面的时候，瓦里昂抬起目光——径直看向似乎隐藏着的摄像机——然后笑了。

“那家伙……”科恩说，“他希望我们看着他，好让我们明白他对这种刺探有多么不屑一顾。他如此傲慢，又如此坚信自己的胜利。你想对这么个人卑躬屈膝？无论现在的帝国是个什么样子，都比由他统治要好。”

丹尼森看着在书房里打发时间的瓦里昂。但我就是他——至少是他的拙劣仿制品。

最后，科恩切断了视频。“我要分配给你一个次级指挥岗位，丹尼森。”

丹尼森皱起眉头。“我还以为我们达成过共识了。”

“我们的战机太多，军官又太少。学习的时间结束了。”

丹尼森不由自主地脸色发白。“我们要去面对……他？”

“只是一场小仗，”科恩说，“最初的小规模冲突而已。我怀疑瓦里昂甚至不会费神去亲自指挥。战斗会发生在离他的大部队有些距离的地方。”

丹尼森知道，科恩错了。瓦里昂打过的每一场仗都是他亲自指挥的。

“这可不是什么好主意。”最后，丹尼森说。但科恩已经把注意力转回到克雷斯事件的录像上了。

* * *

“是的，孩子。的确如此。”皇帝显得有些……疲惫。

“克隆崇高家族的成员是违法的。”丹尼森跪在壁式显示屏前，皱眉说道。

“我就是律法，丹尼森，”皇帝说，“我所做的一切都是合法的。在这件事上，克隆的潜在益处比法规更重要。”

“而我就是那个益处。”丹尼森苦涩地说。

“你的口气有不敬的嫌疑，年轻的科雷斯特玛。”

“科雷斯特玛？”丹尼森厉声道，“按照法律，克隆人不属于任何家族。”

这番爆发让崇高皇帝苍老的双眼闪现怒火，而丹尼森愧疚地低下头去。终于，皇帝的嗓音再次响起，语气中的温柔令丹尼森吃了一惊。

“噢，孩子，”皇帝说，“别把我们想成怪物。你提到的法律维持着崇高家族在继承方面的秩序，但例外也是存在的。那就是你父亲认同这个计划的条件。在你出生后不久，你的继承权就得到了非公开的崇高公爵委员会的批准。就算你父亲没提出要求，我们也会这么做的。我们可不打算制造出用完就丢的生命。”

丹尼森终于抬起了头。他先前在崇高皇帝脸上察觉到的疲惫再次显而易见——在过去的几年里，这个人老了好几十岁。只要是为瓦里昂的事担忧，任何人都会变成这样。“陛下，”丹尼森小心翼翼地说，“万一我也变成他那样的叛徒呢?”

“那样的话，你肯定会和他开战，”崇高皇帝说，“因为瓦里昂不可能和人分享统治权，即便是和他自己。我们希望你们能两败俱伤，让我们有机会起身反抗。但那只是应急计划——我们最先也最重要的目标就是确保你不会像他那样叛变。只是……看起来，我们在这方面成功过头了。”

“显然如此。”丹尼森咕哝道。

“如果你要说的只有这些，年轻的科雷斯特玛，那我就必须去处理帝国事务了——你也一样。你战斗的时刻很快就会到来。”

丹尼森躬身道别，壁式显示屏随即黯淡下来。

* * *

丹尼森在门口停下脚步，而舰桥横亘于他的前方。这是他在科恩的指示下开始研究以来，第一次指挥真正的部队。

永久号的舰桥结构紧凑，这点与它的级别相符。科恩的舰队拥有十几艘类似的次级指挥舰，后者会与暴风号共同行动。在战斗中，它们会被部署在战场各处，便于分工和分别指挥。

舰桥上配备了五名年轻军官。丹尼森懊恼地意识到，他并不清楚他们的名字——他太过投入于研究，没和科恩指挥团队的其他人打过什么交道。军官们纷纷立正。他们的姿势显得有些古怪。丹尼森惊讶地察觉了原因。他们都没有表现出哪怕一丝无礼。丹尼森本以为他的部下即使经过压抑，也会流露出某种程度的蔑视。但这些人完全没有类似的情绪。他看不出他们希望他失败的迹象，也看不到因为被迫加入他麾下而产生的沮丧。这种感觉很怪，也令人愉快。

这些是科恩的部下，丹尼森想着，朝他们点点头，示意他们返回岗位。他们不是随便找来的船员——他们信任自己的最高指挥官，因此也相信他将我分配到这个岗位的决定。

战斗全息影像铺展开来，随后有个船员拿着战斗面甲走向丹尼森。丹尼森朝她摆摆手。她鞠躬走开，没有表现出丝毫惊讶。

他们信任我，丹尼森不自在地想着。*科恩信任我。他们凭什么？他们真的忘记我的名声了吗？*

他自己无法得出答案，因此他研究起战场来。瓦里昂的飞船很快就会抵达。他的部队正在向帝国太空推进，逐渐包围崇高皇帝的军队，打算从十余个不同位置同时突破帝国的防线。科恩的部队摆出了防御阵型——飞船部署为长长的两排，以便在最大程度上相互支援。丹尼森和他的二十条飞船位于队伍的东部远端——只要不受到直接攻击，他们的任务就是充当后备部队。

正如全息影像显示，瓦里昂的中队突然出现：分散各处的红色巨物正在脱离超限航行状态。因为殿后的那些大型指挥舰，他们的超限航行不可能太快——只有常规速度的几倍而已。在共同行动的时候，舰队的最高航行速度只能以其中最大——也因此最慢——的飞船为准。

就在那些指挥舰脱离超限航行状态的片刻后，瓦里昂舰队的战机便飞向了丹尼森的中队。后备部队的任务到此为止了。丹尼森的全息影像自动放大，以便让他部署飞船。他指挥着二十架战机以及永久号——一艘在紧要关头可以充当母舰的巡洋舰。位于右舷的是无风号，一艘速度和机动性欠佳但拥有强大远程火力的炮舰。

科恩会基于全局做出决定，而丹尼森这样的下属指挥官负责执行。丹尼森接到的命令很简单：如果他所在的区域遭到攻击，就坚守阵地，并护卫无风号。

“展开全息影像，”丹尼森说，“还原成主战术星图。”

这道不寻常的命令让两名军官对视了一眼。考虑完整的战局并非丹尼森的工作。但他们还是照做了，而全息影像的视角拉远，让丹尼森能看清整个战场。他走向前去——部分全息影像随着他的穿过破碎并重组——审视起那些红色飞船来。瓦里昂的舰队。银鬃本人并未参战，但他肯定正在远处指挥这场战斗。丹尼森终于能面对他的哥哥了。那个从未尝过败北滋味的人。

那个杀死他父亲的人。

你并不完美，瓦里昂，丹尼森心想。**如果你是完美的，就该想方设法把我们的父亲争取到你那边，而不是朝他的额头开上一枪。**

瓦里昂布置好了防线。仿佛尖齿般的三队战机包围着那些较为大型的炮舰，构成了针对他这边最直接的攻击部队。有哪里不对头。丹尼森皱起眉头，试图弄清不安感的由来。

“科恩。”他说着，轻敲全息影像上的某个小点，开启了与上将通话的频道。

“我很忙，丹尼森。”科恩简短地说。

这句责备让丹尼森踌躇了片刻。“上将，”他换上了更加正式的语气，“有点不对劲。”

“管好你的区域，副官。瓦里昂就交给我来操心吧。”

“恕我直言，上将，”丹尼森说，“过去的几个月里，我一直在奉您的命令研究他。我比在世的任何人都要了解瓦里昂·科雷斯特玛。您确定要选在这时候忽视我的建议吗?”

沉默。

“好吧，”科恩说，“长话短说。”

“他部队的前进方向很奇怪，长官，”丹尼森说，“他让战机群专注于进攻战场的东部区域。远离您这边。但暴风号却又是这场对抗中最强大的飞船——甚至比瓦里昂自己的主力舰更强大。他应该尽快对付您才对。”

“这种状况有过先例，”科恩说，“记得加罗塞克特四号星之战吗？他首先集中攻击光束炮舰，为的是包围旗舰，并从远处将其击落。”

“他在加罗塞克特有两倍于敌方的兵力，”丹尼森说，“他有余力派出战机，让旗舰忙于应付。但他眼下阵容太过单薄，办不到这种事——在向东部施压的同时，他自己也会暴露在你的炮火下。他会因此失去主力舰的。”

沉默。

“你戴着面甲吗，丹尼森？”科恩问。

“没。”

“我想也是，”科恩说，“戴上吧。”

丹尼森没有反驳。同一位侍从武官走了回来，奉上那套设备。丹尼森戴上面甲，看到了从他的战机指挥官的驾驶舱发送来的画面。

“好了，”科恩不再使用公开频道，而是通过对讲耳机说道，“看这个。”

丹尼森面甲的右半边发生了变化，显示出战斗星图的缩小版本。星图上满是代表进攻航向的箭头，而大部分舰船周围都有标有注释。

“这是什么？”丹尼森问。

“轻点声，”科恩低声说，“就连我舰桥上的军官也不知道这份情报的来源。”

“可这是什么？”

“截获的超限通讯，”科恩轻声说，“这张图像是瓦里昂发送给他在这儿的指挥官的。这就是他的指挥方式——不是通过语言，而是通过标有他想法的战斗星图。”

“你们能拦截超限通讯！”丹尼森轻声说着，同时转过身去，以免声音传开，“怎么做到的？”

“在过去几十年里研究技术的并不只有瓦里昂一个，”科恩说，“我们专注于通讯技术，而且相比之下恐怕更有优势，毕竟他那种护盾似乎只适用于个人。我们的科学家开发出了一种能对超限发送装置起效的特制窃听器。瓦里昂书房的窃听器——他以为自己聪明到早就发现的那个——只是转移注意力的手段而已。”

“你们能拦截瓦里昂那些指挥官的答复吗？”

“可以，”科恩说，“但只有虚空之鹰号的超限收发装置收到的那些。”

“我们能改写他发送的命令吗？”丹尼森问。

“技术人员说他们也许能办到，”科恩说，“但如果这么做，就会暴露我们在窃听的事实。我们也会失去优势。看看这张星图，把你的想法告诉我。”

丹尼森让面甲放大瓦里昂的指示。那些指示清晰简洁。而且精妙。在战机开始交战的同时，他也察觉了那些相互配合的行动模式。他哥哥调兵遣将的方式非常大胆——或者说鲁莽，甚至是荒谬。在这边，某个中队的战机被诱入了敌阵深处。在那边，某艘炮舰用敌人充当掩体，让对方不敢开火，以免误伤友军。

而他继续向东方推进。瓦里昂在发送的星图里没做解释，但观察了几分钟后，丹尼森确认了自己的猜测。“科恩，”他轻声开口，以便引起正在指挥的上将的注意，“他是冲着我来的。”

“什么？”科恩问。

“他是冲着我来的，”丹尼森答道，“他击败了自己遭遇的每一个指挥官——现在他终于有机会进行他心目中的终极战斗了。他想和自己较量。他想和我较量。”

“胡说八道，”科恩说，“他怎么可能知道你在哪儿？他可没有我们的超限通讯拦截能力——关于这点，我们可是无比确定的。”

“获取情报的方法不止那一种。”丹尼森说。

他静静地伫立了片刻。然后他打了个冷颤。

“科恩，”他厉声道，“我们必须撤退。”

“什么？”上将恼火地说。他显然不喜欢被人打扰。“整件事都不对劲，”丹尼森说，“他在盘算些什么。”

“他总是在盘算些什么。”

“这次不一样。科恩，他不应该像这样对暴风号毫无防备。即便是为了攻击我。我们必须——”

尖锐且异常响亮的爆炸声在丹尼森的耳中响起。他吓了一跳，叫出声来。

“科恩！”丹尼森喊道。

混乱。尖叫。然后是静电音。丹尼森猛地脱下面甲，看着吃惊的部下。“呼叫上将！”

“没人应答，”通讯员说，“等等——”

“……我是暴风号后备舰桥的坎顿勋爵，”有个声音伴随着噼啪声响起，“主舰桥发生了爆炸。我要接管这艘飞船的指挥权。重复一遍。我要接管指挥权。”

*科恩！*丹尼森心想。他猛地转身，察看暴风号的全息投影。舰桥上发生了爆炸——是破坏？还是刺杀？

枪声响起。丹尼森的几名部下吓了一跳——但这个声音同样是从通讯器里传来的。

“坎顿勋爵！”丹尼森喊道。

尖叫声。武器开火声。

他扫视战斗星图。科恩的部队陷入了混乱。即使是在纪律严明的帝国舰队里，失去一位上将也会带来毁灭性的影响。瓦里昂的部队继续推进，飞船疾冲，炮舰开火。朝着丹尼森逼近。

*科恩肯定还活着……*他心想。

不。瓦里昂的刺客不会失败。瓦里昂不会失败。

“我是远力号的豪泰普勋爵，”通讯器里有个声音响起，“我要接管这场战斗的指挥权。所有指挥官，确保舰桥安全！六号到十七号中队，向暴风号前进。不能让旗舰陨落！”

*这正中瓦里昂的下怀，*丹尼森心想。*他向东部推进，在旗舰上制造一场灾难，然后将我们的部队一分为二。*

这场战斗败局已定。但要看出这点并不容易——从技术角度来说，他们的兵力仍旧胜过瓦里昂的部队。可丹尼森能预见到科恩的舰队在战场的混乱中毁灭的情景。

瓦里昂就是支配。瓦里昂就是秩序。有混乱存在的地方，他就会获得胜利。

丹尼森又能做什么呢？他无能为力。他毫无用处。

除非……

我不能让科恩的舰队就此毁灭。这些人信任他。

“接通所有主力舰的指挥官。”丹尼森对部下们轻声道。

他们照做了。

“我是丹尼森·科雷斯特玛公爵。”丹尼森说。他看着飞船的全息投影在周围爆炸和消失，忽然有种虚幻不实的感觉。“我要使用准则第117条，接管这支舰队的指挥权。”

寂静。

“大人，您的命令是？”终于，有个僵硬的嗓音问道。那是豪泰普勋爵，刚刚才接管指挥权的人。

*他们都是优秀的军人，*丹尼森心想。*看起来不拘小节的科恩为何能让部下如此尊敬？*

或许这才是丹尼森在过去两年里应该学习的事。不管怎么说，他得到了指挥权。现在他该怎么做？他伫立了片刻，看着陷入混乱的战场，感觉到了一丝兴奋。这可不是什么模拟。他的对手是瓦里昂本人。这就是丹尼森被制造出来的目的：对抗瓦里昂，保卫帝国。他这几个月的学习还能是为什么？

我学习还能是为什么？为了让我明白，这场战斗是不可能获胜的。我们的上将阵亡，部队也被一分为二。在公平的战斗中，瓦里昂都能轻易击败我。

而这场战斗远远算不上公平。

"所有战机中队前往东侧。"丹尼森说。

"可旗舰怎么办!"豪泰普说,"我们的人已经重新控制了飞船。他们就在第三舰桥上!"

"你听到我的命令了,豪泰普勋爵,"丹尼森平静地说,"我希望战机后撤,然后列成紧密的神盾阵形。"

"遵命,大人。"十多个声音从通讯器里传来。他们的战机和光束炮舰顺从地后退,组成名为"神盾"的阵形——战机在极近距离守护较为大型的飞船。

在突破敌阵的途中,丹尼森损失了一部分战机。**来吧**,他心想。**我知道你想做什么。动手吧!**

瓦里昂的飞船群起攻向暴风号。它开始还击,展示出惊人的火力,但在失去战机的情况下,它明显落在下风。丹尼森的全息影像不断亮起爆炸的火光。

"所有飞船入坞。"丹尼森说。

"什么?"豪泰普的声音质问道。

"瓦里昂的战机正忙着呢,"丹尼森说,"我要所有战机在最近的指挥舰入坞。有必要的话,光束炮舰也可以接纳几架。我们只有几分钟时间。"

"你想撤退。"豪泰普恶狠狠地说。

"对。"丹尼森答道。**我这方面的经验可是很丰富的**。

他成功了。瓦里昂太晚察觉丹尼森的意图了——他一心只想着消灭暴风号。这算不上失误,但以丹尼森对他哥哥的了解,这已经是最接近失误的一次了。他显然没料到丹尼森会如此迅速地服输和撤退。

在大型飞船开始进入超限飞行时,丹尼森看着终于四分五裂的暴风号,它庞大的船体从破裂的核心向外爆炸。残骸在他的全息影像上横飞,那艘强大的战舰也迎来了死亡。

就这样,我又一次失败了,丹尼森自己的飞船进入超限飞行时,他心想。

* * *

丹尼森身穿纯白色制服，大步穿过走廊。制服上没有任何装饰品——没有服役奖章，也没有完成使命的证明。他的高速飞船正在码头那边慢慢冷却；他花了将近一周的时间返回中点星，途中回想着科恩的死与暴风号的毁灭。为什么上将的死比他父亲的死更令他心烦?

六个武装宪兵在坡道底部等着他。**六个?** 丹尼森心想。**他们真以为我这么难对付?**

“科雷斯特玛大人，”宪兵之一说，“我们是来护送你的。”

“好的。”丹尼森说。他在宪兵的簇拥下前进，再次陷入沉思。

如果他当时选择对抗他哥哥，又会发生什么？他不可能获胜，但科恩多半也不相信自己能打败瓦里昂。可科恩没有放弃，而是选择了战斗。他没有逃跑。如今他光荣地死去，而丹尼森依旧活着。

他为此动用了某个近乎禁忌的条款，又强行实行了令人难堪的撤退。比这更轻的罪行都曾以死刑论处。

宪兵们领着他穿过四个独立的关卡。丹尼森的归途几乎寂静无声，通讯也屈指可数，因此他并不清楚瓦里昂上周的战绩。然而，考虑到暴风号上发生的事件，加强保密措施也在情理之中。

他的护送带着他来到皇家建筑群的某个区域，这里满是忙碌的侍从武官和军官。尽管制服的颜色和纹饰都在宣示他帝国公爵的身份，却没有哪怕一个人注意到他，这足以证明他们的焦虑程度。他恐怕就快失去佩戴那种纹饰的权利了。沿着走廊转了几次弯以后，宪兵们将丹尼森带到了皇帝的指挥中心。在前进的时候，他们和他保持距离，免得踩上专供高阶军官使用的深红色地毯。

门边的卫兵敬了一礼，而丹尼森的护卫们停下了脚步。“皇帝陛下就在里面，大人。”为首的那个宪兵说。

丹尼森犹豫起来。此行的目的越来越不像是处决了。丹尼森不去理睬自己狂跳的心脏，走进了指挥中心。那些守卫都没跟来。

他首先注意到的是这里的忙碌。十块巨大的显示屏竖立在房间周围，而高阶军官们站在屏幕前方发号施令。侍从武官和低级军官匆匆往来，手持武器的士兵站在房间的每个角落，以怀疑的目光监视着房间里的人。几乎所有人——无论是卫兵还是指挥官——都脸色憔悴又疲惫，双眼因压力和疲劳而发红。房间里光线黯淡，这是为了让代表飞船的发光图标更加清晰可见。

那些显示屏展示着发生在十个不同星系里的十场战斗。丹尼森抓住某个年轻军官的胳膊。“这里发生了什么?”

“银鬃，”那位女子说，“他在进攻。”

“进攻什么地方?”

“所有地方!”

丹尼森迟疑片刻，放开了那女子。**所有地方**？他这么想着，走向前去。他认出了几个正在下达命令的人。那些是像他父亲那样的崇高上将。丹尼森扫视屏幕，拼凑出了他们眼下的状况。新泽勒星。高墙星。泰腾多主星。这些都是重要的核心星球，每一颗都驻扎着一支帝国舰队。

皇帝把其余舰队派去保护边境了。丹尼森知道确切的数字；他知道帝国海军拥有多少飞船。如果瓦里昂占领这些星球，就不会再有人抵抗他了。帝国会落入他的手中。

“而且他在同时作战，”丹尼森看着屏幕，脱口而出，“他在同时操控全部十场战斗。”

有位年老的上将——丹尼森是在学院进修时认识他的——以疲惫的姿势坐在房间里的许多张椅子之一上。“是的，”他说，“对他来说，我们只是消遣。每次击败一个根本算不上挑战。他打算用这种做法——同时摧毁我们所有人——来证明他有多厉害。徽记在上，我们真不该让他离开学院的。我们造就了自己的毁灭。”

丹尼森将视线从显示屏那边转开。在房间中央，在比地板高出几级台阶的平台上，皇帝坐在高大的指挥椅里，周围是展示着那十场战斗的十块小型显示屏。他显然在挺直背脊，努力维持自信的姿势——但不知为何，这让他显得更加疲惫，仿佛正穿着一件对他来说太过沉重的铠甲。

丹尼森走到指挥椅的前方。

“丹尼森，”皇帝说着，用疲惫的眼睛看向他，却露出了微笑，“你来得正是时候：来观赏帝国的陨落吧。”

“我猜现在处决我也毫无意义了。”

“处决？”皇帝皱眉问道。

“因为我使用了第117条准则，还损失了一艘旗舰。”

皇帝坐在那儿，连连眨眼。“说真的，丹尼森，我还想给你颁发勋章呢。”

“为了什么，陛下？因为我用最为浮夸的方式浪费了半支舰队？”

“因为你拯救了半支舰队，”皇帝说，“小伙子，你一直都对自己太严苛了。瓦里昂在学院里一直是个乐天派；他相信自己什么都能办到。你为什么总是觉得自己百无一用？”

“我——”

“在攻击科恩舰队的同一天，瓦里昂攻击了六支不同的舰队，”皇帝说，“在每一场战斗里，他都成功暗杀了舰队的上将——而在六场中的四场里，他也杀死了下一个接管指挥权的人。我们还没能弄清他把这么多刺客送进舰桥的方法——你也看到了，我们在中点星只能采取这样的预防措施。

“无论如何，在那六支舰队里，只有你的舰队逃脱了。其中三支成功脱离了战场，但瓦里昂追上了他们，然后加以消灭。要是当时没有放弃旗舰，你是不可能及时逃走的。”

丹尼森踌躇片刻，然后低下了头。

“即使在胜利的时候，你也在质疑自己。”皇帝轻声说。

“让科恩战死可算不上胜利，陛下。”

“噢。”皇帝说着，揉了揉额头。他看起来那么疲惫。那么担忧。“丹尼森，你知道征服者在用尽对手以后会发生什么吗？”

丹尼森思索了一会儿，然后摇摇头。

“每次都一样，”皇帝思忖道，“像瓦里昂这样的人不可能满足于和平统治。他们是杰出的指挥官，却是糟糕的君王。他的统治将会充斥动乱、反抗、压迫和屠杀。”

“您说的好像他的胜利已经无可避免一样。”丹尼森说。

“你真觉得还有别的可能吗？”皇帝问。

丹尼森回头看向那些大屏幕。他能轻易看出皇帝安排这个房间的理由。由于瓦里昂刺客的威胁，像这样远离飞船本身的安全指挥场所就有了必要——多半还有备用房间，以免这里遭到破坏。这里的人恐怕都对皇室家族忠心耿耿。通过这个房间，帝国的崇高上将们可以指挥十场各自独立的战斗，并在皇帝的眼皮底下争取胜利。不幸的是，他们败象已现。每个人都是这样。

如此精彩，丹尼森心想。**就像象棋大师坐在棋盘前，同时和十人对弈**。瓦里昂似乎在全力以赴的时候最为出色，而这十场战斗肯定让他使出了浑身解数，因为他表现绝佳。他在所有十条前线不断扩大优势，尽管那些战斗远未结束，丹尼森却能看出其中的趋势。

“我不能让你接管指挥权。”皇帝说。

丹尼森回头过去。

“如果这就是你返回中点星的原因，”皇帝说，“那我就只能让你失望了。我能在这些战斗中看到几乎无可避免的失败，尽管指挥者都是优秀的战术家。我们之中最优秀的。我明白，你肯定很想和你哥哥交手，但我们都知道你没有那种本领。抱歉。”

丹尼森把目光转回显示屏。“我不是来和他交手的，陛下。面对那种机会，我选择了逃跑。”

“噢。好吧，或许你可以幸存下来，小伙子。从某种角度来说，你是他的家人。他也许会饶你一命。”

“就像他饶自己父亲的命那样？”丹尼森回答。

皇帝没有答话。丹尼森转头看着屏幕，盯着竭尽全力的瓦里昂，盯着完美版本的他。“如果他来到这儿，我可不想再活下去，”丹尼森低声道，“他夺走了我的一切。”

“你父亲和科恩。”

丹尼森摇摇头。“不只是那些，他还夺走了我的人生目的。我被创造出来就是为了击败他，可我却和你们一样无力。没人能和瓦里昂抗衡。对其他人来说，这并不丢脸——但我的无能却是影响深远的失败。我本可以成为他的。”

“你不会想成为那种造物的，丹尼森，”皇帝说着，疲惫地摇摇头，靠向椅背，“他至今为止过着怎样的人生？除了不断成功之外一无所有。这会催生出傲慢，而傲慢迟早会害他送命。当个堂堂正正努力的失败者，好过从未真正努力过的成功者。”

丹尼森闭上了双眼。这些话听起来很蠢。与其当天才瓦里昂，不如当没用的丹尼森？

我有而瓦里昂没有的东西会是什么呢？

丹尼森犹豫起来。他周围充斥着声音——呼吸声，咕哝声，发号施令声。某位上将骂出了声。

丹尼森没有睁开眼睛。那位上将的咒骂——他清楚理由。“泰腾多主星之战，”丹尼森说，“瓦里昂刚刚攻下了东翼的战机群，对吧？”

“的确如此。”皇帝说。

丹尼森站在那儿，双眼紧闭。“在第五块屏幕上。他在朝屏幕西侧的炮舰推进。他眼下正在攻击炮舰，虽然不久前它们似乎还很安全。在第一块屏幕上，他正在逼近旗舰。它会在十分钟内陨落。在第九块屏幕，也就是陶坦星那边，他正把你们的战机诱入陷阱。那些战机很快就会孤立无援——我不知道具体方法，但我知道他正在这么做。它们没救了。”

沉默。

“在第八块屏幕，法尔纳行星那里，他正在击溃前线。接下来，他会设法迫使炮舰撤退，打破它们的火力网，为他的战机开辟道路。”

“是的。”皇帝低声道。

丹尼森睁开了眼睛。“我不知道他会用什么方法办到，陛下。这就是他和我的区别。不知为何，他能让自己的想象化为现实，”丹尼森转头看向皇帝，“我们的窃听器还在瓦里昂的超限发信器里么?”

“多亏它还在，”皇帝说，“我们才能在他的命令执行前不久得知内容。或许我们能撑到现在也是因为它。”

“就在科恩死前不久，”丹尼森说，“他告诉我说，你们找到了某种方法，能伪造传入和传出瓦里昂飞船的通讯内容。”

“只有远距离通讯的那些，”皇帝说着，皱起眉头，“但还是只窃听比较好。如果我们开始捏造讯息，瓦里昂和他的部下要不了多久就会察觉。这等于用长远的战术优势换取仅仅几分钟的混乱。”

“陛下，”丹尼森说，“没有什么长远优势了。如果瓦里昂今天获胜，我们都难逃一死。”

皇帝的眉头皱得更用力了。他揉着下巴，思索了片刻。“你的提议是?”

*我的提议是?*丹尼森心想。*我失败得够多了。何必把整个帝国都拖下水呢?*

他本想告诉皇帝，他这些话并没有什么用意，但某个念头让他住口。乐观与悲观。他在观察瓦里昂期间学会了很多事——战术、战略、操纵中队的方法。但他似乎始终没学到最重要的那样东西。

自信。

“我需要一队技术人员和侍从武官，”丹尼森说，“还有您王座边上的那十台显示器。噢，还需要一位熟悉瓦里昂的超限发信器里的窃听系统的技术员。”

皇帝在指挥椅里又坐了一会儿，以品评的目光看着丹尼森。然后，他出人意表地站起身来，呼唤某位上将。不久之后，有个年轻技术人员被人领进了指挥中心。

“你能侵入叛军的超限数据线路吗？”丹尼森问那个瘦削男子，“可以把伪造的信息发送给瓦里昂的飞船吗？”

技术员点点头。

“你能维持多久？”丹尼森问。

“这要看情况，”技术员说，“他没理由怀疑发信器里有窃听器——他不知道这种技术的存在。但改换信息会引发某种干扰，而他的技术人员会发现，进而找出问题。要我推测的话，我想大约会有半个钟头。”

丹尼森思忖着点点头。

“大人，”那位技术员续道，“这半个钟头不会有太大作用。我们可以发送伪造信息过去，也可以阻止他的上将发送真正的信息。但我们不能阻止虚空之鹰号发送命令，否则那另外九个战斗群很快就会意识到，瓦里昂并不清楚真实情况，所依靠的也是错误的情报。”

“没关系，”丹尼森说，“准备侵入线路。我希望你把另外九场战斗里敌方舰队的举动分毫不差地伪装成我所说的样子。用我描述的假情报来替代瓦里昂部下的指挥官发送的真正报告。”

技术员点点头，召集了一小队人马，朝房间一侧的那排控制台走去。

“这对我们有什么好处，丹尼森？”皇帝轻声发问，“或许能给我们争取一点时间？散播一点混乱？”

“是的，”丹尼森说，“请让您的上将们善加利用。”

“第十场战斗呢？”皇帝问，“就是瓦里昂本人指挥的那场。我们没法骗过他本人的眼睛——而那场战斗的地点离中点星最近。如果他打赢那场战斗，就会来到这儿，我们的任何一支舰队都没法阻止他。”

丹尼森转过头，看向第十张星图。虚空之鹰号——瓦里昂的旗舰——正在那儿骄傲地翱翔。丹尼森移开目光，扫视屏幕，寻找着某一队战机。瓦里昂本人参战时，那队战机永远位于战场的最前方。率领那个中队的是一位特别的驾驶员：在克雷斯星上与瓦里昂并肩而行的那名女子。

丹尼森走到正在第十场战斗中与瓦里昂对抗的那位上将身边。“大人，我需要您帮我做一件事。召集五个中队的战机，让他们务必消灭566号位置的每一架战机。”

“五个中队？”上将惊讶地问。

丹尼森点点头。“摧毁那些战机比什么都重要。”

上将用询问的眼神看向皇帝，后者点点头。上将转过身去执行命令，而年老的君主犹豫不决地看着回到他身边的丹尼森。然后皇帝让到一旁，指着那把位于十块小型显示屏前方的指挥椅。“你用得上这个。”

丹尼森犹豫了片刻，然后静静地坐了下来。

“我准备好了。”那个技术员说。

“拦截通讯，”丹尼森说着，深吸了一口气，“把我告诉你的内容一字不差地展示给瓦里昂。”

那人照办了，而丹尼森接管了那九场战斗。至少他假装接管了战斗。他屏幕上的光点变成了谎言。伪造的情报送往瓦里昂那边，仿佛一份掺杂毒药的知识。

关于身为丹尼森的感受的知识。

瓦里昂指挥战机攻向部署在法尔纳行星上的那艘炮舰，打算迫使帝国后撤阵线。现实中发生的事也正是如此。然而，在模拟中，丹尼森做了几处改动。某艘帝国飞船意外击中了目标，而承受攻击的又碰巧是瓦里昂的战机阵线最薄弱的位置。虚假的帝国阵线随即重整态势，以意料之外、情理之中的方式摧毁了瓦里昂的飞船。

丹尼森对九场战斗都做了类似的改动。这边有支中队的攻击角度出了错。那边有艘指挥舰的引擎在错误的时机熄了火。单独看来，这些只是每场战斗都会发生的小问题。任何计划都难免有些偏差。但这些不起眼的幸运会叠加起来。九场冲突在现实中如火如荼发生的同时，丹尼森送往瓦里昂那里的战场画面的偏差也越来越大。

无论银鬃如何尝试，都会以失败收场。战机中队溃败。炮舰未能命中目标，随后又被流弹击毁。指挥舰陨落，战区失守——这一切发生在仅仅数分钟之内，跨越全部九座战场。

在瓦里昂本人附近，那五支帝国战机中队完成了使命。丹尼森指定的那队战机不到一分钟就遭到消灭，但调走的大批兵力也让帝国的中央阵线出现了缺口，令其崩溃。丹尼森没去理睬那场必败之仗，也没去理睬其余战斗的报告，尽管实际状况要比他所模拟的糟糕许多。他甚至没去理睬皇帝，后者叫人搬来一张椅子，然后静静地坐在他身旁，看着他的帝国土崩瓦解的过程。

丹尼森对这些全都置若罔闻。有那么一瞬间，他是完美的。他就是瓦里昂，他的所有努力都会得到回报。他的期望就是现实。他的命令会让想象成真。他就是神。

这就是胜利的感觉，丹尼森这么想着，让技术人员捏造出他的某支中队的一场胜利，然后把消息送去给瓦里昂。*这就是胜券在握的感觉。这真的是他一直以来的感受吗？他真的对自己坚信不疑，甚至将整个人生看作一场让他随心所欲的模拟吗？*

好吧，他暂时得忍受丹尼森的人生了。

丹尼森虚构了冲突失败的过程，令瓦里昂的部队溃不成军。丹尼森无法操控的战斗就只有瓦里昂本人参与的那一场。然而，等银鬃认定自己在其余战场取胜无望后，他在自己的前线也开始犯错。他开始采取更加冒险的手段，挣扎着对抗那股无所不能的力量——丹尼森本人。

“复仇，”皇帝低声道，“这就是你的目的吗，丹尼森？这一切都是为了在你哥哥夺走我们的帝国之前，最后向他开一次残酷的玩笑？”

是的，丹尼森心想。这是他的胜利——这代表他战胜了瓦里昂，战胜了失败的人生。这是属于他的时刻：战斗完美地趋向高潮，而整个宇

宙都屈服于他的意志。

然后那个时刻结束了。

“肯定有人注意到了窃听器!”显示屏突然切换回真正的战斗时，技术员大喊道，“超限振动有些不规则。我警告过你的!”

丹尼森坐回皇帝的指挥椅里，呼出屏了很久的那口气。房间变得安静了些——那十位上将在这段喘息时间里并未取得多少成果。我失败了，丹尼森心想。欺骗的时间不够长——瓦里昂现在肯定明白自己受了骗。他的通讯如今恢复了安全，而他多半已经在指挥另外几场战斗了。

“你做了些什么?”皇帝询问丹尼森的嗓音显得忧心忡忡。

丹尼森没有答话。他一动不动地坐在那儿，盯着十块屏幕。有那么一瞬间，他几乎相信自己就是瓦里昂。相信自己是胜利者。

“陛下!”有个惊讶的声音从房间后部传来。那位老上将指着屏幕。“看啊！看银鬃的部队……”

在第十场战斗，也就是丹尼森无法篡改的那场战斗中，瓦里昂的好几支战机中队转身飞离了攻击目标。然后虚空之鹰号也中断了攻击。

“陛下，他们在撤退!”另一位上将惊愕地说。

皇帝站起身，转头看向丹尼森。“这是……?”

丹尼森也站了起来，迈步向前，走向显示屏。*说不定*……如果对方的技术员自行找出并修复了问题，然后才去告知瓦里昂……把瓦里昂相信自己落败的时间延长了那么一会儿……

丹尼森看着瓦里昂的部队撤退，而在那一刻，他明白了真相。他能从那些飞船的队形里看出来。

他胜利了。他的花招奏效了。“在瓦里昂发现或者学到的所有事物里，”丹尼森说着，靠向椅背，感到有些头晕，“因为他无数的成功和才能，有件事是他从没学过的……”

丹尼森顿了顿，把手伸向数据板，开始寻找特定的某个视频源。他按下按钮，让一幅画面出现在主显示屏上：那是瓦里昂书房的画面，通过瓦里昂早已知晓的窃听装置传输而来。他留着那只窃听器是为了消遣。它所展示的正是丹尼森希望看到的画面。

巨大的屏幕展现的是那位崇高上将的身影。“银鬃”瓦里昂·科雷斯特玛，当代最伟大的军事天才，坐在他在虚空之鹰号上的书桌后。他无力的手指握着一把枪，额头的弹孔冒出青烟。

“他从没学过面对失败的方法。”丹尼森低声道。

（本篇完）

第十一种
金属

第十一种金属

卡西尔用两根手指捏住那张不断摆动的小纸片。风用力吹打和拉扯着那张纸，但他捏得很紧。

他不下二十次拿起笔来，尝试重现她总是带着的那张画。他可以肯定，原版已经被毁掉了。他没有任何能回忆和缅怀她的东西。所以他才会用拙劣的笔法再现她珍视的画。

一朵花。那就是它的名字。一段传说、一个故事、一个梦。

“你不该再这么做了，”他的同伴粗鲁地说，“我真该阻止你继续画那些东西的。”

“不妨一试。”卡西尔轻声说着，把那张纸条夹在两根手指之间，然后塞进衬衣口袋。他回头再试一试。花瓣得更接近泪滴形状才行。

卡西尔平静地看了盖穆尔一眼，然后笑了。那个笑像是努力挤出来的。在没有她的世界，他怎么可能笑得出来?

卡西尔保持着微笑。他会一直笑下去，直到笑容变得自然。直到那分麻木，直到他逐渐解开内心里的那个结，感受也恢复正常为止。如果存在这种可能的话。

一定存在的。请让它存在吧。

“画那些画儿总会让你想起过去。”盖穆尔厉声道。这名上了年纪的男人留着乱糟糟的花白胡子，头发也蓬乱不堪，甚至在被风吹打时反而显得更整齐。

“的确，”卡西尔说，“我不会忘了她的。”

“她背叛了你。该向前看了。”盖穆尔没有留给卡西尔反驳的时间，迈步走开了。他经常在争论途中离开。

卡西尔很想闭上双眼，很想对着逝去的白昼发出反抗的尖叫。但他没有这么做。他把关于梅儿背叛的记忆从脑海中赶走。他不该把自己的担忧告诉盖穆尔的。

但他这么做了。木已成舟。

卡西尔笑得更欢了。这很费力。

盖穆尔回头看着他。“你这么干的时候很吓人。”

“那是因为你这辈子就没真正笑过，你这堆陈年老灰。”卡西尔说着，来到盖穆尔所在的屋檐下的矮墙边。他们俯视着单调乏味，几乎被灰烬淹没的曼提兹城。西方统御区极北部的这些居民并不像陆沙德人那样擅长打扫。

卡西尔本以为这里的灰烬会少些——毕竟这儿相当偏僻，附近只有一座灰山。但没有人组织打扫的事实，意味着这里的灰感觉上有增无减。

卡西尔一手抓住墙顶。他一向不喜欢西方统御区的这个部分。这里的建筑就像是……融化了。不，这用词不对。它们显得太过圆润，缺乏棱角，又很少对称——房屋总是有一侧较高，或者凹凸不平。

但灰烬依旧令人熟悉。它包裹了面前这栋建筑物，正如它包裹整座城市，为万物套上的黑灰相间、整齐划一的石膏那样。一层灰覆盖了街道，黏附在屋脊上，堆积在小巷里。灰山的灰烬就像煤灰，颜色比普通火堆产生的灰烬更深。

“哪一座？”卡西尔说着，目光扫过那四座破坏城市轮廓线的高大城堡。曼提兹城在这个统御区算是座大城市，只不过——这也理所当然——和陆沙德城毫无相似之处。和陆沙德相似的城市根本不存在。但这座城市依旧相当壮观。

“谢兹勒堡。”盖穆尔说着，指向城市中央附近的那栋高大而纤细的建筑物。

卡希尔点点头。“谢兹勒。要进去并不费力。我需要一套装束——品质优良的衣物，外加几件饰品。我们得找个能卖掉天金珠的地方——还有个能管住嘴巴的裁缝。”

盖穆尔哼了一声。

“我有陆沙德口音，”卡西尔说，“根据我早先在街上听到的消息，谢兹勒大人痴迷于陆沙德的贵族阶级。他会奉承那些用正确方式自我介绍的人；他想要在首都附近的社会建立关系。我——”

“你的思考方式可不像熔金术师。”盖穆尔用粗哑的嗓音打断了他的话。

“我会使用情感熔金术，”卡西尔说，“把他变成我的——”

盖穆尔突然怒吼一声，转向卡西尔，动作快得出奇。不修边幅的男子抓住卡西尔的衬衣前襟，将他推倒在地，随后站到他身前，屋顶的瓦片咔嗒作响。“你是迷雾之子，不是为了几个夹币在街头讨生活的抚慰者！你又想被抓走吗？被他的喽啰逮住，送回原来那个地方？你想吗？”

卡西尔回瞪盖穆尔的同时，雾气开始在他们周围的空气中凝聚。有时候，盖穆尔比起人类更像野兽。他开始喃喃自语，仿佛在跟卡西尔看不到也听不到的某个朋友说话。

盖穆尔凑近身子，嘀咕不停，呼吸急促，口气刺鼻，瞪大的眼睛里满是疯狂。这个人的心智并不完全正常。不。这么说太保守了。这个人只剩下少得可怜的理智，而且就连那一点都在逐渐耗损。

但他是卡西尔唯一认识的迷雾之子，见鬼，卡西尔还得向他学习呢。否则他就只能拜贵族为师了。

“现在听着，”盖穆尔用近乎恳求的语气说，“听我一次就好。我是来教你如何战斗的。不是来教你怎么说话的。你早就这么做过了。我们来这儿，不是为了让你到处闲逛，耍弄贵族，就像你从前那样。我不会让你凭口才过关的，不会的。你是迷雾之子。你要战斗。”

“我会使用必要的手段。”

“你会战斗！你想再变得软弱，让他们再抓走你吗？”

卡西尔沉默不语。

“你想对他们复仇吧？对吧？”

“是的。”卡西尔厉声道。某种庞大而黑暗之物在他心中蠢动，那是一头因盖穆尔的刺激而醒来的巨兽。它甚至穿透了那种麻木感。

“你想要杀戮，不是吗？因为他们对你所做的一切。因为他们夺走了她。对吧，孩子？”

“对！”卡西尔大吼着燃烧起金属，推开了盖穆尔。

记忆。那是一个黑洞，周围排列着剃刀般锐利的水晶。她死去时的呜咽。他们破坏他、打垮他、撕裂他的时候，他自己的呜咽。

还有他重塑自己时的尖叫。

“对。”他说着，站起身来，白镴在他体内燃烧。他挤出笑容。“是的，我会复仇，盖穆尔。但我会用自己的方式。”

“而你的方式是？”

卡西尔踌躇起来。

这对他来说是种陌生的体验。从前的他一直都有计划。环环相扣的计划。现在没有了她，没有了一切……火花已经熄灭，而促使他始终在想法上超前于别人的，正是那道火花。是它引领卡西尔制订一个又一个计划，展开一场又一场劫掠，夺取一分又一分财富。

它已然消失，取而代之的是那种麻木感。这些天来，他唯一能感觉到的只有愤怒，而愤怒无法指引他。

他不知该如何是好。他痛恨这种情况。他向来清楚自己的下一步。但现在……

盖穆尔嗤之以鼻。“等我的训练结束，你就能只用一块硬币杀死上百人。你可以拉引别人手里的剑，用它杀死那个人。你能将别人碾碎在自己的铠甲里，也能切割空气，就像迷雾本身。你会成为神。等我的训练结束以后，再去把时间浪费在情绪熔金术上吧。至于现在，你要去杀人。”

蓄须男子大步跑回墙边，瞪着那座城堡。卡西尔缓缓控制住怒气，揉搓着倒地时撞痛的胸口。然后……他察觉了一件怪事。“你是怎么知道我过去的样子的，盖穆尔？”卡西尔低声问，“你究竟是什么人？”

提灯和石灰光灯在夜色中亮起，光芒透过窗户，照向蜷曲的迷雾。盖穆尔蹲坐在墙边，再次低声自语。就算他听到了卡西尔的问题，也没有给出回应。

“你应该继续燃烧金属才对。”卡西尔靠近的时候，盖穆尔说。

卡西尔把“不想无谓浪费”这句话咽回肚里。他解释过自己作为司卡人，从小就学会了节约使用资源。盖穆尔听后却大笑起来。那时候，卡西尔还以为那番大笑源自于盖穆尔与生俱来的怪异性格。

但……那会不会是因为他知道事实？知道卡西尔并非街头长大的贫穷司卡人？知道他和他哥哥曾过着特权阶级的生活，并向社会隐瞒了他们的混血本质？

他痛恨贵族，这点不假。他们的舞会和聚会，他们的循规蹈矩与自我满足，他们的优越感。但他无法否认——无法对自己否认——他也曾是他们的一员。正如他曾是街头的司卡人的一员。

“怎样？”盖穆尔问。

卡西尔点燃了体内的一些金属，燃烧了他储备的八种金属中的几种。他听熔金术师提过几次，但从未想过能亲身体验。它们就像是能够汲取的能量之井。

在体内燃烧金属。听起来多奇怪啊——但感觉上又如此自然。就像呼吸空气并从中汲取力量那么自然。他储备的那八种金属各自在某些方面强化着他。

“全部八种，”盖穆尔说，“全部。”他肯定正在燃烧青铜，所以才能察觉卡西尔燃烧了什么。

卡西尔只燃烧了四种肢体金属。他不情愿地燃烧了其余那些。盖穆尔点点头；由于卡西尔燃烧了黄铜，对方就无法察觉他施展熔金术的任何迹象了。黄铜，多么有用的金属啊——它能让其他熔金术师无法察觉你，也让你对他们的情绪金属免疫。

有些人诋毁黄铜。说它没法用来战斗；没法用来改变事物。但卡西尔一直很羡慕他的朋友“罗网”，后者是位黄铜迷雾人。能知道你的情绪并非外界干预的结果，是件非常有用的事。

当然了，燃烧黄铜也就意味着他必须承认，他所感受到的一切——痛苦、愤怒，甚至是那种麻木——都属于他自己。

“我们走吧。”盖穆尔说着，朝着夜色飞身跃出。

迷雾几乎已彻底成形。它们每晚都会出现，时浓时淡。但始终都在。迷雾的移动方式仿佛数百条层层堆叠的溪流。它们扭动旋转，比普通的雾气更浓，也更有生气。

出于某种无法描述的理由，卡西尔一直很喜欢迷雾。沼泽声称这是因为其他人都畏惧迷雾，而卡西尔太过傲慢，不屑于效仿他人。当然了，沼泽似乎也从不害怕迷雾。两兄弟都能从迷雾中感觉到什么，某种默契，某种意识。在某些方面，迷雾与他们很相似。

卡西尔跳下低矮的屋顶，同时燃烧白镴来增强力量，让自己平稳落地。然后他跟着盖穆尔，赤脚在坚硬的卵石路上奔跑。锡在他的胃里燃烧；它让卡西尔更加警觉，让他的五感更敏锐。迷雾似乎变潮湿了，它们在皮肤上凝成的露珠也更加冰凉。他能听到耗子在远处小巷里奔窜的声响，听到猎犬的吠叫，听到某个男人在附近屋子里轻柔的鼾声。那是普通人的耳朵能够听见的一千种声音。在燃烧锡的时候，感觉就像杂音。他没法燃烧得太过剧烈，以免噪音令他分心。只要让他能看得更清楚就好；锡会让迷雾显得更加淡薄，虽然他并不清楚原理。

他跟着盖穆尔被阴影笼罩的身体，两人就这么来到谢兹勒城堡的围墙边，然后背靠墙壁。在墙头上，守卫们正在黑夜中高声对话。

盖穆尔点点头，然后丢下一枚硬币。片刻过后，这个蓄须的瘦削男子跳向空中。他身披迷雾斗篷——那是一件深灰色的斗篷，由胸口以下的许多流苏组成。卡西尔向他索要过这种斗篷。盖穆尔只是回以嘲笑。

卡西尔走向落地的那枚硬币。附近的雾气下沉和旋转，仿佛靠近火焰的飞虫——在正在燃烧金属的熔金术师附近，雾气总是这个样子。他在沼泽周围就见过这种情景。

卡西尔跪在硬币旁。在他的眼里，有一条淡蓝色的线——如同蛛丝——从他胸口伸出，与那枚硬币相连。事实上，数百条细线连接着他的胸口与附近的金属源。钢和铁创造了这些线——前者用来推，后者用来拉。盖穆尔让他燃烧所有金属，但盖穆尔的话经常不合情理。根本没理由同时燃烧钢和铁，这两者是截然相反的。

他熄灭了铁，只留下钢。凭借钢，他就能**推动**任何与他相连的金属源。**推动**是用意志进行的，但感觉上跟用双臂推动物体很相似。

卡西尔站在那枚硬币上方，然后推动了它，就像盖穆尔训练他的时候那样。由于硬币不可能向下，卡西尔的身体就被甩向了上方。他飞到大约十五尺高的空中，然后笨拙地抓住了上方的墙头。他闷哼一声，奋力将身体翻过墙壁。

新的一组蓝线从他的胸口冒出，而且越来越密集。金属源正迅速向他靠近。

卡西尔咒骂了一声，伸出一只手，然后**推动**。飞向他的那些硬币被推回夜色里，穿透了迷雾。盖穆尔走上前来，无疑正是那些硬币的来源。他有时会攻击卡西尔；他开始接受训练的第一天晚上，盖穆尔就把他丢下了悬崖。

卡西尔还是没法断定，那些袭击究竟是测试，还是说那个疯子真的想杀了他。

“不，”盖穆尔喃喃道，“不，我喜欢他。他几乎从不抱怨。另外三个总是在抱怨。这一个很强。不。还不够强。不。还不行。他会学会的。”盖穆尔身后的墙头上有几具尸体。那些是死掉的卫兵，鲜血沿着石墙流下。血液在黑夜里是黑色的。不知为何，迷雾仿佛在……畏惧盖穆尔。它们不会像围绕其他熔金术师时那样打转。

这没道理。只是他的头脑在欺骗他而已。卡西尔站起身，对刚才的攻击只字未提。那么做也没意义。他只需要保持警惕，从这个人身上学到尽可能多的东西。最好能避免在过程中被杀。

“推动的时候不需要用手，”盖穆尔对他嘟囔道，“浪费时间。而且你需要学会维持白镴燃烧。翻墙时不应该那么费力。”

“我——”

“别用节约金属做借口，”盖穆尔说着，审视起前方的城堡来，“我见过街头的孩子。他们从不节省。如果你袭击其中一个，他们就会动用手头的一切——所有力气，所有伎俩——来解决你。他们知道自己走的路有多危险。祈祷你永远不会遇上其中一员吧，美男子。他们会把你撕碎，把你生吞活剥，然后用你留下的东西充当新储备。”

“我想说的是，”卡西尔冷静地说，“你还没告诉我今晚要做的是什么呢。”

“潜入这座城堡。”盖穆尔说着，眯起眼睛。

“为什么？”

“这有关系吗？”

“见鬼，当然有。”

“这儿有个重要的东西，”盖穆尔说，“而我们要找到那东西。”

“噢，这下我全明白了。多谢你如此开诚布公。既然你伟大到能让我茅塞顿开，或许你也能为我指点迷津，告诉我生命的意义是什么？”

“不清楚，”盖穆尔说，“我想意义就是让我们能死掉。”

卡西尔斜靠着墙壁，忍住没有发出呻吟。**我说那句话的时候，**他心想，**心里清楚只会得到枯燥无味的回答。统御主啊，我真想念多克森和他那群人。**

盖穆尔不懂幽默，即使是拙劣的幽默。**我应该回去**，卡西尔心想。**回到真正关注生活的人身边去。回到我的朋友身边去。**

这个念头让他发起抖来。从海司辛深坑的……事件算起，才刚刚过去了三个月。手臂上的伤口大都只剩下了伤疤。他伸手挠了挠。

卡西尔知道自己的幽默感是强装出来的，而他的笑容也显得半死不活。他不明白自己为何觉得有必要推迟返回陆沙德的日子，但事实的确如此。他的内心仍有尚未痊愈、血流不止的伤口。他必须远离那儿。他不想让他们看到他这副模样。缺乏安全感，在睡梦中蜷缩成团，体验着仍未消退的恐惧。一个没有计划，也没有远见的人。

此外，他需要学习盖穆尔教他的那些东西。在返回陆沙德之前，他必须首先……变回他自己。至少是长出伤疤的自己：等到伤口都已愈合，记忆也不再喧嚣以后。

“那我们就去查清楚吧。”卡西尔说。

盖穆尔瞪着他。这个老疯子一向不喜欢卡西尔掌握主导权的举动。但……好吧，这是卡西尔一贯的做法。总得有人掌握主导。

谢兹勒堡的建筑风格很不寻常，这是远离陆沙德城的西方统御区特有的样式。没有楼群和尖顶，只有正前方的四座锥形塔楼，几乎给人以有机物的印象。他认为这些建筑肯定是用石制框架建成，外部则是某种硬化后的泥土，并雕刻和塑造成了所有这些弧度和凹凸。这座城堡——就像其余的建筑那样——让卡西尔觉得尚未完工。“该去哪儿？”卡西尔问。

“向上，”盖穆尔说，“然后向下。”他从墙边跳开，为自己丢出一枚硬币。他推动硬币，而他的重量驱使它向下。硬币碰触地面的同时，盖穆尔的身体也飞向这栋建筑的高处。

卡西尔跳了起来，推动自己那枚硬币。两人跃过雕刻墙壁和亮着灯火的城堡之间的距离。明亮的石灰光灯在彩色玻璃窗后燃烧；在西方统御区这里，那些窗户往往奇形怪状，而且各不相同。这些人就没有正常的审美吗？

靠近那栋建筑以后，卡西尔开始拉动而非推动——他将自己燃烧的钢切换成铁，然后猛拉一条与钢制窗框相连的蓝线。这代表他会被拉向上方，仿佛身上系着绳索。这很棘手；地面仍旧会将他拖向下方，而他前冲的势头仍在，所以他拉动的时候必须小心翼翼，以免撞上什么东西。

凭借拉动，他提升了高度。这是必要的，因为谢兹勒堡很高，就和陆沙德的城堡一样高。两位熔金术师沿着正墙向上，不时抓住或是踩踏石墙的凹凸部位。卡西尔落在一块凸出物上，甩动双臂来维持平衡，然后抓住了一尊出于他无法理解的理由设置在那里的雕像。雕像上覆盖着色彩各异的小块釉面。

盖穆尔从右方飞过；那位迷雾之子的动作优雅而灵巧。他朝侧面丢出一枚硬币，而它落在某块凸出的墙壁上。紧接着，盖穆尔推动硬币，将身体调整到正确的方向。他旋转身体，迷雾斗篷掠过迷雾，然后将自己拉向另一扇彩色玻璃窗。他抵达了目标，手指抓住小块的金属和石头，像昆虫那样悬挂在那儿。

石灰光灯的明亮光芒透过窗户传来，而窗璃将光线打碎成不同色彩，洒落在盖穆尔的全身，仿佛他的身体也覆盖着小块釉面。他抬起头，嘴角浮现笑意。沐浴着那道光芒，再加上悬在他身下的迷雾斗篷，而迷雾又在他周围舞动，卡西尔忽然觉得盖穆尔变庄严了。不再是那个衣衫褴褛的疯子。而是某个伟大得多的人物。

盖穆尔跳进迷雾，然后将自己拉向上方。卡西尔看着他离开，惊讶地发现自己在嫉妒。**我会学习的**，他告诉自己。**我也会变得那么出色**。

从一开始，他就对锌和黄铜很感兴趣，相应的熔金术能让他玩弄他人的情绪。这和他过去在不借助外力的情况下做到的那些事很像。但他在可怕的深坑里得到了重生，已经焕然一新。无论他过去是怎样的人，都是不够的。他需要成为更强大的存在。

卡西尔跃向上方，将自己拉向这栋建筑的屋顶。盖穆尔不断向上，越过了屋顶，飞向装饰着建筑正面的那四座尖塔的顶端。卡西尔丢下一整袋硬币——推开的金属越多，飞得也就越高越快——然后开始燃烧钢。他用尽全力推动，让身体如离弦之箭般飞向上方。

迷雾在他周围涌动。彩色玻璃窗的绚烂光芒在下方远去。他的两边各有一座尖塔，而且变得越来越细。他推向覆盖其中一座尖塔的锡，将身体挪向右方。

他最后一推，登上了那座尖塔的顶端，那里有个人头大小的球状突出物。卡西尔落在上面，燃烧白镴以强化身体能力。这不仅会让他更强壮，也会让他更加灵巧，能单脚站在离地数百尺但仅有一掌宽的球体上。表演完杂技动作以后，他停在那里，盯着脚下。

“你变自信了。”盖穆尔说。他停在靠近尖塔顶端的地方，就在卡西尔下方。“这是好事。”

盖穆尔迅速跃起，挥出手臂，让卡西尔立足不稳。卡西尔大叫着失去平衡，坠入迷雾。盖穆尔推动了卡西尔——就像大多数熔金术师那样——系在腰带上的那些装满金属片的小瓶。这一推让卡西尔远离建筑，飞向迷雾。

他笔直下落，一时间失去了理性思考的能力。坠落会引发原始的恐惧。盖穆尔说过要控制那种恐惧，学会不畏惧高处，避免在落下时失去方向感。

这些教诲掠过卡西尔的脑海。但他正在坠落，速度飞快。穿过翻涌的迷雾，迷失方向。只需要几秒，他就会撞上地面。

他不顾一切地推动那些装着金属的小瓶，同时希望自己对准了正确的方向。它们从他的腰带脱落，砸碎在下方的某物上。那是地面。

里面的金属不多。只够勉强减缓卡西尔的速度。他在推动的几分之一秒后撞上地面，冲击挤出了他肺里的空气。他的视野发白。

他头晕目眩地躺在那儿，这时有东西重重落在他旁边的地上。是盖穆尔。那家伙嘲笑地哼了一声。“蠢货。”

卡西尔呻吟起来，用双手和膝盖撑起身体。他还活着。值得注意的是，他的身体似乎完好无损——虽然身侧和大腿痛得要命。他的身体会留下严重的淤青。白镴保住了他的性命。换作别人，这样的坠落——即使算上最后那次推动——足以折断骨头。

卡西尔摇摇晃晃地爬起身，怒视着盖穆尔，但没有抱怨。这也许是学习的最好方法了。至少是最快的。从理性角度考虑，卡西尔也会选择这种方法——被人丢下去，然后被迫在途中学习。但这不会阻止他痛恨盖穆尔。

“我还以为我们要上去。”卡西尔说。

“然后下来。”

“我猜接下来又是上去?”卡西尔说着，叹了口气。

“不。再下去一点。”盖穆尔大步跨过城堡的地面，经过装饰用的灌木丛——在夜色里，后者化作迷雾包裹的昏暗轮廓。卡西尔快步跟在盖穆尔身边，提防着下一次袭击。

“它在地下室里，”盖穆尔咕哝道，“偏偏是地下室。为什么是地下室?”

“地下室里有什么?”卡西尔问。

“我们的目标，”盖穆尔说，“我们必须先去高处，让我能寻找入口。我想这边的花园里就有一个。”

“等等，这听起来居然很合理，”卡西尔说，“你刚才肯定是撞到头了。”

盖穆尔瞪了他一眼，然后把手塞进口袋，拿出一把硬币。卡西尔准备好金属，打算反击。但盖穆尔却转开了手，将硬币撒向那两个沿着小径跑来、想要确认这些夜游者身份的守卫。

有两人倒了下去，其中一个叫出了声。盖穆尔似乎并不在意暴露行踪。他大步向前走。

卡西尔犹豫了片刻，看着那些垂死的人。敌人的手下。他很想同情他们，但却办不到。那个部分的他被海司辛深坑撕成了碎片，但另一部分的他却为他的麻木而不安。

他匆忙跟在盖穆尔身后，后者找到了一间像是用于园艺工作的棚屋。然而，当他拉开门以后，里面却没有工具，只有一段通向下方的昏暗楼梯。

"在燃烧钢吗？"盖穆尔问。

卡西尔点点头。

"注意会动的东西。"盖穆尔说着，从钱袋里抓起一把硬币。卡西尔朝倒地的守卫抬起一只手，拉动盖穆尔用来对付他们的硬币，令他们翻过身来，面对着他。他见过盖穆尔轻轻拉动物体，以免它们全速朝自己飞来。卡西尔尚未掌握那种技巧，他只好蹲下身体，让那些硬币飞过他头顶，撞上棚屋的墙壁。他拾起那些硬币，然后跟着不耐烦的盖穆尔走下楼梯，后者正以不悦的目光看着他。

"我手无寸铁，"卡西尔解释道，"我的钱袋留在楼顶上了。"

"像这样的失误会导致你送命。"

卡西尔没有回答。这的确是个失误。当然了，他原先打算取回钱袋——也会这么做，如果盖穆尔没有把他打落尖塔的话。

他们走下楼梯，而光线逐渐昏暗，最后近乎漆黑。盖穆尔没有拿出火把或提灯，而是挥手示意卡西尔先走。又是某种测试？

钢在卡西尔体内燃烧，让他能够通过蓝线辨认出金属源。他停下脚步，然后将那一把硬币丢到地上，让它们沿着楼梯滚落。在落下的过程中，硬币会让他看到楼梯的位置，等硬币停下以后，他的脑海就会浮现出更清晰的画面。

蓝线并不代表他能真的"看见"，他落脚时也依旧需要谨慎。但那些硬币帮了他大忙，而他也的确在靠近后看到了那只门栓。卡西尔听到身后传来盖穆尔的咕哝声，而且似乎难得地带着赞赏。“硬币的把戏很漂亮。”他喃喃道。

卡西尔笑了笑，朝楼梯底部的那扇门走去。他摸索了几下，然后抓住了金属门栓，将它小心翼翼地拉开。

门的那边亮着灯。卡西尔蹲下身子——不管盖穆尔怎么想，他都有过潜入和夜盗的经验。他不是什么菜鸟。他学过这些，只是因为对他这样的混血儿来说，生存意味着要么掌握口才，要么学会隐匿；在大多数情况下，正面战斗都是愚蠢之举。

当然了，战斗、说服或者隐匿行踪——这三种方法——在那天晚上都不适用。他被捕的那晚，除了她以外没人能背叛他的那个晚上。可他们为什么要连她也抓走？她不可能——

停，他这么告诉自己，同时保持着蹲伏姿势，轻手轻脚地进入房间。房间里有许多张长桌，桌上堆满了各种各样的熔炼器具。它们并非那种庞大的锻造装置，而是冶金学者使用的小型燃烧器具和精巧的工具。墙上挂着点燃的油灯，角落里有一座硕大的红色熔炉。房间的另一边与好几条走廊相连。卡西尔感觉到新鲜空气从某处吹来。

房间看起来空无一人。盖穆尔走了进来，而卡西尔把手伸向身后，将那些硬币重新拉向自己。其中几枚沾有死去守卫的鲜血。他依旧保持蹲姿，经过一张书桌——上面堆满了书写用具和布面装订的小开本书籍。他看了眼盖穆尔，后者正大步穿过房间，完全没有隐匿行踪的打算。盖穆尔双手叉腰，四下张望。“所以他在哪儿?”

“谁?”卡西尔问。

盖穆尔低声咕哝着穿过房间，手肘扫落了桌上的几件器具，让它们在地板上摔得四分五裂。卡西尔悄然来到房间边缘，想要窥探侧面的那些走廊，确认是否有人过来。他察看了第一条走廊，发现它通向一个狭长的房间。房间里有人。

卡西尔愣了愣，然后缓缓起身。房间里有五六个人，有男有女，手臂都被绑在墙上。那儿并非牢房，但这些可怜人看起来都被打得只剩一口气了。他们的身上只有破布，而且全都血迹斑斑。

卡西尔摇头让自己清醒过来，然后放轻脚步，来到最靠近的那名女子身边。他抽走了她嘴里的塞口物。地板很潮湿，恐怕有人最近才朝这些囚犯泼过成桶的水，以免实验室遭受臭气侵袭。与房间相连的那条走廊的尽头吹来一股风，带来了新鲜空气的味道。

他碰到她的那个瞬间，那女人绷直身体，双眼猛地睁开，又惊恐地张大。“拜托，拜托不要……”她低声说。

“我不会伤害你的。”卡西尔说。他心中的麻木似乎正在……改变。“相信我。你们是什么人？这儿是怎么回事？”

那女人就这么凝视着他。卡西尔抬起手，想为她解开束缚，她却瑟缩身子，这让他犹豫起来。

他听到了模糊不清的声音。他转过头去，看到了另一名女子，这一位年纪更大，也更有威严。殴打令她全身皮开肉绽。然而，她的眼神却比较为年轻的那个女人正常得多。卡西尔走了过去，取下了她的塞口物。

“求你了，”那女人说，“放了我们。要不就杀了我们。”

“这是个什么地方？”卡西尔低声说着，开始对付她手臂的束缚。

“他在寻找混血儿，”她说，“为了测试他的新金属。”

“新金属？”

“我不知道，”那个女人说着，脸颊上挂着泪水，“我只是个司卡人，我们全都是。我不知道他为什么会选中我们。他提到过某些东西。金属，未知的金属。我不认为他的心智完全正常。他做的那些事……他说目的是引出我们的熔金术师天赋……可天啊，我根本没有贵族血统。我没法——”

“嘘。”卡西尔说着，解开了束缚。某种东西烧穿了他内心的那团麻木。和他感受到的愤怒相似，但似乎又不太一样。没那么简单。那种感觉令他很想哭泣，却又带着暖意。重获自由的女子盯着自己的双手，以及被绳索蹭破皮肤的手腕。卡西尔转向另外那些可怜的俘虏。他们大都醒了过来。他们的眼里没有希望。他们就这么注视前方，目光呆滞。

是的，他能感觉到。

*我们为何能忍受这样的世界？*卡西尔想着，前去帮助其他囚犯。*为何能忍受会发生这种事的世界？*最骇人的悲剧在于，他知道这种惨事再平常不过。司卡人只是消耗品。没人会保护他们。没人在乎。

就连他也一样。他过往的大半人生都对这种暴行视而不见。噢，他假装抗争过。但他其实只是为了增添自己的财富。所有计划，所有抢夺，他的所有宏伟愿景，全都是为了他自己，只为他自己。

他释放了另一名囚犯，那是个年轻的黑发女子。她长得有点像梅儿。得到自由以后，她直接在地上蜷成了一团。卡西尔站在她身前，感到一阵无力。

*没人反抗，*他心想。*没人觉得他们可以反抗。*

但他们错了。我们可以反抗……我可以反抗。

盖穆尔走进房间。他的目光越过那些司卡人，仿佛根本没发现他们。他仍在喃喃自语。他才朝房间里走了几步，有个声音便从实验室那边传来。

"这儿怎么回事？"

卡西尔认出了那个嗓音。噢，他从未听过嗓音本身——但他认出了其中的傲慢、自负以及轻蔑。他发现自己站起身，挤过盖穆尔身边，回到实验室里。

有个穿着精致外套，白衬衫的纽扣扣到领口的男人站在实验室里。他的头发按照最近的潮流剪得很短，而他的外套看起来是从陆沙德运来的——当然也是根据最流行的样式剪裁而成的。

他专横地看着卡西尔。卡西尔发现自己在笑。自深坑以来——自那次背叛以来——他头一回露出了由衷的笑容。

那贵族吸了吸鼻子，然后抬起一只手，向卡西尔掷出一枚硬币。片刻的惊讶过后，卡西尔推动了硬币，就像谢兹勒领主所做的那样。两人都被甩向后方，而谢兹勒震惊地瞪大了眼睛。

卡西尔撞上了墙壁。谢兹勒是迷雾之子。但这没关系。另一种愤怒在卡西尔的心中浮现，让他露齿而笑。那种情绪像金属那样熊熊燃烧。仿佛某种未知的美妙金属。

他能反抗。他**会**反抗。

那贵族扯下腰带，将它——以及他的金属——丢到地上。他从身侧抽出一根格斗手杖，跳向前去，动作快得惊人。卡西尔燃起白镴，然后是钢，接着推动其中一张桌子上的器具，将它甩向谢兹勒。

那人咆哮起来，抬起一条手臂，推开了其中一部分。两次推动——一次来自卡西尔，一次来自他的对手——再次相互碰撞，两人被迫后退。谢兹勒背靠桌子站稳了身体，而它摇晃起来。玻璃破碎，金属工具伴随着叮当声落地。

“你知道这些值多少吗？”谢兹勒咆哮道。他垂下手臂，朝他逼近。

“看起来值你的灵魂。”卡西尔低声说。

谢兹勒弓身靠近，挥出手杖。卡西尔后退了几步。他感觉到口袋在颤抖，于是他奋力一推，将谢兹勒正在推动的硬币挤出自己的外套。再迟个一秒钟，它们就该刺穿卡西尔的腹部了——而现在，它们仅仅撕开了他的口袋，接着射向房间后部的墙壁。

他外套的纽扣开始摇晃，虽然上面只是贴着几块金属薄片而已。他脱下外套，也丢弃了身上的最后一点金属。盖穆尔早该提醒我的！他的感官几乎无法察觉那些薄片，但他还是觉得自己很蠢。那个老人家说得对；卡西尔的思维方式不像熔金术师。他太过注重外表，却忽视了可能害他送命的东西。

卡西尔继续后退，观察着他的对手，决心避免再犯错误。他参与过街头斗殴，但次数不多。他会尽可能避免——打架是多克森的老习惯了。此时此刻，他真希望自己在那方面没那么克制。

他沿着一张桌子挪动，等待盖穆尔从侧面进入房间。他没有进来。他恐怕根本不打算来。

这一切都是为了寻找谢兹勒，卡西尔明白过来。**为了让我和另一个迷雾之子战斗**。这儿有个重要的东西……突然间，那句话有了意义。

卡西尔怒吼一声，随后被自己发出的声音吓了一跳。他体内灼热的怒意在渴望复仇，但它还有别的目的，更伟大的目的。复仇的对象不仅仅是伤害他的那些人，还有整个贵族社会。

在那个瞬间，谢兹勒——傲慢地向前走来，更关心他的设备而非司卡人的性命——成为了他怒意的焦点。

卡西尔发起了攻击。

他没有武器。盖穆尔提到过玻璃刀，但从未给过卡西尔。所以他从地板上拾起一片碎玻璃，不顾它在手指上留下的割伤。白镴让他忽视了苦痛，就这么跳向谢兹勒，刺向他的喉咙。

他的赢面本该不大。作为熔金术师，谢兹勒的技巧和经验都比他丰富——但他显然不习惯和实力相仿的人战斗。他用格斗手杖打向卡西尔。但凭借白镴的力量，卡西尔没理会这次攻击，而是将玻璃刺进了对方的脖子——整整三次。

几秒钟之内，搏斗就结束了。卡西尔蹒跚后退，痛楚开始浮现。谢兹勒的击打恐怕让他断了几根骨头，毕竟那家伙也用了白镴。但那个贵族躺在自己的血泊里，抽搐不止。白镴能让你在很多情况下保住性命，但被人割断喉咙的时候除外。

那人被自己的血呛着了。“不，”他嘶声说，“我不能……不该是我……我不能死……”

“谁都会死，”卡西尔低声说着，丢下了那块染血的玻璃碎片，“谁都会。”

然后，一个念头——某个计划的雏形——开始浮现于他的脑海。

“这也太快了。”盖穆尔说。

卡西尔抬起头，鲜血从他的指尖滴落。谢兹勒最后喘了口气，然后倒了下来，不再动弹。

“你需要学会推和拉，”盖穆尔说，“在空中起舞，像真正的迷雾之子那样战斗。”

“他就是个真正的迷雾之子。”

“他是个学者。”盖穆尔说着，走上前去。他踢了踢那具尸体。“我先挑了个弱的。下次就没这么轻松了。”

卡西尔回到司卡人所在的那个房间。他一个接一个地释放了他们。他没法为他们做太多事，但他承诺会把他们安全送出城堡。或许他能帮他们联系本地的地下组织。他在这座城市逗留的时间足以建立一些人脉了。

释放了所有人以后，他转过身来，发现他们正聚在一起看着他。他们的眼中似乎重新燃起了生机，还有好几个人偷偷窥视倒毙的谢兹勒。盖穆尔正在翻阅某张桌子上的那本笔记。

“你是什么人？”先前和他说过话的那名威严女子问。

卡西尔摇了摇头，目光不离盖穆尔。“我是个过去不堪回首的人。”

“那些伤疤……”

卡西尔低头看着自己的双臂，那儿有深坑给他留下的数百道细小伤疤。脱掉外套的同时，他也暴露了那些伤疤。

“来吧，”卡西尔对那些人说着，压抑着遮住双臂的冲动，“我们会把你们送到安全的地方。盖穆尔，看在统御主的分上，你在干什么？”

老人咕哝一声，快速翻阅着某本书。卡西尔快步走进房间，瞥了一眼。

关于第十一种金属存在的理论和推测，那一页以潦草的字迹这么写着。**个人笔记。安提利乌斯·谢兹勒**。

盖穆尔耸耸肩，把那本书丢回桌上。然后他谨慎而仔细地从散落在地上的工具和其他实验用具里挑出一把叉子。他自顾轻笑。“这才叫叉子。”他把它塞进口袋。

卡西尔拿起那本书。没过多久，他便领着受伤的司卡人离开了城堡，而士兵们正在庭院里巡视，试图弄清发生了什么。

等他们回到街上以后，卡西尔转身面对那座闪闪发光的建筑，面对鲜艳的灯光和漂亮的窗户。他在盘绕的迷雾里听着守卫们愈发慌乱的呼喊。

麻木感消失了。他发现某种东西取而代之。他找回了目标。火花重新燃起。他先前的想法太狭隘了。

计划开始萌芽，那是个大胆到让他几乎不敢考虑的计划。

复仇，以及更多。

他转身回到夜色里，回到等待着他的迷雾里，然后找人为他制作迷雾斗篷去了。

（本篇完）

LEGION 军团

献给丹尼尔·威尔斯，本文的创意来自于他。

军团

我的名字是斯蒂芬·利兹，我的心智完全正常。然而，我的幻觉却相当疯狂。

从JC房间传来的枪声短促清脆，仿佛鞭炮声。我小声咕哝着，拿起挂在他门外的隔音耳罩——我已经学会把耳罩放在那儿了——然后推开门走了进去。JC自己也戴着耳罩，双手举着他的手枪，瞄准墙上那张奥萨马·本·拉登的照片。

贝多芬在演奏。音量大得要命。

“我在跟人说话呢!”我大喊道。

JC没听到我的声音。他对着本·拉登的脸打空了一整个弹夹，在墙上留下了各式各样的弹孔。我没敢靠近。如果我吓着他，他也许会不小心打中我的。

我不清楚被自己的幻觉射中会有什么后果。我的大脑会怎样解读呢?

毫无疑问，会有不少心理学家乐意撰写相关的论文。我可不想给他们这种机会。

“JC!”他停下来装弹时，我尖叫道。

他看向我，然后咧嘴笑了笑，摘下耳罩。JC露齿而笑的时候就像在瞪着别人，但我早就学会不去害怕了。

“呃，瘦皮猴，”他举着手枪说，“要来打上一两个弹夹吗？这种练习会派上用场的。”

我从他手里拿走了枪。“这屋子会配备射击场是有理由的，JC。你该好好利用。”

“恐怖分子平常可不会在射击场找到我。好吧，的确发生过那么一次。纯粹只是巧合。”

我叹了口气，拿起床头柜上的遥控器，调低了音乐的音量。JC伸出手，抬起枪口，让它对着空气，然后把我的手指从扳机那里挪开。“安全第一，孩子。”

“反正这只是想象出来的枪。”我说着，把枪递还给他。

“是啊是啊。”

JC不相信自己只是幻觉，这很不寻常。他们大都会在某种程度上接受事实。但JC不同。他高大却不笨重，脸庞宽阔却不起眼，拥有一双杀手的眼睛。至少他自称如此。也或许那双眼睛就装在他的口袋里。

他换上新弹夹，然后盯着本·拉登的照片。

“别。”我警告他说。

“可——”

“何况他已经死了。他们好些年前就干掉他了。”

“这是他们对公众的说法，瘦皮猴，”JC把手枪塞回枪套，“我很想解释给你听，但你没得到许可。”

“斯蒂芬？”有个声音从门口传来。

我转过身。托比亚斯是另一个幻觉——或者说“化身”，我有时是这么称呼他们的。他身形瘦长，肤色乌黑，遍布皱纹的脸上长着深色的雀斑。他的黑发留得很短，穿着宽松的休闲西服，没系领带。

“我只是想知道，”托比亚斯说，“你打算让那个可怜人等多久。”

“等到他离开为止。”我说着，来到走廊里的托比亚斯身旁。我们两个转身离开。

“他非常礼貌，斯蒂芬。”托比亚斯说。

在我们身后，JC又开始射击了。我呻吟起来。

“我会跟JC谈谈的，”托比亚斯用安慰的口气说，“他只是不希望本领退步。他希望能帮上你的忙。”

“好吧，随便了。”我丢下托比亚斯，绕过这栋豪宅的一处转角。我有四十七个房间。几乎没有空房。在走廊的尽头，我走进一个铺着波斯地毯和木制墙板的小房间。我一屁股坐在房间中央的黑色皮沙发上。

艾薇坐在沙发旁边的椅子上。“你打算继续忍下去？”她抬高嗓门，以便盖过枪声。

“托比亚斯会跟他谈的。”

“这样啊。”艾薇说着，在笔记本上做了个标记。她穿着一套深色西服，搭配休闲裤和短上衣。她的金发扎成圆发髻。她四十出头，是我拥有时间最长的化身之一。

“开始被自己的投影违抗，”她说，“是种怎样的感受？”

“他们大都是服从我的，”我为自己辩护道，“JC从来都不肯认真听我的话。一向如此。”

“你否认情况正在恶化？”

我什么也没说。

她做了个记号。

“你把又一个请愿者拒之门外了，对吧？”艾薇问，“他们是来向你求助的。”

“我很忙。”

“忙什么？聆听枪声？疯得更厉害？”

“我不会疯得更厉害了，”我说，“我已经稳定了。我基本已经正常了。就连我那位并非幻觉的精神病医师也承认这点。”

艾薇未置一词。在远处，枪声终于停止，而我松了口气，手指按向鬓角。“对于‘疯狂’的正式定义，”我说，“是相当灵活的。两个人也许身处同样的环境，心理状况也同样糟糕，但官方标准可能会认定一方为正常，而另一方则是疯狂。当你的心智状态影响身体机能，让你无法过上正常生活的时候，你就越过了疯狂的界线。以这些标准来说，我一点都不疯。”

“你把这叫做正常生活？”她问。

“至少一切顺利。”我偏开目光。就像以往那样，艾薇把笔记板放在了废纸篓上。

片刻过后，托比亚斯走了进来。“那个请愿者还在，斯蒂芬。”

“什么？”艾薇说着，瞪了我一眼，“你让那个可怜人等在那儿？都过了四个钟头了。”

“好吧，好吧！”我跳了起来，“我这就让他回去。”我走出房间，顺着楼梯来到底楼，进入宽敞的门厅。

威尔逊，我的管家——他是真人，并非幻觉——站在起居室关闭的门外。他透过那副双光眼镜[1]看着我。

“你也是？”我问。

“老爷，四个钟头？”

“我得冷静一下，威尔逊。”

“您很喜欢用这个借口，利兹老爷。这让人不禁觉得，您的目的并非冷静，而是偷懒。”

“我花钱可不是为了雇你思考这种事。”我说。

他扬起一边眉毛，而我有些羞愧。对威尔逊恶语相向实在有失公允；他是个优秀的仆人，也是个优秀的人。想找到愿意容忍我的……个性的仆人，可不是什么简单的事。

“抱歉，”我说，“我最近有点疲劳。”

“我这就给您端些柠檬水来，利兹老爷，”他说，“需要……”

“三人份，”我说着，朝托比亚斯和艾薇点点头——当然了，威尔逊

---

① 双光眼镜：近远视两用的眼镜，镜片的上下半边分别具有不同的屈光度。

看不到他们，“外加那个请愿者的份。”

“我那份请别加冰。”托比亚斯说。

“我只要一杯水就好。”艾薇补充道。

“托比亚斯不要加冰，”我说着，漫不经心地推开了门，“艾薇只要水。”

威尔逊点点头，然后照做了。他是个好管家。没有他，我想我会发疯的。

有个身穿马球衫和休闲裤的年轻男人坐在起居室的某张椅子上。他跳了起来。“军团先生？”

这个昵称让我脸颊抽搐。那是某个天赋异禀的心理学家给我取的。我指的是他在戏剧方面的天赋。心理学领域就差多了。

“叫我斯蒂芬吧，”我说着，握住门把，让艾薇和托比亚斯进门，“我们能帮你什么忙呢？”

“我们？”年轻人问。

“修辞手法而已。”我说着，走进房间，在年轻人对面找了张椅子坐下。

“我……呃……我听说你会帮那些走投无路的人，”年轻人吞了口唾沫，“我带来了两千块。现金。”他把一叠写着我名字和地址的信封丢到桌上。

“这是一次咨询的价格。”我说着，打开信封，快速清点了一遍。

托比亚斯看了我一眼。他讨厌我向别人收费，但如果干活不收钱，我就没法买下这栋能容纳所有幻觉的大宅子了。此外，从衣着来判断，这小子付得起。

“你的问题是？”我问。

“我的未婚妻，”年轻人说着，从口袋里掏出了某样东西，“她出轨了。”

“深表同情，”我说，“但我们不是私家侦探。我们不干盯梢的活儿。”

艾薇穿过房间，没有坐下。她绕着年轻人的椅子转起圈来，审视着他。

“我知道，”年轻人飞快地说，“我只是……好吧，你要知道，她消失了。”

托比亚斯来了精神。他喜欢神秘的事。

“他没有说出全部实情。”艾薇说着，双臂交叠，一根手指轻轻敲打另一条胳膊。

“你确定？”我问。

“噢，是的，”那年轻人以为我在跟他说话，“她不见了，但她留下了这张字条。”他把那张纸展开，放到桌上，“最奇怪的是，我觉得其中似乎有某种暗号。看看这些文字。根本没意义。”

我捡起那张纸，扫视他指着的文字。那些字写在纸条的背面，字迹潦草，像是一连串笔记。那位未婚妻用同一张纸写下了告别信。我把纸条递给托比亚斯。

“柏拉图的作品，”他说着，指着纸条背面的那些笔记，“每一句都引用自《斐德罗篇》。噢，柏拉图。要知道，他是个非凡的人。很少有人意识到，他曾一度沦为奴隶，被某个暴君在市场上贩售，因为他反对那位暴君的政治手段——而且暴君的兄弟还成为了他的门徒之一。幸运的是，买下柏拉图的是个熟悉他著作的人，可以说是他的仰慕者，那个人将自由身还给了他。即使是在古希腊，拥有忠实拥趸也是有好处的……”

托比亚斯滔滔不绝。他的嗓音低沉而令人舒心，我很喜欢听。我仔细查看了那张字条，然后抬头看向艾薇，后者耸了耸肩。

门开了，威尔逊端着柠檬水和艾薇的水走进房间。我注意到了站在门外的JC，他掏枪在手，看向房间内部，随后审视起那个年轻人来。JC眯起了眼睛。

“威尔逊，”我说着，接过自己那杯柠檬水，“能麻烦你去叫奥黛丽来吗？”

“当然可以，老爷。”管家说。在内心深处，我知道他并没有真的端来给艾薇和托比亚斯的杯子，只是装作往空椅子前面放了点什么而已。我的大脑负责补充剩下的部分，想象出了那些饮料，想象出艾薇走上前去，在威尔逊把水杯放到某张椅子前方——他以为她坐在那儿——的时候，从威尔逊手里接过杯子。她对他露出怜爱的笑容。

威尔逊离开了房间。

“如何?”年轻人问，“你能不能——”

我抬起一根手指，而他停了口。威尔逊看不见我的投影，但他知道他们各自的房间。我们只能指望奥黛丽在房间里。她经常去拜访她在斯普林菲尔德[①]的姐妹。

幸好在几分钟过后，她走进了房间。但她穿着浴袍。“我猜这事很重要。”她说着，用毛巾擦拭起头发来。

我拿起那张纸条，然后是装钱的信封。奥黛丽俯下身来。她是个黑发女子，身材微胖。她是几年前加入我们的，当时我正在处理一桩伪造案。

她低声自语了一两分钟，拿出一支放大镜——她在浴袍里放着这种东西让我忍俊不禁，但这就是奥黛丽的作风——然后接连打量笔记和信封，又看回笔记。前者据说是那位未婚妻的笔迹，后者则是年轻人所写。

奥黛丽点点头。“绝对是同一个人写的。”

“这样本应该不够大吧。”我说。

“什么样本?”年轻人问。

“在这种情况下够大了，”奥黛丽说，“信封上有你的全名和地址。线条倾斜度，词语间距，字母结构……全都给出了相同的答案。而且他的字母‘e’非常有特色。如果用纸条上的样本作为范例，信封上的样本——以我的估计——有超过百分之九十的可能性出自同一人的手笔。”

“多谢。”我说。

---

①斯普林菲尔德：美国伊利诺伊州首府。

“我想要一条新狗儿。”她说着，缓步离开。

“我不会给你想象一条新狗儿的，奥黛丽。JC制造的噪音已经够多了！我可不想要一条跑来跑去，叫个不停的狗儿。”

“噢，别这样，”她在门口转过身来，“我会喂给它不存在的狗粮，给它喝不存在的水，带它去散不存在的步。满足那条不存在的狗儿想要的一切。”

“赶紧走吧你。”我这么说着，却露出了微笑。她是在开玩笑。有几个不介意身为幻觉的化身是件好事。那年轻人用摸不着头脑的表情看着我。

“你不用再装了。”我对他说。

“装？”

“装作为我的‘古怪’吃惊。这种手段太业余了。我猜你是个研究生？”

他的双眼浮现出恐慌。

“下一次，找个室友帮你写纸条吧，”我说着，把纸条扔了回去，“见鬼，我可没有浪费在这种事上的时间。”

“你其实可以让他采访你的。”托比亚斯说。

“在他欺骗我以后？”我厉声道。

“拜托，”那个年轻人说着，站了起来，“我的女友……”

“你之前还叫她‘未婚妻’呢，”我说着，转过身去，“你来这儿，是想让我接下这个‘案子’，然后牵着我的鼻子乱转，并在此期间记录我的健康状况。你真正的目的是写一篇学位论文之类的。”

他沉下了脸。艾薇站在他身后，轻蔑地摇着头。

“你以为你是头一个想到这主意的人？”我问。

他面露苦相。“别怪我，我只是想试试看。”

“我还是会怪你，”我说，“威尔逊！我们需要保安！”

“没这个必要。”年轻人说着，开始收拾东西。在匆忙中，一台迷你录音机从他的衬衣口袋里滑出，咔嗒一声落在桌上。

我扬起一边眉毛，而他涨红了脸，匆忙拿起录音机，然后冲出了房间。

托比亚斯站起身，朝我这边走来，双手背在身后。“可怜的家伙。而且他恐怕只能走回家了。在雨里。”

“下雨了？”

“斯坦说就快了，”托比亚斯说，“你有没有想过，如果你偶尔接受一次采访，类似的尝试就会减少？”

“我受够在那些个案研究里被人提及了，”我说着，恼火地摆了摆手，“我受够被人摆弄了。我受够与众不同了。”

“什么？”艾薇笑着说，“你宁愿每天坐在办公桌边？放弃这栋宽敞的宅邸？”

“我又没说不存在好处，”我说这句话的时候，威尔逊回到了房间里，转头看着那个年轻人逃也似的钻出正门。“威尔逊，能麻烦你确保他真的离开吗？”

“当然可以，老爷。”他把放着本日邮件的托盘递给我，然后转身离开。

我浏览了邮件。他已经拿走了账单和垃圾邮件。剩下的只有我的真人心理学家寄来的一封信——我没去理会——以及一只没有明显特征的大号白色信封。

我皱起眉头，接过那封信，从上方撕开。我取出里面的东西。

信封里只有一件东西—— 一张五英寸长八英寸宽的黑白照片。我扬起一边眉毛。那是一张岩石海岸的照片，几棵矮树依附在探向海面的某块巨石上。

“背面什么都没有，”托比亚斯和艾薇在我身后察看时，我说，“信封里没别的东西了。”

“我敢打赌，这又是想骗你接受采访的人寄来的，”艾薇说，“他们的手段比那小子高明多了。”

“看起来没什么特别的，”JC说着，挤到艾薇身边，后者捶了他的肩膀一拳，“石头。树。无聊。”

“我说不好……”我说，“有点让人在意。托比亚斯？”

托比亚斯接过照片。至少我看到的情景是这样。我多半仍旧把相片拿在手里，但在认定托比亚斯拿着照片的现在，我已经感觉不到它了。大脑改换认知的方式真的很怪。

托比亚斯盯着照片看了很久。JC开始反复开关手枪的保险装置。

“你不是总把枪支安全挂在嘴边么？”艾薇说着，对他“嘘”了一声。

“这样很安全，”他说，“枪口没对准任何人。此外，我对身体的每块肌肉都有严格且坚定的控制。我可以——”

“你们俩安静点。”托比亚斯说完，把照片拿近了些。“上帝啊……”

“请不要随便动用主的圣名。”艾薇说。

JC嗤之以鼻。

“斯蒂芬，”托比亚斯说，“电脑。”

我和他来到起居室的台式机旁，坐了下来，托比亚斯朝我的肩膀弯下腰。“搜索一下‘孤柏[①]’这个词。”

我照做了，然后调出了图像查看模式。同一块岩石的十几张照片出现在屏幕上，但上面全都生长着一棵更高大的树木。那些照片里的树木已经成年了：事实上，它看起来很有年头了。

“好吧，真棒，”JC说，“还是树。还是石头。还是无聊。”

“这是孤柏，JC，”托比亚斯说，“它很有名，而且据说至少有两百五十岁了。”

“所以……”艾薇问。

我拿起那张寄来的照片。“在这上面，它最多只有……多少？十岁？”

“恐怕更小。”托比亚斯说。

---

①孤柏：美国加州圆石滩的一棵独自生长在花岗岩山崖上的柏树，是当地著名景观。

“所以如果这张照片是真的，”我说，“它就是在十八世纪中后期拍摄的。比照相机的发明还早几十年。”

* * *

“你瞧，这东西显然是伪造的，”艾薇说，“真不明白你们俩干吗这么上心。”

托比亚斯和我在宅邸的走廊里漫步。已经过去两天了。那幅画面依旧在我脑海里徘徊不去。我把照片放在夹克衫的口袋里。

“最合理的解释恐怕就是恶作剧了，斯蒂芬。”托比亚斯说。

“阿曼多觉得这是真的。”我说。

“阿曼多是个彻头彻尾的蠢货。”艾薇答道。今天她穿着一套灰色西服。

“的确。”我说着，再次把手伸向衣袋。修改照片不用花费多少工夫。在这个时代，篡改照片又算得了什么？几乎每个孩子都能用软件制作出逼真的假货。

阿曼多用某种先进的程序检查了一遍，确认了色阶，又做了一大堆技术含量太高、让我没法理解的测试，但他也承认这不代表什么。天赋出众的艺术家完全可以愚弄测试。

那为什么这张照片会让我念念不忘？

“这表示有人想证明些什么，”我说，“比孤柏还老的树有很多，但位置如此明确的就寥寥无几了。这张照片的目的就是让人——至少是拥有丰富历史知识的人——一眼就能认出。”

“那就更可能是恶作剧了，不是吗？”艾薇问。

“也许吧。”

我朝另一个方向踱起步来，我的化身们沉默不语。最后，我听到了下方的房门关上的声音。我匆忙走到楼梯平台那里。

“老爷？”威尔逊说着，爬上楼梯。

“威尔逊！邮件到了吗？”

他在楼梯平台停下脚步，端着一只银托盘。保洁工梅根——当然也是真人——匆匆跟在他身后，从我们身边经过，低垂着头，脚步飞快。

“她就快辞职了，”艾薇提醒我，“你真应该别那么古怪的。”

“这要求太难了，艾薇，”我咕哝一声，浏览起邮件来，“毕竟有你们在呢。”有了！一封和先前相同的信。我急切地撕开封口，取出另一张照片。

这张照片比较模糊。上面是个站在洗手台边，脖子上挂着毛巾的男人。他周围的布置相当老式。照片也是黑白的。

我把照片递给托比亚斯。他接了过去，将它举高，用眼角有皱纹的那双眼睛审视起来。

“怎样?”艾薇问。

“他很眼熟，”我说，“我想我应该见过他。”

“乔治·华盛顿，”托比亚斯说，“看起来正在早上刮胡子。他居然没有负责刮胡子的仆人，这真让我吃惊。”

“他当过兵，”我说着，接过照片，“他多半习惯了自己动手。”我的手指拂过那张光滑的照片。第一批银版照片——早期的照片——拍摄于19世纪30年代中期。在此之前，任何人都无法创造出这种品质的永久影像。华盛顿去世于1799年。

“你瞧，这显然是伪造的，”艾薇说，“乔治·华盛顿的照片？我们就假设有人回到了过去吧，可他们却只想去偷拍乔治在盥洗室里的照片？我们被耍了，斯蒂芬[①]。”

“也许吧。”我承认。

“看起来的确很像他。”托比亚斯说。

“只是我们并没有他的照片，”艾薇说，“所以根本没法证明。你瞧，对方只需要雇个长相酷似的演员，摆个姿势，然后就搞定了。他们甚至不用编辑照片。”

---

①斯蒂夫：Steve，斯蒂芬（Stephen）的昵称。

“我们去听听阿曼多的意见。”我说着，把照片翻转过来。这张的背面有个电话号码。“谁先去把奥黛丽找来。”

* * *

“准许你们接近皇帝陛下。”阿曼多说。他站在三角形的窗边——他占据了这栋宅邸最高的几个房间之一。这是他自己要求的。

“我能朝他开枪吗？”JC小声问我，“我是说，对准那些不怎么重要的部位。比如脚？”

“皇帝陛下听到了，”阿曼多用柔和的西班牙口音说着，将闷闷不乐的眼神转向我们这边，“斯蒂芬·利兹。你履行对我的承诺了吗？我必须取回我的皇位。”

“我在努力了，阿曼多，”我说着，把照片递给他，“我们又收到了一张。”

阿曼多叹了口气，接过我用手指夹着的那张相片。他身材瘦削，黑发梳成背头。

“阿曼多慷慨地同意考虑你的祈求。”他举起照片。

“要知道，斯蒂芬，”艾薇说着，穿过房间，“如果你还想创造幻觉，就该认真考虑别造得这么烦人了。”

“安静点，女人，”阿曼多说，“你考虑过皇帝陛下的要求了吗？”

“我不会嫁给你的，阿曼多。”

“你会成为皇后！”

“你又没有皇位。而且我没记错的话，墨西哥只有总统，没有皇帝。”

“毒枭在威胁我的子民，”阿曼多检查着那张照片，说道，“他们食不果腹，又被迫对各大强国言听计从。真是耻辱。至于这张照片，它是真货。”他把照片还了回去。

“就这样？”我问，“你不用做些电脑测试什么的吗？”

“摄影专家是我还是你？”阿曼多说，“跑来哀求我的人是你，对吧？我说过了。这是真货。没什么花招。然而，那位摄影师却是个蠢货。他对这门艺术一无所知。这些照片的极度缺乏想象力让我很不愉快。”他背对着我，再次看向窗外。

“现在我可以开枪打他了吗?”JC问。

“我很想同意。”我说着，把照片转到背面。奥黛丽研究了背面的笔迹，却没能将它和那些专家、心理学家或者其他想研究我的组织对上号。

我耸了耸肩，然后掏出手机。那是个本地号码。一声铃响过后，有人接了起来。

“你好?”我说。

“利兹先生，我能来拜访您吗?”那是个女人的声音，带着微弱的南方口音。

“你是谁?”

“最近寄给你谜题的人。”

“噢，这点我已经猜到了。”

“我能来拜访吗?”

“我……好吧，我想可以。你在哪儿?”

“在你家大门外。”电话挂断了。片刻过后，有人按响了正门的门铃。

我看了看其他人。JC挤到窗边，掏枪在手，窥视着宅子前方的私人车道。阿曼多对他怒目而视。

艾薇和我离开阿曼多的房间，朝楼梯走去。

“你带了武器没?”JC说着，小步跑向我们。

“普通人可不会佩着枪在自己家里走来走去，JC。”

“如果他们想活命，就该这么干。去拿上你的枪吧。”

我犹豫片刻，然后叹了口气。“让她进来，威尔逊!”我大喊道，却又折回我自己的房间——这栋宅子里最大的那间——然后从我的床头柜里取出了手枪。我把枪套塞到胳膊下面，然后重新穿上夹克。配备武器的感觉的确不错，但我的枪法差得可怕。

我正在下楼前往正门的时候，威尔逊打开了门。有个三十来岁、肤色偏黑的女子站在门厅那里，穿着黑色夹克和西装裤，短发扎成雷鬼头。她摘下墨镜，冲我点点头。

“起居室，威尔逊。”我站在楼梯平台上说。他领着她前往起居室，而我随后走了进去，等着JC和艾薇过来。托比亚斯已经坐在房间里，正读着一本历史书。

“柠檬水?”威尔逊在门外问。

“不了谢谢。”我说着，关上了门。

那个女人在房间里走来走去，仔细查看这里的装饰。“这地方真豪华，”她说，“都是用求助者的钱买下来的吗?”

“大部分是政府给的钱。”我说。

“根据坊间传闻，你不是他们的雇员。”

“现在不是，但以前是。总之，其中很多都来自政府拨款。有不少教授想研究我。于是我开始为相应的资格开出高价，以为能摆脱他们。”

“结果没能成功。”

“什么法子都没用，”我苦着脸说，“坐吧。”

“我站着就好，”她审视着我的梵高，说道，“顺带一提，我叫莫妮卡。”

“莫妮卡。”我说着，拿出那两张照片，“我得说，你居然觉得我会相信那么荒谬的故事，这真让我吃惊。”

“我还没跟你说故事呢。”

“你正要说呢，”我说着，把照片丢到桌上，“关于时间旅行——似乎还有个用不好闪光灯的摄影师——的故事。”

“你是个天才，利兹先生，”她头也不回地说，“按照我看过的某些认证文件，你是这颗行星上最聪明的人。如果这些照片上有明显的——或者说没那么明显的——瑕疵，你早就直接丢掉了。你也肯定不会打电话给我。”

“他们错了。”

“他们……?”

“那些叫我天才的人,”我说着,坐到托比亚斯旁边的椅子上,“我不是天才。我其实相当普通。”

“这让我很难相信。”

“随你信不信,”我说,“但我不是天才。我的幻觉才是。”

“多谢。”JC说。

“我的一部分幻觉是天才。”我改了口。

“你承认自己看到的东西不是真的?”莫妮卡说着,转身面对我。

“是的。”

“可你却会跟他们说话。”

“我不想伤害他们的感情。另外,他们能派上用场。”

“多谢。”JC说。

“其中一部分能派上用场,”我改口道,“无论如何,他们才是你来这儿的理由。你想要借助的是他们的智慧。现在,把你的故事告诉我吧,莫妮卡,否则就别浪费我的时间了。”

她笑了笑,终于走过来坐下。“跟你想的不同。没什么时间机器。”

“噢?”

“听起来你并不惊讶。”

“返回过去的时间旅行是非常、非常不合情理的,”我说,“就算真的发生过这种事,我也不可能知道,因为它会创造出一条现实的分支,而我并不在其中。”

“除非这里就是现实的分支。”

“那样的话,”我说,“返回过去的时间旅行依旧和我无关,因为回到过去的那个人会再次创造出另一条分支,而我同样不在其中。”

“算是一种理论吧,”她说,“但这毫无意义。我说过了,没有什么时间机器。至少在传统意义上没有。”

“所以这些照片是伪造的?”我问,“你这么快就开始让我厌烦了,莫妮卡。”

她把另外三张照片放到桌上。

“莎士比亚，”我依次拿起那些照片后，托比亚斯说，“罗德岛巨像。噢……这张很高明。”

“猫王？”我问。

“看起来是他的弥留之际。”托比亚斯说着，指了指照片上那位日渐衰弱的流行偶像坐在浴室里，低垂着头的模样。

JC嗤之以鼻。“就好像没有长得像那家伙的人似的。”

“这些照片，”莫妮卡说着，身体前倾，“是用一台能拍摄过去画面的相机拍下的。”

她停顿片刻，想要营造戏剧化效果。JC打了个呵欠。

“这些照片普遍的问题在于，”我说着，把相片丢到桌上，“它们从根本上是无法验证的。拍摄到的事物没有可兹证明的其他直观记录，也因此无法用细微误差来加以驳斥。”

“我亲眼见过那台装置的运作过程，”莫妮卡答道，“验证是在严格的测试环境下进行的。我们站在自己准备的无尘室里，拿上卡片，在背面画上图案，然后举在空中。接着我们烧掉了卡片。装置的发明者在随后进入房间，拍摄照片。照片精准地再现了我们站在那儿，拿着画有图案的卡片的样子。”

“真是奇妙，”我说，“要是我有相信你这番话的理由该多好。”

“你可以亲自测试那台设备，”她说，“用它帮你解开任何历史谜团。”

“我们的确可以，”艾薇说，“如果它没有被人偷走的话。”

“我的确可以。”我复述了艾薇的话，因为我相信她。她在谈判时的直觉优秀，有时还会提醒我该怎么回答。“只不过那件装置已经被盗了，不是吗？”

莫妮卡靠向椅背，皱起眉头。

“这并不难猜，斯蒂芬，”艾薇说，“如果一切运作正常，她就不会到这儿来了。如果她真的很想向我们证明，就会把相机带来这儿炫耀一番。也或许它太过贵重，只能存放在某处的实验室里。只不过在那种情况下，她应该会邀请我们去她的地盘，而不是来找我们。

“她外表平静，实际却心急如焚。看到她不断轻敲椅子扶手的动作了吗？另外，你注意到她在谈话前半段保持站立，仿佛要树立权威的做法了吗？你格外放松的态度让她觉得尴尬，所以她才会选择坐下。”

托比亚斯点点头。“‘能坐着绝不站着，能躺着绝不坐着。’这是一句中国谚语，普遍认为出自于孔子。当然了，孔子并没有留存至今的原始手稿，所以我们认为他说过的那些话几乎全都带有某种程度的猜测。讽刺的是，作为我们能断定由他传授的学识之一，‘金科玉律’——以及他对此的引用，往往会被张冠李戴到拿撒勒的耶稣身上，因为后者用不同的方式表达过同样的概念……”

我没去打断他，而他平静嗓音的起伏仿佛波浪那样冲刷着我。他说的内容并不重要。

“是的，”莫妮卡终于开了口，“那台设备被盗了，所以我才会来这儿。”

“这样的话，就有了个问题，”我说，“能证明照片真实性的方法，就只有让我亲手使用那台设备。然而，如果我不做你希望我做的工作，就无法拿到那台设备——这意味着到头来，我很可能会发现你在耍我。”

她把另一张照片放到桌上。有个戴着墨镜，身穿风衣的女人站在火车站里。照片是从侧面拍摄的，而她正审视着上方的那台显示器。

珊德拉。

“啊噢。”JC说。

“这是你从哪弄来的？”我站起身来，质问道。

“我告诉过你——”

“别再跟我耍花样了！”我将双手重重地拍在茶几上，“她在哪儿？你知道些什么？”

莫妮卡缩起身子，瞪大眼睛。人们不清楚该怎么应付精神分裂症患者。他们读过相关的故事，看过相关的电影。我们令人惧怕，虽然根据统计，我们犯罪的可能性并不比普通人更高。

当然了，有好几个人写过论文，声称我没有精神分裂症。其中半数认为一切都是我编出来的。另一半觉得我患上的是某种新型疾病。无论我得了什么病——无论我的大脑是如何运作的——似乎能真正理解我的只有一个人。那就是莫妮卡刚才拍在桌上的照片里的女人。

珊德拉。在某种程度上，一切都是因她而起。

“这张照片并不难弄到，”莫妮卡说，“你在过去接受采访的时候，总会谈论她。你显然希望有人读到采访，然后带来和她有关的消息。或许你希望她能看出你的言外之意，然后回到你身边……”

我强迫自己坐了回去。

“你知道她去了火车站，”莫妮卡续道，“也知道时间。但你不知道她上了哪辆货车。我们反复拍照，直到发现她为止。”

“那座火车站里外貌相仿的金发女子起码有十多个吧。”我说。

没人清楚她的身份。就连我也一样。

莫妮卡取出一捆照片，数量足有二十张。每张上面都有一名女子。“我们认为在室内戴着墨镜的那位可能性最大，但我们还是拍下了火车站里所有年龄与她相近的女子。以防万一。”

艾薇一手按在我的肩上。

“冷静，斯蒂芬，”托比亚斯说，“只要船舵够稳，风暴里也能航行。”

我深深吸气，然后呼出。

“我能开枪打她吗？”JC问。

艾薇翻了个白眼。“谁来告诉我，我们为什么要留着他。”

“因为我粗犷帅气的外表。”JC说。

“听着，”艾薇继续对我说，“莫妮卡。她声称自己来找你只是因为相机被盗——可没有相机，她又是怎么拍到珊德拉的照片的？”

我点点头，赶走纷乱的思绪——费了不少工夫——然后向莫妮卡做出了那番指控。

莫妮卡露出狡猾的笑容。“我们原本打算让你参与另一项研究。我们认为弄到这些会比较……方便。”

“该死，”艾薇说着，站在莫妮卡的面前，盯着她的虹膜，“我想她这句也许是实话。”

我盯着那张照片。珊德拉。已经过去快十年了。想到她离开我的情景，我的心还是会痛。她告诉了我驾驭自己头脑能力的方法，然后离开了我。我的手指拂过那张照片。

“我们必须接手，”JC说，“我们必须调查这件事，瘦皮猴。”

“如果有一线希望……”托比亚斯说着，连连点头。

“偷窃相机的多半是内部人员，”艾薇猜测道，“这类工作大都是如此。”

“是你们自己的人偷走了相机，对吧？”我问。

“对，”莫妮卡说，“但我们对他们的去向完全没有头绪。为了追踪他们，我们在过去四天里已经花掉了数万美元。我一直提议来找你。而我们公司的其他……派系，他们反对把自己认为的危险人物牵扯进来。”

“这案子我接了。”我说。

“太棒了。要我带你去我们的实验室吗？”

“不，”我说，“带我去那个窃贼的住处。”

* * *

“巴鲁巴尔·拉宗先生。”我们爬上楼梯的时候，托比亚斯念起了相关资料。我在路上浏览了那份资料，但我太过沉浸于思绪，没怎么细看。“他在民族上属于菲律宾人，却又是第二代美国人。在缅因大学取得了物理博士学位。成绩不算优异。独居。”

我们来到了这栋公寓楼的第七层。莫妮卡气喘吁吁。她总是离JC太近，这让他脸色阴沉。

“我要补充一句，”托比亚斯说着，放下了那份资料，“斯坦通知我说，雨在来我们这边之前就下完了。接下来就只有晴天了。”

“谢天谢地，”我说着，转向门口，有两个身穿黑色西服的男人守在那儿，“你们的人？”我问莫妮卡，后者正在朝他们点头。

“对。”她说。在乘车过来的路上，她一直在跟某个上司通电话。

莫妮卡拿出公寓钥匙，在锁孔里转了一圈。门后的房间简直惨不忍睹。外卖中餐的纸盒在窗台上排成一行，仿佛打算用来种植左宗棠鸡的花盆。到处都是成堆的书本，墙上也挂满了照片。不是时间旅行的那种，而是摄影迷会拍的普通照片。

为了穿过房门和书堆，我们只能拖着双脚曲折前进。多了我们几个以后，房间显得格外拥挤。

“麻烦你在外面等吧，莫妮卡，”我说，“这儿气氛有点紧张。”

“紧张？”她说着，皱起眉头。

“你一直在穿过JC的身体，”我说，“这让他非常恼火，他讨厌被人提醒自己幻觉的身份。”

“我不是幻觉，”JC厉声道，“我只是配备了最尖端的潜入设备。”

莫妮卡盯着我看了一会儿，然后走向门边，站到那两个守卫之间，双手叉腰看着我们。

“好吧，伙计们，”我说，“开工吧。”

“这锁不错，”JC说着，用手指弹了弹门上的一条金属链，“厚木板，三道门栓。除非我猜错……”他戳了戳门边墙上那个像是信箱的容器。

我打开了它。里面有一把式样朴实的手枪。

“鲁格·比斯利[①]，定制成大口径样式。”JC说着，哼了一声。我打开装子弹的那个会旋转的部件，取出一颗子弹。“装有.500莱恩博弹[②]，”JC续道，“这是条理分明的男人会用的武器。”

---

①鲁格·比斯利：Ruger Bisley，斯特姆·鲁格公司生产的左轮手枪。

②.500莱恩博弹：.500 Linebaugh，一种.50口径手枪用的子弹。

“但他没把枪带走，”艾薇说，“是因为急着离开吗？”

“不，”JC说，“这是他的门边枪。他有另一把常备手枪。”

“门边枪，”艾薇说，“你们这些人真有这种东西？”

“穿透力够强的家伙是必要的，”JC说，“如果有人试图破门而入，可以用它射穿门板。但只要稍微多开几枪，它的后坐力就会弄伤你的手。他带在身边的家伙应该是口径较小的那种。”

JC审视着那把枪。“但从来没击发过。唔……这有可能是别人给他的。也许他去找了朋友，向他们询问自保的手段？真正的士兵会通过反复射击来了解自己的每一把武器。没有哪把枪开第一枪时就是完美的。每把都有自己的个性。”

“他是个学者，”托比亚斯说着，跪在成排的书堆边，“历史学家。”

“你好像很吃惊，”我说，“他拥有博士学位。我料到他会是个聪明人。”

“他是理论物理学博士，斯蒂芬，”托比亚斯说，“但这些是非常艰深的历史学和神学书籍。要成为不止一个领域的饱学之士可是很难的。难怪他过着独居生活。”

“玫瑰念珠，”艾薇说着，从某堆书本上方拿起一串，打量起来，“磨损严重，经常用来计数[①]。打开那些书的其中一本吧。”

我从地板上拿起一本书。

“不，是那本。《上帝错觉》。”

“理查德·道金斯？”我说着，翻阅起来。

“著名的无神论者，”艾薇说着，从我身后察看那本书，“这是反驳论点评注版。”

“世俗科学家的汪洋中的一位虔诚天主教徒，”托比亚斯说，“没

①计数：连续念诵《天主经》、《圣母经》等祷文时，信徒通常会手捏玫瑰念珠来计算次数。

错……其中许多都是宗教著作，或者有宗教含义。托马斯·阿奎那[1]，丹尼尔·W.哈代[2]，弗朗西斯·舍费尔[3]，彼得罗·阿拉贡纳[4]……"

"这是他工作时用的胸卡，"艾薇说着，对挂在墙壁上的某样东西点点头。上面用大字写着"阿扎里研究所有限公司"。莫妮卡的公司。

"去叫莫妮卡，"艾薇说，"重复我告诉你的话。"

"噢，莫妮卡。"我说。

"我现在可以进来了？"

"这取决于，"我重复着艾薇小声告诉我的话，"你打不打算告诉我实话？"

"关于什么？"

"关于拉宗自己发明了那台照相机，在制造出可以运作的原型后才带去阿扎里。"

莫妮卡眯起眼睛盯着我。

"胸卡太新了，"我说，"没有使用或是放在口袋里产生的磨损和刮痕。那张照片的历史最多只有两个月，因为胸卡上的他长出了胡子，而壁炉架上那张他在芒特弗农[5]拍摄的照片却没留胡子。"

"此外，这儿可不是高薪工程师该住的公寓。电梯是坏的？位于城市东北角？这地方不但治安差，还远离你们的办公室。他没有偷走你们的相机，莫妮卡——但我不禁猜想，恐怕是你们试图从他手里偷走相机。这就是他逃跑的原因吗？"

"他没有带来原型机，"莫妮卡说，"至少不是能够运作的那种。他带来了一张照片——华盛顿的那张——以及满口承诺。他需要资金来制造能够稳定运作的机器；显然他原本制作的那台仅仅正常运转了几天，然

①托马斯·阿奎那：13世纪意大利哲学家、神学家。

②丹尼尔·W.哈代：丹尼尔·韦恩·哈代，20世纪的英国圣公会神学家。

③弗朗西斯·舍费尔：20世纪的美国福音派神学家。

④彼得罗·阿拉贡纳：16世纪的意大利天主教神学家。

⑤芒特弗农：纽约州的一座城市。

后就坏了。

“我们资助了他十八个月，还给了他实验室的受限使用权。等他终于让那台该死的相机正常工作以后，我们给了他正式胸卡。然后他的确把相机偷走了。他签署的合同要求所有设备都留在我们的实验室。他把我们当作方便的资金来源，然后等时机到来，他就带着战利品远走高飞——删除了所有相关数据，还毁掉了其余的原型机。”

“莫妮卡说的是真话?”我问艾薇。

“不好说，”她说，“抱歉。如果我能听到心跳的话……也许你可以把耳朵贴到她的胸口上。”

“我敢肯定，她会喜欢这个主意的。”我说。

JC笑了。“我相当肯定她会喜欢的。”

“噢，拜托，”艾薇说，“你只是为了偷看她的夹克里面，弄清她带着的是哪种枪。”

“伯莱塔M9[①]，”JC说，“已经偷看过了。”

艾薇瞪了我一眼。

“怎么?”我说着，努力装出无辜的样子，“这话是他说的。”

“瘦皮猴，”JC插嘴道，“M9很无趣，但很有效率。她佩枪的方式说明她熟悉用枪的手法。她爬楼梯时气喘吁吁的样子只是演戏，她实际的体能要好很多。她想装成实验室里的管理人员或者职员，但她显然应该是某种保安。”

“谢了。”我告诉他。

“你，”莫妮卡说，“是个非常奇怪的人。”

我把注意力转向她。不用说，在刚才的对话里，她听到的只有我说的那部分。“我还以为你读过对我的采访呢。”

“我的确读过。上面对你的描写不够准确。我还以为你能够切换模式，从一个人格换成另一个人格。”

---

①伯莱塔M9：意大利伯莱塔公司生产的9毫米口径手枪。

“那是分离性身份识别障碍[①]，”我说，“跟这不一样。”

“非常好！”艾薇插嘴道。她最近在教我心理障碍方面的知识。

“不管怎么说，”莫妮卡说道，“我猜我发现了你的本质，这让我很吃惊。”

“我的本质是？”我问。

“中层管理人员，”她表情苦恼地说，“总之，问题还没解决。拉宗在哪儿？”

“这取决于，”我说，“他是不是必须前往特定地点，才能使用那台相机？我的意思是，他得跑到芒特弗农才能拍到那里过去的照片，还是说他可以设定相机，让它直接拍到照片？”

“他必须到那儿去，”莫妮卡说，“那台相机能够看到的过去仅限它所在的地点。”

我还有几个疑问，但我决定回头再说。他会去哪儿呢？我看了眼JC，后者耸耸肩。

“你先看他？”艾薇用平淡的口气说，“没搞错吧。”

我看向她，而她涨红了脸。“我……我其实也没什么头绪。”

JC窃笑起来。

托比亚斯缓慢而笨拙地站起身，仿佛远处升向天空的云团。“耶路撒冷，”他轻声说着，五指放在一本书上，“他去了耶路撒冷。”

我们全都看向他。好吧，只限我们之中能看到他的人。

“斯蒂芬，你觉得信徒还能去哪儿呢？”托比亚斯问，“在多年来和同事反复争论，更因为信仰被当作傻瓜以后。这才是他从始至终的目的，这才是他开发那台相机的原因。他是去寻找某个问题的答案的。为了我们，也为了他自己。那个两千年来都不断有人提起的问题。

“他去拍摄拿撒勒的耶稣——他的虔诚信徒称他为‘基督’——死而

①分离性身份识别障碍：Dissociative Identity Disorder，简称DID。过去被称为“多重人格障碍(Multiple-Personality Disorder)”，精神疾病的一种。

复生时的照片了。”

* * *

我要了五个头等舱座位。这让莫妮卡的上司很不满，毕竟他们大都不怎么认可我。我在机场遇到了其中之一，达文波特先生。他散发着烟斗的烟味，而艾薇批评了他对鞋子的糟糕品位。认真考虑后，我决定还是别问他能否使用公司的商务飞机了。

我们此时坐在飞机的头等舱里。我把一本厚重的书放在座位的折叠托盘上，懒洋洋地翻阅着。在我身后，JC正向托比亚斯吹嘘他瞒过安检人员的那些武器。

艾薇在窗边打瞌睡，旁边是个空座位。莫妮卡坐在我身旁，盯着空位。“所以艾薇在窗边？”

“对。”我说着，翻过一页。

“托比亚斯和那个海军陆战队员在我们后面。”

“JC是海豹突击队队员。犯这种错会被他赏枪子儿的。”

“那另一个座位呢？”她问。

“空的。”我说着，翻过一页。

她等着解释。我什么也没说。

“所以你们打算怎么运用那台相机？”我问，“假设那东西是真的，虽然我还没完全相信。”

“用途有数百种，”莫妮卡说，“执法……谍报……创造历史时间的真实记录……为科学研究而观测这颗行星的早期构造……”

“或者摧毁古老的宗教……”

她朝我扬起一边眉毛。“也就是说，利兹先生，您是个虔诚的信徒？”

“一部分的我是。”这是再真不过的真话了。

“好吧，”她说，“我们就假设基督教是个骗局。或者说是人们出于善意发起的运动，却发展过了头。从大局来看，揭露这点是件好事，不是吗？”

“我可应付不了这样的辩论，”我说，“你该找托比亚斯。他才是哲学家。当然了，我想他正在打瞌睡。”

“事实上，斯蒂芬，”托比亚斯说着，从我们俩的椅子中间探出身子，“我对这场对话相当好奇。顺带一提，斯坦正在关注我们的行程。他说前方也许会有坏天气。”

“你在看着什么。”莫妮卡说。

“我在看着托比亚斯，”我说，“他想继续这个话题。”

“我能跟他说话吗?”

“通过我应该就行。但我要提醒你一件事。他提到斯坦的时候，你就当没听见。”

“谁是斯坦?”莫妮卡问。

“一位据说在人造卫星上环绕世界的宇航员，托比亚斯能听到他的声音，”我翻了一页，“斯坦基本是无害的。他会给我们做气候预报之类的。”

“我……明白了，”她说，“斯坦是你的另一个‘特别的朋友’?”

我轻笑出声。“不。斯坦不是真的。”

“我记得你说过，他们都不是真的。”

“噢，没错。他们是我的幻觉。但斯坦比较特别。只有托比亚斯能听到他说话。托比亚斯有精神分裂症。”

她惊讶地眨眨眼。“你的幻觉……”

“怎么?”

“你的幻觉有幻觉。”

“是的。”

她靠向椅背，露出不安的表情。

“他们都有各自的毛病，”我说，“艾薇有密集恐惧症，虽然她基本上能控制住。只要别拿着蜂巢靠近她就好。阿曼多是个夸大狂患者。艾多林有强迫症。”

"麻烦你，斯蒂芬，"托比亚斯说，"告诉她，我觉得拉宗是个非常勇敢的人。"

我重复了那句话。

"这又是为什么？"莫妮卡问。

"想要同时作为科学家和信徒，就要在内心达成不稳定的休战协定，"托比亚斯说，"科学的核心是只接受能够证明的事实。信仰的核心则认定事实的本质是不可证明的。拉宗很勇敢，是因为他正要做的那件事。无论他的发现是什么，他珍视的两件事物之一都会被推翻。"

"也许他是个狂信徒，"莫妮卡答道，"只是盲目地向前，试图找到自认为始终正确的决定性证据。"

"也许吧，"托比亚斯说，"但真正的狂信徒不需要证据。上帝本身就是证据。不，我想他的理由并非如此。他意图将科学和信仰融合为一，也是第一个真正找到运用科学来证明宗教之终极真相的方法的人——或许是人类历史上的第一人。我认为这种行为令人敬佩。"

托比亚斯坐了回去。我翻过那本书的最后几页，而莫妮卡坐在那儿，陷入沉思。我把看完的书塞回椅背的袋子里。

有人掀开帘布，从经济舱走到了头等舱。"哈啰！"一个友好的女声说着，顺着过道走来，"我碰巧看到你这边有个空座位，所以我想，或许他们会愿意让我坐在那儿。"

新来那位是个讨人喜欢的圆脸年轻女子，年纪大概二十后半。她有印度人式的黄褐肤色，额头有个深红色的圆点。她穿着金红相间、式样复杂的衣物，有印度式的披巾之类的东西盖住她的一侧肩膀，并且缠在身体上。我不知道那东西叫什么。

"这位是？"JC说，"嘿，艾哈迈德[1]。你不会炸掉这架飞机吧？"

"我的名字是卡莉亚妮，"她说，"而且我非常肯定自己不会炸掉任何

①艾哈迈德：常见阿拉伯人名，可能指美国短喜剧《杰夫·邓纳姆秀》中的木偶角色，又名"死恐怖分子艾哈迈德"，是一名不死族恐怖分子。

东西。”

“嘿，”JC说，“那可太无聊了。”他靠向椅背，闭上双眼——至少假装是这样。他的一只眼睛睁开一条缝，看着卡莉亚妮。

“我们究竟为什么要带着他?”艾薇说着，伸了个懒腰，结束了小睡。

“你的脑袋一直转来转去的，”莫妮卡说，“我猜我错过了一整段对话。”

“是的，”我说，“莫妮卡，这位是卡莉亚妮。新的化身，也是我们需要空座位的原因。”

卡莉亚妮活泼地朝莫妮卡伸出手，脸上挂着大大的笑容。

“她看不见你的，卡莉亚妮。”我说。

“噢，对!”卡莉亚妮双手掩面，“很抱歉，斯蒂芬先生。我在这方面还是新手。”

“没事的。莫妮卡，卡莉亚妮会担任我们在以色列的翻译。”

“我是个语言学家。”卡莉亚妮说着，鞠了一躬。

“翻译……”莫妮卡说着，瞥了眼我塞回去的那本书。那是一本关于希伯来语句法、语法和词汇的书。“你刚刚学会了希伯来语。”

“不，”我说，“我只是浏览书页，直到足以召唤出会说那种语言的化身。我完全没有语言天赋。”我打了个呵欠，思索着剩下的航程是否来得及让卡莉亚妮再学会阿拉伯语。

“证明一下。”莫妮卡说。

我朝她扬起一边眉毛。

“我需要确认，”莫妮卡说，“拜托。”

我叹了口气，转向卡莉亚妮。“‘我想练习希伯来口语’这句话是怎么说的？你能用那种语言对我说一遍吗?”

“唔……‘我想练习希伯来口语’在这门语言里有点别扭。或许可以改成‘我想改进我的希伯来语’?”

“当然可以。”

"Ani rotzeh leshapher et ha' ivrit sheli,"卡莉亚妮说。

"见鬼,"我说,"真够复杂的。"

"语言!"艾薇喊道。

"其实没那么难,斯蒂芬先生。来吧,试试看。Ani rotzeh leshapher et ha'ivrit sheli。"

"Any rote zeele shaper hap... er hav..."我说。

"老天,"卡莉亚妮说,"这真是……太可怕了。或许我应该一个字一个字地告诉你。"

"听起来不错,"我说着,朝某个乘务员——航程开始时用希伯来语讲述安全事项的那位——挥了挥手。

她对我们露出微笑。"什么事?"

"呃……"我说。

"Ani,"卡莉亚妮耐心地说。

"Ani,"我复述道。

我花了点时间去习惯,但还是顺利表达出了意思。那位乘务员甚至祝贺了我。幸运的是,把她的话转换成英语要简单多了——卡莉亚妮会实时为我翻译。

"噢,你的口音太可怕了,斯蒂芬先生,"等乘务员走后,卡莉亚妮说,"我真的很难堪。"

"我们会改进的,"我说,"谢啦。"

卡莉亚妮笑了笑,给了我一个拥抱,然后试着也拥抱了莫妮卡,但她没能察觉。最后,那位印度女子坐到艾薇旁边的座位上,两人开始友善地交谈,这让我松了口气。如果我的幻觉相处愉快,我的人生也会比较轻松。

"你已经会说希伯来语了,"莫妮卡指控道,"你在起飞前就懂得那门语言,而你这几个钟头只是在温习而已。"

"随你怎么想吧。"

“但这不可能，”她续道，“没人能只用几个钟头就学会一门全新的语言。”

我没有费神去纠正她，说我并没有学会。如果我真的学会了，我的口音就不该这么可怕，卡莉亚妮也用不着一字一句地指导我了。

“我们正乘坐飞机去追寻一台能拍摄到过去的照相机，”我说，“相比之下，我刚刚学会了希伯来语有那么难以置信吗?”

“好吧，好吧。我们就假装你这么做到了。但如果你有办法学得那么快，为什么到现在还没有学会所有的语言——所有的科目，所有的知识?”

“我家没有足够多的房间，”我说，“事实在于，莫妮卡，这并不是我自愿的。我很乐意摆脱这一切，这样就能过上更单纯的生活了。有时候，我会觉得他们之中的很多人快把我逼疯了。”

“也就是说，你……没疯?”

“当然没有。”我说。我看了她一眼。“你并不相信。”

“你能看到不存在的人，利兹先生。这点实在没什么说服力。”

“可我过着美好的生活，”我说，“告诉我。为什么你会觉得我发了疯，可没有稳定工作、对妻子不忠、乱发脾气的男人却没问题？你觉得那种人心智正常吗?”

“好吧，也许不是完全……”

“很多‘心智正常’的人都没法控制自己的心智。他们的精神状态——压力、焦虑、沮丧——会影响他们愉快生活的能力。和他们相比，我认为自己的精神非常稳定。虽然我承认，独处的感觉应该会更好。我不想成为什么特别的人。”

“这就是一切的由来，对吧?”莫妮卡问，“我是说这些幻觉。”

“噢，现在你成了心理学家了？你在航行途中读了相关著作吗？你的新化身在哪儿？我想跟她握个手。”

莫妮卡没有上钩。“你创造那些幻觉，是为了把某些东西强加给他们。你觉得自己的才华是种负担。你的责任感——它会牵着你的鼻子走，强迫你去帮助别人。所以你才会假装，利兹先生。假装你是个普通人。但这才是真正的幻觉。”

我不由得希望这次航程能快点结束。

“我从没听过那种理论，”托比亚斯在后排座位上轻声说，“或许她说得有道理，斯蒂芬。我们应该告诉艾薇——”

“不！”我转向他，厉声道，“她对我的头脑已经挖掘得够深了。”

我转回头去。莫妮卡又露出了那种眼神——“心智正常”的人在应付我的时候总会露出的眼神。那是人们被迫戴着隔热手套处理危险炸药时的眼神。那种眼神……远比病症本身更伤人。

“告诉我一件事，”我故意换了个话题，“你们为什么会让拉宗得手？”

“我们也不是没做预防措施，”莫妮卡干巴巴地说，“那台相机存放在安全的地方，但我们不可能彻底阻止自己雇来制造相机的人接触到它。”

“原因不只是这样，”我说，“无意冒犯，莫妮卡，但你不怎么诚实。艾薇和JC早就猜到你不是工程师了。你要么是个讨人厌的主管，受命去处理不良分子，要么就是个讨人厌的保安部门领袖，干的活儿也一样。”

“我该觉得这句话的哪部分不算是冒犯？”她冷静地问道。

“拉宗为什么能接触到所有的原型机？”我续道，“你们肯定瞒着他复制了设计图纸。你们肯定把那台相机的各种版本送去了卫星工作室，让他们拆开机器，实施逆向工程。我很难相信他能找到并且毁掉所有资料。”

扶手被她轻轻敲打了几分钟。“全都没法运作。”最后，她承认了。

“你们准确复制了设计？”

“对，但没有任何成果。我们问了拉宗，他说还有些故障没解决。他总是有借口，而且话说回来，他自己的原型机运作也没那么良好。这是前人未曾踏足过的科学领域。我们是开拓者。出现故障是必然的。”

“这些都是事实，”我说，“但你们谁都不信。”

“他对那些相机做了手脚，”她说，“只要他不在场，相机就会停止运作。我们给出了充足的时间，足够他让所有原型机正常运作。如果我们趁着夜晚换上某件复制品，他也能让它正常运作。然后我们会调换回来，结果却又不能用了。”

“他在场的时候，其他人能用那种相机吗？”

她点点头。“甚至在他离开以后，别人也能再使用一小会儿。每台相机都会在短时间后停止工作，然后我们只能找他回来修理。请你务必理解，利兹先生。对我们来说，相机能够运作的时间不过几个月。在阿扎里研究所工作的大部分时间里，他都被人看作彻头彻尾的骗子。”

“但我猜你不一样。”

她未置一词。

“没有他，没有那台相机，你的事业就成了泡影，”我说，“你资助了他。你是他的拥护者。接着，等它终于开始运作的时候……”

“他背叛了我。”她低声道。

她眼里的神色和愉快差了十万八千里。我不禁觉得，如果我们真的找到了拉宗先生，我也许该让JC先对他动手。JC多半打算朝那家伙开枪，莫妮卡却想把他撕成两半。

“好吧，”艾薇说，“还好我们选了座偏僻的城市[①]。如果我们得去大都市的中心——三种世界级宗教的故乡，全世界最受欢迎的旅游目的地之一——寻找拉宗，事情就相当棘手了。

我笑了笑，和他们一起走出机场。莫妮卡手下的两个壮汉保安之一去寻找她的公司为我们预订的车了。

那个笑容仅仅让我的嘴角稍微弯起。在航程的后半部分，我没学会多少阿拉伯语。我用这段时间来回忆珊德拉。这种行为向来没什么好处。

艾薇用关心的眼神看着我。有时候，她就像母亲。卡莉亚妮四处闲

①偏僻的城市：此处指耶路撒冷旧城，是现代耶路撒冷城内的一片仅有0.9平方公里的区域。

逛，偷听着附近某些人的希伯来语对话。

“噢，以色列，”JC说着，走向我们，“我一直很想到这儿来，确认我能否骗过这里的安检。要知道，这里的安检是世界顶尖的。”

他背上有个我没见过的黑色帆布袋。“那是什么？”

“M4A1卡宾枪，”JC说，“配备了先进的战斗光学瞄准器和M203榴弹发射器。”

“可——”

“我在这儿有门路，”他轻声说，“一日海豹队员，终生海豹队员。”

车子来了，虽然司机们似乎对四个人坚持要求租两辆车的行为感到困惑。实际上，这些车只能勉强装下我们所有人。我坐进了第二辆车，和莫妮卡、托比亚斯以及艾薇一起——后者坐在后座上，位于莫妮卡和我之间。

“你想谈谈那件事吗？”艾薇系好安全带，然后轻声发问。

“就算有那台相机，我也不觉得我们能找到她，”我说，“珊德拉很擅长避人耳目，而那条线索又是很久以前的了。”

莫妮卡看着我，张口想要提问，显然以为我在跟她说话。想起自己的同行者是谁以后，她就把话咽了回去。

“要知道，她离开也许是有充分理由的，”艾薇说，“我们不清楚完整的情况。”

“充分的理由？能解释她十年来杳无音讯的理由？”

“有这种可能。”艾薇说。

我沉默不语。

“你该不会又要弄丢我们吧？”艾薇问，“让化身消失？改变？”

变成梦魇。她用不着补充最后这句。

“那种事不会再发生了，”我说，“我现在能控制住自己了。”

艾薇还是很想念贾斯汀和伊格纳西奥。说实话，我也一样。

“而且……寻找珊德拉这件事，”艾薇说，“仅仅是因为你对她的感情，还是有别的理由?”

“还能有什么理由?”

“她是教你操控头脑的那个人，”艾薇转过头去，“别说你从没好奇过。也许她还有别的秘密。或许是某种……治疗方法。”

“别犯傻了，”我说，“我喜欢现在这样。”

艾薇没有回答，但我能看到托比亚斯在车子的后视镜里看着我。审视我。判断我这番话的诚意。

说实话，我自己也在判断。

随后是一段前往城区的漫长车程——机场离市区的距离相当远。随后，他们穿过了这座古老——却又现代化——的城市繁忙的街道。除了差点撞倒某个橄榄小贩以外，一路上平安无事。到达目的地后，我们钻出汽车，进入了喋喋不休的游客与虔诚的朝圣者化作的海洋。

我们前方那栋建筑的外观仿佛一只盒子，有一面古老而简朴的正墙，高处有两扇宽大的拱窗。“圣墓大教堂，”托比亚斯说，“按照传统说法，这里是拿撒勒的耶稣受难的地点，这栋建筑将他的埋葬场所之一也包罗其中。这座奇迹般的教堂原本是两栋建筑，由君士坦丁大帝在公元4世纪建造。它取代了原址上那座有将近两百年历史的阿芙洛狄忒神庙。”

“谢谢你，维基百科。”JC咕哝一声，扛起他的突击步枪。他已经换成了作战服。

“至于传统看法是否正确，”托比亚斯将双手背在身后，平静地续道，“而这里是否真是历史事件发生的真实场所，就存在争议了。尽管传统对异常现象有很多方便的解释——比如推测说阿芙洛狄忒神殿建造在这儿，是为了镇压早期的基督教信仰——但事实证明，这座教堂关键区域的形状是沿用那位异教神殿的。此外，教堂位于城墙内的事实就足以引发激烈的争论，因为耶稣之墓应该位于城外才对。”

“对我们来说，它的真实与虚假并不重要，”我说着，从托比亚斯身边走过，“拉宗肯定会来这儿。如果要开始寻找，这儿就算不是最明显的目标，也会是其中之一。莫妮卡，我有话要跟你说。”

她跟在我身旁，她手下的保安去确认是否需要凭票入内了。这里的安检似乎很严格——但话说回来，这座教堂位于约旦河西岸，最近的几次恐怖袭击又导致人心惶惶。

“你想问什么?”莫妮卡问我。

“那台相机会立刻吐出照片吗?”我问，“它会给出数字结果吗?”

“不。它只能用胶卷拍出照片。中画幅，没有数码后背[①]。拉宗坚持说必须这样。”

“换个比较难的问题。你应该也明白，能拍摄当前地点的过去景象的相机会遇到什么问题吧?”

“这话什么意思?”

“很简单：我们现在的位置和两千年前不同。行星会移动。时间旅行的理论问题之一就是，如果你要回到一百年前的同一地点，恐怕会发现自己身在外太空。就算你非常幸运——而行星恰好处在轨道上的同一位置——地球的自转也意味着你会出现在它表面的另一个地方。或者在地表之下，又或者是几百英尺高的空中。”

“这太荒谬了。”

“这是科学。”我说着，抬头看着教堂的正面。我们在这儿做的事才荒谬呢。

然而……

“我只知道，”她说，“拉宗得前往特定地点，才能拍到照片。”

“好吧，”我说，“还有个问题。他是个怎样的人？性格呢?”

“粗鲁，”她立刻答道，“喜好争论。而且对他的设备保护欲极强。我可以肯定，他能够带着相机逃走，有一半原因是他反复表示他对自己的东西有强迫症，所以我们才对他宽容过了头。”

终于，我们一行人走进了教堂。闷热的空气带来了游客的低语声，

①数码后背：可以装设在传统相机上，提供数字化拍摄手段的装置。

以及脚底在石头上的摩擦声。这地方仍旧能发挥宗教场所的作用。

“我们遗漏了什么，斯蒂芬，”艾薇说着，跟在我身边，“我们忽略了谜题的某个关键部分。”

“你的推测是?”我仔细审视着装饰豪华的教堂内部，开口道。

“我正在考虑呢。”

“等等，”JC说着，漫步走了过来，“艾薇，你觉得我们遗漏了什么，但你不知道那是什么，也完全没有头绪?”

“基本上是这样。”艾薇说。

“嘿，瘦皮猴，”他对我说，“我觉得我错过了一百万美元，但我不知道为什么，也完全不知道我要怎么才能赚到这笔钱，但我相当确定自己错过了，所以如果你能想点办法……”

“你真是个小丑。”艾薇说。

“刚才那些，我说的那些话，”JC续道，“只是个比喻。”

“不，”她说，“那是逻辑论证。”

“哈?”

“对于你是白痴这件事的论证。噢！你猜怎么？论证成功了！**证明完毕**[①]。我们可以确切而毫不含糊地说，你的确是个白痴。”

两人走向一旁，继续争吵。我摇了摇头，向教堂的深处前进。据说是耶稣受难处的位置有镀金壁龛作为标志，周围挤满了游客和虔诚信徒。我不悦地交叠双臂。很多游客正在拍照。

“怎么了?”莫妮卡问我。

“我还指望他们禁止用闪光灯拍照呢，”我说，“类似的地方大都这么规定。”这样的话，如果拉宗试图拍照，就更可能被人注意到。

或许这种行为是禁止的，但站在附近的那些保安人员似乎并不在乎人们做什么。

“我们会开始找的。”莫妮卡说着，对她的部下做了个短促的手势。

①证明完毕：原文为拉丁语Quod Erat Demonstrandum，即Q.E.D.。

三人穿过人群，开始实施我们经不起推敲的计划——设法在这些圣地之一找到见过拉宗的人。

我等待着，注意到附近的两个保安正在用希伯来语聊天。其中一位朝另一位挥了挥手，显然已经下班，准备离开。

“卡莉亚妮，”我说，“来我这边。”

“当然，当然，斯蒂芬先生。”她蹦蹦跳跳地来到我身边，我们朝正在离开的保安走去。

保安疲惫地看了我一眼。

“你好。”在卡莉亚妮的帮助下，我用希伯来语说。我会先低声说出想说的话，方便她为我翻译。“我为自己差劲的希伯来语道歉!”

他迟疑片刻，然后露出微笑。“没那么差。”

“简直糟透了。”

“你是犹太人?”他猜测道，“从合众国来的?”

“事实上，我不是犹太人，虽然我的确来自合众国。我只是觉得在造访一个国家之前，应该先学会那里的语言。”

保安笑了。他看起来是个和善的人；当然了，大部分人都是。而且他们喜欢看到外国人尝试运用他们的语言。我们边走边聊，而我得知他的确是下班了。有人会来接他，但他似乎不介意在等人期间跟我聊天。我努力向他表明我的目的：通过和本地人聊天来练习那门语言。

他的名字叫摩希，几乎每天都值同一时段的班。他的工作是找到在做蠢事的人，然后阻止他们——虽然他承认，他更重要的职责是确保恐怖袭击不会发生在教堂内。他不是正式员工，而是受雇在假日工作的临时保安，因为政府担心暴力事件，希望旅游景点的保安措施更加显眼。毕竟这座教堂位于有争议的土地上。

几分钟过后，我开始把话题转向拉宗。“我想你肯定见过些有趣的事，”我说，“来这儿之前，我们去了圣墓花园。那儿有个疯狂的亚洲人，他对着每个人大吼大叫。”

“是吗?”摩希问。

“是的。从口音判断，他多半是个美国人，但他长着亚洲人的脸。总之，他把一台大号相机装设在三脚架上——就好像他是那里最重要的人物，其他人都没资格拍照似的。他跟一位不想让他用闪光灯的保安大吵了一架。”

摩希大笑起来。“他也来过这儿。”

卡莉亚妮翻译完这句话，然后咯咯笑了起来。“噢，你真厉害，斯蒂芬先生。”

“真的?”我用不经意的口气问。

“当然是真的，”摩希说，“肯定是同一个人。他来这儿是在……噢，两天前。他一直在咒骂推搡他的每个人，还想贿赂我，让我把所有人赶到一边，给他留出空间。重点在于，等他开始拍摄照片以后，他就不在乎有没有人走到他前面了。而他拍摄了整个教堂，甚至包括外面，连最奇怪的位置都没漏掉!”

“真是个蠢货，对吧?”

“是啊，”保安说着，笑出了声，“我总能看到这种游客。他们用荒唐的价格买来又大又高级的相机，却没接受过任何摄影训练。你知道吗?这家伙连什么时候该关闪光灯都不懂。他每拍一张都会用闪光灯——甚至是在室外的阳光里，还有亮着那么多灯的圣坛上!”

我大笑起来。

“没错!”他说，“美国人就这样!”然后他犹豫了片刻，“噢，呃，无意冒犯。”

“没事，”我说，立刻转述了卡莉亚妮的回答，“我是印度人。”

他愣了愣，然后抬头看着我。

“噢!”卡莉亚妮说，“噢，抱歉，斯蒂芬先生！我刚才没过脑子。”

“没关系。”

保安大笑起来。“你的希伯来语说得不错，可我觉得你应该表达错了意思！”

我也回以大笑，随后发现有个女人正挥着手朝他走来。我对他愿意跟我聊天表达了感谢，然后又盯着教堂察看了一会儿。莫妮卡和她的喽啰们终于找到了我，其中一个正把拉宗的几张照片塞进口袋。“这里没人见过他，利兹，”她说，“这法子行不通。”

“是这样吗？”我说着，缓步走向出口。

托比亚斯来到我们身边，双手背在身后。

“这儿真是个奇迹，斯蒂芬，”他对我说。他朝着门口的一位武装保安点点头。“耶路撒冷，一座名为‘和平’的城市。这里充斥着像这样宁静的小岛，而它见证庄严信仰的时间比大多数国家的历史更长。但在这儿，暴力却永远只有几步之遥。”

暴力……

“莫妮卡，”我说着，皱起眉头，“你说过，你在来找我之前自己也寻找过拉宗。其中包括确认他是否坐飞机离开了美国吗？”

“是的，”她说，“我们在国土安全部有些关系。没有名叫拉宗的人坐飞机离开这个国家，但伪造的身份证明没那么难弄到。”

“假护照能在以色列入境？能在全世界安检最严密的国家之一入境？”

她皱起眉头。“我没想过这点。”

“风险似乎不小。”我说。

“好吧，你提起这事的时机还真棒，利兹。你是想说他根本不在这儿？我们浪费了——”

“噢，他在这儿，”我漫不经心地说，“我找到了一位跟他说过话的保安。拉宗把这地方照了个遍。”

“我们找的人都说没见过他。”

“这地方的保安和牧师每天都能看到数千个来访者，莫妮卡。你不可能给他们看张照片，就指望他们想起来。你得关注那些会让人印象深刻的事。”

“可——”

“暂时别说话。”我说着，抬起手来。*他来到这个国家。一位带着无比珍贵的设备、行迹鬼祟的工程师，用的还是假护照。他的公寓里有一把枪，但从未击发过。他是从哪弄来的？*

太蠢了。“你们能查处拉宗是在哪买到那把枪的吗？”我问她，“考虑到国内的枪支管理法，出处应该是能查到的，对吧？”

“当然。等我们到了旅馆以后，我就开始找人去查。”

“现在就查。”

“现在？你明白现在国内是什么时——”

“只管去查。把人叫醒。弄到答案。”

她瞪了我一眼，但还是转身离开，打了几通电话。对话的过程怒气冲冲。

“我们真该早点察觉的。”托比亚斯说着，摇了摇头。

“我知道。”

最后，莫妮卡走了回来，合上了她的翻盖手机。“完全没有拉宗购买枪支的记录。他公寓里的那把枪没在任何地方注册过。”

他有帮手。他当然有帮手。他策划了多年，又能自由取用能证明他的合法性的那些照片。

他找到的帮手为他提供了补给以及保护。有人给了他那把枪，以及某种伪造证件。他们还帮他偷渡到了以色列。

所以他的接洽对象是些什么人？是谁在帮助他？

“艾薇，”我说，“我们必须……”我慢慢停了口，“艾薇在哪儿？”

“不清楚。”托比亚斯说。卡莉亚妮耸了耸肩。

“你弄丢了自己的幻觉之一？”莫妮卡问。

“对。”

“噢，那就叫她回来吧。”

“那种做法是不行的。”我说着，穿过教堂，四下寻找。我引来了几位牧师好奇的目光。最后，我朝某个角落看了一眼，然后停下了脚步。

JC和艾薇匆忙分开，结束了亲吻。她的妆花了，而且——这点让人难以置信——JC把他的枪放在一旁，仿佛它根本不存在。这还是头一遭。

“噢，这是在逗我吧，”我说着，单手掩面，“居然是你们俩？你们在做什么？”

“我不觉得有必要向你汇报我们真正的关系。”艾薇冷冷地说。

JC朝我竖起大拇指，咧嘴一笑。

“随便吧，”我说，“该走了。艾薇，我不觉得拉宗是单独行动的。他用假护照来到了这个国家，但余下那些情况就对不上号了。或许他在这儿有某种帮手？或许是某个本地组织帮助他避人耳目，来到了市内？”

“有可能，”她说着，匆忙跟上我的脚步，“我本想指出，他单干的可能性并非不存在，但考虑过后，这似乎又不太可能。你是自己想通这些的？干得好！”

“多谢。还有，你的头发乱糟糟的。”

我们终于来到车边，钻进车里，我和莫妮卡、艾薇以及JC坐一辆车。那两个西装保安和我其余的化身坐在前面的车里。

“在这件事上，你或许是对的，”等车子发动后，莫妮卡说。

“拉宗是个聪明人，”我说，“他肯定想要盟友。也许是另一家公司，或许是以色列的。你们有哪家对手公司知道这种技术吗？”

“就我们所知，没有。”

“斯蒂芬。”艾薇说着，坐到我们之间。她收起唇膏，整理好了头发。她显然不想提起我看到她和JC亲吻的那件事。

见鬼，我心想。*我还以为他们俩互相讨厌呢。这事回头再想吧。*“怎么？”我问。

“替我问莫妮卡一件事。拉宗找她的公司谈过类似的计划吗？拍照来证明基督信仰之类的？”

我转达了问题。

“没，”莫妮卡说，“如果有这回事，我早就告诉你们了。我们就能更快赶来这儿。他从没跟我们说过。”

“这可真怪，”艾薇说，“我们越是研究这案子，就越会发现拉宗为了来到这儿——来到耶路撒冷——用尽了一切方法。为什么不动用现成的资源呢？阿扎里研究所。”

“也许他想要自由，”我说，“想随心所欲运用他的发明。”

“如果真是这样，”艾薇说，“他就不会像你猜测的那样接洽对手公司了。这么做只会让他陷入相同的处境。去刺探一下莫妮卡。她看起来像是想到了什么。”

“怎么？”我问莫妮卡，“你有什么要补充的吗？”

“好吧，”莫妮卡说，“在我们得知相机可以运作以后，拉宗的确和我们提过几个他想要尝试的项目。揭露肯尼迪遇刺事件的真相，揭穿或是证实帕特森与吉姆林的《大脚怪》录像[①]，诸如此类。”

“而你驳回了他的要求。”我猜测道。

“我不清楚你是否认真思考过这台装置能够引发的后果，”莫妮卡说，“你在飞机上的提问表示你至少开始思考了。好吧，我们思考过。而且我们非常害怕。

“这东西会改变世界。不只是证明神秘事物那么简单。它意味着我们所知的隐私会迎来终结。如果有人来到你赤身裸体进入过的任何场所，就能拍到你一丝不挂的照片。想象一下这对狗仔队意味着什么吧。

“这会推翻我们的整个司法系统。不会再有陪审团，不会再有法官、律师或者法庭。执法人员只需要跑到犯罪现场，拍摄照片就好。如果你有嫌疑，就给出不在场证明——他们会证明你那时是否位于自己声称的地点。”

她摇摇头，露出担忧的表情。“历史呢？国家安全呢？保守秘密会变

①《大脚怪》录像：罗杰·帕特森与鲍勃·吉姆林于1967年在加利福尼亚山谷拍摄的录像，是相关传闻的起源。

得困难许多。国家只能将曾经存放重要信息的场所封锁起来。你根本没法把东西写下来。让信使带着敏感文件穿过大街小巷？等到第二天，你可以前往正确的位置，把信封的内容物拍摄下来。我们测试过了。想象一下那种力量吧。然后再想象行星上的每个人都拥有那样的力量。”

“见鬼。”艾薇轻声说。

“所以不行，”莫妮卡说，“不，我们不能让拉宗先生去拍摄照片，从而证实或者否定基督信仰。现在还不行。在我们对这件事进行充分讨论之前都不行。我想他明白这点。这也解释了他为何要逃跑。”

“但你们照样在准备诱饵，打算让我跟你们合作，”我说，“我猜既然你们为我准备了一手，应该也为其他重要人物做了准备。你们在收集资源，为自己争取战略盟友，不是吗？或许是世界上的一部分富豪和精英？为了在技术公开后驾驭这股潮流？”

她的嘴唇抿成一条线，双眼直视前方。

“这在拉宗看来恐怕有些自私，”我说，“你们不肯帮他把真相带给人类，却想收集用来贿赂——甚至是勒索——的材料？”

“我无权继续谈论这个话题了。”莫妮卡说。

艾薇嗤之以鼻。“好吧，我们知道他离开的理由了。我还是不觉得他会去找对手公司，但他应该去找了什么人。也许是以色列政府？或者——”

黑暗笼罩了一切。

* * *

我头晕目眩地苏醒过来，视野模糊不清。

“爆炸。”JC说。他蹲在我身旁。我……我被捆在某个地方，捆在椅子上，双手反绑在背后。

“冷静，瘦皮猴，”JC说，“冷静。他们炸掉了我们前面那辆车。我们的车紧急转向，撞上了路边的一栋屋子。你还记得吗？”

我几乎不记得了。记忆很模糊。

“莫妮卡?”我用嘶哑的嗓音说着，四下张望。

她被绑在我旁边的椅子上。卡莉亚妮、艾薇和托比亚斯也被绑在附近，嘴巴也被塞住。莫妮卡手下的保安们不在这儿。

“我勉强爬出了车子的残骸，”JC说，“但我没能把你弄出来。”

“我知道。”我说。最好别强迫JC承认他是个幻觉。我相当肯定，他的内心深处很清楚自己的身份。他只是不想承认而已。

“听着，”JC说，“状况很糟糕，但你会保住脑袋，而且活着离开。明白了吗，士兵?”

“明白。”

“再说一遍。”

“明白。”我外表平静内心却紧张地说。

“好伙计，”JC说，“我要去给其他人松绑了。”他走到旁边，释放了我的其他化身。

莫妮卡呻吟一声，摇了摇头。“怎……”

“我想我们有个明显的误算，”我说，“抱歉。”

我为自己平静的语气吃惊，毕竟我现在害怕得要命。我的内心是个理论派——至少我的大多数化身都是。我对暴力并不擅长。

“你们看到了什么?”我问。这一次，我的嗓音带着颤抖。

“小房间，”艾薇说着，揉搓起手腕来，“没有窗户。我能听到管道系统的声音，还有外面微弱的车流声。我们还在城市内。”

“你带我们来的这地方还真不错，斯蒂芬。”托比亚斯说着，朝帮他起身的JC点头致谢。托比亚斯毕竟上了年纪。

“我们听到的是阿拉伯语，”卡莉亚妮说，“而且我闻到了香料的味道。扎阿塔尔[①]、藏红花、姜黄、漆木……也许我们在餐馆附近?”

“是的……”托比亚斯说着，闭上眼睛，“足球场，在远处。经过的火车。减速。停止……汽车，人们交谈的声音。商场?”他猛地睁开眼

①扎阿塔尔:Za’atar,一种在中东常见的香料。

睛，“马勒哈[1]火车站。城里只有这座火车站位于足球场附近。这儿是闹市区。尖叫声也许能引来救兵。”

“或者害我们被杀，”JC说，“这些绳子绑得很紧，瘦皮猴。莫妮卡的也是。”

“发生了什么？”莫妮卡问，“怎么回事？”

“那些照片。”艾薇说。

我看着她。

“莫妮卡在教堂附近走来走去，把拉宗的照片拿给别人看，”艾薇说，“为了寻找目击者，他们多半把所有人问了个遍。如果他在跟其中某个人合作……”

我呻吟起来。这是当然的。拉宗的盟友肯定在留意寻找他的人。莫妮卡在我们身上画了个又大又红的靶子。

“好吧，”我说，“JC。你得想办法把我们弄出去。该怎么——”

门开了。

我立刻转头看向那些绑架犯。但眼前的情景出乎我的意料。我们面对的并非伊斯兰恐怖分子，而是一群身穿西装的菲律宾人。

“啊……”托比亚斯说。

“利兹先生。”为首的那个男人用带着口音的英语说。他翻阅着一份装满文件的文件夹。“据大家所说，你是个非常有趣，又非常……通情达理的人。我们为你到目前为止所受的待遇致歉，也希望能为你安排更加舒适的环境。”

“我感觉他们就要提出交易了。”艾薇提醒道。

“我名叫萨利克，”那人说，“我代表某个或许和你利益一致的组织。利兹先生，你听说过‘摩洛阵线’[2]吗？”

“‘摩洛国家解放阵线’的缩写，”托比亚斯说，“那是试图脱离菲

---

①马勒哈：耶路撒冷市西南部的街区。

②摩洛阵线：MNLF，现实中存在的组织，创立于1972年。

律宾并成立单一民族国家的革命团体。”

“我听说过。”我说。

“噢，”萨利克说，“我对你有个提议。我们有你要找的设备，但在操作方面遇到了一些困难。取得你的援助需要花费多少钱？”

“一百万，美元。”我毫不迟疑地说。

“叛徒！”莫妮卡气急败坏地说。

“你们没给过我一分钱，莫妮卡，”我愉快地说，“所以我选择条件更好的那边也无可厚非吧。”

萨利克笑了。他完全相信我会出卖莫妮卡。有时候，“没有是非观的隐居怪人”这种名声也是有用的。

但事实上，只有“隐居”那部分是真的。或许“怪人”那部分也没法否认。有了这两样，人们通常就会认定你没有是非观念了。

“摩洛阵线是个准军事组织，”托比亚斯续道，“但他们并没有太多暴力行为，所以这种做法让人吃惊。他们和菲律宾政府的根本区别在于宗教信仰。”

“从古到今不都是这样吗？”JC说着，咕哝一声，打量起那些人的武器来。“这家伙全副武装，”他说着，朝那个首领点点头，“我想他们都是。”

“的确，”托比亚斯说，“把摩洛阵线想象成菲律宾版的爱尔兰共和军，或者巴勒斯坦的哈马斯组织就好。后者也许是更加准确的比照对象，毕竟摩洛阵线通常被视为伊斯兰组织。菲律宾的大部分地区都信仰罗马天主教，但邦萨摩洛地区——摩洛阵线控制的区域——却以伊斯兰教为主。”

“给他松绑。”萨利克说着，朝我指了指。

他的手下服从了命令。

“他在某些事上撒了谎。”艾薇说。

“是的，”托比亚斯说，“我想……没错，他不是摩洛阵线的人。他多半是想栽赃给他们。斯蒂芬，摩洛阵线是非常反对危及平民的行为的。如果你读过他们的报道，就会明白这点相当不寻常。他们是自由斗士，对伤害的对象却有严格的规定。他们最近正致力于和平脱离运动。”

“这样肯定没法让所有追随者满意，”我说，“他们有没有分支组织?”

“你说什么?”萨利克问。

“没什么，”我说着，站起身来，揉搓手腕，“谢谢你。我很想去见识一下那台装置。”

“请这边来。”萨利克说。

“杂种!”莫妮卡在我身后大喊。

“注意用词!”艾薇说着，抿住嘴唇。她和其他化身跟着我走出房间，守卫们关上了门，把她独自留在房间里。

“没错……”托比亚斯说着，走在护送我爬上楼梯的那些人身后，“斯蒂芬，我想他们是阿布沙耶夫组织。领导者名叫卡扎菲·简加拉尼，他们脱离摩洛阵线，是因为那个组织不肯采取过激手段。简加拉尼在不久前死了，运动本身也显得前途未卜，但他生前的目标是在那个地区创立纯粹的伊斯兰教国家。他曾觉得，杀死反抗他的所有人……是实现他目标的一种优雅方式。”

“听起来真相大白了，”JC说，“好了，瘦皮猴。你要做的事是这样的。等你身后那家伙正要迈上楼梯的时候，踢他一脚。他会撞上旁边那家伙，然后你就能擒抱住萨利克。接着转过他的身体，挡住从后面射来的子弹，再从他外套内侧抽出武器，透过他的身体朝下面那些人射击。”

艾薇露出厌恶的表情。“这太可怕了!”

“你也不觉得他会放我们走，对吧?”JC问。

“阿布沙耶夫组织，”托比亚斯及时开了口，“在菲律宾是众多杀人、炸弹袭击和绑架事件的罪魁祸首。他们对当地人非常残忍，比起真正的革命者，他们的行事风格更接近有组织的犯罪集团。”

“所以……也就是不行喽?”JC说。

我们到达了底楼，而萨利克领着我们进入某个小房间。那里还有两个人，他们穿着军人装束，腰带上别着手榴弹，手里拿着突击步枪。

在他们之间的桌上，是一台中画幅的相机。它看起来……很普通。

“我需要拉宗在场，”我说着，坐了下来，“我有问题要问他。”

萨利克嗤之以鼻。“他不会跟你说话的，利兹先生。在这一点上，你可以相信我们。”

“所以他没跟他们合作？”JC问，“我糊涂了。”

“把他带来就好。”我说着，开始小心翼翼地碰触那台相机。

问题在于，我完全不清楚自己在干吗。为什么，为什么我没把伊万斯带来？我早该想到这趟旅行是用得上机械师的。

但如果我带上太多的化身——让同时在我身边的化身数量过多——就会发生坏事。而且这已经不重要了。伊万斯远在另一块大陆呢。

“谁来？”我压低声音说。

“别看我，”艾薇说，“我连遥控器都经常用不明白。”

“剪红线，”JC说，“每次该剪的都是红线。”

我狠狠瞪了他一眼，然后拧开相机的一部分，试图装作胸有成竹的样子。我的手在颤抖。

幸好萨利克派人去照我说的做了。随后，他仔细地看着我。他多半读过“长路事件”的报道，我在那里拆开、修理并重新装好了一整套复杂的电脑系统，及时阻止了一场爆炸。但那多亏了伊万斯，以及金——我们的常驻电脑专家——的一些帮助。

没有他们，我在这方面派不上任何用场。我尽全力装出内行人的样子，直到那个士兵把拉宗带来为止。凭借莫妮卡给我看过的照片，我认出了他。虽然费了点功夫。他的嘴唇开裂流血，左眼肿胀，而且走起路来跌跌撞撞。等他坐到我身边的凳子上以后，我发现他缺了一只手。断肢处裹着一块染血的破布。

他咳嗽了几声。“噢。我想你应该是利兹先生，”他有微弱的菲律宾口音，“真的很抱歉让你找来这儿。”

“当心。”艾薇说着，打量起拉宗来。她就站在他身旁。“他们看着呢。别表现得太友好。”

“噢，我一点都不喜欢这样。”卡莉亚妮说。她走到了房间后部的几只板条箱那里，然后蹲下身子，藏在后面。“斯蒂芬先生，你经常会遇到这种事么？因为我实在不是这块料。”

“抱歉让我找来这儿？”我对拉宗说着，语气透出严厉，“你很抱歉，但并不惊讶。是你帮莫妮卡和她的狐朋狗党弄到勒索我的材料的。”

他没肿的那只眼睛睁大了一点儿。他知道那不是什么勒索材料。至少我希望他知道。他会明白吗？他会察觉我是来帮他的吗？

“我那么做……是被迫的。”他说。

“在我看来，你依旧是个混球。”我不屑地说。

“注意用词！”艾薇说着，双手叉腰。

“呸，”我对拉宗说，“这不重要。你得教我怎么让这台机器恢复运作。”

“我不教！”他说。

我拧动某个螺丝，思绪飞转。我该怎么凑近到能和他轻声说话的距离，但又不引起怀疑呢？“你会教的，否则——”

“当心点，你这白痴！”拉宗说着，一跃而起。

士兵之一端起枪对准了我们。

“保险没打开，”JC说，“没什么好担心的。暂时。”

“这是件非常精密的设备，”拉宗说着，从我手里夺走了螺丝刀，“你别把它弄坏了。”他用那条完好的手臂拧起了螺丝。然后，他用细如蚊呐的声音续道：“你是跟莫妮卡一起来的？”

“是的。”

“她不值得信任。”他说。然后他迟疑了片刻。“但她不会打我，也不会砍掉我的手，所以也许我没资格谈论谁值得信任。”

“他们是怎么抓到你的?”我低声说。

“我向母亲吹嘘,”他说,“她又向自己的家人吹嘘,然后传到了那些怪物耳朵里。他们在以色列有门路。”他摇晃起来,而我伸手扶住了他。他脸色苍白。这家伙的状况不太好。

“他们派人来找我,”他说着,强迫自己继续拧着螺丝,“他们声称自己是和我同一国家的基督教原教旨主义者,希望资助我的项目来找到证据。直到两天前,我才发现真相。那——”

他停了口,丢下螺丝刀,因为萨利克走到了我们旁边。那个恐怖分子摆摆手,他手下的士兵之一就抓住拉宗,把他沾血的手臂拧到背后。拉宗痛呼出声。

士兵们走上前来,将他推倒在地,然后用枪托殴打他。我惊恐地看着这一幕,而卡莉亚妮开始哭泣。就连JC也转过头去。

“我可不是怪物,利兹先生,”萨利克说着,蹲坐在我的椅子旁边,“我是个有些门路的人。你会发现这两者在大多数情况下很难区分。”

“请让那些士兵住手。”我低声说。

“你瞧,我只是想找出和平的解决方法。”萨利克说。他没有制止殴打。“当我的同胞动用我们仅有的手段——走投无路时的手段——去抗争的时候,就注定会犯下罪孽了。那也是所有革命者——包括你们祖国的创始者——赖以获取自由的手段。我们会在必要时杀戮,但或许我们不用非得这么做。在这张桌子上,我们拥有和平,利兹先生。修好这台机器,你就能拯救成千上万的生命。”

“你为什么想要它?”我说着,皱起眉头,“它对你来说意味着什么?勒索的力量?”

“修正世界的力量,”萨利克说,“我们只需要几张照片。证据。”

“信仰只是骗局的证据,斯蒂芬,”托比亚斯说着,走到我身旁,“这对他们来说棘手。只要弄到正确的照片,他们就能破坏大多数菲律宾人信仰的宗教——的基础,从而引发那个地区的动荡。

奇怪的是，我得承认自己有点兴趣。噢，不是有兴趣去帮萨利克那样的怪物。但我理解他的用意。为什么不带上这台相机，证明所有宗教都是谎言呢？

这会引发混乱。或许还会为世界的某些地区带来众多的死亡。

但真的会吗？

“要推翻信仰可没那么容易，”艾薇轻蔑地说，“这些照片不会引发他预想的那些问题的。”

“因为信仰是盲目的？”托比亚斯问，“或许你是对的。无论事实如何，很多人还是会继续相信。”

“什么事实？”艾薇说，“某些也许可信，也许不可信的照片？出自没人能理解的某种科技？”

“你已经在为尚未得出的结果辩护了，”托比亚斯冷静地说，“你表现得仿佛知道会发生什么，所以才会防备也许会找到的证据。艾薇，你还不明白吗？怎样的事实才能让你用理性的眼光看待事物？你在那么多领域条理分明，为什么唯独在这方面如此盲目？”

“安静！”我对他们说。我双手抱头。“安静！”

萨利克对我皱起眉头。直到这时，他才注意到他的士兵对拉宗做了什么。

他用塔加拉语——也可能是菲律宾的另一种语言——喊了句什么。或许我该学的是那种语言，而不是希伯来语。士兵们向后退开，而萨利克跪在地上，将倒地的拉宗翻过身来。

拉宗突然将他剩下那只手伸进萨利克的夹克，想要抽出手枪。萨利克向后跳去，他的某个士兵叫出了声。一声微弱的“咔嗒”随后响起。

房间里的所有人都停止了动作。士兵之一掏出了装有消音器的手枪，在恐慌中朝拉宗开了火。那位科学家躺在地上，了无生气的双眼瞪大，萨利克的手枪从他指间滑落。

“噢，那个可怜人。”卡莉亚妮说着走了过来，跪在他身边。

在那个瞬间，有人抱住了门边的士兵之一，从后面将他拽倒在地。

叫喊声随即响起。我跳出椅子，打算去拿那台相机。萨利克抢先一步，一只手重重按住相机，随后朝地板上的手枪伸出手。

我咒骂一声，匆忙后退，纵身扑向卡莉亚妮不久前藏身的那堆板条箱后方。房间里响起交火声，我旁边的一只箱子被子弹击中，顿时木片横飞。

“是莫妮卡！”艾薇躲在办公桌后面说，“她逃出来了，而且正在攻击他们。”

我壮着胆子四处张望，恰好看到阿布沙耶夫组织的某个成员中了枪，他倒在房间中央，离拉宗的尸体不远。其他人朝莫妮卡开枪，后者则用我们来时所走的楼梯井充当掩体。

“活见鬼！”JC说着，蹲在我身边，“她靠自己的力量逃出来了。我想我开始欣赏那个女人了！”

萨利克用塔加拉语大喊大叫。他没来追我，而是在他的卫兵附近寻找掩体。他把相机抱在怀里，这时又有两个士兵跑下楼梯，加入了他们。

我猜交火声很快就会引起注意。但还不够快。他们压制住了莫妮卡。我只能勉强看到她：她藏在楼梯井里，努力寻找离开的路线，并用她放倒的那个卫兵身上的武器还击。后者的双脚从她旁边的门里伸出。

“好吧，瘦皮猴，”JC说，“这是你的机会。有些事非做不可。在帮手赶来前，他们就会解决她，而我们就会失去相机，成为英雄的时刻到了。”

“我……”

“你可以逃跑，斯蒂芬，”托比亚斯说，“我们正后方有个房间，那儿应该有窗户。我可没说你应该这么做，我只是给你提供选项。”

卡莉亚妮蜷缩在墙角，啜泣不止。艾薇趴在一张桌子下面，手指堵住耳朵，用评估的目光观察着这场枪战。

莫妮卡试图躲避和还击，但子弹打进了她身边的墙壁，迫使她后退。萨利克还在喊着什么。好几个士兵开始朝我开火，让我只能退回掩体后面。

子弹伴随爆裂声打中了我头顶的墙壁，木屑落在我的头上。我做了次深呼吸。“我做不到的，JC。”

“你做得到，”他说，“瞧，他们带着手榴弹。你看到士兵腰带上的那些了吗？只要有人反应过来，把其中一颗丢进楼梯井里，莫妮卡就完了。死定了。”

如果我让他们带走相机——那样的力量，落在这样的人手中……

莫妮卡叫出了声。

“她中弹了！”艾薇喊道。

我匆忙爬出板条箱后面，跑向房间中央那个死掉的士兵。他的手枪掉在了地上。我拿起武器，将它抬起的时候，萨利克注意到了我。我的双手在摇晃和颤抖。

不可能成功的。我办不到的。不可能的。

我会死。

“别担心，孩子，”JC说着，握住了我的手腕，“交给我吧。”

他把我的手臂拉向旁边，而我几乎看都没看就开了火，然后他又接连移动了几次手枪，只做短暂的停顿，让我有时间扣动扳机。片刻过后，一切就结束了。

那些手持武器的人全部倒在地上。房间里一片寂静。JC松开我的手腕，而我沉重的手臂垂落在身侧。

“这是我们干的？”我说着，看向地上那些死人。

“见鬼，”艾薇说着，抽出了耳朵里的手指，“我就知道我们带着你是有理由的，JC。”

“注意用词，艾薇。”他咧嘴一笑。

我丢下了手枪——这多半不是我做过的最聪明的事，但话说回来，我现在的头脑并不正常。我匆忙赶往拉宗身旁。他没有脉搏了。我帮他合上了眼皮，但没去碰他嘴角的笑容。

这就是他的目的。他希望他们杀了他，以免被迫吐露秘密。我叹了口气。然后，为了确认某个推测，我把手塞进了他的衣袋。

有什么东西刺痛了我的手指，而我抽出来的时候，发现上面沾着血。“怎么……？”

这出乎我的意料。

“利兹？”莫妮卡的声音传来。

我抬起头。她正站在门口，捂住流血的肩膀。“这是你干的？”

“是JC干的。”我说。

“你的幻觉？朝这些人开了枪？”

“对。不对。我……”我也不确定。我站起身，走到萨利克身边，他的额头中央挨了一枪。我弯下腰，拿起相机，随后背对莫妮卡，转动了上面的某个零件。

“呃……斯蒂芬先生？”卡莉亚妮说着，指了指，“我觉得那一个还没死。噢，天哪。”

我看了过去。被我射中的守卫之一翻过身来。他染血的手里拿着某样东西。

一颗手榴弹。

“出去！”我对莫妮卡大喊着，抓住她的胳膊，冲出了房间。

爆炸仿佛一股巨浪，重重拍打在我的背后。

* * *

一个月过后，我坐在自己的宅邸里，喝着柠檬水，背部隐隐作痛，不过弹片造成的伤口正在愈合。伤势本来也没那么重。

莫妮卡没怎么在乎自己胳膊上的石膏。她端着杯子，坐在我与她初次见面时所在的房间里。

她今天的提议并不令我意外。

“恐怕，”我说，“你找错了人。我只能拒绝。”

“我懂了。”莫妮卡说。

“她皱眉的表情有进步，”JC靠着墙壁，用赞赏的口气说，“比以前像样了。”

“如果你愿意看看那台相机……”莫妮卡说。

“我上次看到它的时候，它起码碎成了十六块，”我说，“真的没什么可研究的了。”

她眯眼看着我。她依旧怀疑我在爆炸时是故意丢下相机的。更别提拉宗的尸体在随后吞没整栋建筑物的爆炸和大火中烧得几乎难以辨认了。他身上带着的东西——能解释相机如何运作的秘密——都被毁掉了。

“我得承认，”我说着，身体前倾，“发现你们没法修好那东西的时候，我并不觉得特别遗憾。我担心世界还没准备好迎接它能够提供的信息。”*至少我担心世界还没准备好让你们这样的人掌控那些信息。*

“可——”

“莫妮卡，对于连你的工程师都做不到的事，我不觉得自己能做什么。我们只能接受事实：那种技术已经和拉宗一起消逝了。如果他所做的一切不只是骗局的话。说实话，我越来越确定那只是骗局了。拉宗遭受拷打的程度绝非普通科学家所能忍受的，可他还是没有吐露那些恐怖分子想要的情报。那是因为他没办法。一切只是个谎言。”

她叹了口气，站起身。“你就要和伟大擦肩而过了，利兹先生。”

“亲爱的，”我说着，站了起来，“你现在应该明白，我已经拥有伟大了。我用平庸和一部分理智换来了它。”

“你应该要求退款的，”她说，“因为无论是哪一样，我在你身上都找不到。”她从口袋里拿出某样东西，丢到桌上。那是个大信封。

“这又是？”我说着，拿起信封。

“我们在相机里发现了胶卷，”她说，“能修复的只有一张照片。”

我犹豫片刻，然后抽出了照片。那是张黑白照片，和先前的那些一样。照片上是个留着胡须、身穿长袍的男人坐着的样子——至于坐在什么上面，我就看不出来了。他的脸引人注目。不是因为脸的形状，而是因为正对着相机。正对着那台两千年后才会出现的相机。

“我们认为这是耶稣凯旋入城的那一幕，”她说，“至少背景像是美丽之门[①]。但这很难说。”

“上帝啊。”艾薇低声说着，走到我身边。

那双眼睛……我盯着照片。那双眼睛。

“嘿，我还以为我们不能当着你的面骂人呢。”

“这不是咒骂，”她说着，将手指恭敬地放到照片上，“只是辨认身份而已。”

“不幸的是，这没什么意义，”莫妮卡说，“根本没有证明他身份的方法。就算我们能证明，这张照片也无助于支持或者驳斥基督信仰。这是那个人遇害前的照片。在拉宗拍到的所有照片里……”她摇了摇头。

“就算看到它，我的想法也没变。”我说着，把照片塞回信封里。

“我也没指望这个，”莫妮卡说，“就把它当作是酬劳吧。”

“但到头来，我没能为你们做到任何事。”

“我们也一样，”她说着，走出房间，“晚安，利兹先生。”

我的手指摩挲信封，听到威尔逊把莫妮卡带到门边，然后关上了门。我留下艾薇和JC去讨论咒骂的问题，然后走进门厅，爬上楼梯。我按着扶手，绕过一段段楼梯，最后来到顶楼的走廊。

我的书房就在尽头。照亮房间的只有书桌上的一盏台灯，影子在夜色中拖得很长。我走到书桌边，坐了下来。旁边另有两张椅子，托比亚斯就坐在其中一张上。

我拿起一本书——曾堆积如山的那些书的最后一本——然后开始翻阅。珊德拉的照片——在火车站拍到的那张照片——就钉在我旁边的墙上。

“他们想明白了吗？”托比亚斯问。

---

①美丽之门：又称“黄金之门”，《圣经》中耶稣返回耶路撒冷城时所走的城门。

“没，”我说，“你呢?”

“起作用的从来都不是相机，对吧?”

我笑了笑，翻过一页。“在他死后，我翻过了他的口袋。有东西割伤了我的手指。碎玻璃。”

托比亚斯皱起眉头。思索片刻后，他笑了。“碎掉的灯泡?”

我点点头。“起作用的不是相机，而是闪光灯。拉宗在教堂拍照的时候，就算在太阳底下都要用闪光灯。即使他拍摄的目标有充足的照明，即使他想要拍摄的是发生在白天的事，比如耶稣在复活后出现在坟墓外。优秀的摄影师不会犯下这种错误。而且从他挂在公寓的照片来看，他的确很优秀。他对于光影很有眼光。”

我翻过一页，然后把手伸进衣袋，掏出某样东西，放到桌子上。那是个可拆卸式的闪光灯，是我在爆炸前从相机上拆下来的。“我不确定秘密在于闪光装置还是灯泡，但我知道他只要希望那东西停止运作，就会把灯泡换掉。”

“真漂亮。”托比亚斯说。

“我们走着瞧吧，”我答道，“这只闪光灯亮不起来；我试过了。我不清楚它出了什么问题。你知道莫妮卡的手下能在短时间里使用相机的理由么？噢，很多相机的闪光灯都有多个灯泡，就和它一样。我怀疑其中只有一颗灯泡和时间效应有关。那颗灯泡很快就会烧坏，大约只能拍摄十张照片。”

我翻过几页。

“你正在改变，斯蒂芬，”最后，托比亚斯说，“你没靠艾薇——没靠我们任何人——就察觉了这些。离你不再需要我们的那天还有多远呢?”

“希望那种事永远不会发生，”我说，“我可不想成为那种人。”

“可你却在寻找她。”

“可我却在寻找她。”我低声说。

又近了一步。我知道珊德拉坐上了哪辆列车。她的外套口袋里探出一张车票。我能勉强辨认出上面的数字。

她去了纽约。十年来，我一直在追寻这个答案——这在那场庞大得多的追寻中只是极小的一部分。那条线索已有十年的历史，但总比没有要好。

多年以来，我第一次有了进展。我合上书本，靠向椅背，抬头看着珊德拉的照片。她很美。美得不可方物。

黑暗的房间里，有东西在沙沙作响。那个有些谢顶的矮小男子坐到书桌旁的空椅子上，而托比亚斯和我半点也不吃惊。“我名叫阿尔诺，”他说，“我是专攻时间力学、因果律和量子论的物理学家。我想你有工作要给我?”

我把最后那本书放回书堆，和我上个月读完的那些书放在一起。“是的，阿尔诺，”我说，“我有。”

（本篇完）

LEGION 军团2

献给格雷格·克瑞尔，他是除我以外第一个阅读我的作品的人。

感谢你的鼓励，我的朋友！

第一部分

“她在图谋什么?”艾薇说着，双臂交叠，绕过桌子。她今天把金发盘成紧密的圆发髻，又用几支看起来相当勉强的发夹固定。

我努力置若罔闻，却没能成功。

“或许是个掘金女[①]?”托比亚斯问。他肤色黝黑，气质庄严。他把一张椅子拉到桌边，坐在我身旁。他穿着平时的休闲西服，没系领带，意外适合这个挂着水晶吊灯、有钢琴乐曲回荡的房间。“很多女人看中的只是斯蒂芬的财产，而非他的智慧。”

“她是房地产大亨之女，”艾薇不屑地摆摆手，“她光是打个喷嚏，鼻子都能喷出钱来。”艾薇在桌子旁边弯下腰来，审视着和我共进晚餐的那个人。“顺带一提，她在鼻子上下的功夫似乎跟胸部一样多。”

我挤出一个微笑，努力将注意力集中在一起就餐的同伴身上。我已经习惯艾薇和托比亚斯了。我依赖着他们。

只是有你的幻觉跟着的时候，想要享受约会就太他妈难了。

“所以……”我的约会对象西尔维娅说，“马尔科姆告诉我，你是某种侦探?”她朝我羞怯地笑了笑。

---

①掘金女：Gold digger，由“淘金者”的本意引申而来，指为了谋取金钱接近男性的女性。

西尔维娅佩戴着钻石首饰，穿着紧身黑色连衣裙，显得光彩照人。她和我有个共同的朋友，后者替我操心过了头。我很想知道，西尔维娅在答应参加这场盲目约会[1]之前做了多少调查。

“侦探?”我说，“没错，我想你可以这么说。”

“我确实这么说了!”西尔维娅的回答伴随着鸟鸣般的笑声。

艾薇翻了个白眼，拒绝坐在托比亚斯为她拉来的椅子上。

“不过说实话，”我对西尔维娅说，“‘侦探’这个词或许会让你产生错误的概念。我只是会帮人解决特别的问题。”

“就像蝙蝠侠!”西尔维娅说。

托比亚斯把嘴里的柠檬水喷了出来，飞沫打湿了桌布，不过当然了，西尔维娅看不到。

“有点……不一样。”我说。

“我只是在犯傻而已。”西尔维娅说着，又喝了一口葡萄酒。以这顿才刚开始吃的饭来说，她喝得有点太多了。“你都解决哪些问题?比如电脑问题?安保问题?逻辑问题?”

“对。这三种都有，再加些别的。”

“这……在我听来不怎么特别。”西尔维娅说。

她言之有理。“这很难解释。我是个专家，只是专攻很多领域。”

“比如?”

“任何事。取决于问题是什么。”

“她在隐瞒什么，”艾薇说着，依旧交叠双臂，“我得告诉你，斯蒂芬。她有所图谋。”

“每个人都有。”我答道。

“什么?”西尔维娅说着，皱起眉头。与此同时，有个胳膊上搭着餐巾布的女招待端走了我们装沙拉的盘子。

“没什么。”我说。

---

①盲目约会:blind date，指双方互相没有了解的约会。

西尔维娅在椅子里挪动身子，接着又喝了一口酒。“你在跟他们说话，对吧?”

“看来你读过关于我的事。”

“你知道的，女生总得当心。这世上有些是真正的疯子。”

“我向你保证，”我说，“一切都在我的掌控之下。我会看到幻觉，但我完全清楚哪些是真实，哪些不是。”

“当心，斯蒂芬，”托比亚斯在我身边说，“对初次约会来说，这可是个危险地带。或许你应该换成建筑学的话题?”

我意识到自己在用叉子敲打面包碟，于是阻止了自己。

“这栋建筑是伦顿·麦凯设计的，”托比亚斯用他平静而令人安心的嗓音续道，“请注意房间内部的开放性，那些可移动设施，还有上升样式的几何设计。他们每年都可以重建内部，创造出半是用来用餐、半是艺术设施的餐馆。

“我的心理状况真的没那么有趣，”我说，“跟这栋建筑不同。你知道它的建造者是伦顿·麦凯么？他——”

“这么说你能看到幻觉，”西尔维娅插嘴道，“比如预知幻景?”

我叹了口气。“没那么了不起。我能看见不存在的人。”

“就像那家伙，”她说，“电影里的那个。”

“没错。就像他。只不过他是个疯子，而我不是。”

“噢，是啊，”艾薇说，“真是个安慰人的好方法。向她详细解释你究竟怎么个正常法。”

“你应该是心理医生才对吧?”我对她吼道，“少点讽刺才会讨人喜欢。”

这对艾薇来说有点难。讽刺就像她的母语，虽然她对“严厉而失望”与“轻快而傲慢”这两门语言也相当熟练。但她也是我的好友。好吧，想象出来的好友。

她只是对我和女人之间的事有些敏感。至少从珊德拉抛弃我们以后就是这样了。

西尔维娅用僵硬的姿势打量着我，直到这时，我才意识到自己开口和艾薇说了话。等西尔维娅注意到我在看她以后，她摆出了和红色6号色素①一样的假笑。我的内心有些畏缩。尽管艾薇说过那些话，但她其实相当迷人——而且无论我的生活变得多么拥挤，孤独的程度却也毫不逊色。

“所以……”西尔维娅开了口，然后声音小了下去。主菜送了上来。她点了时髦的生菜卷。我选的是听起来比较安全的鸡肉。“所以，呃……你刚才在跟他们之一说话？跟想象出来的人？”她显然觉得出于礼貌应该问一句。或许《淑女的礼仪之书》里有一章就是讲述如何用男人的心理障碍来当话题的。

“对，”我说，“那就是其中之一。艾薇。”

“一位……女士？”

“一个女人，”我说，“她只是偶尔才算得上女士。”

艾薇哼了一声。“你可真是太成熟了，斯蒂芬。”

“你的人格有多少是女性？”西尔维娅问。她还没碰过自己的食物。

“他们不是人格，”我说，“他们是从我身上脱离出去的。我并没有分离性身份识别障碍。非要说的话，我是精神分裂症患者。”

对心理学家们来说，这个话题仍然存在争议。尽管我能看到那些幻觉，却不符合精神分裂症的描述。我不符合任何一种病症的描述。但这又有什么关系？我适应得很好。基本上很好。

我对西尔维娅露出微笑，后者仍旧没碰她点的菜。

“没什么大不了的。我的化身多半只是孤独的影响——我的大半童年都是独自度过的。”

“很好，”托比亚斯说，“现在开始过渡话题，从你的怪癖转到她的事上。”

“没错，”艾薇说，“弄清她在隐瞒什么。”

---

①6号色素：食用色素的一种。

“你有兄弟姐妹吗?”我问。

西尔维娅犹豫了一会儿，随后终于拿起了银制餐具。我还是头一次因为叉子移动这么开心。“有两个姐姐，”她说，“玛利亚是营销公司的顾问。乔治娅住在开曼群岛。她是个律师……”

她继续讲述，而我松了口气。托比亚斯举起他那杯柠檬水向我道贺。灾难得以避免。

“你迟早得跟她谈这件事的，”艾薇说，“我们可不是她能忽略的东西。”

“是啊，”我轻声说，“但眼下，我能撑过第一次约会就满足了。”

“那是什么意思?”西尔维娅看着我们，不知是否该说下去。

“没什么。”我说。

“她刚才在说她的父亲，”托比亚斯说，“他是个银行家。已经退休了。”

“他在银行业工作了多久?”我问道，同时为有人认真听了她的话而庆幸。

“四十八年！我们总说他没必要继续干下去……”

我笑了笑，在她说话时切起了我那份鸡肉。

“周边安全。”有个声音从我身后传来。

我吓了一跳，回头看去。JC站在那儿，穿着餐馆勤杂工的制服，端着一托盘的脏碟子。JC瘦削而结实，下巴方方正正，是个冷血杀手。至少他是这么自称的。我觉得这代表他喜欢谋杀两栖动物。

当然了，他也是个幻觉。JC，他端着的那些碟子，还有他用难以察觉的方式别在白色侍者外套下的那把手枪……全都是幻觉。尽管如此，他还是救了我的命好几次。

这并不代表我乐意见到他。

“你在这儿做什么?”我嘶声问。

“防备杀手。”JC说。

“我在约会呢!”

“这表示你会分散注意力,”JC说,“完美的刺杀时机。”

“我告诉过你留在家里的!”

“是啊，我知道。那些杀手肯定也听到了。所以我才非来不可。”他用手肘推了推我。我能感觉到。他也许只是想象，但对我来说，他再真实不过了。

“她真是个美人，瘦皮猴。干得好!”

“她有一半是塑料。”艾薇干巴巴地说。

“我的汽车也一样,”JC说,“看起来还是不错。”

他对艾薇咧嘴一笑，然后朝我弯下腰。“不知道你能不能……”他朝艾薇点点头，然后把双手举到胸前，摆成杯状。

“JC,”艾薇冷冷地说,“你是打算让斯蒂芬把我的胸部想象得更大么?”

JC耸了耸肩。

“你,”她说,“是这颗星球上最令人憎恶的非生物。真的。你应该为此自豪的。从没有人想象过比这更恶心的事。”

他们俩总是分分合合。显然我没注意的时候，他们又进入了“分”的阶段。我真的不清楚该怎么办——这是我第一次遇到两个化身之间产生爱情。

奇怪的是，JC完全没法说出让我把艾薇想象成另一种体形的话。他不喜欢面对自己只是幻觉的事实。这会让他不安。

JC继续审视房间。尽管他显然存在心理障碍，却也目光敏锐，在保安方面又非常内行。他能察觉我无法察觉的事物，所以或许他的到来是件好事。

“怎么?”我问他,“有什么问题吗?”

“他只是在疑神疑鬼,”艾薇说,“还记得他以为邮差是恐怖分子的那次么?”

JC停止了扫视，严厉的目光聚焦在距离三张桌子远的那个女人身上。那个女人肤色黝黑，穿着精美的西服套装，在我注意到她的那一刻，她立刻将目光转向了窗户。窗户反射着我们这边的情景，而且外面的天已经黑了。她也许仍旧在监视。

“我去看看。”JC说着，转身离开我们的桌子。

“斯蒂芬……”托比亚斯说。

我把目光转回自己的餐桌，发现西尔维娅又在盯着我，她瞪大眼睛，叉子握得很松，仿佛忘记了它的存在。

我强迫自己轻笑出声。“抱歉！我有点走神了。”

“因为什么？”

“没什么。你刚才说到你的母亲——”

“你因为什么走神了？”

“某个化身。”我不情愿地说。

“你是说某个幻觉。”

“是的。我把他留在家里，他自己过来了。”

西尔维娅专注地盯着她的食物。“真有趣。说详细点。”

又是礼节性的问题。我前倾身体。“不是你想的那样，西尔维娅。那些化身是我的一部分，是我知识的容器。就像……记忆站起身来，四处走动一样。”

“她不相信，”艾薇评论道，“呼吸急促。手指绷紧……斯蒂芬，她比你以为的还要了解你。她没有装作震惊，反而像是在和开膛手杰克约会，并且努力让自己保持冷静。”

对于她的提醒，我点了点头。“没什么可担心的。”我是不是说过这句话了？“我的每个化身都会在某些方面帮助我。艾薇是心理学家。托比亚斯是历史学家。他们——”

“刚来的那个呢？”西尔维娅问着，抬起头来，对上我的视线，“就是你没料到会来的那个。”

“撒个谎。”托比亚斯说。

“撒个谎，”艾薇说，“就说他是个芭蕾舞者之类的。”

“JC，”我说出口的却是，“是前海豹突击队员。他会在那种事上帮助我。”

“哪种事?”

“保全状况。秘密行动。我可能遇到危险的任何时刻。”

“他会教你怎么杀人吗?”

“不是那样的。噢，好吧，有点类似。但他通常只是在开玩笑。”

艾薇呻吟起来。

西尔维娅站起身。“抱歉。我去一下盥洗室。”

“当然可以。”

西尔维娅拿起她的手提袋和围巾，转身离席。

“她不会回来了吧?”我问艾薇。

“你在开玩笑吗？你刚刚才告诉她，有个教你怎么杀人的隐形人违背你的意愿出现了。”

“算不上我们最顺畅的互动。”托比亚斯承认。

艾薇叹了口气，坐到西尔维娅的座位上。“至少比上次要好。她撑了……多久？半个钟头?”

“二十分钟。”托比亚斯看着餐馆的落地式大摆钟说。

“我们得解决这个问题，”我低声说，“总不能每次有可能发展恋爱关系，我们就乱成一锅粥吧。”

“你没必要说JC的事的，”艾薇说，“你可以自己编造点东西，但你却对她说出了真相。令人恐惧和尴尬的，充斥着JC的真相。”

我拿起自己的饮料，装在精美酒杯里的柠檬水。我转动杯子。“我的人生是虚假的，艾薇。虚假的朋友。虚假的对话。在威尔逊休息的日子，我经常一整天都不会跟真人说话。我猜我只是不想以谎言开始一段关系。

我们三个沉默地坐在那儿，最后JC跑了回来，在快要穿过某个真人侍者的时候闪身避开。

“怎么?”他说着，瞥了眼艾薇，“你们已经把那妞儿吓跑了?”

我对他举起杯子。

“别对自己太苛刻了，斯蒂芬，”托比亚斯说着，一手按在我的肩上，“珊德拉是个让人难忘的女人，但伤疤终究会愈合的。”

“伤疤可不会愈合，托比亚斯，”我说，“‘伤疤’这个词的定义就是这样的。”我转动杯子，看着冰块反射的灯光。

“是啊，真棒，”JC说，“感情和比喻之类的怎么都好。你瞧，我们有个麻烦。”

我看着他。

“记得我们早先看到的那女人么?”JC说着，指了指，“她——”他停了口。那个女人的座位上空无一人，只留下吃了一半的饭菜。

“该走了?”我问。

“对，”JC说，“走吧。”

* * *

“泽恩·里格比，”我们跑出餐馆的时候，JC说，“私人保安——以这次的情况来说，这只是对‘雇佣杀手’比较好听的称呼而已。她的嫌疑杀人名单和你的心理档案一样长，瘦皮猴。没有证据。她很厉害。”

“等等，”艾薇在我的另一边说，“你是说真有个杀手在晚餐时出现了?”

“显然如此。”我答道。JC只知道我知道的事，所以如果他能说出这些话，就说明那是从我的记忆深处挖掘出来的。为了工作，我会定期翻阅特工、间谍和职业杀手的清单。

“真棒，”艾薇说着，看都没看JC一眼，“他现在肯定得意到让人没法忍了。”

走出餐馆之前，在JC的提示下，我察看了订位名单。那匆匆一瞥将信息丢进了我的头脑，也让化身们能够自由取用。

“卡萝尔·威斯敏斯特，”JC从名单里挑出了一个名字，“她用过那个化名，肯定就是泽恩本人。”

我们在门外的衣物寄存处停下了脚步。今晚下着雨，来往的车辆驶过潮湿的街面，发出嗖嗖的响声。天气压抑了这座城市平时的气味——闻起来不再像是没洗澡的流浪汉，而是刚洗过澡的流浪汉。有个人问我要寄存票，我没理会他，而是发信息给威尔逊，让他把我们的车子开过来。

“你说她是被人雇佣的，JC，”我一边说一边打字，“她的雇主是谁？”

“不确定，”JC说，“根据上次我听到的消息，她在找新东家。泽恩不是那种‘谁都能雇来杀个人’的杀手。公司会找到她，并和她长期合作，用她来清理烂摊子，解决那些法律方面比较暧昧的问题。”

在内心深处，我清楚这一切，但又必须让JC告诉我。我不是疯子，我只是做了分工而已。不幸的是，我的化身……好吧，他们大都有点不正常。托比亚斯站在旁边，咕哝着说斯坦——他有时能听见的那个声音——没有提醒他这场雨。艾薇的目光刻意避开了旁边那只邮筒上的一连串虫蛀孔洞。问题一直都这么严重吗？

“也许只是巧合，”托比亚斯对我说着，摇了摇头，不再察看天色，“杀手也是会外出吃晚餐的，就和其他人一样。”

“也许吧，”JC说，“但如果只是巧合，我会很恼火。”

“因为你指望今晚能朝别人开枪？”艾薇问。

“噢，好吧，显然。但这不是重点。我恨巧合。如果能假设所有人都想杀你，生活会简单很多。”

威尔逊回了消息。*老朋友打来电话。想跟你聊聊。他在车里。可以吧？*

我回复。*谁？*

蔡勇。

我皱起眉。勇？是他雇的杀手？**好吧**，我回复道。

再有几分钟就到，威尔逊给我发了消息。

“哟，”JC说着，指了指，“瞧啊。”

不远处，西尔维娅跟一个穿着西装的男人上了车。那是《玛格》的记者格伦。他为西尔维娅关上车门，瞥了我一眼，耸耸肩，轻敲他那顶古董软呢帽向我致意，然后从另一边上了车。

“我就知道她有所图谋！”艾薇说，“这都是计划好的！我打赌她把整场约会都录下来了。”

我呻吟起来。《玛格》是那种最恶劣的花边小报——这代表它会刊登足够多的真相，再混入人们会相信的那种编造内容。在大半人生里，我都成功避免了主流媒体的关注，但最近报纸和新闻网站盯上了我。

JC恼火地摇摇头，然后在我们等车时巡视周边去了。

“我早就警告过你不对劲了。”艾薇说着，双臂交叠，而我们站在衣帽寄存处的雨棚下，头顶传来雨水的拍打声。

“我知道。”

“你平时会更有疑心。我担心女人开始成为你的盲点了。”

“我会注意的。”

“而且JC又一次违抗了你。你特意把他留在家里，他却自己跑了过来？我们还没讨论过在以色列发生的事呢。”

“我们解决了那个案子。这就是当时发生的一切。”

“JC开了你的枪，斯蒂芬。他作为化身，朝真人开了枪。”

“他移动了我的手臂，”我说，“扳机是我扣下的。”

“这种模糊不清的状况是从未发生过的，”她对上我的双眼，“你又在寻找珊德拉了。我觉得你故意破坏了这场约会，这样就有借口逃避以后的约会了。”

“你太着急下结论了。”

“是这样就好了，”艾薇说，“我们曾经维持着平衡，斯蒂芬。那时一切正常。我可不想再担心有化身会消失了。”

我的豪车终于驶来，驾车的是我的管家威尔逊。天色已晚，而那位正规司机的工作时间只有标准的八小时。

“后座上是谁?”JC说着，跑了过来，试图透过着色玻璃的车窗看个清楚。

“蔡勇。”我说。

“哈。”JC说着，揉了揉下巴。

“你觉得这事跟他有关?”我问。

“我敢用你的性命打赌。”

真棒。好吧，姑且不论别的，和勇见面一向很有意思。餐馆的服务生为我拉开了车门。我走上前，想要钻进车里，但JC却一手按住我的胸口，阻止了我，然后把手枪塞回枪套，向车内看去。

我看向艾薇，翻了个白眼，但她却没在看我。她只是看着JC，露出深情的微笑。这俩人怎么回事?

JC站起身，点点头，把手从我胸口拿开。蔡勇懒洋洋地坐在我的豪车里。他穿着纯白色西服，戴着银色领结，脚上是一双黑白相间的锃亮牛津鞋。最显眼的是那副边缘镶着钻石的太阳镜——对五十来岁的韩国商人来说，这身打扮相当古怪。但对勇来说，这其实已经很保守了。

“斯蒂芬!”他伸出一只拳头和我碰了碰，用中等程度的韩国口音说。他念成了“斯蒂−乌”。“最近如何，你这疯狗?”

“被甩了，”我说着，让我的化身先爬进车里，免得那个服务生关门的时候撞上他们，“约会连一个钟头都没撑过去。”

“什么?最近的女人都有什么毛病?”

“不知道，”我说着，爬进车里，坐了下来，而我的化身们也纷纷就位，“我猜她们想要那种不会让人想起连环杀手的男人。”

“无趣，”勇说，“谁不想跟你约会呢?你可是个抢手货!一具身体，四十个人。无穷变化。”

他并不十分清楚我的化身运作的方式，但我原谅了他。我自己有时候也搞不明白。

我让勇给我端了一杯柠檬水。几年前帮他解决的那个麻烦，是我接到过的乐趣最多、压力最少的几份工作之一。即便我被迫学会了吹萨克斯。

“今天有几个?”勇说着，朝车厢内点点头。

“只有三个。”

“那个间谍在么?”

“我不是中情局探员，”JC说，“我是特种部队的人，你这蠢货。”

“他看到我是不是很恼火?”勇说着，咧开嘴，戴着花哨太阳镜的脸上露出笑容。

“可以这么说吧。”我答道。

勇笑得更欢了，然后他拿出手机，按了几个按钮。“JC，我刚刚以你的名义为布拉迪禁枪运动捐献了一万美元。我只是觉得应该告诉你一声。”

JC咆哮起来，名副其实地发出了咆哮。

我靠向椅背，在车子行驶的同时审视着勇。

另一辆车跟了上来，载满了勇的跟班。勇显然跟威尔逊说明过，因为眼下并不是回家的路线。“你会配合我的化身演戏，勇，”我说，“很少有人这么做。为什么?”

“对你来说可不是演戏，对吧?”他懒洋洋地问。

“不是。”

“那对我来说也不是。”他的手机发出某种鸟儿的鸣声。

“那其实是老鹰的鸣叫声，”托比亚斯说，“大部分人听到老鹰的叫声时都很吃惊，因为美国媒体在画面上出现老鹰的时候会使用红尾鹰的叫声，他们觉得老鹰的叫声不够真实，所以我们在自己国家象征的身份上欺骗了自己……”

而勇把它设成了手机铃声。有意思。他接起电话，说起了韩语。

“我们非得跟这个小丑打交道吗？”JC说。

“我喜欢他，”艾薇说着，坐到勇身边，“另外，你自己也说过，他也许跟那个杀手有关。”

“是啊，好吧，”JC说，“我们可以从他嘴里问出真相，用古老的五点式说服法。”他攥起一边拳头，砸进他的另一只手掌里。

“你真糟糕。”艾薇说。

“哪有？他那么奇怪，说不定会很享受。”

勇挂了电话。

“出什么事了吗？”我问。

“是我最新专辑的消息。”

“好消息？”

勇耸了耸肩。他已经出版了五张音乐专辑。每一张都销量惨淡。当你凭借敏锐的眼光在大宗商品投资领域赚到十二亿身家以后，说唱乐专辑销量糟糕这样的小事是不会让你就此收手的。

“所以……”勇说，“我有件可能需要帮忙的事。”

“总算！”JC说，“最好别跟强迫别人听他的糟糕音乐有关。”他顿了顿，又说：“事实上，如果我们需要某种新的拷问形式……”

“这份工作跟一个名叫泽恩的女人有关么？”我问。

“谁？”勇皱起眉头。

“私人杀手，”我答道，“她在晚餐时监视了我。”

“也许是想约你。”勇欢快地说。

我扬起一边眉毛。

“我们的麻烦，”勇说，“也许会带来某种风险，我们的对手也没有高尚到不会去雇佣这种……人物。不过我向你保证，她不是我的手下。”

“这份工作，”我说，“有意思吗？”

勇咧嘴笑了。“我需要你帮我取回一具尸体。”

“哦哦哦……”JC说。

“真是浪费时间。”托比亚斯说。

“没这么简单。”艾薇打量着勇的表情，说道。

“这有什么难的?”我问勇。

“重要的不是那具尸体，”勇说着，身体前倾，“而是那具尸体知道的东西。”

* * *

“新新信息股份有限公司[1]，”我们的车驶入那扇站有门卫的大门时，JC读出了这片商业园区外的招牌，“就算是我，也看得出这是个蠢名字。”他犹豫了片刻，又说：“这是个蠢名字吧?”

“这名字有点太直白了。”我答道。

“由工程师创立，”勇说，“由工程师运营，而且——不幸的是——由工程师命名。他们在里面等着我们。注意，斯蒂芬，我请求你去做的事已经超出友谊的范畴了。为我处理这件事，你就能还清之前欠我的人情，甚至绰绰有余。”

“如果这事真的牵扯到某个女杀手，”我不情愿地说，“这样的报酬就不够了。我可不想为了还人情去拿性命冒险。”

“那财富呢?”

“我已经很有钱了。”我说。

“不是钱，而是**财富**。完全的经济独立。”

这话让我迟疑起来。的确，我有钱。但我的幻觉需要大量的空间和投资。我宅邸的许多房间，每次坐飞机时的众多座位，还有每次我长时间外出时需要的诸多车辆和司机。或许我可以买一栋小点的房子，强迫我的化身住在地下室或者草坪的棚屋里。问题在于，当他们不快乐的时候——当幻觉开始崩溃的时候——我的状况也会……变糟。

我最后解决了那些问题。无论是怎样扭曲的心理状况让我维持着运

---

①新新信息股份有限公司：原文首字母缩写为I.I.I.。

作，我都比刚开始稳定多了。我想保持下去。

“你有人身危险吗?”我问他。

“我不清楚，”勇说，“也许吧。”他递给我一只信封。

“钱?”我问。

“新新信息的股份，”勇说，“我六个月前买下了这家公司。这家公司正在进行革命性的研究。这个信封会给你百分之十的股份。文件我已经提交了。无论你接不接这份活儿，它都是你的了。咨询费。”

我摸了摸那个信封。“如果我没能解决你的问题，它就一钱不值了，是吧?”

勇咧嘴一笑。“你猜对了。但如果你能解决，这个信封就有可能价值千万，甚至上亿。”

“见鬼。”JC说。

“注意用词。”艾薇说着，捶了他的肩膀一拳。照这样下去，他们俩要么大吵一架，要么就该开始亲热了。我可没法判断。

我看着托比亚斯，后者坐在我对面。他身体前倾，双手交扣在身前，看着我的眼睛。“我们可以拿这笔钱做很多事，”他说，“我们也许能得到寻找她所必要的资源。”

珊德拉了解我的事，了解我的思考方式。她能理解化身。见鬼，化身们的运作原理就是她教我的。她让我神魂颠倒。

然后她离开了。无比突然。

“那台相机。”我说。

“那台相机没法运作，”托比亚斯说，“阿尔诺说他恐怕得花上好几年才能弄明白。”

我摸了摸那只信封。

“她在积极阻挠你的搜寻，斯蒂芬，”托比亚斯说，“你不能否认这一点。珊德拉不希望你找到她。为了找出她的下落，我们需要资源，包括暂时不接工作的自由以及克服阻碍的金钱。”

我看向艾薇，后者摇了摇头。她和托比亚斯在珊德拉的问题上意见相左——但她早先已经发表过意见了。

我回头看向勇。“我猜我得先答应帮忙，然后才能知道你的人在研究怎样的科技吧?”

勇摊开双手。“我相信你，斯蒂芬。那笔钱是属于你的。进去吧。听听他们的话。我要求的只是这样。你可以回头再做决定。”

“好吧，”我说着，把信封装进口袋，“让我听听你的人怎么说。”

* * *

新新信息是那种“新型”技术公司，就是装潢得仿佛托儿所，明亮的墙壁漆着三原色，每个岔路口都放着豆袋椅的那种。勇从冷柜里拿出几支雪糕，给他的保镖每人丢了一支。我双手背在身后，表示谢绝，但他接着又拿出一支，朝我们之间的空气晃了晃。

“当然。”艾薇说着，伸出双手。

我指了指，勇便将雪糕朝她的方向丢去。这就产生了一个问题。那些在我身边工作的人知道，他们只需要表演一场哑剧，让我的头脑来填补细节就好。因为勇是**真的**扔出了那东西，我的想象能力就暂时出现了故障。

雪糕分裂成了两支。艾薇接住其中一支，跨步避开另一支——真正的那支——而后者撞上墙壁，落到地上。

“我可不需要两支。”艾薇说着，翻起了白眼。她跨步越过落地的雪糕，撕开自己那支的包装，但看起来不太自在。只要我在想象世界和现实世界之间斡旋的能力出现瑕疵，我们就踏入了危险的领域。

我们继续向前，经过玻璃墙包围的会议室。大部分的会议室都空无一人，在这个时间也很正常，但每张桌子上都堆放着建造进度各有不同的小巧塑料块。显然在新新信息股份有限公司，商务会议都会配备大量的乐高积木，供与会者在讨论时使用。

“前台的接待员是新来的，”艾薇评论道，“她都记不清访客胸牌放在哪了。”

“要么是这样，”托比亚斯说，“要么就是这里的访客屈指可数。”

“安保很烂。”JC咕哝道。

我看着他，皱起眉头。“这些门都需要门卡。这安保不算差。”

JC嗤之以鼻。“门卡？拜托。看看这些窗户吧。明亮的色彩，引人注目的地毯……那是轮胎秋千？这地方简直在尖叫‘给你后面的人留个门’。门卡根本没用。不过至少大部分电脑是背对着窗户的。”

我能想象这地方白天时的样子：气氛欢快，走廊里有零食箱，墙上有好记的标语。这里是那种经过精心设计，好让创作型人才感到舒适的环境。就像大猩猩围场，只不过里面换成了书呆子。空气中残留的气味标志出内部食堂——多半还是免费的——的存在，这是为了让工程师们吃饱喝足，并且留在园区内。既然六点就能在这儿吃上饭，还回家干吗？既然你在公司里闲得无聊，不如再干点活儿……

此时那种欢快的创造性气氛淡薄了许多。我们从那些在深夜工作的工程师身边经过，但他们全都弓身坐在电脑前。他们瞥了我们一眼，然后更用力地缩起身子，不再抬头。足球桌和街机伫立在休息室里，无人问津。这地方给人以就算在夜晚，也会充斥愉快闲聊声的感觉。但事实上，周围能听到的就只有窃窃私语声，以及某台闲置的游戏机不时发出的一声“哔”。

艾薇看着我，似乎因为我注意到了这些而颇受鼓舞。她指了指，示意我继续向前走。这是什么意思？

“那些工程师知道了，”我对勇说，“安全漏洞的确存在，他们也意识到了这点。他们担心这家公司有危险。”

“是啊，”勇说，“真不该让他们知道。”

“他们怎么知道的？”

“你了解这些IT公司，”勇戴着他闪闪发亮的太阳镜说，“信息自由，员工参与，各式各样的胡说八道。高层们开了一场说明状况的会议，而且邀请了所有人——除了那些该死的清洁工。”

“注意用词。”艾薇说。

“艾薇希望你不要说脏话。”我说。

“我说了吗?”勇说着，露出由衷的困惑表情。

“艾薇有点清教徒的气质，”我说，“勇，那种科技究竟是什么？他们在这儿开发什么?”

勇在某间会议室边停下脚步——这间比先前那些安全些，仅有的玻璃只有门上的一扇小窗。里面等着几名男女。“就让他们告诉你吧。”勇发话的同时，他的保镖之一拉开了门。

* * *

“你身体里的每个细胞都包含有七百五十兆字节的数据，”那位工程师说，“做个比较的话，你的一根手指包含的信息就能和整个互联网相比。当然了，你的信息重复又冗余，但细胞能够存储大量信息仍旧是事实。”

那位工程师名叫加尔瓦斯，他是个友善的男人，穿着系扣领衬衫，口袋上挂着一副飞行员太阳镜。他算不上特别超重，但长期伏案工作还是让他显得有些丰满。说话的同时，他也在用乐高积木搭建一条恐龙，而勇在会议室外来回踱步，讲着电话。

“你能理解其中蕴藏的可能性吗?”加尔瓦斯说着，为恐龙装上了脑袋，“随着时间流逝，科技产品不断缩小，而人们也厌倦了随身带着笨重的笔记本电脑、手机和平板电脑。我们的目标是设法运用人体本身，从而解决这种麻烦。”

我看了眼化身们。艾薇和托比亚斯和我们一起坐在桌边。JC站在门边，呵欠连连。

“人体是一台异常高效的机器。”另一位工程师说。拉勒米身材瘦削，待人热心，正把他的乐高积木搭成一座不断增长的高塔。“它拥有庞大的存储空间、自我复制的细胞，外加自带的发电机。以当今的生产标准来看，人体的寿命也非常之长。”

“所以你们是要把人体，”我说，“变成电脑。”

“人体已经是电脑了，”加尔瓦斯说，“我们只是再添加几个新特性而已。”

“想象一下吧，”第三位工程师——她是个瓜子脸的瘦削女子，名叫罗拉丽——说，“与其带着笔记本电脑，为什么不去利用早就内置在你身体里的有机电脑呢？你的拇指会变成存储器。你的眼睛就是屏幕。比起笨重的电池，你只需要早上多吃个三明治。”

“这，”JC说，“听起来真诡异。”

“我倾向于同意。”我说。

“什么？”加尔瓦斯问。

“只是个比喻说法而已，”我说，“所以，你的拇指会变成存储器。看起来就像，那个什么。就像……唔……U盘？”

“他本来想说‘拇指盘[①]’，”拉勒米说，“我们真的不该再用拇指来举例了。”

“但这双关多棒啊！”罗拉丽说。

“总之，”加尔瓦斯说，“我们所做的事不会改变器官的外观。”他竖起拇指。

“你们已经这么干了？”我问，“你们用自己做了测试？”

“怪胎，”JC说着，不安地动了动身体，“这事跟僵尸脱不了关系。我就这么称呼它了。”

“我们做了些非常初步的测试，”加尔瓦斯说，“我刚才告诉你的大部分内容都只是梦想，是目标。在这里，我们专门研究存储方面的技术，而且进展良好。我们能把信息嵌入细胞，而它会留在那里，由身体复制到新的细胞内。我的拇指可以兼任笔记本电脑的备份。如你所见，并没有什么副作用。”

---

①拇指盘：thumb drive，同指U盘，全称为USB thumb drive。

“我们把信息保存在肌肉的DNA里，”拉勒米兴奋地说，“反正你的基因材料里本来就有无数外来数据。我们模仿了这点——我们所做的只是加上多余的一小串信息，并且加上标签，告诉身体忽略它的存在。就像添加注释的代码段。”

“抱歉，”JC说，“我不会超级极客语。他刚才说了什么？”

“为电脑代码‘添加注释’，”艾薇解释道，“就是写下文字，但又告诉程序忽略它。这么一来，你就能为其他程序员留下有关这段代码的信息了。”

“噢，”JC说，“就是胡言乱语嘛。问问他僵尸的事。”

“斯蒂芬，”艾薇对我说着，刻意没理睬JC，“这些人既认真又激动。他们说话的时候双眼有神，但仍有保留。他们对你说的是实话，但他们也在害怕。”

“你们说这种技术是绝对安全的？”我问那三人。

“当然，”加尔瓦斯说，“从好些年前开始，人们就在对细菌做类似的实验了。”

“问题不在于储存空间，”罗拉丽说，“而在于存取方法。当然，我们可以把所有这些存进细胞——但写入和读取是非常困难的。我们在存入时必须注入数据，而取出时又必须除去细胞。”

“我们的团队成员之一，帕诺思·马赫拉斯，就在制造和某种病毒有关的输送装置的原型，”加尔瓦斯说，“那种病毒会渗入满载着基因数据的细胞，随后将其拼接到DNA里。”

“噢，真棒。”艾薇说。

我面露苦相。

“这是绝对安全的，”加尔瓦斯的语气有点紧张，“帕诺思的病毒有阻止它过度自我复制的安全机制。我们只会在有限制的情况下进行试验，而且会非常小心。另外请注意，病毒法只是我们正在研究的方法之一。”

“世界很快就会改变，”拉勒米激动地说，“迟早有一天，我们能够写入每个人类身体里的基因硬盘，用它自己的激素来——”

我举起一只手。“你们制造的病毒现在能做到什么？”

“最坏的情况下？”罗拉丽问。

“我可不是来听漂亮话的。”

“最坏的情况下，”罗拉丽看着其他人说，“帕诺思开发的那种病毒能将庞大的无用数据送入人们的DNA——或者将庞大的数据从他们的DNA中删除。”

“所以就是……僵尸？”JC说。

艾薇脸色一沉。“换作平时，我会说他是个白痴。但……没错，这听起来是有点像僵尸。”

别再来了，我心想。“我恨僵尸。”

工程师们全体朝我投来困惑的眼神。

“……僵尸？”罗拉丽问。

“这就是后果，不是吗？”我问，“你们意外把别人变成了僵尸？”

“哇哦，”加尔瓦斯说，“这可比我们实际做的事帅多了。”

另外两人看着他，而他耸了耸肩。

“利兹先生，”拉勒米说着，把目光转回我身上，“这可不是科幻故事。删除某人的大部分DNA不会立刻造就某种僵尸，它只会制造出一个异常细胞。在我们的实验里，这种细胞有不受控制地增殖的习性。”

“不是僵尸，”我说着，感觉身体发凉，“是癌症。你们制造出了会让人患上癌症的病毒。”

加尔瓦斯的脸有些抽搐。“差不多吧？”

“这是个完全可控的意外结果，”拉勒米说，“只在恶意使用时才有危险。而且为什么会有人想这么做？”

所有人都盯着他看了一会儿。

“我们开枪打他吧。”JC说。

“谢天谢地，”托比亚斯答道，“你都一个多钟头没提议开枪打人了，

JC，我都开始觉得哪里不对劲了。”

“不，听着，”JC说，“我们可以开枪打那边那位呆瓜先生，这样就能给房间里的所有人上一堂关于人生的重要课程。让他们明白，别去当愚蠢的疯狂科学家。”

我叹了口气，没理睬化身们。“你们说那种病毒的开发者是个名叫帕诺思的男人？我想跟他谈谈。”

“你没办法，”加尔瓦斯说，“他……应该是死了。”

“真令人吃惊。”托比亚斯说，而艾薇叹了口气，揉起了额头。

“怎么？”我转向艾薇，问道。

“勇提到过一具尸体，”艾薇说，“他们公司研究的又是往人体细胞储存数据，那么……”

我看向加尔瓦斯。“他把数据放在身体里了，对吧？就是创造那种病毒的方法？他把你们产品的数据存进了自己的细胞里。”

“对，”加尔瓦斯说，“而且有人偷走了尸体。”

* * *

“安保噩梦。”我们前往帕诺思——那位已故的基因拼接者——的办公室时，JC说。

“就我们所知，”罗拉丽说，“帕诺思的死完全是自然原因。他死的时候，我们全都悲痛欲绝，因为他是我们的朋友。但所有人都觉得那只是滑雪场上偶尔会发生的事故而已。”

“是啊，”JC说着，走在我身边，而我的另外两个化身跟在他身后，“因为研究末日病毒的科学家死于罕见事故简直半点都不可疑。”

“有时候，JC，”托比亚斯说，“事故是真的会发生的。如果有人想知道他的秘密，我想杀了他再偷走尸体应该是下下策才对。”

“你确定他死了吗？”我问加尔瓦斯，后者走在我的另一边，“也许是某种骗局，比如商业间谍活动的一部分。”

“我们非常确定，”加尔瓦斯答道，“我看到尸体了。他的脖子……

呃……转到了活人不可能办到的角度。”

“我们最好证实这点，”JC说，“去弄到验尸报告，可能的话再加上照片。”

我心不在焉地点点头。

“如果我们只看这一连串事件，”艾薇说，“情况就相当合理了。他死了。有人发现他的细胞里藏着信息。他们偷走了尸体。我倒不是说没有别的可能，但我觉得他们的说法是可信的。”

“尸体是什么时候失踪的？”我问。

“昨天，”罗拉丽说，“那是事故发生的两天后。葬礼本该在今天举行。”

我们在走廊里停下脚步，旁边是一面画有许多欢快气泡的墙壁，而加尔瓦斯用他的门卡打开了前方那扇门。

“你们有什么线索吗？”我问他。

“完全没有，”他答道，“又或者说，太多了。我们的研究领域很热门，许多生物技术公司都参与了这场竞赛。策划这起盗窃的也许就是我们不那么正直的对手之一。”

我从加尔瓦斯手里接过门把，然后扶住门，让那家伙困惑不已。但如果我不这么做，他恐怕会在我的化身进门的时候穿过他们的身体。工程师们走了进去。等他们进门后，我的化身也走了进去，而我跟在后面。勇跑去哪儿了？

“要查出幕后黑手应该很简单，”JC对我说，“我们只需要弄明白，是谁雇了那个杀手来监视我们就好。我不明白的是你们干吗都这么担心。这些书呆子碰巧发明了一台能造成癌症的机器。没啥大不了的。我也有。”JC拿出一台手机晃了晃。

“你有手机？”艾薇恼火地问。

“当然，”JC说，“人人都有。”

“你打算给谁打电话？圣诞老人吗？”

JC把手机塞回口袋，嘴巴抿成一条线。艾薇也会回避他们并非真人的事实，但和JC不同，她的内心深处似乎能接受这点。我们沿着这条新走廊前进的同时，艾薇跟在他身边，说起了安慰的话，仿佛为提起了他的幻觉本质而羞愧。

这栋建筑物的新区域比起幼儿园更像是牙医诊所，黄褐色墙壁的走廊两侧是成排的单人间，门边放着假植物。我们来到帕诺思的办公室前，而加尔瓦斯掏出了另一张门卡。

“加尔瓦斯，”我问，“为什么你们不带着那种病毒去找政府合作？”

“他们只会把它用作武器。”

“不，”我说着，一手按在他的胳膊上，“我很怀疑。像这样的武器在战争中起不到战术作用。让敌方部队得癌症？见效需要耗费几个月或者几年，而且就算那样也价值有限。这样的武器只能用来威胁平民。”

“它根本不该被人当作武器。”

“火药最开始还是做烟火用的呢。”我说。

“我之前说过，我们还在寻找读写细胞的其他方法，对吧？”加尔瓦斯说，“不需要动用病毒的方法。”

我点点头。

“这么说吧，我们开始那些项目，是因为我们之中有人担心病毒法的危险。我们停止了对帕诺思项目的研究，想要设法用氨基酸办到这一切。”

“你们还是应该去找政府。”

“然后你觉得他们会怎么做？”加尔瓦斯说着，直视我的眼睛，“摸摸我们的头？感谢我们？你知道发明出这种东西的实验室会有什么下场吗？它们会消失。要么被政府吞并，要么遭到解散。我们在这儿的研究很重要……好吧，而且还获利丰厚。我们不希望被迫关门；我们也不想成为大规模调查的对象。我们只想摆脱这个麻烦。”

他拉开门，露出门后那个整洁的小办公室。墙上挂着一排装在同种相框里的科幻片演员的照片。

“去吧。”我拦住加尔瓦斯，对我的化身们说。他们三个走进办公室，端详起书桌和墙上的东西来。

“他有希腊血统，”艾薇说着，看着墙上的几本书和一套照片，“要我说的话，他是第二代移民，但还是会说希腊语。”

“什么?”JC说，“帕诺思难道不是湿[①]——”

“讲话留神。”艾薇说。

“——墨西哥人的名字吗?”

“不是。”托比亚斯说。他在书桌边弯下腰，说：“斯蒂芬，能帮个忙吗?”

我走了过去，移动书桌上的文件，让托比亚斯能看清每一张。“一家本地微观装配实验室[②]的费用单……”托比亚斯说，“一场Linux[③]大会的宣传册……DIY杂志……我们这位朋友喜欢动手制造。”

“麻烦说‘蠢人’就好。”JC说。

“这是技术爱好者和创造型人才的亚文化，JC，”托比亚斯说，“类似开源软件运动，也可能就是它的副产物。他们重视亲手制造与合作，尤其是在技术的创造性应用方面。”

“他把自己出席过的所有大会的胸牌都留了下来，”艾薇说着，指了指那堆东西，“而且每一块上面都有签名，但不是名人，而是——要我猜的话——他出席的那些大会的演讲者的签名。我认得其中几个名字。”

“看到地板上的橡胶楔子了吗?”JC说着，咕哝了一声，“地毯上有磨损。他经常把那只楔子塞到门下，让它保持敞开，避免自动锁发挥作用。他喜欢开着办公室的门，方便人们过来拜访和聊天。”

我轻轻拨弄贴在桌上的几张便签。**支持开源运动，信息属于所有**

---

①湿：此处指美国人对墨西哥偷渡者的蔑称“湿背客(wetback)”。

②微观装配实验室：fablab，一种为个人提供数字化制造设备的小规模工场。

③Linux：电脑操作系统的一种，以免费开放源代码著称。

人，言论应当自由。

托比亚斯让我坐在电脑前。它没设密码。JC扬起一边眉毛。

帕诺思最后访问的网站是几个论坛，并就信息和科技问题发表了积极而不失礼貌的帖子。“他很有热情，”我浏览着他的部分电子邮件，开口道，“而且健谈。人们由衷地喜欢他。他经常出席书呆子的集会，虽然他起初会避而不谈，但只要你稍微撬开他的嘴巴，他就会滔滔不绝地开始讲述。他总是在摆弄各种东西。乐高积木就是他的点子，对吧？”

加尔瓦斯走到我身旁。“你是怎么……”

“他相信你们的工作成果，”我眯眼看着帕诺思在某个Linux论坛上的帖子，继续说道，“但他不喜欢你们的公司结构，对吧？”

“就像我们中的许多人那样，他觉得投资人是我们钟爱的事业里恼人却不可或缺的一部分，”加尔瓦斯犹豫了片刻，“他没有出卖我们，利兹，如果你在怀疑这点的话。他不可能出卖我们的。”

“我同意，”我说着，在椅子里转过身来，“就算这个人打算背叛公司，他也只会把一切发布到互联网上。我觉得他比起把你们的文件出卖给另一家邪恶企业，直接公开的可能性更大。”

加尔瓦斯松了口气。

“我需要一份你们对手公司的清单，”我说，“还有验尸报告和尸体的照片。关于尸体消失的详情。我还想要帕诺思的住所、他的家人和职场外的朋友——你们知道的那些——的详细资料。”

“所以……你答应帮我们了？”

“我会找到尸体的，加尔瓦斯，”我说着，站起身来，“但首先，我要去掐死你的雇主。”

* * *

我发现勇独自坐在食堂里，周围是干净的白色桌子，绿色、红色和黄色的椅子。每张桌子上都放着一只装满柠檬的玻璃罐。

周围空无一人，却有活泼的色彩作为装饰，让人觉得这间食堂仿佛……屏住了呼吸。等待着什么。我摆摆手，示意我的化身等在外面，然后走了进去，独自面对勇。他取下了那副花哨的太阳镜；这么一来，他看起来几乎像是个普通的商人。他戴着太阳镜是为了假装自己是个明星，还是为了不让人看到他那双敏锐、坚定而又狡猾的眼睛?

“你算计了我，”我说着，坐到他身边，“无情又老练地算计了我。”

勇一言未发。

“如果东窗事发，”我说，“新新信息的一切都会下地狱，而我作为公司的股东也会受到牵连。”

我等着艾薇责备我，虽然那句咒骂算不上激烈。但她留在了门外。

“你可以实话实说，”勇说，“要证明你是今天才拿到股份应该不会太难。”

“行不通。我早就名声在外了，勇。作为怪人。媒体可不会用疑罪从无的原则来对待我。如果我跟这件事有任何关联，那么无论我发表什么声明，都会登上小报，你很清楚。你特意给我股份，是为了让我变成跟你一条绳上的蚂蚱，你这混蛋。”

勇叹了口气。在能看到他眼睛的现在，他显得苍老了许多。“也许吧，”他说，“我只是希望你和我有同样的感受。我买下这地方的时候，对致癌的问题一无所知。他们两星期前就把烂摊子丢给了我。”

“勇，”我说，“你需要跟当局沟通。这件事比你我都要重要。”

“我知道。我也这么做了。政府今晚会派疾病防治中心的人来。工程师们会被隔离；我恐怕也一样。我还没把这事告诉别人。但斯蒂芬，政府错了；他们看待这件事的方式错了。问题不在于疾病，而在于信息。”

“那具尸体，”我说着，点点头，“新新信息怎么会允许这种事发生的？他们不是把他当作活硬盘来看的么?”

“尸体会被火化，”勇说，“这是内部协议的条款之一。这本不该成为问题的。而且即便如此，要弄到那些信息也并不容易。按理说，这里的所有人都会给存进他们细胞内的数据加密。你听说过一次性密钥么?”

“当然，”我说，“解码时需要唯一密钥的随机加密。理论上是不可破解的。”

“在数学上，它是唯一不可破解的加密形式，”勇说，“这种方法不怎么适合日常使用，不过这里的研究也还算不上实用。这种加密法是公司政策所规定的——在把数据存进自己身体以前，他们会用唯一的密钥加密。如果想读取那份数据，就需要那把密钥。不幸的是，我们手上没有帕诺思使用的密钥。”

“前提是他遵守规定，加密了那份信息。”

勇面露苦相。“你也注意到了？”

“我们已故的朋友对安全措施不怎么有兴趣。”

“好吧，我们只能希望他使用了密钥——因为如果他这么做了，得到他尸体的人就没法读取他存入的数据了。而我们也许就不会有事。”

“除非他们找到密钥。”

勇把一份厚厚的文件夹推向我。“的确如此。在我们来这儿之前，我让他们为你打印出了这些文件。”

“这是？”

“帕诺思的网络互动记录。他在过去几个月里做过的一切——发送的每一封电子邮件，发布在论坛上的每个帖子。我们没能在其中找到线索，但我想应该把它交给你，以防万一。”

“你这是以我会帮你为前提了。”

“你不是告诉加尔瓦斯——”

“我说过我会找到尸体。但我还没决定还给你们。”

“没关系，”勇说着，站起身来，从口袋里掏出太阳镜，“我们手头有数据，斯蒂芬。我们只是不希望它落入恶人之手。这点你应该也赞同。”

“我相当确定你的手就是恶人之手。”我顿了顿，又说：“勇，是你杀了他吗？”

“帕诺思？不。就我所知，那真的只是意外。”

我打量着他，而他和我对视了一会儿，然后戴上那副滑稽的太阳镜。他可信吗？换作从前，我肯定会相信。他拍了拍那袋资料。“无论你还想知道些什么，我都会确保加尔瓦斯和他的团队提供给你。”

“如果这只是你公司的问题，”我说，“我多半会留下你自生自灭。”

“我知道。但有许多人正面临危机。”

该死。他说得对。我站起身。

“你有我的手机号码，”勇说，“我大概会被关在这里，但应该可以打电话。不过你就需要在政府人员赶来前尽快离开了。”

“好吧。”我和他擦身而过，走向门口。

“光是找到密钥是不够的，”勇在我身后说，“我们不清楚有多少副本——这还是以帕诺思遵守加密协议为前提的情况。找到尸体，斯蒂芬，然后烧了它。正如几星期以前，我想一把火烧光这家公司那样。”

我打开门，走了出去，向艾薇、托比亚斯和JC招招手。我迈开步子，而他们跟在我身旁。

“JC，”我说，“用用你的电话。打给其他化身。让他们到白房间去。我们有工作要做。”

第二部分

我有很多化身。确切数字是四十七个，这要算上最新加入的阿尔诺。我通常不会用到全部——事实上，同时想象四五个以上的化身是很费力的事，没法持续太久。这种限制是让研究我的心理学家们垂涎的又一个特征。作为精神病人，居然会觉得创造自己的幻想世界比活在现实世界里更累人?

我偶尔会接到格外耗费精力的工作，那时就需要大量化身的关注。所以我才会打造出“白房间”。空无一物的墙壁、地板和天花板全都涂成统一的磨砂白色；表面光滑而冰凉，除了天花板上的灯以外毫无间断。这里隔音且安静，没有令人分心之物——让我可以把全部注意力集中在涌入那道双开门的数十个虚构人物身上。

我并未有意识地选择化身的外貌，但我的内心似乎推崇多样性。萨摩亚人[①]卢阿是个健壮的家伙，总是满脸笑容。他穿着耐用的工装裤和满是口袋的外套——很适合生存主义者。韩国人元美是我们的外科大夫和战地医生。恩戈齐——法医调查专家——是个六英尺四英寸高的黑人女性，而弗里普又矮又胖，还经常疲倦。

他们接连不断地走进门里。他们当初的出现算不上快，每次也仅限

①萨摩亚人:居住在太平洋中部萨摩亚群岛上的民族。

一位，那是因为我需要学习某种新技巧——把不断增多的擅长领域塞进我拥挤过头的大脑。他们的举止就像真人那样，用五花八门的语言交谈着。奥黛丽头发蓬乱；她先前显然在小睡。克莱夫和欧文穿着高尔夫球衣，克莱夫的肩上扛着一根发球杆。我都没发现欧文终于说服他尝试那项运动了。卡莉亚妮穿着鲜红与金色相间的丝绸纱丽，听到JC又一次叫她“艾哈迈德”的时候，她翻了个白眼，但我看得出他越来越喜欢她了。想要不喜欢卡莉亚妮真的很难。

“斯蒂芬先生!”卡莉亚妮说，“你的约会如何？希望还算愉快。”

“算是有了进步，”我说着，环顾房间，“你见到阿曼多了吗?”

“噢！斯蒂芬先生，”娇小的印度女子挽住了我的胳膊，“我们之中的几个人去找过他了。但他不肯下来。他说他在取回皇位之前都要绝食抗议。”

我皱起眉头。阿曼多的状况恶化了。不远处，艾薇向我投来尖锐的眼神。

“斯蒂芬先生，”卡莉亚妮说，“你应该让我丈夫拉胡尔加入我们。”

“我跟你解释过了，卡莉亚妮。你丈夫不是我的化身之一。”

“但拉胡尔很有用，”卡莉亚妮说，“他是个摄影师，而且考虑到阿曼多最近那么不合作……”

“我会考虑的。”我说。这句话似乎起到了安抚作用。卡莉亚妮是新来的，并不清楚这种事的运作方式。我没法随意创造化身，而且尽管很多化身会提起他们的生活——家人、朋友、兴趣——我却无法真正看到那些东西。这也是件好事。时刻关注四十七个幻觉也太难了。如果我非得连他们的姻亲也想象出来，恐怕迟早会发疯的。

托比亚斯清了清嗓子，试图吸引所有人的注意。事实证明，在叽叽喳喳的一大群化身面前，他的行为只是徒劳。全体集合是件非常新奇的事，而他们正在享受这种感觉。因此JC掏出手枪，朝空中开了一枪。

房间瞬间安静下来，随即充斥揉着耳朵的化身们的抱怨与控诉。托比亚斯走了几步，避开从上方飘下的一小缕尘埃。

我瞪着JC。“以后我们每次到这儿来，我都得想象天花板上的窟窿了，明白吗，你这个天才？”

JC耸了耸肩，把武器收回枪套里。至少他露出了尴尬的表情，这点值得夸奖。

托比亚斯拍拍我的肩膀。“我会补好那个洞的，”他告诉我，然后转身面向安静下来的众人，“有具尸体被盗了。我们受雇找回它。”

艾薇从那些化身之间走过，分发着纸张。

“这份资料说明了细节。”托比亚斯续道。虽然他们知道我知道的事，但有时候，做出这种传递信息的举动对我们都有好处。“请你们务必理解，有人的性命正面临威胁。或许是许多人的性命。我们需要制订计划，而且要快。开始工作吧。”

艾薇分发完了资料，最后来到我身旁。她把最后那份递给了我。

“我已经知道细节了。”我说。

“你那份是不同的，”艾薇说，“那是你对新新信息的对手公司所知的一切。”

我浏览了一遍，为其中包含的信息量而惊讶。坐车回来的路上，我一直在考虑勇告诉我的事，对于他给我的摘要，我只是瞥了眼他认为最可能偷走尸体的三家公司的名字而已。好吧，我显然把每家公司的信息都塞进脑子里了。我翻阅文件，陷入深思。自从伊格纳西奥……离开我们以后，我就再也没研究过生物技术公司了。我还以为类似的知识早就随他而去了。

“多谢。”我对艾薇说。

“不客气。”

我的化身在白房间里散开，开始以各自的方式工作。卡莉亚妮坐在墙边的地板上，拿出一支亮红色记号笔。迪伦踩起了步子。卢阿走到离他最近的人身边，开始交谈。大部分人把墙壁当作白板，开始写下他们的想法。有些人一边写字一边画图，还有些以线性推进的格式写下想法，另一些不断写下东西，然后又划掉。

我通读艾薇拿来的文件，更新我的记忆，然后深入研究起勇给我的资料来。其中包括验尸报告，以及看起来确实死透了的死者的照片。填写报告的是莉莎本人。真不幸，我也许得去拜访她了。

读完以后，我漫步穿过房间，审视每个化身的成果，托比亚斯跟在我身边。某些化身专注于考虑勇是否在欺骗我们。另一些——比如艾薇——正根据我们对帕诺思的了解进行推算，试图判断他最可能把数据密钥藏在哪里。最后那些在研究病毒的问题。

绕房间转了一圈以后，我背靠墙壁，拿起勇给我的那堆比较厚的资料——就是包括帕诺思过去几个月的网络和电子邮件往来的那些。这份资料很厚，但这次我不需要认真阅读。我只需要速读一遍，把它塞进我的脑子，交给化身去摆弄就好。

但这还是花掉了我一个多钟头。等我站起身来舒展身体的时候，房间里的白色空间的大部分都被理论、想法以及硕大的花朵图案与一幅以龙为主题、细节惊人的素描——最后那些是玛琳达的杰作。我双手背在身后，绕着房间又转了一圈，鼓励感到厌倦的人，询问他们写下的内容，并调停几场争吵。

在途中，我经过奥黛丽身边，她正以指代笔，把自己的意见写在面前的空气里。

我停下脚步，朝她扬起眉毛。“真是特立独行。”

奥黛丽耸耸肩。她对自己的描述是“曲线优美”，有一头长发和漂亮的脸蛋。作为笔迹分析专家，她的书法很差劲。

“墙上没有空位了。”奥黛丽说。

“当然。”我说着，注视起她那些悬空的文字来。片刻过后，一块玻璃出现在她写字的位置，让她仿佛一直都是在玻璃上书写。我的头隐隐作痛。

"噢，这就不好玩了。"她抱着双臂说。

"必须这样，奥黛丽，"我说，"这是规则。"

"你自己编的规则。"

"是我们赖以生存，"我说，"对我们有益的规则。"我读着她写的东西，皱起眉头。"生物化学等式？你什么时候开始对这些感兴趣了？"

她耸耸肩。"我觉得总得有人对那方面做点研究，而我又有时间，毕竟你坚决不肯为我想象宠物。"

我把手指按在那块玻璃上，看着那些挤在一起的文字。她想弄清帕诺思用来创造那种病毒的方法。然而，她的图解里有几大块缺口——就好像那些文字被人撕了下来似的。剩下的部分并不比基础化学艰深多少。

"这是行不通的，奥黛丽，"我说，"我们已经没法再这么做了。"

"那些知识应该还藏在什么地方吧？"

"没了。消失了。"

"可——"

"消失了。"我坚定地说。

"你的脑子真够混乱的。"

"我是这房间里神智最正常的人了。"

"严格来说，"她说，"你也是最疯狂的。"

我权当没听见，只是坐在那块玻璃旁边，审视她关于其余论题的笔记。"搜索帕诺思网络言论的模式？"

"我觉得他的论坛帖子里也许有隐藏的信息。"

我点点头。在学习笔迹分析的时候——并在此过程中创造出了奥黛丽——我做了一点关于密码学的外围研究。这两门学问有异曲同工之妙，而且根据我读过的某些书籍的描述，破译信息的要点在于察觉故意改变的笔迹，比如在写下字母"T"的时候，让交叉部位以不同的程度倾斜，以此传达隐藏的讯息。

这代表奥黛丽对密码学知识略知一二，胜过其他所有人。"这些也许能派上用场。”我说着，敲了敲那块玻璃。

“如果我——你——真正了解密码学，”她提醒我，“这些会更有用。或许你有时间再下载几本书?”

“你只是想多参加几次工作吧。”我说着，站起身来。

“你在说笑吧？那些工作里可是会有人朝你开枪的。”

“偶尔才有一次。”

“够频繁了。就算我是想象出来的，我也不希望看到你倒地死掉的模样。你是我名副其实的全世界，斯蒂芬噢。”她顿了顿，又说：“虽然说实话，我一直很好奇，你服用LSD①的话会发生什么……”

“我会对密码学的事想点办法的，”我说，“继续分析他的论坛帖子吧。别再装作自己懂生物化学了。”

她叹了口气，但还是伸出手，用袖子擦掉了那个等式。我转身走开，掏出手机，开始浏览密码学相关的书籍。如果我继续钻研，会创造出另一个化身吗？还是说奥黛丽会像她暗示的那样，真的得到那方面的能力？我想说前者的可能性更大，但奥黛丽——作为我所有化身里自我意识最强烈的那个——总能办到我预料之外的事。

在我浏览有电子版的书籍时，托比亚斯来到我身旁。

“报告?”我问他。

“一致意见是，这种科技是可行的，”托比亚斯说，“威胁也是真实存在的，虽然元美想多考虑一下把无法控制的DNA分子链塞进身体肌肉造成的影响。JC说我们最好自己设法确认新新信息的封锁状况，而政府又是否真的参与其中。这会让我们明白，蔡先生对我们展现出了多少诚意。”

“好主意。我们在国土安全部有什么关系来着?”

“埃尔茜，”托比亚斯说，“你找到过她的猫。”

没错，她的猫。我的工作并不是全都和恐怖分子以及世界命运有

①LSD：麦角酸二乙基酰胺，一种强效致幻剂。

关。有些更加简单，也更加平凡。比如找到一只会传送的猫儿。

“给她打个电话，”我心不在焉地说，“看看她能不能确认勇说的联系过政府的事。”

托比亚斯在我身边停了下来。“给她打电话?”

我从屏幕抬起头来，然后涨红了脸。“没错。抱歉。我刚刚跟奥黛丽说过话。”她有打乱我节奏的倾向。

“啊，亲爱的奥黛丽，”托比亚斯说，“我由衷地觉得她是你心理上的某种补偿因素，可以说是让你得以喘息的方式。天赋往往伴随着思想上的怪异。哎，尼古拉·特斯拉[①]就对珍珠有着某种武断而令人困惑的厌恶感。他会赶走戴着珍珠去见他的人，据说……”

他滔滔不绝。我听着他的声音，放松下来，挑选了一本关于进阶密码学的书。托比亚斯终于转回正题，继续报告化身们做出的决定。“我们要决定接下来的行动，”他说，“欧文的建议或许是最中肯的，而在我们更加了解对象之前，艾薇都没法完成她的心理分析。建议是首先拜访帕诺思的家人。此外，恩戈齐需要向验尸官了解更多信息。我们接下来也许该去那里。”

“把顺序倒过来，”我说，“现在大概是……凌晨三点?”

“六点。”

“这就六点了?”我吃了一惊。我不觉得多累。接到的新工作，等待解开的谜团，都让我保持警醒。“好吧。我还是觉得应该先去拜访验尸官办公室，然后再去吵醒帕诺思的家人。莉莎的上班时间是……大概七点?”

“八点。”

所以我还得打发时间。“关于可能是幕后主使的公司，我们有什么线索吗?”

---

①尼古拉·特斯拉：1856—1943，塞尔维亚裔美籍发明家、物理学家和工程师，现代交流电的设计者。

“JC有些想法。他想跟你谈谈。”

我发现他靠着墙壁，而艾薇就在不远处忙碌着。他正在喋喋不休，并因此令她分心。我抓住他的肩膀，把他拉开。“托比亚斯说你有事要告诉我。”

“我们的杀手，”他说，“泽恩·里格比。”

“是啊，所以？”JC不可能有关于她的新情报——他只知道我知道的事，而我们已经把那部分知识全都挖出来了。

“我在想，瘦皮猴，”JC说，“她为什么要在你约会的时候出现？”

“因为她的雇主知道勇很可能来找我。”

“是啊，可干吗这么早就来监视你？你瞧，尸体已经在他们手里了，对吧？”

“我们是这么认为的。”

“所以，监视你的理由应该是尾随你，看你能不能找到数据密钥。没必要在勇来之前就监视你。这会暴露他们的手牌，对吧？他们应该等你被叫去新新信息再出手。”

我花了点时间去理解。我们喜欢嘲笑JC，但事实上，他是我最实用的化身之一。他们大多只是在幻想和思考中度日。JC却能保住我的性命。

“感觉上是很奇怪，”我赞同道，“但这又代表什么？”

“这代表我们不知道全部的事实，”JC说，“比方说，泽恩也许打算给我们装上窃听器，指望我们会去新新信息，然后泄露情报。”

我目光锐利地看着他。“所以我们该换身衣服？”

“好主意，”他说，“但她早到的其他理由就像山一样多。也许她受雇于知道新新信息出了事，但不清楚具体状况的另一家公司。也或许她跟这件事根本没关系。”

“这话你自己都不信。”

“是啊，”他承认，“但我们还是小心点，好吧？泽恩很危险。执行秘密行动的时候，我遇见过她几次。她会留下尸体，有时是特工的——有时只是无辜的看客的。”

我点点头。

“你最好带上一把手枪，”JC说，“你要明白，一旦发生对峙，我可没法开枪打她。”

“因为她是你从前的熟人？”我给他找了个台阶下。我可不喜欢强迫他去面对自己的本质——而是给他提供理由，好解释他为何身为我的保镖，却无法和我们遇见的任何人有真正的互动。

上次的情况除外。

“不，”JC说，“我不能朝她开枪，是因为我其实不在这儿。”

我吃了一惊。他刚才说……？“JC，”我说，“这对你来说是一大进步。”

“不，我只是理解了状况。那个叫阿尔诺的家伙很聪明。”

“阿尔诺？”我看向房间对面的那个瘦削秃头的法国男人，他是我们最新的成员。

“是啊，”JC说着，一手按在我的肩头，“你瞧，他的理论是这样的。我们并非虚构，并非臆造，也并非你眼下想到的某个疯狂的词儿。他说……好吧，他说了一堆书呆子的话，但他的意思是，我肯定是真人。我只是不在这儿。”

“是这样吗？”我不知道该说什么才好。

“对，”JC说，“你真该听听他那些话。嘿，铬顶[①]！”

阿尔诺指了指自己，然后在JC招手时匆忙赶来。JC搂住那个矮小的法国男人，仿佛和他是挚友——这动作显然让阿尔诺很不自在。有点像猫儿跟老鼠称兄道弟的样子。

“把那些话告诉他。”JC说。

---

①铬顶：chrome dome，美国空军在冷战时期的军事行动之一，其内容是让配备了热核武器的战略轰炸机始终保持空中警戒状态，而飞行路线包括了苏联的边境，这里用来讽刺阿尔诺的秃顶。

“那些话？你指的是哪些？”阿尔诺流利的英语里带着法国口音，就像在烤成褐色的野鸡上融化的黄油。

“你知道的，”JC说，“就是关于我们的那些话。”

阿尔诺扶了扶眼镜。“噢，呃，你瞧，在量子物理学里，我们会讨论可能性。其中一种解释是，次元是无限的，一切可能发生的事都发生过。所以如果这种说法是真的，那么我们这些化身就都作为真人存在于某个次元，或者某个可能性的范畴内。这是个奇妙的想法，您说对吧，艾蒂安[①]？”

“的确奇妙，”我说，“这——”

“所以我是真的，”JC插嘴说，“这个聪明人刚才就是这么说的。”

“不，不，”阿尔诺说，“我只是指出，也许在某个地方，在另一个时间和地点，真的有个人符合——”

JC把他推到一旁，勾住我的肩膀，让我背对阿尔诺。“我已经理解状况了，瘦皮猴。你瞧，我们都是来自那个‘另一个地点’的。当你需要帮助的时候，就会伸出手，把我们抓过来。你就像是某种物理学巫师。”

“物……理学巫师？”

“对头。我也不是什么海豹突击队员。我只能接受这个事实了。”他顿了顿，然后说：“我是个跨次元时空游侠。”

我看着他，露齿而笑。

但他完全都没有说笑的意思。

“JC，”我说，“这跟欧文的幽灵理论一样荒唐。”

“没这回事，”JC顽固地说，“你瞧，想想耶路撒冷那次工作吧。最后发生了什么？”

我犹豫起来。我当时遭到包围，双手颤抖，握着一把我几乎不清楚使用方法的枪。在那一刻，JC握住我的手臂，加以引导，让我以精准地放倒所有敌人的方式开了枪。

---

①艾蒂安：Étienne，法国人名，相当于英语中的“斯蒂芬/斯蒂文”。

“我学得很快，”我说，“物理学，数学，语言……我只需要花一小段时间学习，就能成为专家——只不过是通过化身。也许射击技巧也没什么不同。我学习过，在射击场里开过几枪，然后就成了专家。但这门技艺是不同的——你不可能通过谈话帮助我——所以在我想象你来引导我以前，我都没法妥善运用你。这跟卡莉亚妮指点我用另一门语言对话没什么分别。”

“你这就是夸大其词了，”JC说，“你在运用别的技艺的时候，这种事怎么没出现呢？”

我也不知道。

“我是个时空游侠。”JC顽固地说。

“如果真是这样——虽然并非如此——你应该朝我发火才对吧？因为我把过着另一个人生的你抓了过来，又把你的量子幽灵困在了这儿。”

“不，”JC说，“这是我自愿的。这是时空游侠的信条。我们必须保护宇宙，就目前来说，这表示我必须尽可能保护你。”

“噢，看在——”

“嘿，”JC打断道，“我们不是时间紧张吗？你该行动了。”

“在早晨到来之前，我们能做的事并不多。”我说。但我还是换了个话题。我对托比亚斯招招手。“让所有人继续工作。我准备去冲个澡，再读会儿书。之后我们就该出外勤了。”

“好的，”托比亚斯说，“外勤团队是？”

“标准的就好，”我说，“你，艾薇，JC，还有……”我扫视房间，“还有谁就走着瞧吧。”

托比亚斯好奇地看了看我。

“让团队在车库跟我碰头，准备在七点三十分出发。”

* * *

我把那本密码学著作调到有声书模式，调高音量，然后设置成五倍速度。随后的淋浴很长，而且令人精神焕发。我没去考虑问题——我只是在学习而已。

等我穿着浴袍走进卧室的时候，发现威尔逊为我准备好了早餐，外加一大杯柠檬水。我给他发过了信息，让他叫司机准备好那辆SUV[①]——和豪车相比，它没那么显眼——并在七点三十分出发。

我在吃饭时听完了那本书，然后打电话给了埃尔茜，我在国土安全部的熟人。不幸的是，我的电话吵醒了她，但她还是愿意为我确认那件事。我给验尸官办公室打了个电话——转到了语音信箱，但我给莉莎留了言——刚挂电话，我就收到了埃尔茜发回的信息。新新信息的确遭到了封锁，疾病防治中心正在那里展开调查，FBI也有份参与。

不久后，我走进车库，穿戴整齐，疲劳也有所消除，恰好赶上出发的时间。我发现威尔逊本人——方脸上戴着双光眼镜，头顶花白——正掸落司机帽上的一粒东西，随后戴到头上。

“等等，”我说，“今早不是轮到托马斯吗？”

“很不幸，”威尔逊说，“他今天不会来工作了。从他今早的信息来看，他恐怕再也不会来了。”

“哦，不，”我说，“发生了什么？”

“利兹老爷，您不记得了吗？您跟他说过，您是个撒旦崇拜者。”

“百分之二的撒旦崇拜者，”我说，“而且作为拜魔鬼教徒，泽维尔可是个进步人士。除了虚构的小鸡以外，他从来不会强迫我献祭任何东西。”

“是啊，可……”

我叹了口气。又少了个仆人。“我们可以找个司机来顶替一天。昨晚已经很辛苦了。你不需要这么早就上班。”

“我不介意，”威尔逊说，“总得有人照看您，利兹老爷。您昨晚睡觉了吗？”

“呃……”

①SUV：“运动型多功能车”的缩写。

“我懂了。那么昨天晚餐的时候，您在登上小报之前吃过东西吗?”

“消息已经传开了，是吗?”

“今早刊登在《玛格》上，并且发布在了‘大嗓门’网站上——外加比安卡小姐本人的报道。你没吃晚餐，昨天连中餐也没吃，还坚持说你不想影响约会时的胃口。”

确切地说，我是不想因为紧张吐出来。“难怪早餐那么美味。”我伸手去拉SUV的车门把手。

威尔逊按住了我的手臂。“利兹老爷，别一心想着拯救世界，却忘了照顾自己。”他拍拍我的胳膊，然后坐上驾驶位。

我的团队等在车里，只有奥黛丽除外，这时穿着毛衣、系着围巾的她冲进了车库。我在读那本书的时候没出现别的化身；奥黛丽得到了那些知识，正如她的预料。我很高兴——每个新化身都会让我紧张，我宁愿让旧的那些学会新东西。只不过，让奥黛丽参与工作也有其棘手之处。

“奥黛丽，”我说着，为她打开车门，“都快六月了，还戴围巾?”

“好吧，”她咧嘴一笑，“如果不能忽视天气，那当虚构人物还有什么好处?”她戏剧化地将围巾披在肩上，然后挤进车里，途中还用手肘推开了JC。

“如果我朝你开枪，女人，”他对她咆哮道，“你会很痛的。我的子弹可以影响跨次元物质。”

“我的子弹可以绕过转角，”她说，“还能让花儿生长。”她在艾薇和托比亚斯之间安顿下来，没系安全带。

这次工作肯定会很有趣。

我们驶入道路。时间已是早晨，天色明亮，高峰时段也近在眼前。我望向窗外，短暂地陷入沉思，直到我注意到JC正在艾薇的手提袋里摸索。

“呃……”我说。

“别转身，”JC说着，拍开了艾薇试图夺回手提袋的手。他拿出她的化妆镜，举到空中，窥探着后车窗外的景象，不想暴露自己的侧脸。

“没错，”他说，“大概有人在跟踪我们。”

“大概？”艾薇问。

“很难确定，”JC说着，转动镜子，“那辆车没有前车牌。”

“你觉得是她？”我问，“那个杀手？”

“一样，”JC说，“还是没法断言。”

“也许有办法，”奥黛丽说着，敲了敲自己装着新知识的脑袋，“斯蒂芬啊，想试试黑客入侵吗？”

“黑客入侵？”艾薇说，“就像电脑黑客？”

“不，就像咳嗽[1]，”奥黛丽说着，翻了个白眼，“嘿，我这给你写一份说明。”

我好奇地看着她写下一长串指示，然后递给我。那是想象出来的纸——这点倒也没法断定。我接过那张纸，读完了指示，然后瞥了眼奥黛丽。

“相信我。”奥黛丽说。

“我只为你读了一本书。”

“足够了。”

我看了她一会儿，然后耸耸肩，掏出手机。值得一试。我遵循她的指示，打电话给了菲戈[2]，昨晚我吃过饭——或者应该说，点过菜——的那家餐馆。电话响了几声，幸好负责早餐的员工们已经上班了。有个陌生的声音接起电话，问道：“哈啰？”

我遵从了奥黛丽的指示。“噢，嘿，”我说，“我妻子昨晚在你们那儿吃了饭——但我们家里有急事，她没吃完东西就回去了。事实上，她匆忙过了头，付账时错用了公司的信用卡，而不是我们自己家的。我想知道能不能换过来。”

---

①咳嗽：原文为hack，可以解释为“黑客入侵”和“咳嗽”。

②菲戈：此处为首字母缩写F.I.G，字面意思为“无花果”。

"好的，"接电话的那个女人说，"她的名字是？"

"卡萝尔·威斯敏斯特。"我说出了泽恩订位时用的假名。

几分钟过去了。希望昨晚的收据没那么难找。的确，四处走动了一阵子以后，那个女人回到了电话边。"好了，新卡的持有人是？"

"她用的是哪张卡？"

"是KeyTrust卡，"那女人说着，语气开始透出怀疑，"尾号是3409。"

"噢！"我答道，"好吧，原来她没刷错卡。还是谢谢你。"

"真棒，多谢了。"那女人挂上电话，口气透出恼火。我把那串数字写在袖珍笔记本上。

"你把这叫做入侵？"JC问，"有什么意义？"

"等着瞧吧。"奥黛丽说。

我已经在拨打那个银行的信用卡诈骗防范号码了。我们仍旧坐在车里，经由出入口驶上向南的那条公路，听着等候音乐[①]。在我身边，JC用艾薇的镜子留意着我们推测的跟踪者。他朝我点点头。他们跟着我们上了公路。

等我终于选完菜单，等候接听，又被警告我的来电可能被录音以后，有个嗓音悦耳、带着南方口音的男人接起了电话。"我能帮您什么忙吗？"他问。

"我想挂失一张信用卡，"我说，"我妻子的手提包昨晚在家里被盗了。"

"好的。持卡人是？"

"卡萝尔·威斯敏斯特。"

"卡号呢？"

"我不知道，"我努力让语气显得气急败坏，"你忘了卡已经丢了这回事吗？"

---

①等候音乐：通常为客服电话的商业惯例，在来电等候接听时播放录制好的音乐，以免客户失去耐心而挂断。

“先生，您只需要在网上查询——”

“我试过了！我能看到的就只有最后四位数字。”

“您需要——”

“现在没准就有人在花我的钱，”我打断道，“我们真有做这种事的工夫吗？”

“先生，您的卡是有诈骗防护的。”

“抱歉，抱歉。我只是很担心。不是你的错。我只是不知道如何是好了。拜托，你可以帮我的，对吧？”

电话另一头的男人长出了一口气，仿佛我的语气转变代表他刚刚避免了一起令人沮丧的事件。“那就告诉我最后四位数字吧。”他说着，语气放松了些。

“电脑上写着3409。”

“好吧，我们来瞧瞧……威斯敏斯特先生，你知道你的个人密码吗？”

“呃……”

“和那张卡关联的社会保险号码呢？”

“805–31–3719。”我自信地说。

片刻的停顿。“这不符合我们的记录，先生。”

“但这真的是我的社会保险号。”

“我要的号码恐怕是您妻子的，先生。”

“这有什么关系？”

“在完成认证之前，我不能让您更改信息，先生。”那人的语气显得中立而有耐心，那是习惯每天跟活该被掐死的人通话的人特有的嗓音。

“你确定？”我问。

“是的，先生。抱歉。”

“好吧，我想你可以打电话给她，”我说，“她去工作了，我又没有她的社保号码。”

“可以的，”那人说，“我们档案上的号码没错吧？”

“是什么来着？”我问，“她的手机在手提包里。”

“555–626–9013。”

“555–626–9013。”

“见鬼，”我说着，迅速记下数字，“那是被偷走的手机的号码。我只能等她到公司以后打电话给她，让她再打给你了。”

“好的。还有别的事吗，先生？”

“没了。谢谢。”

我挂了电话，然后把笔记本上的号码给其他人看。“杀手的手机号码。”

“真棒，”JC说，“现在你可以找她约会了。”

我收回笔记本，看着号码。“要知道，整体考虑过后，这方法简单得惊人。”

“密码学的第一条规则，”奥黛丽说，“不到万不得已，别去破解密码。人们通常要比他们使用的加密策略松懈得多。”

“所以我们该怎么处理这号码？”我问。

“噢，首先，我需要你用手机下载一个小小的应用，”奥黛丽说，“JC，你觉得在那三个对手公司里，哪个最可能雇这女人？”

“艾克塞尔科技，”JC不假思索地说，“在这三家之中，他们是最可能不顾一切的。多年的投入没能取得任何明显进展，有投资人给他们施压，而他们也有涉足灰色地带与进行商业间谍行为的历史。他们曾三次受到调查，但没有发现决定性证据。”

“那袋资料里有他们总裁的手机号。”奥黛丽说。

我笑了笑，开始摆弄手机。没过多久，我就设置好了手机，向泽恩的来电显示功能发送伪造信息，将我标示为内森·海特，艾克塞尔科技的所有者。

“让威尔逊准备按喇叭。”奥黛丽说。

我告诉他做好准备，然后拨了号。

铃声响了一次，两次。

然后接了起来。

“我在，”有个粗鲁的女性声音说，“什么事？我很忙。”

我朝威尔逊做了个手势。他大声按响了喇叭。

我在电话那头也听到了。泽恩肯定在跟踪我们。我按下手机应用上的按钮，让它模仿线路里的静电音，然后说了几个字，但电话那头肯定失真到无法分辨了。

泽恩咒骂了一句，然后说：“我不在乎其他合伙人有多紧张。反复打扰我也不会加快进度的。如果有发现，我会打电话来报告。在那之前，别来打扰我。”

她挂了电话。

“刚才那个，”JC说，“是我见过的最奇怪的黑客入侵。”

“那是因为你不知道真正的黑客入侵是什么，”奥黛丽得意洋洋地说，“你以为那是坐在电脑面前的极客会做的事。但在当今的现实里，大多数‘黑客’——至少媒体是这么称呼的——只会花时间用电话探听信息而已。”

“所以我们知道她在跟踪了，”艾薇说，“我们也知道对手公司的名字了。这么一来，我们就知道尸体在谁手上了。”

“还不能肯定，”我说，“但可能性很大。”我思忖着轻敲手机，这时威尔逊驶下公路，开始在闹市区穿行。“你们的建议是？”

“我们要避免得意忘形，”艾薇说，“如果我们真能办到这种事的话。”

“我同意，”托比亚斯说，“斯蒂芬，如果我们能找到艾克塞尔科技偷走尸体的证据，疾病防治中心或许就会突袭他们的办公室了。”

“我们也可以自己去突袭他们的办公室，”JC说，“省去中间人。”

“我觉得还是别做明显违法的事吧。”托比亚斯答道。

“别担心，”JC说，“作为跨次元时空游侠，我有876号特别授权，可以在紧急时忽略地方法规。听着，瘦皮猴，我们迟早得对付艾克塞尔科技。我能感觉到。即使他们没把尸体藏在办公室里，那儿的某个地方也会有相关的线索。”

“无论如何，”奥黛丽补充道，“我都赞同JC。闯入听起来很有趣。”

我靠向椅背，思考起来。“我们去见验尸官，”我最后这么说，托比亚斯和艾薇也点头同意，“我宁可去寻找艾克塞尔科技的罪证，然后让当局去突袭。”有个计划开始在我的脑海里成型。“另外，”我补充道，“想要弄清艾克塞尔科技知道什么，并不是只有闯入这个办法而已。”

* * *

车子驶入一条正在苏醒的城市街道，在太阳完全升起的现在，街灯正逐渐熄灭，仿佛向国王俯首的仆从。这座城市的停尸房就在医院附近，位于一座占地辽阔的综合办公楼内，其大小足以容纳三四家新兴互联网创业公司。我们经过仔细修剪的树篱和树木，去年的圣诞彩灯仍然缠在上面，在沉眠中等待那个时节再次到来。

“好吧，”JC对我说，“你准备好了吗?”

“准备什么?”

“我们被杀手跟踪了，瘦皮猴，”他说，“你肩胛骨之间的那种感觉，那是因为知道有人在盯着你。她随时都可能扣下扳机。”

“别犯傻了，”艾薇说，“只要她觉得我们会带她找到重要情报，就不会伤害我们。”

“你确定吗?”JC说，“因为我并不确定。她的上级随时都可能认定，你为勇工作这件事非常、非常不妙。他们也许会决定除掉竞争对手，自己碰运气去寻找钥匙。”

他那种冷酷而直接的说话方式让我不安。

“你只是不喜欢被人跟踪罢了。”艾薇说。

“太他妈对了。”

“注意用词。”

“瞧，”JC说，“泽恩有我们迫切想知道的情报。只要我们逮住她，也许就能充当证据了。我们知道她在哪儿，而且我们暂时拥有优势。你觉得你能做到悄无声息地下车吗?”

“不太能。”我说。

“我们试试看吧，”JC说着，指了指，“看到前面的转角了吗？就是转进停车场的那个。那边的树篱可以遮挡我们，让跟踪我们的那辆车无法看到。你需要在那儿下车——别担心，我会帮你的——并且让吉夫斯[①]把车子停到树篱右边那栋楼的前面。我们可以对泽恩先发制人，把立场倒转过来。”

“鲁莽。”艾薇说。

的确，但随着转角的接近，我做了决定。“我们就这么干，”我说，“威尔逊，我会在下个转角下车。你就像什么都没发生那样继续开车；正常减速就好。在停尸房正前方停车，然后等着。”

他调整了后视镜，对上我的目光。他什么都没说，但我能看出他在担心。

通过后视镜，我也看清了我们后方的那辆黑色轿车。我把手伸到外套下面，去拿JC坚持要我带上的那把手枪。这可不是我希望的发展。我宁愿在房间里花十个钟头解决谜题，或者设法打开没有锁的保险箱。为什么最近似乎总会用到枪?

我挪到侧车门边，然后俯下身去，握住门把手。JC挪到我身后，手按我的肩膀。

“五，四，三……”他数道。

我深吸一口气。

“二……一!”

在威尔逊驾驶车子绕过树篱的同时，我打开了车门。JC恰到好处地推了我的背脊一把，让我在离开车厢时蜷缩身体，就地一滚。还是很

①吉夫斯:Jeeves，英国著名作家P.G.沃德豪斯笔下的人物，是一位几乎样样精通的男仆，常用来指代理想男仆。

痛。车子转弯时的惯性带上了车门，而我在树篱边蹲坐起身，一直等到后面那辆车开始转弯的声音传来。

等那辆车跟着威尔逊转弯以后，我立刻钻过树篱，来到另一边。这意味着那道低矮而浓密的树叶之墙阻挡在我和泽恩之间。它正沿着停车场前进。

我低下头，在树篱边飞奔，努力跟上泽恩的车。它经过威尔逊停车的位置，然后朝停车场的另一个区域继续驶去，多半是为了避免引人怀疑。我透过树篱的空隙瞥了眼那辆黑色的车——能看到阴影笼罩的司机，却看不到其他人。那辆车停在了树篱尽头不远处的某个停车位。

我头顶的树叶沙沙作响，而JC穿过树篱，掏出枪来，站到我身边。“干得好，”他轻声说，“我们迟早会把你打造成游侠的。”

“是你刚才那一推，”我说，“让我以正确的方式翻滚了出去。”

“我说过我会帮忙的。”

我什么也没说，因为我太紧张了，没法继续对话。我展现出的是某种全新的可能——是我从前的……框架的扩充。如果让化身之一引导我的手指或是步伐，我又能学到怎样的新东西呢？

我透过树篱看了看，然后掏出手枪。JC恼火地做了个手势，示意我把枪藏在自己身前，免得经过这条街的车子看到。接着JC朝树篱的某处开口点点头。

我深吸一口气，然后迅速钻过树篱，跨越与泽恩的车之间的一小段距离。JC跟在我身后。我来到车边，蹲伏在地。

“准备好了吗？”JC问。

我点点头。

“手指放在扳机上，瘦皮猴。这可是玩真的。”

我又点点头。我头顶那扇乘客位的侧窗是开着的。我一跃而起，枪口透过开着的车窗对准了司机，掌心渗出汗水。

但对方不是那位杀手。

司机是个黑发年轻人，大概十八岁，穿着连帽衫。他大叫一声，丢下了用来窥探我的SUV的望远镜，盯着我的手枪，脸色惨白。

我非常肯定，他不是泽恩·里格比。

“到车里去，瘦皮猴，”JC说着，扫视停车场，“坐到后座上，让他没法抓住你。告诉他保持安静。别让人觉得可疑。”

“手放到我能看到的地方，”我告诉那小子，暗自希望他不会看到我的枪在颤抖，“一个字也别说。”我拉开后车门，钻了进去，但枪口仍旧对着他。

那小子的嗓子深处发出一声呜咽，随后便不再出声。他要么很害怕，要么就是个优秀的演员。

“泽恩在哪儿?”我把枪对准年轻人的脑袋，开口道。

“谁?”他说。

“别装傻。**她在哪儿?**”

“我……我什么都不知道……”那小子居然啜泣起来。

“见鬼，”JC站在前车窗边说，“你觉得他是装的吗?”

“不知道。”我答道。

“我应该带艾薇来的。”

“不。”我说。我可不想当电灯泡。我审视着那小子在后视镜里映出的哭脸。地中海地区居民的肤色……同样的鼻子……

“别杀我，”那小子低声说，“我只是想知道你对他做了什么。”

“你是帕诺思的弟弟。”我猜测道。

那小子点点头，啜泣不止。

“噢，见鬼，”JC说，“难怪他的跟踪那么容易发现。有两个人在跟踪我们：一个外行，一个内行。我真是个白痴。”

我身体发冷。我在和泽恩通话时听到了威尔逊的鸣笛声，所以她就在附近，可我们却没发现她。泽恩从始至终都藏在暗处。

不妙。

“你叫什么名字？”我问那个年轻人。

“迪翁。”

“好吧，迪翁，我要收起这把枪。如果你真是自己说的那个人，就不需要害怕。我只需要你跟我来，如果你开始逃跑，或者叫喊，或者做出类似的事……好吧，那我就只能阻止你了。”

年轻人点点头。

我爬下车，把枪塞回枪套，抓着那小子的肩膀，把他拖了出来。我迅速搜了他的身，确认他没有武器——虽然他自以为是个间谍。手电筒，滑雪面罩，望远镜，还有一台手机，我拿走以后关了机。我带着他穿过停车场，心里清楚这些举动会在旁观者眼中显得非常可疑。但在JC的指导下，我保持着胸有成竹的态度——手臂钩住那个年轻人的肩膀，步伐自信。我们身在政府机构所在的综合办公楼附近，希望看到我们的人会以为我是个警察。

就算他们不这么觉得，好吧，这也不会是第一次有人找警察来对付我了。以这种事的频率考虑，我觉得他们部门都该为此筹集共同储金了。

我把迪翁推进我的SUV，然后爬进车里，在有色玻璃的阻挡和更多化身的陪伴下，我感觉稍微安心了些。迪翁挪到后座，瘫倒在那里，迫使奥黛丽爬上托比亚斯的膝头——出乎意料的事件让那位上了年纪的化身差点喘不过气。

“威尔逊，如果有人靠近，麻烦提醒我，”我说，“好了，迪翁。坦白吧。你为什么要跟踪我？”

“他们偷走了帕诺思的尸体。”迪翁说。

“你说‘他们’是指……”

“新新信息。”

“可他们干吗要做这种事？”

“信息，”迪翁说，“他把那些存在他的细胞里了，你知道吧？他们的所有秘密。他们打算做的所有可怕的事。”

我和JC对视一眼，后者随即以手掩面。帕诺思跟他的家人谈过研究内容。真棒。JC放下手掌，用口型对我说：**安保噩梦**。

“你觉得新新信息打算做的，”我说，“是哪种可怕的事？”

“我……”迪翁转开目光，“你知道的。大公司的那种事。”

“比如取消周五便装日①。”奥黛丽猜测道。

所以帕诺思并没有完全信任他兄弟。我用手指轻敲扶手。这家人认定勇和他的手下夺走那具尸体，是为了不让那些信息公诸于众——说实话，这跟事实相去不远。说到底，他们本来就打算火化他。只是有人在那之前偷走了尸体。

“可你却在跟踪我，”我对那小子说，“为什么？”

“今早网上全是你的话题，”迪翁说，“你跟新新信息的所有者，那个奇怪的亚洲人坐上了同一辆车。我估计他们是要你去破解帕诺思身体的密码。这看起来很明显。我是说，你是那种超级间谍黑客什么的，对吧？”

“**完全**正确，”奥黛丽说，“斯蒂芬噢，告诉他们，我们跟他说的一样。”见我没有反应，她用手肘捅了捅托比亚斯——她还坐在他的膝盖上。“告诉他吧，爷爷。”

“斯蒂芬，”托比亚斯说着，显得有些不自在，“这个年轻人说的似乎是实话。”

“就我看来，”艾薇说着，审视起他来，“他说的是实话。”

“你应该安慰他，”托比亚斯说，“看看这可怜的家伙。他好像还以为你会开枪打他呢。”

的确，迪翁十指交扣，目光低垂，但身体却在颤抖。

我放软了语气。“我不是受雇来破解尸体的密码的，”我告诉他，“新新信息对那些资料做了充足的备份。我是来寻找尸体的。”

迪翁抬起头来。

---

①周五便装日：Casual Friday，允许雇员在周五穿便装上班的一种规定。

“不，”我说，“新新信息没有偷走尸体。他们能把它火化就心满意足了。”

“我觉得他并不相信你，斯蒂芬。”艾薇说。

“你瞧，”我对迪翁说，“我不在乎新新信息发生了什么。我只想确保那具尸体里的信息派上用场，明白了吗？至于现在，我需要你等在这儿。”

“为什么——”

“因为我不知道该拿你怎么办，”我看了眼威尔逊，后者点点头。他一直盯着那小子。“爬到前车座去，”我告诉迪翁，“等我回来的时候，我们可以就这件事长谈一番。但现在，我得去对付一位非常乖戾的验尸官才行。”

* * *

本市的验尸官待在停尸房旁边的一间小办公室里，而那里只是大型医疗综合设施里的其中一套房间。严格来说，莉莎喜欢被人称为“医学检验员”，而且她总是忙得惊人，毕竟她似乎把所有空闲时间都花在了网络游戏上。

八点的钟声响起时，我大步穿过这座医疗综合设施的大厅——承受着某个大块头保安的怒视，门卫室对他来说太小了点——然后礼貌地敲了敲验尸官办公室的门。莉莎的秘书——我忘了他的名字——带着显然不情愿的表情打开了门。

“她在等你，”年轻人说，“但心情恐怕不能算愉快。”

“真棒。谢了……”

“约翰。”托比亚斯提醒我。

“……约翰。”

那秘书点点头，回到他的办公桌边，开始翻阅文件。我漫步穿过一小段走廊，来到一间漂亮的办公室前，里面挂着官方颁发的证书之类的东西。莉莎关掉平板电脑，抬头看着我的时候，我在某张证书的玻璃上的倒影里依稀看到了脸谱网[1]的画面。

"我很忙，利兹。"她说。

莉莎在牛仔裤和粉红纽扣的女式衬衫上披着一件白大褂，年龄至少有55岁，而且个子很高。她好像受够了"你在学校打没打过篮球"这个问题。幸好她的顾客大部分都是死人——不会惹怒她的似乎只有这种人。

"噢，这事应该花不了多久。"我说着，靠着门框，交叠双臂，顺带阻挡托比亚斯爱慕的视线。他究竟看中那女人的哪一点，我恐怕永远都不会明白。

"我没必要为你做任何事，"莉莎说着，故作姿态地转向她的电脑屏幕，仿佛有成吨的工作要做。"你没有参与任何官方工作。我之前听说，部门已经决定不再跟你有任何牵连了。"

她说出最后那部分的时候，口气有点太得意了。艾薇和JC对视了一眼。当局最近……不怎么喜欢我。

"你的一具尸体失踪了，"我对她说，"就没人担心这件事吗？"

"与我无关，"莉莎说，"我的工作完成了。宣布了死亡，确认了身份，无需解剖。这是停尸房的失误。噢，你可以去跟他们说。"

没戏。他们不会让我进去的——他们没这个权限，但莉莎有。无论她怎么说，这里都归她管辖。

"警方也不在乎漏洞么？"我问，"格雷夫斯警司没有四处打探，质问如此严重的安保混乱是如何发生的么？"

莉莎迟疑起来。

"噢，"艾薇说，"猜得好，斯蒂芬。继续施压。"

"这里是你的部门，"我对莉莎说，"难道你不想知道这件事的来龙去脉吗？我可以帮忙。"

"每次你'帮忙'，利兹，紧接着就会是一场灾难。"

"看起来灾难已经发生了。"

---

①脸谱网：社交网站Facebook，俗称"脸书"。

“戳她的痛处，”艾薇说，“提醒她那些麻烦。”

“想想那些文书工作吧，莉莎，”我说，“有具尸体失踪了。调查，询问，四处打探的人，你非参加不可的会议。”

莉莎没法完全掩饰脸上苦涩的表情。艾薇在我身边满意地笑了。

“所有这些，”莉莎说着，靠向椅背，“都是为了一具本不该留在这儿的尸体。”

“这话什么意思？”我问。

“我们没有保存尸体的理由。他的亲属辨认过了身份，没有冒充的嫌疑。我本该把尸体交给那家人指定的殡仪业者，让对方去做防腐处理的。但不行。他们不允许。尸体必须留在这儿，但谁也不肯告诉我理由。专员本人坚持要求。”她朝我眯起眼睛，然后说：“现在又是你。利兹，那家伙到底有什么特别的？”

专员？勇为了保管那具尸体做了些努力。说得通。如果他让停尸房把尸体交出去，然后再配上夸张的保安措施，就等于把那具尸体的特别昭告天下。如果只是打个电话，确保帕诺思留在上锁的停尸房里，可疑程度就会低上许多。

只是这招没能奏效。

“我们得让点步才行，斯蒂芬，”艾薇告诉我，“她的态度很坚定。是时候拿出杀手锏了。”

我叹了口气。“你确定么？”我用细如蚊呐的声音问。

“很不幸，我确定。”

“一次采访，”我说着，对上莉莎的目光，“一个钟头。”

她在椅子里身体前倾。“你想收买我？”

“是啊，怎样？”

她的一根手指轻敲着桌面。“我是个医学检验员。我对出版业不感兴趣。”

“我可没说必须由你来采访，”我说，“你可以指定任何人——医学界里你有所求的任何人。你可以拿我当筹码。”

莉莎笑了。“任何人？”

“对。一个钟头。”

“不。他们想多久就多久。”

“这样就没完没了了，莉莎。”

“就跟你惹人厌的方式一样。不接受就走吧，利兹。我什么也不欠你的。”

“我们会为此后悔的，对吧？”托比亚斯问。

我点点头，想象着被某个想要一举成名的心理学家反复刺探的几个钟头。另一本杂志上的另一篇报道，把我当成某种需要解剖和展示的奇怪海参来对待。

时间飞逝，而我要么答应，要么就只能把尸体如此重要的理由告诉莉莎了。

“成交。”我说。

她没有笑。笑容太有人味，不适合莉莎。但她的确露出了满意的表情，抄起桌上的钥匙，领着我穿过走廊，我的化身们尾随在后。

随着我们接近停尸房，空气也明显变冷了。她用门卡打开了那扇厚重的金属门。进入房间以后，你就会明白莉莎选择在这里工作的理由了——这儿不但冰冷刺骨，周围那些铬合金多半也会让她联想起把她丢在这颗行星上的太空船里。

门在我们身后合拢，伴随着沉闷的响声归位。莉莎在墙边站定，双臂交叠，睁大眼睛，留意着任何花招。“十五分钟，利兹。开始吧。”

我审视房间，这儿有三张带轮子的金属桌，一张放有各种医疗器具的柜台式长桌，还有一面堆满了宽大的尸体抽屉的墙壁。

“好吧，”我对四个化身说，“我想知道他们是怎么偷走尸体的。”

“我们也需要证据，”JC说着，在房间里搜寻起来，“能把艾克塞尔科技和罪行联系起来的东西。”

“那就太好了，”我对他说，“不过说实话，我们还是别太先入为主的好。也许不是他们干的。专注于我们已知的情况吧。帮我找到窃贼存放和移动尸体的方法，我们也许就能顺藤摸瓜，找到尸体。”

其他人点点头。我缓缓转身，将整个房间映入眼帘，让我的潜意识吸收这些信息。然后我闭上了眼睛。

我的幻觉们开始说话。

“没有窗户，”JC说，“只有一个出入口。”

“除非那些天花板瓷砖可以移开。”艾薇指出。

“不可能，”JC答道，“我看过这栋大楼的安保说明书了。还记得考珀维恩那个案子么？没有能爬行通过的空间。没有通风管道。这里的结构完全没趣。”

“这套设备最近才使用过，”托比亚斯说，“但我对它的用途知之甚少。斯蒂芬，你真的应该招募个我们专用的验尸官。”

“我们有恩戈齐啊，”奥黛丽说，“法医调查专家。我们为什么不带她来？”

因为你啊，奥黛丽，我心想。**我的潜意识给了你一项重要技能，又把你安插进了我的团队**。为什么？我真怀念可以跟人聊这种事的日子。珊德拉和我在一起的时候，我人生中的一切似乎都有了意义。

“这地方很安全，”艾薇的语气有些不满，“也许是内部人干的？停尸房的某个员工？”

“会不会有哪个员工收了贿赂？”我说着，睁开双眼，看向莉莎。

“我也这么想过，”她说着，依旧双臂交叠，“但我那天晚上是最后离开办公室的。我进到这里，确认了一切，然后关了灯。保安说没人过来通宵干活。”

“我想跟保安谈谈，”我说，“那天还有谁在这儿？”

莉莎耸耸肩。“家属。一位牧师。有尸体就有他们。这房间只有我和两个技术人员能打开。就连保安想进去也得先找我们。但这些都不重要——我那晚离开的时候，尸体还在这儿。”

“你确定?”

“对，我有几个数字得记到文件上。我是特意去确认的。”

“我们最好搜集这地方的指纹，”JC说，“无论喜不喜欢，我们都得把这地方仔细检查一遍。”

我点点头。“我猜警方应该已经完成取证工作了。”

“你为什么会有这种想法?”莉莎问。

我们全都看着她。“呃……你知道的。因为发生了案件?”

“只是有具尸体被盗，”莉莎干巴巴地说，“没有人受伤，没有明显的闯入痕迹，也没有财物损失。官方说法是他们正在‘调查’本案，但让我告诉你吧——寻找尸体在他们的优先级列表里排得很低。他们更关心闯入这件事本身。他们急着找个人来背锅……”

她重新交叠双臂，然后摆正姿势，又再次交叠。她装作冷静的样子，但她显然在担心。艾薇朝我点点头，明显为我看透莉莎而喜悦。好吧，这并不太难。我时不时会从化身那里学到点东西。

“监控摄像头呢?”JC审视房间的角落，然后问道。我把问题重复了一遍，让莉莎能够听到。

“就在外面的走廊里。”她说。

“会不会有点少?”我问。

“这地方到处都连着警报器。如果有人试图闯入，保安的桌子就会像圣诞树那样色彩斑斓。”她面露苦相，又说：“我们过去只会在晚上打开警报，但他们已经连着开了两天了。这几天连开扇窗都得先获得许可……”

我看着团队。

“斯蒂芬，”托比亚斯说，“我们需要恩戈齐。”

我叹了口气。好吧，坐车回去接她这段路算不上太长。

“嘿，”JC说着，掏出他的手机，“我来给她打个电话。”

“我不认为……”我说。但他已经在拨号了。

“是的，艾哈迈德，我们需要你的帮助，”他说，“什么？我当然有你的号码。不，我没跟踪你。你瞧，你能找到恩戈齐吗？我怎么知道她在哪儿？多半在洗第一百遍手之类的。不，我也没跟踪她。”他放下电话，朝我们其他人露出痛苦的表情。他重新拿起电话，而在片刻过后，他说：“真棒。我们来视频会议吧。”

托比亚斯和我越过JC的肩头看去，这时卡莉亚妮的脸出现在屏幕上，显得活泼又兴奋。她摆了摆手，然后把手机转向恩戈齐，后者正躺在床上读书。

该怎么描述恩戈齐呢？她来自尼日利亚，肤色深棕，曾就读于牛津大学。而且她对病菌怕得要死——以至于卡莉亚妮把手机转向她的时候，恩戈齐明显想要躲开。她摇摇头，卡莉亚妮只好站在那儿，拿着手机。

“什么事？”恩戈齐用明显的尼日利亚口音问。

“犯罪现场调查。”我说。

“你要来接我么？”

“好吧，我想我们是打算……”我犹豫起来，看了看JC，“我不知道这样能否行得通，JC。我们从没做过类似的事。”

“但值得一试，对吧？”

我看向艾薇，后者似乎在怀疑，托比亚斯却耸了耸肩。“斯蒂芬，这能有什么坏处？让恩戈齐离家有时候还挺难的。”

“我听到了，”恩戈齐，“其实不难。我只是需要适当的准备。”

“是啊，”JC说，“比如生化防护服。”

“拜托，”恩戈齐说着，翻了个白眼，“我只是喜欢让东西保持干净而已。”

“干净？”我问她。

“非常干净。你知道那么多汽车和工厂每天往空气里排放的那些有毒物质吗？你觉得它们都会去哪儿？你是否想过，当你握着扶手走下地铁的楼梯以后，留在皮肤上的那层黑色是什么？再想想那些人。对着手心咳嗽，用手擦拭鼻涕，触碰任何东西和人，还有——”

“我们明白了，恩戈齐。”我说。我看着托比亚斯，后者鼓励地点点头。JC是正确的；让我的化身们拥有手机能帮上大忙。我从JC手里接过手机。在不远处，莉莎看我的目光似乎带上了她在今早第一次发自内心的情绪：着迷。她也许不是心理学家，但无论哪种医生往往都觉得我的……怪癖充满吸引力。

这样就好。只要能别让她考虑自己原先的“十五分钟”的限制还剩下多少——或者说多“少”——的时间就好。

“我们要尝试用通话的方式进行，”我对恩戈齐说，“我们在尸体冷藏库这里。据说尸体晚上还在，但次日早上却不见了。走廊的监控摄像头也没有拍到可疑情况。”我跟莉莎确认了这件事，而她点点头，“房间本身没有摄像头，但大楼有严密的安保系统。所以他们是怎么把尸体弄出去的？”

恩戈齐身体前倾，她依旧没从卡莉亚妮手里接过手机，但审视我的目光带上了好奇。“给我看看房间。”

我绕着房间走了一圈，用手机的摄像头对准每个角落，心里清楚以莉莎的视角，我的手里空无一物。我绕圈的时候，恩戈齐低声哼唱着什么。某首流行歌曲？但我不确定是哪一首。

“所以，”等我花几分钟扫过整个房间以后，她说，“你们确定尸体不见了？”

“当然不见了。”我说着，把摄像头对准仍然敞开的尸体抽屉。

“好吧，”恩戈齐说，“要进行传统的取证恐怕有点难度。但我们首先要问自己的问题是：‘有必要吗？’如果你知道有多少报案说失窃的东西，后来发现只是丢失在——或者被人藏在——离窃案发生地点非常近的地方，肯定会大吃一惊的。如果把尸体弄出房间真的那么难，或许它根本就没有离开房间。”

我看着其他抽屉。然后我叹了口气，把手机放到一旁，开始轮流拉开。几分钟过后，莉莎走了过来，开始帮忙。“我们已经这么做过了。”她告诉我，但没有阻止我再次检查。只有另外三只抽屉里有尸体，我们仔细检查了每一具。全都不是帕诺思。

随后，我查看了房间里的橱柜、壁橱甚至是小到装不下尸体的那些抽屉。这个过程很漫长，发现只是徒劳的时候，我居然有些愉快。发现几只装满手肘或是不可名状之物的袋子实在算不上好结果。

我拍掉双手上的灰尘，看向手机和恩戈齐的身影。卡莉亚妮也坐到了床上，两人正在谈论我真的应该减少工作量，然后找个不错的对象安顿下来。最好是神智正常的人。

“接下来呢?”我对手机说。

“罗卡定律[①]。”恩戈齐说。

“具体的呢?”

“基本上，”她说，“这条定律声称，每当发生接触或者某种交换，就会留下证据。我们能着手的地方不多，毕竟受害者在被诱拐时已经死了，而且多半仍旧装在袋子里。但犯罪者会留下来过这里的痕迹。不知道能不能弄到这个房间的DNA扫描报告……”

我期待地看着莉莎，开口询问，却只得到一声带着嘲笑的“哼”。这案子没有重要到这种程度。“我们可以自己试着提取指纹，”我对恩戈齐说，“但警方是不会帮忙的。”

“我们先从明显的接触点开始，”恩戈齐说，“请靠近那只抽屉的把手。”

我拿着手机，举到离尸体抽屉的把手极近的位置。“很好，”一分钟过后，恩戈齐说，“然后是房间的门。”

---

①罗卡定律：又称罗卡交换定律，是法国法医学家、犯罪学家埃德蒙·罗卡创建的理论，详情见下文。

我从莉莎身边经过，后者确认起手表来。

“时间恐怕快用完了，恩戈齐。”我轻声说。

“我这门技术可是催不出来的，”她反过来提醒我，“尤其是在远程的情况下。”

我把门把手展示给她，但我并不清楚她究竟在找什么。恩戈齐让我拉开门，观察另一边。门很重，并设计成有人经过后就会自动合拢的结构。等我出去以后，就没法再打开门了。只能让莉莎用门卡解锁。

“好了，利兹，”我转动摄像头，对准门框内侧的防冲击板时，莉莎说，“你——”

“宾果。”恩戈齐说。

我愣了愣，然后重新看向门框。我没理睬莉莎的后半句话，而是跪在地上，努力寻找恩戈齐看到的东西。

“看到那些灰尘的痕迹了吗？”恩戈齐问。

“呃……没？”

“仔细看。有人在这里贴过胶带，然后又撕了下来，留下了足以吸附灰尘的黏胶。”

莉莎在我身边弯下腰。“你听到我的话了吗？”

“胶带，”我问，“你有胶带吗？”

“干吗问——”

“哟。”JC在房间里说着，拿起一卷原本放在长桌上的透明工业胶带。

我挤过莉莎身边，拿起胶带——JC得把想象出来的胶带放下，我才能看到真正的那卷——然后跑了回去。我把一片胶带贴在防冲击板上，走出房间，随后任由房门合拢。

它砰然归位。撞击声盖过了本该出现的“咔嗒”声。我用力一推，门便在内侧没人帮忙的情况下打开了。

“我们知道他们是怎么进房间的了。”我说。

“所以？”莉莎问，“我们早知道他们设法进来了。这又有什么用？”

“这告诉我们，恐怕有人在尸体失踪的前一天来过这儿，”我说，“也许是最后那位访客？他们肯定站在最不容易被人注意到的位置，然后贴上了胶带。”

“如果这扇门被人贴上胶带，我相当确定自己会发现。”莉莎说。

“你怎么会发现呢？有可以开锁的门卡，你根本不用做别的动作。你会自然而然地推门，而它就会打开。”

她思考了一会儿。“似乎说得通，”她承认，“可究竟是谁干的？”

“那天最后进这个房间的人是谁？”

“牧师。我只能让他进来。其他人都回家过夜去了，但我留到了很晚。”

“有一局空当接龙非得玩通不可？”我问。

“闭嘴。”

我笑了。“你认得那个牧师么？”

她摇摇头。“但他在名单上，他的身份证件也是有效的。”

“制造假身份算不上太难，”艾薇对我说，“毕竟事关重大。”

“我们要找的恐怕就是他，”我对莉莎说，“来吧，我想跟你们的保安人员谈谈。”

莉莎撕下门上的胶带时，我感谢了恩戈齐的帮助，关掉摄像头，然后把手机丢还给了JC。

“干得好。”艾薇笑着对他说。

“谢啦，”他说着，把手机塞回工装裤的口袋里，“当然，它其实不是手机。它是一台超次元时间——”

“JC。”艾薇打断道。

“啊？”

“别破坏气氛。”

“噢。好吧。”

* * *

在前往安检站之前，我去了一趟盥洗室。我其实用不着上厕所，但托比亚斯需要。

盥洗室很干净，这点令人感激。洗手液盒是满的，镜子一尘不染，门上甚至贴着一张表，列出了上次清扫的时间，清洁工还必须签字证明他们干完了工作。我洗了手，在托比亚斯解手时看着镜中的自己。

我那张平凡的脸回望着我。我并不是人们想象的那种人。有人以为我是某种古怪的科学家，另一些把我想象成动作明星。但他们最后只会看到一个三十来岁、相当乏味而且无比普通的男人。

我经常会觉得，我在某种角度上就像我那个“白房间”，就像一块白板。化身们的性格形形色色，我却竭力避免引人注目。因为我不是疯子。

我擦干了手，等着托比亚斯过来洗手，然后我们回到等在外面的其他人那里，朝安检站走去。那里有一张中央有开口的圆桌，就是商场里摆在“问讯处”的牌子下面的那种。我走上前去，而那个保安仔细打量起我来——就好像我是一片披萨，而他正试图判断我在冰箱里待了多久。他没问我的来意。莉莎事先给他打过电话，让他为我准备好监控录像。

对这么魁梧的男人来说，这张桌子真的有点太小了。他身体前倾的时候，桌子前部的内侧就会嵌进他的腹部。我不禁想到了一颗被人从底部挤压的葡萄。

“你，”保安用低沉的男中音说，“就是那个疯子，对吧?”

“噢，这说法其实并不正确，”我说，“你瞧，对于疯狂的标准定义——”

他的身体继续前倾，而我同情起那张倒霉的桌子来。

“你带着武器。”

“呃……”

“我也一样，”保安轻声说，“别轻举妄动。”

“好——吧，”艾薇在我身边说，“在安检站工作的怪人。”

“我喜欢他。”JC说。

“那当然。”

保安缓缓拿起一枚U盘。“录像在这里。”

我伸手接过。“你确定监控那天晚上开着？”

那人点点头。他的一只手攥成拳头，仿佛我的问题太过愚蠢又令人反感，甚至需要捶桌抗议。

“呃，”我看着那只拳头说，“莉莎说现在白天也是开着的？”

“我会抓住他的，”保安说，“没人能擅闯我的大楼。”

“两次。”我说。

保安盯着我。

“没人能擅闯你的大楼两次，”我说，“毕竟他们已经擅闯过一次了。事实上……他们也许已经这么干过两次了，毕竟他们先来把胶带贴在了门上——不过那次与其说是闯入，不如说是渗透。”

“别挑衅我，”那人指着我说，“也别惹麻烦。否则我会狠狠揍你，把你的某个人格打到下一个状态。”

“哎哟，”奥黛丽翻阅着在他桌上找到的一本杂志，“问问他，如果他真这么机警，为什么没注意到他的裤子拉链没拉上。”

我笑了笑，然后快步离开。莉莎目送我走出她办公室的门。

来到门外，我拿起那枚U盘，然后沿着大楼侧面前进。我朝还在车里的威尔逊挥挥手。帕诺思的弟弟闷闷不乐地坐在前乘客位上，喝着一杯柠檬水。

我绕过大楼，化身们尾随在后，这是为了看清外部的情况。它有几扇小窗，或许能让人爬进去。没有防火梯。我走到一扇后门前，它紧紧锁着。我用力推了推门。

“有人冒充成了牧师，”我对化身们说，“然后溜进这儿检查尸体，又贴上了胶带。接着他们在晚上回到这儿，带走了尸体。所以他们第一次进入房间的时候，为什么不直接提取尸体的细胞样本呢?”

我看向其他人，他们都露出了困惑的表情。

“我猜他们不清楚尸体里修改过的细胞位于何处，”最后，托比亚斯说，“身体里有许多细胞，他们怎么知道哪里藏着他们想要的信息?”

“也许吧。”我不太满意地交叠双臂。**我们遗漏了什么**，我心想。**遗漏了一块非常重要的拼图。它——**

后门砰然打开。保安气喘吁吁地站在那儿，一手放在佩枪上。他怒视着我。

“我只是想检查一下。”我说着，审视着此时敞开的大门。胶带在这儿不管用，门上有门栓。“顺带一提，你的响应时间很不错。”

他伸手指着我。“别逼我。”

他重重关上了门。我继续向前，绕过转角，来到两栋建筑之间的小巷，寻找其他出入口。走到大约中间的时候，我听到身后传来一声微弱的“咔嗒”。

我猛地转过身去，我的化身们也一样。泽恩・里格比站在一只大垃圾箱旁，拿着个纸袋子，一只手伸进里面，装出一副无辜的模样。

“西格绍尔P239[①]。”JC轻声说着，看着那只纸袋，里面毫无疑问装着一把枪。

“你能从拨动扳机声分辨出枪的种类?”艾薇问。

“没错，”JC说，“嘿。”但他说话时露出羞愧的表情，还瞥了我一眼。他觉得自己应该能发现泽恩在跟踪我们，但他能听到或者看到的东西受我的限制。

“利兹先生。”那个女人说。就像昨晚那样，她穿着西服套装和白衬衣。她又黑又矮，留着黑色直发，没戴任何首饰。

我朝她点点头。

---

①西格绍尔P239:SIG Sauer P239,西格绍尔公司生产的半自动手枪,可使用三种不同口径的子弹。

“我需要你放弃自己的手枪，”泽恩说，“动作务必小心谨慎，以免发生不幸的意外。”

我看了眼JC。

“照做吧，”他说，虽然语气很不情愿，“她也许不会在这儿就杀掉我们。”

“也许？”奥黛丽脸色发白地问。

我缓缓拔出枪来，弯腰放到地上，随后将它踢开。泽恩笑了笑，以随时能抬手开枪的姿势拿着纸袋。

“你早先给我打过电话，”她说，“手段值得称赞。我猜你的目的是确认我是否在跟踪你？”

我点点头，双手放在身侧，呼吸急促。我陷入类似状况的次数有点太频繁了。我不是军人，也不是警察。我面对子弹的时候并不冷静。我不喜欢被人用枪指着。

“控制住场面，瘦皮猴，”JC在我身边说，“最后死掉的人都是失去掌控力的人。别让你的神经来决定事态的发展。”

“现在，”泽恩说，“把那个U盘给我。”

我眨了眨眼。U盘……

她以为U盘里存放着解锁帕诺思数据的密码。在她看来肯定是这么回事，对吧？我接受了勇的雇用，然后一整晚都在工作。我在次日早早拜访了验尸官办公室，然后带着一枚U盘走了出来。她肯定以为我寻回了某些重要的数据。艾薇大笑起来，JC却一脸担忧。我看着他。

“如果她以为自己弄到了需要的东西，”他轻声说，“我们就非常危险了。如果你把U盘给了她，千万别跟她去任何地方。”

我向后退去，双手依旧放在身侧，直到背脊贴上大楼的墙壁。她打量着我。她的枪多半装了消音器，但仍旧会发出声音。在这种相对缺乏遮蔽的地方，她在开枪前肯定会有顾虑。

我心脏狂跳。控制场面。或许可以设法让她开口？“你们是找谁来冒充那位牧师的?”

她皱起眉头，然后她抬起了纸袋和里面那把枪。

“我礼貌地向你要求了一样东西，利兹先生。”

“而我是不会给你的，”我说，“至少在我知道这场窃案的手法之前都不会。这是我的怪癖。我相信你也清楚，我有这种倾向。”

她犹豫起来。然后她看向旁边。

她在寻找我的化身，我心想。**在我周围的时候，人们总会下意识地这么做**。

“很好，”艾薇说，“‘心智失常’这张牌往往能打乱别人的节奏。”

思考，思考，思考。我向后晃动脑袋。

然后撞上了身后的玻璃。我迟疑片刻，然后开始用脑袋反复敲打，令玻璃咔嗒作响。

片刻过后，泽恩来到我身边，粗暴地抓住我的肩膀，将我从建筑边拖开。她瞥了眼窗户——显然看到里面没人——随后将我甩倒在地。

“我可不是个耐心的人，利兹先生。”她轻声说。我几乎想立刻把U盘交给她。但我压抑着担忧和恐惧，忍了下来。

拖延。再一小会儿就好。“你要明白，这一切都毫无意义，”我对她撒谎说，“帕诺思早就泄露了信息，放到了互联网上。所有人都能自由取用。”

她嗤之以鼻。“我们很清楚，新新信息阻止了他的那次企图。”

他真这么干了？他们也……真这么干了？

她压低枪口，抵住我的肚子。在她身后，那扇窗户猛地打开了。

“利兹！”保安大喊道，“你这疯子！你想死吗？因为我要掐死你……嘿！怎么回事?”

泽恩对上我的双眼，然后猛地推开我，快步绕过转角。我后仰身子，而那位保安把手伸出窗户，咒骂起来。“她拿着的是枪吗？该死，利兹！你在做什么?”

“求生，”我看着化身们，疲惫地说，“行动？”

“马上。”JC说。

我们丢下大喊大叫的保安，跑向我的车。我在途中拾起自己的枪，等来到开阔区域后，泽恩已经踪影全无。我爬进车子后部，让威尔逊开车。

驶上道路以后，我也没觉得自己安全了多少。

“真没想到她会动手，”艾薇说，“就在光天化日之下，又没多少证据能证明我们拿着她想要的东西。”

“她接到的命令可能是带走我们，”JC说，“她是个专家。如果没有外来压力，她应该不会做出这种鲁莽的行为。她向上级汇报说我们好像弄到了什么，然后对方就让她取走那样东西。”

我点点头，深吸了一口迫切需要的空气，然后呼出。

“托比亚斯，”艾薇开始代替我发言，“我们对艾克塞尔科技有什么了解？”

“勇的资料里提到了一些基本信息，”托比亚斯说，“他们是和新新信息相似的生物科技公司，只不过……这么说吧，远比他们有活力。这家公司创立于五年前，很快便推出了他们的拳头产品——某种有助于控制帕金森氏病症状的药物。

“对他们来说，不幸的是，一年以后，某家对手公司制造出了优秀得多的替代品。艾克塞尔科技的产品遭受冷遇。它的所有者是十名投资人，而其中最大的股东——斯蒂芬在电话里模仿的那位——担任首席执行官和董事会主席。他们在这家公司上损失了一大笔钱。他们最近的三件产品都以失败收场，又因为在海外制造中偷工减料而接受调查。所以一言以蔽之，他们走投无路了。”

我点点头，托比亚斯的嗓音让我平静下来。我把U盘插到我的笔记本电脑上，开始以10倍速度播放录像，随后将电脑放到车子的地板上，这样看起来比较省力。托比亚斯——他通常是我的化身中最机警的那个——俯下身去，仔细观看。

在前座上，威尔逊和迪翁开始谈论那个年轻人的家庭生活。我能感觉到被人用枪指着的战栗终于消退，于是开始确认状况。威尔逊驶上了高速公路，他没有特定的目的地，但他了解我，明白我需要时间振作精神，然后才会给他明确的指示。

迪翁透过后视镜看着我。他发现我在回望他，立刻涨红了脸，无力地靠向椅背，回答起威尔逊关于学校的问题来。迪翁刚刚高中毕业，准备在今年秋天上大学。对于威尔逊的询问，他爽快地给出了答案；要抵挡这位和蔼的管家真的很难。毕竟威尔逊连我都应付得了。与此相比，普通人只是小菜一碟。

“场面肯定很盛大吧，”威尔逊对年轻人说，这是在回应有关不久前的某场竞赛的说明，“现在，请原谅我的打断，但我得问问利兹老爷他想去哪儿。”

“你不知道?”迪翁一脸困惑地问，“那我们这是要去哪儿?”

“四处转转，”我说，“我需要思考的时间。迪翁，你哥哥跟你和你妈妈住在一起，对吧?”

“是啊。你知道的，希腊人的家族……”

我皱起眉头。“我不确定自己知道。”

“我们重视亲情，”迪翁说着，耸了耸肩，“自己搬出去住……好吧，没人会这么做的。见鬼，我觉得帕诺思就算结婚以后也会住在附近。希腊家族的引力是无法抵挡的。”

找到帕诺思尸体的关键或许就在他们家族的住所那里。最起码前往那里会让泽恩明白，我们还在寻找某些东西，而这或许能促使她把下一次交锋的时间延后。

“我们去那儿吧，威尔逊，”我说，“我想跟他的家人谈谈。”

“我*就是*他的家人!”迪翁说。

“其余的家人，”我说着，掏出手机，开始拨号，“稍等。”铃声响了几次，然后有人接了起来。

“哟，老哥。”勇说。

“我觉得这个词已经不流行了，勇。”

“我会让它重新流行的，老哥。”

“我觉得……好吧，当我没说。我相当确定犯人是艾克塞尔科技。”

“唔。真不幸。我还指望是另外两家之一呢。等我先出门，我们再继续聊。”

“我还以为封锁期间你连电话都不能接呢。”

“这儿太痛苦了，”他说着，而我听到了关门的声音，“但我努力争取到了一点自由，毕竟严格来说，我没有被捕，只是受隔离而已。政府的人允许我设立移动办公室，但在他们相信这种东西没有传染性之前，没有人可以进出这儿。”

“至少你还能说话。”

“某种程度上吧。真的很痛苦，老哥。我该怎么为新专辑接受新闻采访呢？”

“与世隔绝只会增添你作为名人的神秘感，”我说，“关于艾克塞尔科技，你还知道别的事么？”

“全都写在我发送给你的文件里了，”他解释道，“他们……好吧，他们是些讨厌鬼。我有预感会是他们。他们曾让间谍伪装成工程师来求职，但被我们识破了。”

“勇，有个杀手在为他们工作。”

“就是你先前提到过的那个？”

“对。在小巷里埋伏了我。还用枪指着我。”

“该死。”

“我可不打算坐等这种事再次发生，”我说，“我要用电子邮件把指示发给你。”

“指示？”勇问，“什么指示？”

“让我避免被杀的指示，”我说着，从托比亚斯那里接过笔记本电脑，“勇，有个问题我必须问你。关于这个案子，你有什么没告诉我的事吗？”

电话那头沉默了。

“勇……”

“我们没杀他，”勇说，“这点我可以保证。”

“但你曾派人监视他，”我说，“你还监控了他的电脑。除此之外，没有别的方法能自然记录下他过去几个月做过的一切，并在我到达公司后打印出来。”

“是啊。”勇承认说。

“而且他试图泄露你们的信息，”我说，“把关于项目的所有东西发到网上。”

在前车座上，迪翁转过身来，看着我。

“某些工程师不喜欢看到我插手项目，”勇说，“他们觉得这是种背叛。帕诺思……那家伙不相信什么后果。他会把我们的研究公诸于众，让每个恐怖分子都知道它的存在。我真的不懂这些人，不懂什么‘维基解密’，什么‘开源’。”

“我真的很难相信，”我说，“你没有动手除掉他。”

迪翁脸色发白。

“我可不会做那种事，”勇厉声道，“你知道谋杀调查会让公司损失多少吗？”

我真的希望自己能相信他。在某种程度上，我需要相信他。否则我很可能作为尸体结束这份工作。“照着我邮件里的指示去做就好。”我告诉他，然后挂断了电话。

我没理睬迪翁，开始写电子邮件，让监控录像在笔记本电脑的另一半屏幕继续播放。奥黛丽在我的座位后面站起身来，目光越过我的肩头，看着我打字。

“你不应该解开安全带。”艾薇说。

“如果我们出车祸，我相信斯蒂芬会为我想象几道令人愉快的可怕伤疤的，”奥黛丽说着，指了指我正在打的字，“要散播的谣言？关于艾克塞尔科技？这会让他们更加不顾一切的。”

“我就指望这个呢。”我说。

“那么一来，我们就会成为更明显的靶子！”奥黛丽说，“你究竟有什么打算？”

我没有答话，就这么写完指示，把邮件发给勇。“迪翁，”我说着，依旧漫不经心地看着笔记本电脑上的录像，“你的家人信教吗？”

“我妈妈信，”他在前座上说，“我是个无神论者。”他语气顽固，仿佛那是某种必须捍卫的东西。

“帕诺思呢？”

“无神论者，”迪翁说，“当然了，妈妈不肯接受这个事实。”

“你的家族牧师是谁？”

“弗兰格斯神父，”他说，“干吗问这个？”

“因为我认为有人冒充他去见了你哥哥的遗体。要么是这样，要么就是弗兰格斯神父参与了尸体的盗窃。”

迪翁嗤之以鼻。“他都快九十岁了。他特别虔诚，我母亲对他说我很像哥哥，他就斋戒了三十六小时，为我祈祷。三十六小时啊。我觉得光是考虑故意违背其中一条戒律，都会害他当场送命。”

这小子似乎克服了对我的恐惧。很好。“问问他对他哥哥有什么看法。”坐在后车座上的艾薇说。

“他似乎喜欢那家伙。”JC说着，哼了一声。

“是吗？”艾薇对他说，“这是你全凭自己推理出来的，是吗？斯蒂芬，我想听听别人对帕诺思的看法，而且是没有经过勇的转述的那种。麻烦你让这小子开口。”

“你哥哥，”我对迪翁说，“你似乎很不喜欢他工作的公司。”

“过去还好，”迪翁说，“但那是在它发展成大公司以前了。欺骗就是从那时开始的，还有勒索。一切都是为了金钱。”

“不像其他工作，”奥黛丽说，“那些都跟金钱没有半点关系。”

“你哥哥没有辞职不干，”我对迪翁说，没去理睬奥黛丽的评论，“所以他不可能因为新新信息的改变太过痛苦。我猜他还是想要一点那些钱的。”

迪翁在座位里扭过身体，用足以煎熟鸡蛋的愤怒目光盯着我。“帕诺思根本不在乎金钱。他留在那地方，只是因为他们的资源。”

“所以……他需要新新信息的设备，”我说，“引申开来，也是为了他们的钱。”

“噢，他为的不是钱。我哥哥是要做一番大事的。治疗疾病。他做过就连其他人——那些叛徒——都不知道的事。他——”迪翁突然停口，然后立刻在座位里转过身去，无论我怎么追问都拒绝回答。

我看着艾薇。

“这是严重的英雄崇拜，”她说，“我怀疑如果你再追问下去，就会发现迪翁正准备研究生物学，并跟随他哥哥的脚步。人生观，言谈举止……通过观察迪翁，我们可以了解帕诺思的很多事。”

“所以，”JC说，“你是想说，帕诺思是个烦人的小废——”

“不管怎么说，”艾薇打断道，“如果帕诺思真的做过连加尔瓦斯和其他人都不知道的研究，那也许就是勇真正想要取回的秘密。”

我点点头。

“斯蒂芬，”托比亚斯说着，指了指笔记本电脑的屏幕，“你应该看看这个。”

我弯下腰，然后让录像回放。托比亚斯、奥黛丽和JC挤在周围，对艾薇尖锐的抗议——因为我们都没系安全带——充耳不闻。在小小的屏幕上，录像正以正常速度播放，而我看到有人离开了那座医疗综合设施的盥洗室。

清洁女工。她拖着一只带轮子的大号垃圾桶，来到通向验尸官办公室的门前，然后打开门，走了进去。

“这世界上就没有人关心安保措施了吗？”JC指着屏幕说，“瞧瞧那个保安！他甚至看都没看她一眼。”

我让画面定格。但就算我回放并再次定格，摄像头的位置也让我们看不清那个人影。

“身材矮小，”托比亚斯说，“黑发，女性。我分辨不出其他的了。你们呢？”

JC和奥黛丽摇了摇头。我把保安所在的画面定了格。他跟我们先前见到的保安不同，个子相对矮小，坐在安检站里，读着一本平装本小说。我回放画面，想要找到那个清洁女工进入大楼的位置，但她肯定是从后门进来的。我的确看到保安按下了某个按钮，或许是在打开后门，让按下门铃的人能够进来。

在快进的过程中，我们看到那位清洁女工离开了验尸官办公室区域，依次进入走廊两边的那些房间。无论她是什么人，都知道惯例还是别打破为妙。她迅速清扫了其他办公室，然后拖着她那只大垃圾桶消失在走廊另一头。

“那只垃圾桶几乎肯定能藏下一具尸体，”JC说，“那保安还说没人进过那些房间！”

“人们通常不会把清洁人员计算在内，”托比亚斯评论道，“而且停尸间的门应该也是锁着的。莉莎说过，就连保安都没法进去，所以清洁人员想必也不能进去，至少在没人监督的情况下不能。”

“U盘里有另外几晚的录像吗？”奥黛丽问。

“好想法。”我说着，搜索并找到了前两晚的录像。我们看着录像，然后发现几乎在每晚的同一时刻，都会有个清洁工进入大楼，进行相似的活动。但那个人带来的垃圾桶比较小，而且明显和那个女工并非同一人。的确，她是女性，体格也相似——但发色要浅上一些。

“所以，”奥黛丽说，“他们先是替换了牧师，然后又替换了清洁女工。”

“这种事应该不可能发生才对，”JC说，“有安全规章在呢。”

“什么安全规章?”奥黛丽说，“那儿可不是高安全性设施，JC。如果你每年都过得风平浪静，自然就会松懈下来。此外，干出这件事的人很有能力。伪造的证件，清楚清洁女工出入的时间。制服也一样，他们甚至清扫了所有办公室，以免被人怀疑。”

我重放了那个窃贼的录像，想知道那是不是泽恩本人。体格相同。奥黛丽之前是怎么说的来着？人们通常比他们使用的加密策略——这种情况下就是安保设备——松懈得多。只要保安看一眼那个清洁女工，就能阻止这一切。但他没有，而且他何必去看？这些办公室真有别人想偷的东西吗?

只有一具携带着末日武器的尸体而已。

等我们终于来到住宅区时，我忍住了呵欠。该死。我还指望在坐车时挤出点打盹的时间呢。就算只有三十分钟对我也有好处。现在没这种机会了。于是我答复了勇回复的邮件，告诉他没错，我的确想让艾克塞尔科技更加疯狂，而且没错，我知道我在做什么。我的下一批指示似乎安抚了他的情绪。

我们在一栋古雅的白色郊区住宅边停了下来，它是牧场样式，有修剪整齐的草坪，墙壁上爬着藤蔓。精心耕种的气氛抵消了那个事实——从护墙板、狭小的窗户以及缺少封闭式车库的事实来看，这栋屋子恐怕足有十年——或者四十年——的历史了。

“你不会伤害我的家人，对吧?”迪翁在前座上问。

“不，”我说，“但我可能会让你有点难堪。”

迪翁嘟哝了一声。

“来为我做介绍吧，”我说着，推开了门，“我们是同一阵线的。我向你保证，等我找回你哥哥遗体的时候，不会让新新信息对它做出任何恶毒的事。事实上，如果你想的话，我会让你观看火化过程——而且不给新新信息触碰遗体的机会。”

迪翁叹了口气，但还是跟我下了车，走向那栋屋子。

* * *

“保持警惕，”我们靠近屋子的时候，我对JC说，“我可没忘记泽恩的存在。”

“我们也许应该呼叫后援。”JC说。

“再叫几个救援游侠来？”艾薇问。

“是时空游侠，”JC没好气地说，“而且不行，我们没有时间物质。我说的是真人保镖。如果瘦皮猴雇上几个，我会觉得安全很多。”

我摇摇头。“很不幸，没这个时间。”

“也许你应该跟泽恩说明事实，”托比亚斯说着，慢跑过来，“让她以为我们手上有她想要的情报，真的是明智之举吗？”

在我们身后，威尔逊开走了那辆SUV——我指示他继续行驶，直到我打电话叫他来接我为止。我可不希望泽恩突然决定审问我的仆人。不幸的是，如果她真的下定决心，单纯只是把车开走是不足以保护他的。或许我应该告诉泽恩，我们没有她想要的情报。但我的本能却在说，她对我发现的事知道得越少，对我越有好处。我只要在适当的时候拟定对付她的计划就好。

迪翁领着我们走到屋子前面，回头看看我，然后叹了口气，推开了门。我扶住门，让我的化身们通过，最后自己也走进门里。

屋子里散发着老旧的气味。散发着擦拭过许多次的家具，放了太久的百花香①，以及旧壁炉里烧焦木柴的气味。仔细却杂乱的布置为所有墙壁和平面增添了全新的怪异感——某条走廊上有一排装在新奇相框里的照片，门边的陈列柜里放着一套陶瓷猫儿，壁炉架上则是一连串五颜六

①百花香：potpourri，一种家庭自制芳香物，将干燥花瓣和香料混合物放入容器中制成。

色、充满宗教气氛的蜡烛。这栋屋子看起来不像是住人的，反倒像是装饰用的。这是一座家庭生活的博物馆，而且已经很有年头了。

迪翁把外套挂在门边。那儿只有这么一件外套，其余的都整齐地收在敞开的衣橱里。他沿着走廊前行，呼唤着他母亲。

我没有跟去，而是踏入客厅，那里的地毯上铺着小地毯，还放着扶手磨损不堪的安乐椅。我的化身们四散开来。我走到壁炉边，审视着那只漂亮的玻璃壁挂十字架。

“天主教?”我说着，注意到了艾薇虔敬的态度。

“差不多，”她说，“希腊正教。上面刻有君士坦丁大帝的形象。”

“非常虔诚。”我注意到了那些蜡烛、画像和十字架。

“或者是非常喜欢装饰，”她说，“我们要找什么?”

“解密代码，”我说着，转过身去，“奥黛丽? 你对它大概的样子有头绪么?”

“它是数字化的，”她说，“作为一次性密钥，它和储存的数据本身一样长，所以泽恩才想要那枚U盘。”

我扫视房间。这儿有这么多陈设，U盘名副其实地可能藏在任何地方。托比亚斯、奥黛丽和JC开始寻找。艾薇留在我身边。

“海底捞针?”我轻声问她。

“也许吧，”她说着，交叠双臂，用一根手指轻轻敲打胳膊，“我们去看看这个家庭的照片。或许我们可以从中得出某种判断。”

我点点头，走向通往厨房的走廊，我先前就是在那儿看到这家人的照片的。那位父亲的照片相当老旧，拍摄于20世纪70年代；两个儿子年纪还小的时候，他就过世了。在那位母亲和迪翁的照片下面，挂着似乎是圣徒的画像。

帕诺思的照片下面没有圣徒。“这代表他放弃了信仰?”我指着那处空位问。

“没那么戏剧化，”艾薇说，“希腊正教会的成员入土的时候，基督或者他们的守护圣徒的画像就会随之下葬。那张画像应该是提前取下，准备在葬礼时使用的。”

我点点头，又往前走了几步，寻找有关家人间互动的照片。我在其中一张的前方停下脚步。照片拍摄于不久前：帕诺思面带微笑，将一条鱼高高举起，而他的母亲——戴着墨镜——从侧面抱着他。

“从各方面来看，他都是个坦诚又友善的人，”艾薇说，“他是个理想家，和他在大学的朋友共同创办了自己的公司。‘如果能成功，’几个月前，他在某个论坛上写道，‘那么任何国家的任何人都可以运用这种强大的计算能力。他们自己的身体会提供能源和存储空间，甚至能进行数据处理。’论坛上的其他人提醒了他湿件[①]的危险性。帕诺思和他们争论起来。他把这一切看做某种信息革命，以及人类种族的一次进步。”

“他那些帖子有前后不一致的地方吗？”

“去问奥黛丽吧，”艾薇说，“我关注的是帕诺思这个人本身。他是什么人？他会做出怎样的行动？”

“他在忙于某种研究，”我说，“治愈疾病，迪翁是这么说的吧？我敢打赌，其他人因为癌症恐慌而叫停他的病毒研究时，他肯定非常恼火。”

“勇知道帕诺思不顾阻拦继续研究的事。我很清楚这点。勇在暗中监视帕诺思，而且真的非常担心这件事。这暗示他在担心远比癌症恐慌更重大的危险。所以勇才会拖你下水，所以他才会迫切希望你毁掉尸体。”

我缓缓点头。“那帕诺思呢？你对他和密钥的事有什么猜想吗？”

“如果他真的用了密钥，”艾薇说，“我猜他会交给家人之一。”

“同意。”我说这话的时候，迪翁终于从后门走了出去，大声呼唤他在后院的母亲。

我忽然担心起来。泽恩会不会抢在我们前面来了这儿？但我错了。走进厨房的时候，我看到那位母亲正在外面修剪树木。迪翁朝她走去。

我驻足了片刻，然后走向奥黛丽和JC。

---

①湿件：wetware，计算机术语，对应软件和硬件，通常指人脑。

"所以,"奥黛丽在说,"在未来,我们有会飞的汽车吗?"

"我不是来自**你的**未来,"JC说,"我来自某个平行次元,而你来自另一个。"

"你那个有会飞的汽车吗?"

"这是机密信息,"JC说,"我只能告诉你,我的次元跟这个次元大致相同——区别在于,我存在于那儿。"

"换句话说,那一个要糟糕太多了。"

"我真该开枪打你,女人。"

"试试看啊。"

我停在他们之间,但JC只是哼了一声。"别诱惑我。"他对奥黛丽咆哮道。

"不,说真的,"奥黛丽说,"开枪啊。尽管动手。接下来什么都不会发生,因为我们都是**虚构的**,而你也只能承认事实:承认即使作为精神失常者的心智虚构出来的东西,你也是个疯子。承认他只是把你想象成信息的贮藏室。承认你自己其实也只是一枚U盘,JC。"

他瞪了她一眼,然后低下头,悄然走开。

"还有,"奥黛丽对着他的背影大喊,"你——"

我拉住她的手臂。"够了。"

"能有人打压一下他的气焰是好事,斯蒂芬噢,"她说,"总不能让你头脑的某部分自负过头,对吧?"

"那你呢?"

"我不一样。"她说。

"噢?那如果我停止想象你,你也不会有事喽?"

"你又不知道方法。"她不自在地说。

"我相当确定,如果JC真的朝你开枪,我的头脑就会跟进。你会死的,奥黛丽。所以提要求的时候要当心。"

她转开目光,然后把重心从一只脚换到另一只。"所以……呃……你想问什么?”

“你是我目前最接近数据分析师的化身了,”我说,“勇给我们的信息。想想那些电子邮件、论坛帖子和帕诺思电脑里的个人信息吧。我需要知道他没说的事。”

“他*没说*的事?”

“他隐瞒的事,奥黛丽。矛盾。线索。我需要知道他真正研究的东西——他的秘密项目。他很可能在网上留下了某种提示。”

“好吧……我会考虑的。”她从某个领域的专家——笔迹分析师——转变成了涉猎更加广泛的存在。希望这会掀起一股风潮。我为化身准备的空间已经所剩无几;要容纳、管理和同时想象他们也越来越难了。我怀疑这就是奥黛丽坚持要参与这次工作的理由——在内心深处,一部分的我知道自己需要化身们学会新的技艺。

她看着我,眼神专注。“事实上,在考虑过后,我现在也许就能告诉你一些事。病毒。”

“病毒怎么了?”

“帕诺思在免疫学论坛上花了很多时间去谈论疾病,跟那些研究细菌和病毒的人进行过非常专业的讨论。他没说过什么特别有启发性的话,但如果你从整体来看……”

“他的专业是微生物基因拼接,”我说,“所以他上那种论坛也合乎情理。”

“但加尔瓦斯说过,他们放弃了用病毒进行数据传输的方法,”奥黛丽说,“然而,在新新信息放弃那部分项目以后,帕诺思的论坛发帖却增加了,”她看着我,咧嘴一笑,“这是我发现的!”

“不错。”

“噢,我是说,我猜是你发现的,”她交叠双臂,“作为虚构的人,很难体会到真正的成就感。”

“只要虚构你的成就感就好,”我说,“你是虚构的,所以虚构的成就感应该适用于你。”

“但如果我是虚构的，而我又去虚构某种东西，就成了双倍的虚幻。就像用复印机去复印刚刚复印出来的东西。”

“事实上，”托比亚斯说着，走上前来，“从理论上说，虚构的成就感必须由最初的虚构者来虚构，所以不会出现你所暗示的迭代。”

“那样是行不通的，”奥黛丽说，“相信我，我在被人虚构这方面可是专家。”

“可是……如果我们都是化身……”

“是啊，但我比你虚构的程度更高，”她说，“或者说更低。因为我了解关于虚构的一切。”她对他咧嘴一笑，显得得意洋洋，而他揉着下巴，试图理解那番话。

“你疯了。”我看着奥黛丽，轻声道。

“哈？”

我刚刚想到了这点。奥黛丽疯了。

我的每个化身都是疯子。我几乎注意不到托比亚斯的精神分裂症，更别提艾薇的密集恐惧症了。但疯狂就在那儿，藏身于暗处。每个化身都有一种，无论是畏惧细菌、技术恐惧症，还是自大狂。直到这一刻，我才意识到奥黛丽的症状。

“你觉得你是虚构的。”我告诉她。

“呵。”

“但那不是因为你真的是虚构的，而是因为你有某种精神疾病，让你觉得自己是虚构的。就算你碰巧是真实的，也会这么觉得。”

这很难察觉。很多化身都接受了这种命运，但直面事实的却寥寥无几。就连艾薇也很勉强。可奥黛丽却以此为傲，她享受着这种状况。这是因为，在她的脑海里，她是真实存在的人，只是因为疯狂而觉得自己并不真实。我本以为她有自知之明，但这不是事实。她和其他人一样疯。只是她的精神疾病碰巧与现实一致而已。

她看了看我，然后耸耸肩，立刻开始转移话题，向托比亚斯问起了天气。不用说，他立刻提起了他那个住在卫星上的幻觉。我摇摇头，然后转过身。

接着发现迪翁站在门口，表情明显很不自在。他看到了多少？看他朝我投来的眼神，就好像我是一条刚刚还在狂吠，此时却似乎安静下来的陌生狗儿。在刚才那番交流的过程中，我就像个疯子那样走来走去，自言自语。

不。我不疯。我已经控制住局面了。

也许这就是我唯一真正的疯狂之处。以为我能应付所有这一切。

“你找到你母亲了？”我问。

“在后院那儿。”迪翁说着，用大拇指比了比背后。

“我们去跟她谈谈吧。”我说着，挤过他身边。

* * *

我发现艾薇和JC坐在屋外的台阶上。她揉着他的背脊，而他双手垂在身前，一手握枪，盯着一只正在地上爬行的甲虫。艾薇看了我一眼，摇摇头。现在不是和他搭话的好时机。

我穿过精心打理的草坪，奥黛丽和托比亚斯尾随在后。马赫拉斯太太结束了剪枝工作，此时正在检查西红柿，忙着摘下虫子，拔去野草。我走近以后，她没有抬头。“斯蒂芬·利兹，”她的嗓音带着清晰的希腊口音，“我听说你很有名。”

“喜欢流言蜚语的人才觉得我有名，”我说着，弯下膝盖，“这些西红柿看起来不错。长势良好。”

“我是在室内开始种植的，”她说着，托起一枚饱满的绿色果实，“晚霜冻（译注：指每年春季的最后一次霜冻）过后更适合西红柿生长，但我忍不住想早点开始。”

我等着艾薇提醒我该说的话，但她还在台阶那边。**真蠢**，我心想。

“所以……您很喜欢园艺？”

马赫拉斯太太抬起头，对上我的目光。“我欣赏那些能做出决定、也能拿出行动的人，利兹先生，而不是那些想用他们明显没兴趣的话题来聊天的人。”

“我的好几个部分对园艺非常感兴趣，”我说，“我只是没带他们来而已。”

她看着我，等待着。

我叹了口气。“马赫拉斯太太，您对您儿子的研究了解多少？”

“几乎完全不了解，”她说，“可怕的生意。”

我皱了皱眉。

“她觉得是研究让他远离教会的，”迪翁在我身后说着，踢开了一块泥土，“因为那些科学和质问。上帝保佑，居然有人会花时间思考。”

“迪翁，”她说，“别说蠢话。”

他交叠双臂，挑衅地对上她的视线。

“你为那些雇用我儿子的人工作。”马赫拉斯太太看着我说。

“我只是想找回他的尸体，”我说，“趁危险的事还没发生。能跟我说说那位家族牧师的事吗？”

“弗兰格斯神父？”她问，“可你为什么想知道他的事？”

“他是最后一个去看尸体的人，”我说，“您儿子的尸体消失前的那晚，他拜访了验尸官。”

“别傻了，”马赫拉斯太太说，“他没做过那种事——他那天在这儿。我要求他上门做祷告，然后他就来了。”

在我旁边，托比亚斯和奥黛丽对视了一眼。所以我们有了个弗兰格斯神父没去见尸体的证人。冒充者参与的证据。但知道这件事对我们有什么好处？

“帕诺思在去世前给过您什么东西吗？”我问她。

“没。”

“也许只是不起眼的小东西，”我说，“您确定没有吗？您什么都想不到吗?”

她转过身去，重新看着作物。“对。”

“他过去几个月跟什么人有来往吗?”

“只有那间可怕的研究室的人。”

我跪倒在她身边。“马赫拉斯太太，”我柔声说，“因为您儿子的研究，有生命正面临威胁。许多人的生命。如果您隐瞒了什么，也许就会引发一场全国性的灾难。您不用非得把它交给我，交给警方——FBI的话就更好了——也一样能处理好。只是别拿这件事冒险。拜托。”

她抿住嘴唇看着我。她的表情随即坚定起来:“我没什么能给你的。”

我叹了口气，站起身来。“谢谢。”我转身走开，回到楼梯那里，JC在艾薇的敦促下振作了一点儿。

“如何?”他问我。

“碰壁了，”我说，“就算他把密钥给了她，她也不肯告诉我。”

“来这儿就是个错误，”JC说，“只会让我们偏离真正该做的事。”

我看了看迪翁的母亲，后者手拿泥铲，仍在看着我。

“承认吧，瘦皮猴，”JC续道，“如果我们不尽快做点什么，这个世界会得癌症的。”他犹豫了片刻，又说:“卧槽，这么一说听起来还真蠢。”

“……‘卧槽’?”我问。

“未来的骂人话。”

“为什么听起来就像是——”

“未来的骂人话跟我们的骂人话一向很像，”JC说着，翻了个白眼，“但其实不一样，所以在假正经们面前说这个没关系。”他用拇指比了比仍旧坐在他身边的艾薇。

“等等，”艾薇说，“我还以为你来自另一个次元，不是来自未来。”

“胡说八道。我一直都来自未来。”

“从什么时候开始的?”

“从两天前开始的，”JC说，“你瞧，瘦皮猴，要我重新说一遍吗？你知道我们的下一步是什么。”

我叹了口气，然后点点头。“是啊。是时候闯入艾克塞尔科技了。”

第三部分

“你**确定**要这么做吗？”我走出房子的正门时，艾薇跑到我身边。

“这是最好的方法了，艾薇，”JC说，“我们没有调查新线索的时间。尸体在艾克塞尔科技手里。我们需要查清它在哪儿，然后把它偷回来。”

我点点头。“帕诺思密钥的下落难以断定，但如果我们毁掉尸体，密钥就不重要了。”我拿起手机，注意到我错过了勇的一次来电。我朝JC点点头，示意他注意周边，同时发信息让威尔逊来接我，接着给勇回了电。

勇接起了电话。

“嘿，”我说，“我——”

“我没多少时间了，”勇打断道，嗓音含糊不清，“情况很糟糕，军团。**非常**糟糕。”

我身体发冷。“发生了什么？”

“帕诺思，”勇语速飞快，口音也在匆忙中加重了，“他放出了什么。该死的。那是——”

他的话声戛然而止。

“勇？”我绷紧身体，艾薇和托比亚斯也凑上前来，想要听清他的话，“勇！”

我听到电话另一头传来说话声，以及随后的刺耳响声。“他们要逮捕我，”片刻过后，勇说，“消息的进出也会禁止。他们会拿走我的手机。”

“勇，帕诺思究竟放出了什么?”我问。

“我们不知道。政府的人意外打开了他电脑上的某个隐藏文件。它删除了所有数据，还跳出一个窗口嘲讽我们，说他已经释放了传染病。他们吓坏了。其余的事我就不清楚了。”

“我要你做的那些事呢?”

“做了一部分。剩下的正在进行。我不知道还能不能完成。”

“勇，我的性命可能就取决于你能不能——”

“所有人的性命都有危险，”勇厉声道，“你没听到我的话吗？这可是一场灾难。该死！他们进来了。找到尸体。弄清楚**那个人做了什么！**”

手机里再次发出沙沙声，随后陷入沉寂。我不禁觉得，勇没有挂断——是有人夺走了他的手机。政府的人现在多半知道我也有份参与了。

我放下手机，看着我的化身们，这时威尔逊的车子停在我面前。在我身后，迪翁双手插在口袋里，跟出了屋子。他露出不安的表情。

“我们该行动了，”去警戒周边的JC跑了回来，说道，“泽恩随时都可能出现在这儿。”

“如果她出现，”我说，“马赫拉斯太太就会有危险。我惊讶的是，泽恩到现在还没现身——就算她不来，艾克塞尔科技的其他走狗也应该会来，”我皱起眉头，“我觉得我们被对手领先了。我不喜欢这种感觉。”

我没去理会正在等我们的车，也几乎没注意到朝这边走来的迪翁。我反而闭上了眼睛。“托比亚，”我低声说，“你注意到这边的风景有多美了吗?”

托比亚斯说：“那些是球根秋海棠，种植难度很高的花卉，尤其是在这个地区。它们需要充足的阳光，但又不能是直接照射，而且对霜寒非常敏感。噢，我想起了一个关于它们的故事……”

他滔滔不绝。其他化身安静下来，而我们开始共同思考。我的思维停滞不前，有种遗漏了某件事的感觉。我们之一本该注意到的某件事。

究竟是什么呢?

“泽恩，”JC突然插嘴道，“她的埋伏。”

“人们要比他们的加密手段，”我低声说着，睁开双眼，“松懈得多。”我把手伸向自己的肩膀——泽恩在小巷里就是抓住我的那个部位，把我拖离大楼的——然后摸索自己衬衣的领子下方。我的手指拂过了金属。

“噢，**活见鬼!**”JC说。

泽恩给我装上了窃听器。小巷里的袭击为的就是这个。那次行动并没有她伪装的那样鲁莽。我思绪飞转，而JC向其他化身解释了状况。我把哪些话说出口了?泽恩知道些什么?

她听到了我闯入艾克塞尔科技的企图。但我发送给勇的那些指示呢?她知道内容了吗?

我回溯着自己的记忆，汗如雨下。不。我只把那些信息写在了电子邮件里。但她的确知道我对马赫拉斯太太说过什么。她知道我走进了死胡同。

“我真是个白痴，”JC说，“我们在餐馆那件事以后还想过检查窃听器，和杀手真正接触以后却忘了这回事?”

“她把意图藏得很好，”奥黛丽答道，“伪装成了不顾一切想弄到U盘的企图。”

“至少现在我们不用担心她会来伤害马赫拉斯太太了。”

也许吧。我盯着手机。我们怎么会遗漏这种事?

“冷静，斯蒂芬，”托比亚斯说着，一手按在我的肩上，“人人都会犯错，就连你也一样。我们可以利用这个机会——那个杀手正在窃听，但她不知道你已经发现了。我们可以操纵她。”

我点点头，深吸了一口气。泽恩知道我渗透艾克塞尔科技的计划，这代表我不能这么干了。我需要个更好的新计划。

这意味着我得指望让勇去办的那些事。让艾克塞尔科技的所有者陷人疯狂，然后加以利用。为什么最近的工作总是朝这种方向发展？我抬头看着我的化身们，然后做出了决定，在手机上输入了一串号码。

有人接了电话。“噢，宝贝儿，”电话那头有个风骚的嗓音说，“我正指望你今天给我打电话呢。”

“比安卡。”我说。

托比亚斯呻吟起来。“别是**她**。”

我充耳不闻。“我需要情报。”我对电话那头的女人说。

“没问题，甜心。”她说。她是怎么发出那种喉音的？我开始怀疑她用了某种音效处理设备了。“关于什么的？你……昨天晚上的约会？我可以告诉你，是哪些人算计了你。”

“我要问的不是那个，”我说，“有一家名叫新新信息的公司，还有它的对手公司艾克塞尔科技之间发生了某些事。我认为他们也许释放了某种致命的病毒。你知道这回事吗？”

“唔……我可以查查看，”比安卡说，“也许要花些时间。”

“无论查到艾克塞尔科技的什么事，我都会致以衷心的感谢。”

“当然，”她说，“还有宝贝儿，如果你想找人约会，干吗不给我打个电话？我很生气，因为你根本没考虑过我！

“说得好像你会出现似的。”我说。三年了，我从没见过比安卡本人。

“至少我会考虑一下，”她说，“好了，现在你得给我些新闻材料才行。关于你那次约会怎么样？”

“帮我弄到艾克塞尔科技的情报，”我说，“我们再来交换。”我挂了电话，回过头去，这时迪翁沿着人行道来到我身边，一脸困惑。

“你希望她帮你查出什么？”那小子问。

“没什么，”我说着，心里清楚泽恩听着每一句话，“比安卡是个差劲的线人。她从没给过我哪怕一丁点有用的情报，而且每次我给她打过电话，不出几分钟，我说的大部分内容就会出现在网上。”

“但——”

我打给另一个线人，用相似但慎重许多的方式进行了询问。然后是第三个。几分钟之内，我确保了一件事：所有关心艾克塞尔科技的人都会读到那家公司卷入重大公共安全漏洞问题的报道。考虑到新新信息正在接受调查，而我也有份参与，我散布的谣言中的些许真实就会引发媒体的狂热。

“你这是把他们往死路上逼，斯蒂芬，”等威尔逊终于停到更近处的时候，艾薇说，“泽恩的雇主之前就已经不顾一切了。等消息传出去，他们就该变成疯狗了。”

“你是指望他们把你放到一边，专注于挽回媒体那边的影响吗？”JC问，“这可不聪明。用鞭子抽打老虎不会让它分心，只会让它更加愤怒。”

我没法解释，毕竟泽恩还在窃听。于是我拿出记事本，匆匆写下几条给威尔逊的指示，指望我的化身能看到和理解。

令人意外的是，奥黛丽似乎是最先明白的。她咧嘴一笑。“噢噢……”

“危险，”艾薇说着，交叠双臂，“太危险了。”

威尔逊摇下了乘客位的车窗。“利兹老爷？”

我写完了指示，身体探入窗户，将那张纸递给他。“有些事要交给你，”我说，“我需要你留在这儿，威尔逊，并且看护马赫拉斯太太。我担心那个杀手会来找她。事实上，也许你应该把她送去最近的警察局。”

“可谁来为您开车呢？”

“我自己可以。”我说。

威尔逊一脸怀疑。

“有意思，”奥黛丽评论道，“这个人相信你能拯救世界，却不相信你能自己吃饭和开车。”

我对威尔逊露出安慰的笑容，而他低头看着手里的指示，随后用担忧的目光看着我。

“拜托。”我对他说。

威尔逊叹了口气，点点头，然后爬出车子。

“你要来吗？”我为化身们打开SUV的侧门，让他们轮流爬进车里，同时对迪翁说。

“你刚才说人们正面临威胁。”迪翁说。

“的确，”我说着，在奥黛丽上车后关上了门，“你哥哥放出的东西可能会让数百万人送命。”

“他说过那东西并不危险。”迪翁顽固地说。

该死。这小子对我有所隐瞒。密钥在他手里吗？不幸的是，我不希望他告诉我，免得让泽恩听见。好吧，无论如何，我都需要他跟着我。毕竟我差走了威尔逊，也许用得上另一双并非虚构的手。

我坐上驾驶位，而迪翁坐到前乘客位上。“帕诺思什么都没做错。”

“那他做了什么？”我听天由命地问。如果我不追问，在泽恩听来会很可疑。

“某种事。”迪翁说。

“真是令人愉快的描述。”

“他不肯告诉我。我觉得他甚至没能完成。但它并不危险。”

“我……”我停了口，回头看向JC响起的手机。来电铃声是《美丽的美国》[①]。我摇摇头，发动车子，在JC接电话的同时绝尘而去——把一脸不知所措的威尔逊留在路边。

“哟，艾哈迈德，”他说，“没错，他就在我旁边。视频？交给我吧。嘿，你又要给我们做那道中国菜么？”

“那是印度菜，”卡莉亚妮的声音通过免提功能传来，“为什么你会觉得那是中餐？”

“里面有米饭，不是吗？”JC说着，跪在驾驶位与乘客位之间的扶手边，把手机举到我面前。

“椰子饭，还有咖喱，还有……算了。斯蒂芬先生？”

---

①《美丽的美国》：*America the Beautiful*，美国著名爱国歌曲。

“嗯?”我说着，看了眼手机。卡莉亚妮穿着式样简单的T恤和牛仔裤，欢快地朝我挥手。她今天的眉心痣是黑色的，看起来像是眉毛之间的一个小小箭头，而非传统的红色圆点。我得找机会问问其中的含义才行。

“我们刚才在谈话，”卡莉亚妮说，“然后阿尔诺说想告诉你一些事。”她把手机屏幕转向那个一丝不苟的矮小法国人。他倾身向前，朝屏幕眨了眨眼。我把时间均分给他和路况。

“**先生**[①]，”阿尔诺说，“我跟克莱夫和元美谈过了。您看，我们三个受过的教育都包括某些高水平的化学和生物学课程。但我们没法挖掘得太深，因为……好吧，您明白的。”

“我明白。”伊格纳西奥。他的死剥夺了我的大部分化学知识。

“总之，”阿尔诺说，“我们一直在讨论分发给我们的情报。元美态度坚决，我们最后也赞同了她的看法。尽管只是外行人的意见，但我们认为新新信息和那个名叫勇的人在对你说谎。”

“具体是关于什么?”

“关于放弃研究用病毒将数据送入身体的方法，”阿尔诺说，“先生，如果说研究已经叫停，那帕诺思在所谓的‘秘密’项目上投入的资源太多——进展也太顺利了。无论他们的说法如何，恐怕都在继续研究。此外，我们认为所谓的癌症威胁的可行性没有最初看来那么高。噢，理论上来说，这的确是研究可能的后果之一，但根据我们对资料的分析，新新信息的研究尚未达到那种程度。”

“所以他们不想告诉我真正的危机，”我说，“比如帕诺思拼接的某种有害细菌或者病毒，无论那是什么。”

“这就该由你来考虑了，”阿尔诺说，“我们是科学家。我们只是想说，情况并不像先前听说的那么简单。”

“谢谢你们，”我说，“我也在怀疑，但能确认就更好了。就这些吗?”

---

①**先生**：原文为法语，下同。

“还有一件事，”卡莉亚妮拿回手机，转向她的笑脸，“我想把我丈夫拉胡尔介绍给你。”有个圆脸小胡子的印度男人走到屏幕里的她身旁，朝我挥了挥手。

我背脊发冷。

“我告诉过你，他是个优秀的摄影师，”卡莉亚妮说，“但你不必非得以那种方式运用他。他非常聪明。他会做各式各样的事！他很了解电脑。”

“我能看到他，”我说，“为什么我能看到他?”

“他成为我们的一员了！”卡莉亚妮兴奋地说，“这太美妙了，不是吗!”

“能见到您太让人高兴了，斯蒂芬先生，”拉胡尔用悦耳的印度口音说，“我会帮上大忙的，我可以保证。”

“我……”我吞了口口水，“你……是怎么……”

“这可不妙，”艾薇在后座上说，“你以前无意中让化身显现过吗?”

“只有刚开始有过，”我低声说，“而且必须先研究新课题才行。”

“天啊，”奥黛丽说，“卡莉亚妮得到了丈夫，可我连只沙鼠都不能养？太不公平了。”

我立刻靠向路边，毫不在乎在我转弯时鸣笛的那辆车。我匆忙停下车，然后从JC手里夺过手机，盯着那个新来的化身。这是我的幻觉的家庭成员第一次出现在我面前。这似乎是个非常危险的先例。我正在失去掌控力的又一个征兆。

我挂了电话，让他们的笑脸消失不见，然后把手机丢还给身后的JC。我将车子驶向前去，博得了另一辆车的鸣笛。我经由看到的第一个匝道下了公路，转向城区。

“你没事吧?”迪翁问。

“还好。”我没好气地说。

我需要找个地方待着，好好思考。某个看起来并不突兀，可以拖延时间并等待我的计划奏效，又不会引起泽恩怀疑的地方。我在一家丹尼连锁餐厅[1]前面停了车。“只是需要吃点东西。”我撒了个谎。这借口应该行得通，对吧？就算是正在努力拯救世界的人也得吃饭。

迪翁看着我。“你确定你——”

“是的。我只是需要来一份煎蛋卷。”

* * *

我为化身们扶住餐馆的门，然后跟了进去。这地方散发着咖啡的气味，坐着许多来吃晚早餐[2]的人，这点非常完美。泽恩不太可能在众目睽睽之下轻举妄动。我费了番工夫才让女招待给了我们一张六人桌；我只能撒谎说等下还会有人来。最后，我们安顿下来，迪翁坐在我对面，两边各有两个化身。我拿起一份菜单，指着其中一面上的糖浆，但没去看那些字。我只是努力平复呼吸。珊德拉没为我预想过这种情况。化身的家庭成员突然出现，而且是在没做研究的情况下？

“你疯了，”有个嗓音从我对面传来，“就像……真正的疯子。”

我放下菜单，这时我才发现自己拿倒了。那小子没碰自己的菜单。

“不，我没疯，”我说，“我向你保证，我也许有点精神失常。但我不是疯子。”

“这是一回事。”

“从你的角度来看，也许吧，”我说，“我认为两者是不同的——但就算我们承认这个词适用于我，它也同样适用于你。我活得越久，就越是明白，所有人都以自己独特的方式患有精神疾病。我控制住了自己的疾病。你又如何？”

在我身边，艾薇对我说的“控制”这个词嗤之以鼻。

迪翁靠向椅背，咀嚼着我的话。“他们说我哥哥做了什么？”

“据说他放出了某种东西。某种病毒或者细菌。”

---

①不丹尼连锁餐厅：Denny's，一家在许多国家开设了分店的连锁餐厅。

②晚早餐：late-breakfast，指时间较晚的早餐。

“他不会做那种事的，”迪翁立刻开口道，“他想帮助别人。危险的是其他人。他们想制造武器。”

“这是他告诉你的？”

“好吧，不是，”迪翁承认，“但我的意思是，不然他们干吗强迫他放弃项目？他们干吗要密切监视他？你应该调查的是他们，不是我哥哥。他们的秘密才危险。”

“典型年轻伪知识分子的自由主义空谈，”JC在我右边看着菜单说，“我要牛排和蛋。半熟和溏心的。”

我心不在焉地点点头，这时其他化身也接连开口。至少那位服务生没理由抱怨我们占了那么多座位了——毕竟我点了五份餐点。一部分的我希望在想象化身们清光餐碟以后，他们会把饭菜拿给其他人。

我把注意力转回菜单，发现自己并没有那么饿。我还是点了一份煎蛋卷，而我和女服务生点餐的时候，那小子掏起了口袋，显然不打算让我请他。他摸出几张揉成一团的钞票，点了一份早餐墨西哥卷饼。

我等待着手机发出提示音，那代表威尔逊照我的指示去做了。但声音始终没有传来，而我发现自己越来越焦躁；我用手帕擦去鬓角的汗水。我的化身们努力帮我放松，托比亚斯聊起了薄饼这种食物的由来，艾薇配合着他，装出兴趣十足的样子。

“那是什么？”我说着，朝迪翁点点头，他正盯着在皱巴巴的纸币间发现的一小张纸条。他立刻涨红了脸，准备把它塞回口袋。

我猛地抓住了他的手，反应快到连我自己都意外的地步。在我身边，JC赞许地点点头。

“什么都不是，”迪翁厉声说着，摊开了手，“好吧。拿去吧。白痴。”

我突然觉得自己很蠢。帕诺思的数据密钥不可能只是一张纸条；它肯定存在U盘或者其他电子存储媒介里。我抽回自己的手，读起了那页纸。上面写着“1 Esd 4：41”。

“妈妈总在折衣服的时候把这些塞进我的口袋里，”迪翁解释道，“为了提醒我放弃不信上帝的生活方式。”

我把纸条拿给其他人看，同时皱起眉头。“我不记得圣经里有这么一段。”

“以斯拉记上篇，”艾薇说，“出处是东正教版《圣经》——它是大多数其他宗派都不会使用的‘伪经’。我没法马上想起那一段。”

我在手机上查了查。“真相是伟大的，”我说，“亦是万物中最强大的。”

迪翁耸耸肩。“我想我可以认同这点。即使母亲不肯承认，真相其实……”

我用手指轻轻敲打桌面。我觉得自己就快想到什么了。是答案？还是真正该问的问题？“你哥哥有数据密钥，”我说，“它能揭露储存在他身体里的信息。你觉得他会不会把它给了你母亲？”

艾薇仔细观察迪翁，以确认他对密钥的话题有何反应。他没有做出我能分辨的反应，艾薇也摇了摇头。就算我们知道密钥的事让他吃惊，他也把那种情绪隐藏得很好。

“数据密钥？”迪翁问，“比如什么？”

“U盘或者类似的东西。”

“我不觉得他会把类似的东西给妈妈，”我们的饭菜送来时，迪翁说，“她痛恨科技和相关的一切，尤其是她认为来自新新信息的那些。如果他把类似的东西交给她，她肯定会直接弄坏的。”

“她对我的态度相当冷淡。”

“噢，你还指望什么？你受雇于那家让她儿子远离上帝的公司，”迪翁摇摇头，“母亲是个好人——可靠、正派、传统。但她不信任科技。对她来说，工作就该亲手去做，不是懒洋洋地盯着电脑屏幕。”他移开目光，续道：“我觉得帕诺思所做的一切都是为了向她证明某些事，你明白吧？”

“通过把人变成大容量贮存设备来证明？”我问。

迪翁涨红了脸。“为了做他想做的事，那是必要的准备工作。”

“他想做什么?”

“我……”

“没错，”艾薇，“他知道些什么。天啊，这小子真不擅长撒谎。占据主导地位，斯蒂芬。说服他。”

“还是告诉我的好，”我说，“你总得告诉什么人，迪翁。你不确定该不该相信我，但你真的应该说出来。你哥哥打算做什么?”

“疾病，”迪翁说着，看着他的墨西哥卷饼，“他想治愈疾病。”

“哪一种?”

“每一种。”

“真是高远的目标。”

“是啊，这是帕诺思亲口说的。真正的治疗不是他的工作；他要研究的是交付方式。”

“交付方式?”我说着，皱起眉头，“交付疾病。”

“不。是交付治疗方法。”

“哦哦……”托比亚斯抿了口咖啡，连连点头。

“想想看吧，”迪翁说着，激动地比画起来，“感染性疾病是相当可怕的。想象一下，如果我们能设计出一种能够迅速传播，而且会反过来带给人们别种疾病的免疫力的病毒呢？你会得一场感冒，然后突然间，你就永远不会患上天花、艾滋病、小儿麻痹……何必再在免疫工作上花费几十亿，跑去给每个人接种疫苗？只要运用那种手段，大自然就会帮我们完成所有工作。”

“听起来……不可思议。”我说。

“可怕到不可思议，”JC说着，用餐刀指了指那小子，“听起来有点像是用斯马克沃去对付维克希克斯。”

“用什么?”艾薇叹了口气，问道。

“这是机密信息，”JC说，“卧槽，这牛排真不错。”他把注意力转回食物上。

“噢，是啊，”迪翁说，“我准备帮他的忙，你明白吧？去上大学，最后和他合伙开一家新的生物科技公司。我猜这个梦想也泡汤了。”他戳了戳自己的食物，然后说：“但你要明白，每天他回到家里，妈妈都会问：‘你今天行善了吗？’而他会露出微笑。虽然她没法理解，但他知道自己做的事很重要。”

“我猜，”我说，“你母亲其实相当为他骄傲。”

“嗯，也许吧。有时她并没有看起来那么难相处。我们还小的时候，她每天都会干很久的粗活，就为了在爸爸死后抚养我们。我不该抱怨的。只是……你明白的，她觉得自己无所不知。”

“跟你们一般青少年不同。”奥黛丽说着，对迪翁露出微笑。

我点点头，在摆弄食物的同时看着迪翁。“他把密钥给你了么，迪翁？”我直接问他。

那小子摇摇头。

“不在他那儿，”艾薇说，“以我的专业判断，他撒谎的技巧太差，不可能向我们隐瞒。”

“你现在，”迪翁说着，重新对付起他的墨西哥卷饼来，“应该去寻找某种疯狂的装置之类的。”

“装置？”

“当然，”迪翁说，“他打造了某种东西来藏它，你明白吧？你知道的，他那种手工制作的爱好。他总是把LED灯黏在各种东西上，还会制作自己的姓名牌之类的。我敢打赌，他也是这么藏密钥的。你捡起一颗土豆，而它会碰倒一枚硬币，然后一百只鹅飞上天，密钥就这么掉到你头上。类似这样的东西。”

我看着化身们。他们似乎在怀疑，但他的说法或许有几分道理。并非迪翁描述的那种装置，而是某种步骤。也许帕诺思设置了某种故障保护机制，会在他死后揭示真相——只是出于某种理由，那套机制并未触发。

我强迫自己吃了点煎蛋卷，但只是为了应付威尔逊不可避免会提起的问题。不幸的是，直到我们用餐完毕，我的手机还是没有动静。我尽可能地拖延时间，但最后觉得再待下去只会让泽恩起疑。

我率先走出餐厅，来到那辆SUV边，为我的化身打开侧门，随后自己绕过车子，走向驾驶位。我坐上座位，开始盘算下一步行动，就在这时，我感到冰冷的金属枪管抵住了自己的颈背。

* * *

迪翁浑然不觉地坐上乘客位。他看了看我，随即凝固不动，脸色苍白如纸。我看了眼后视镜，瞥见了蹲坐在我座位后面的泽恩，还有抵住我脑袋的那把枪。

该死。所以她并没有像我希望的那样等着。我口袋里的手机沉重而无声。什么事耽搁了威尔逊这么久？

“麻烦你跟我到后座上来，利兹先生，”泽恩轻声说，“小马赫拉斯，待着别动。关于我有多乐意使用暴力这件事，我想我应该不必提醒你吧？”

我满头大汗地看着后视镜，注意到JC涨红了脸。他之前就坐在泽恩此时蹲坐的位置上，但直到现在才看到她。她两次对我们先发制人，而JC却无能为力。她在这方面的本领远比我优秀。

JC掏出了枪，就好像有什么意义似的，然后向我点点头，示意我服从泽恩。坐到后座上只会方便我和她交流。

我挪过来的时候，她移到了最远的后座上——把艾薇和奥黛丽挤到两边——枪口从始至终对着我。

“你的武器。”她说。

我像在巷子里那样摘下枪，放到我面前的地板上。我干吗还带着这倒霉玩意儿？

“然后是手机。”

我递给她。

“你找到了窃听器，干得漂亮，”她告诉我，“我们可以继续讨论这件事，利兹先生，因为接下来我们要一起散个步。小马赫拉斯，你跟这事无关。坐到车子的驾驶位上去。等我们下去以后，你就可以走了。我不在乎你怎么做——想找警察就去吧——只要你走远点就好。我不喜欢杀目标以外的人。如果送了太多的……赠品，对生意只有坏处。”

迪翁飞快地动了起来，爬上驾驶位，我把车钥匙留在了那儿。

“这是好事，”JC轻声说，“她打算放过那小子，并且把我们带去空旷地带，”他的脸拧成了一团，“我想不通她干吗要做这两件事里的任何一件，但我想这代表她的上级要求她避免真的杀人。”

我点点头，汗水顺着我的颈背滴落。泽恩晃了晃那把枪，而我打开侧门，让我的化身们鱼贯走出，首先是JC，然后是艾薇，再然后是托比亚斯。奥黛丽鼓励地一手按在我的胳膊上，我点头回应，随后在她前面下了车。

泽恩猛扑过来，抓住我的肩膀，将我甩回车里。她抓住车门，用力关上。

“马赫拉斯，”她说着，把枪口转向他，“开车。马上。”

“可是——”

“不开就死吧！”

那小子猛踩油门，径直碾过了停车挡板。我震惊地背靠车身，连连眨眼，努力理解刚才的事。泽恩……

我的化身！

我大叫起来，转过身去，脸孔贴着窗户。艾薇和托比亚斯站在停车场里，一脸困惑。泽恩指示迪翁驶出停车场，来到街上，然后让他以正常速度前进——请别干会被警察注意的事。

我几乎没听到那句话。她引诱我的化身下了车，然后把我跟他们隔离开来。只有奥黛丽留了下来，而这也只是侥幸。再过片刻，她也会跟着下车。我不知所措转过身，看着泽恩，后者坐进车门边的座位里，枪口对准了我。

“我做过研究，”她说，“顺带一提，心理学杂志上那些写你的文章相当有用，利兹先生。”

奥黛丽无力地坐倒在我们之间的地板上，双手抱膝，呜咽起来。我现在只有她，而且——

等等。

JC。我刚才在窗外没看到JC。我转身开始搜寻，然后发现了他！他正在人行道上全速奔跑，一手持枪，表情透出他的决心。他勉强跟上了我们的速度。

上帝保佑你，我对着他想。另外两个化身措手不及的时候，他却做出了反应。他在人行道上不断闪躲行人，又以近乎超人的动作跳过一张长椅。

奥黛丽振作精神，望向窗外。“哇噢，”她低声说，“他是怎么办到的？”

这辆车正以四十英里左右的时速行驶。突然间，我没法再假装下去了。JC喘不过气来，在人行道上摇摇晃晃地停下脚步，脸颊通红。他倒在地上，因为他本不可能办到的狂奔而精疲力竭。

幻觉。我必须维持幻觉。奥黛丽看着我，然后缩成一团，意识到自己做了什么。但这不是她的错。我迟早会察觉我们的速度有多快的。

“你，”泽恩对我说，“是个非常危险的人。”

“拿着枪的人可不是我。”我说着，转身面向她。没有艾薇和托比亚斯帮助我和人沟通，我该如何是好？没有JC帮我摆脱致命的处境，我该如何是好？

“是啊，但我只能偶尔杀个人，”泽恩说，“你却能扳倒公司，毁掉数百人的生活。我的雇主……很在乎你所做的事。”

“他们觉得让你抓住我就能有用？”我问，“我是不会在枪口下帮你找到帕诺思的密钥的，泽恩。”

“他们已经不再担心尸体的事了，”她说着，语气有些不安，“你让他们损失惨重，还让政府找上了他们。他们不想再跟这场狩猎有所牵连了。他们只希望……把留下的烂摊子收拾好。”

真棒。我的计划奏效了。

奏效过头了。

我努力思考能说的话，但泽恩却转开视线，给迪翁下达了一系列驾驶的指示。我又去找她说话，但她拒绝开口，而我也不打算尝试物理性手段。至少不是在没有JC提供建议的情况下。

也许……也许其他化身会设法前往他们要去的地方。只要有充足的时间，他们或许真能办到。我不确定需要多久。

在车子行驶的过程中，奥黛丽始终坐在我们座位之间的地板上，抱着双腿。我想跟她聊聊，但又不敢在泽恩的监视下说话。这个杀手觉得她把我和所有化身隔离开来了。如果我让她知道自己身边还有一个，就会失去巨大的优势。

不幸的是，车子开到了城市郊区的某处。这里有几家新开张的房地产开发公司——这座城市的悄然扩张正在缓慢吞噬乡村地区——但也有大片的田野和树林，等待着建造大楼和加油站。泽恩指挥车子驶入某片林木繁茂的地带，而我们沿着泥土路前行，最后来到了一座独栋房子——建筑风格是那种“我的祖祖辈辈都耕耘过这片土地”的类型——那里。

这里离住宅区很远，叫声传不过去，枪声也会被人认为只是在驱赶害兽。不妙。泽恩押着迪翁和我来到一扇装在地板上的地窖门前，命令我们走下楼梯。在地窖里，能看到靠着墙壁的麻袋，撒落在地的土豆看起来年代久远，没准亲眼见证过内战。一颗毫无遮掩的灯泡在天花板中央闪闪发亮。

“我要去报告了，”泽恩拿走迪翁的手机，对我们说，“随便坐吧。照我的估计，你们得在这儿住上几个礼拜，一直等到我那些雇主的风波平息。”

她爬上楼梯，给地窖门上了锁。

* * *

迪翁长出了一口气，背靠向煤渣砖墙，然后无力地坐倒在地。“几个礼拜？”他问，“跟你一起困在这儿？”

我停顿了片刻，这才开口。“嗯。真够惨的，是吧？”

迪翁抬头看着我，而我诅咒起没能立刻回答的自己来。这小子一脸疲惫——他多半从没体验过被枪指着开车的感觉。第一次的感觉向来是最糟的。

“你觉得我们不会在这儿待上几礼拜，对吧？”迪翁猜测道。

“我……对。”

“可她说——”

“这是他们惯用的说法。”我说着，从领子下面摸出泽恩的窃听器，然后砸碎了它，以防万一。我在地窖里走来走去，寻找出口。“永远要把关押时间往长了说。这会让俘虏放松下来，让他们构想计划，而不是立刻尝试脱逃。他们最不希望的就是让俘虏走投无路，因为走投无路的人是无法预测的。”

那小子低声呻吟起来。我大概不该跟他解释的。我体会到了艾薇不在身边的影响。即使她没有直接给我指示，有她跟着也会让我和人交流的时候更加顺畅。

“别担心，”我说着，跪了下来，查看地板上的排水口，“我们多半不会真的有危险，除非泽恩决定带我们单独到林子里去‘审问’。这代表她接到了处决我们的指令。”

我戳了戳铁格栅。很不幸，排水口太小，没法爬进去，它的另一头似乎也只是个石头砌成的小坑而已。我继续向前，不由自主地希望听见化身们对眼下处境的分析，告诉我该去调查什么，并从理论上阐明该如何离开。

但我听到的却只有呕吐声。

我转向迪翁，震惊地发现他正把胃里的东西倾泻在地窖的地板上。他非要自己付钱买的早餐卷饼落得这种下场。我等到他吐完，然后走过去，从某张满是灰尘的桌子上拿起一块旧毛巾，盖在呕吐物上，以掩盖那股气味。我跪倒在旁边，一手按在那个年轻人的肩上。

他脸色很差，双眼发红，皮肤发白，额头渗出汗水。

该怎么跟他交流？我该说什么？“抱歉。”听起来很蹩脚，但我能想到的只有这句话。

“她想杀了我们。”年轻人低声道。

“她也许会动手，”我说，“但话说回来，她也可能不会。杀人可不是小事，她的雇主未必乐意这么做。”

当然了，我逼得他们走投无路了。而走投无路的人……好吧，是无法预测的。

我站起身，走向奥黛丽，留下那小子独自痛苦。“我需要你帮我们摆脱这种状况。”我低声对她说。

“我？”奥黛丽问。

“我只有你了。”

“可在这次之前，我只参加过一次工作！”她说，“我不了解枪支、打斗，还有脱逃。”

“你是密码学方面的专家。”

“专家？你只读了一本密码学的书。而且密码学又能有什么用？来吧，让我为你解读墙上的刮痕吧。它的意思是我们死定了！”

我沮丧地丢下因担忧而颤抖的她，强迫自己继续检查这个房间。没有窗户。煤渣砖墙上有几块塌陷，露出光秃秃的泥土。我试着挖掘其中一块，却听到了头顶地板的嘎吱声。这可不是好主意。

我尝试了另一条出路，爬上楼梯，用肩膀推门，确认它有多结实。

不幸的是，门关得很严，而且没有可以撬的锁——挂锁位于门外，而我够不到。也许我能找到充当撞锤的东西，尝试破门而出，但那样肯定会惊动泽恩。我能透过地板听到她在上面的说话声。听起来是在用手机进行简明扼要的对话，但我听不清具体说了什么。

我再次扫视房间。我遗漏了什么吗？这点我可以确定，但究竟遗漏了什么？没有化身陪伴，我根本不知道自己知道什么。孤单一人让我心神不宁。经过迪翁的时候，我发现他脸上的表情很陌生，而我难以分辨他的情绪，正如难以分辨烂泥里的煤块。那个表情意味着幸福，还是悲伤？

停，我汗流浃背地告诉自己。**你没那么差劲**。艾薇不在我身边，但这并不会让我突然间无法跟自己同物种的成员交流。应该不会吧？

迪翁很不安。这点显而易见。他低头看着手里的几张小纸片。那是他在口袋里找到的另外几段经文，同样出自他母亲之手。

“她只留下了章节号，”他说着，看了我一眼，“所以我甚至不知道那些经文讲的是什么。反正也派不上用场。呸！”他攥紧拳头，丢掉揉成一团的纸条。它们在空中散开，然后像彩色纸屑那样飘舞落下。

我站在那儿，感觉就像迪翁看起来那样难受。我得说点什么，得设法和他打好关系。我不清楚为何会有这种感觉，但我突然十分渴望这么做。

“你就这么怕死吗，迪翁？”我问。或许措辞有些不当，但开口总好过一言不发。

“我为什么不能怕死？”迪翁说，“死亡就是终结，虚无，彻底消失。”他看着我，就像是在挑衅。见我没有立刻作答，他续道：“你该不会想说‘一切都会好起来的’这种话吧？妈妈总说好人会有好报，但帕诺思就是个好人。他毕生都在努力治愈疾病！看看他吧。死于一场愚蠢的事故。”

“为什么，”我说，“你会觉得死亡就是终结？”

“因为它就是，你瞧，我不想听什么宗教——”

“我不打算向你传教，”我说，“我也是个无神论者。”

那小子看着我。“是吗？”

“当然，”我说，“差不多百分之十五——虽然我得承认，我的几个部分会争辩说，他们其实是不可知论者[1]。”

“百分之十五？这不算数。”

“噢？所以你有资格判断我的信仰，或者说没有信仰喽？你能决定哪些‘算数’，哪些又不算？”

“不，但就算真能行得通——就算真有人能成为百分之十五的无神论者——你的大部分也是相信的。”

“正如小部分的你仍旧相信上帝那样。”

他看着我，然后涨红了脸。我坐在他身边，面对着他刚才那起小小的事故发生的位置。

“我明白别人为什么相信上帝，”迪翁告诉我，“我不是你以为的那种任性的小孩。我思考过，也询问过。只是上帝在我看来不合理。但有时候，看着无限之物，又想到自己会……不复存在，我就能理解人们选择相信的理由了。”

艾薇肯定希望我说服这孩子皈依，但她不在这儿。于是我问了个问题。“你觉得时间是无限的吗，迪翁？”

他耸耸肩。

“来吧，”我催促道，“给我个答案。你想要安心？我也许能解决你的烦恼——至少我的化身阿尔诺也许可以。不过首先，时间是无限的吗？”

“我觉得没人能确定，”迪翁答道，“不过没错，我猜它是。即使在我们的宇宙终结以后，还会有别的东西出现。就算没出现在这儿，也会出现在其他次元，其他场所，其他大爆炸[2]。物质，空间，它们都会继续存

---

①不可知论者：指并非否认神的存在，而是认为人类不可能知道或确认其存在的人。

②大爆炸：big bang，宇宙诞生的理论之一。

在，没有尽头。”

“所以你是不朽的。”

“我的原子也许是，”他说，“但我不是。别跟我扯那些形而上学的废——”

“不是形而上学，”我说，“只是个理论。如果时间是无限的，那么一切能发生的事都会发生——而且曾经发生过。这代表你以前也存在过，迪翁。我们都一样。就算没有上帝存在——就算没有什么答案，也没有什么神——我们也是不朽的。”

他皱起眉头。

“想想看吧，”我说，“宇宙掷出了它的宇宙骰子，然后得出了你——半随机组合的原子、突触和化学物质。它们共同创造出了你的个性、记忆和存在本身。但如果时间会永远继续下去，那种随机组合迟早会再次出现。也许需要耗费数百万亿年，但它终究会再次出现。你。拥有你的记忆，你的个性。小子，在无限的时间里，我们会继续活下去，一次又一次。”

“我……真的不觉得这种说法让人安心。即使它是事实。”

“是吗？”我问，“我倒是觉得这说法很有意思。在无限的情况下，任何可能发生的事都会成为事实。所以你不但会回来，你的每一个迭代的可能性都会重演。有时候你会成为富人。有时你会成为穷人。事实上，还有这样一种可能性：因为某种大脑缺陷，未来的你会拥有现在的记忆，即使你在未来从未有过那些经历。所以你会成为完整的你，但不是因为什么神秘主义的扯淡理论——而是因为简单的数学。就算再小的概率，乘以无限以后也等于无限。”

我站起身，然后又蹲坐下来，看着他的双眼，一手按着他的肩膀。“每一种可能性都包括在内，迪翁。在某个时候，你——同样的你，有同样的思维过程——会在富裕的家庭出生。你的父母会被杀，而你会决定起身对抗不公。这件事发生过，也将会发生。迪翁，你想要安心？好吧，等死亡的恐惧掌控你的时候——当阴暗的想法涌现的时候——你可以回瞪黑暗，然后告诉它：‘我不会听你的话，因为我是无限蝙蝠侠。’”

那小子眨眼看着我，“这……是我听过的最诡异的话。”

我朝他眨了眨眼，然后留下他独自思索，自己走回奥黛丽身边。我不确定自己对那番话相信多少，但我当时想到的就是这些。说实话，我也不知道宇宙是否真能让每个人都成为无限蝙蝠侠。

或许上帝的意义就是阻止这种荒谬的事发生。我抓住奥黛丽的胳膊，轻声说：“奥黛丽，专心看着我。”

她看向我，连连眨眼。她刚才在哭。

“我们需要思考，现在就要，”我告诉她，“我们会搜罗已知的一切，然后找出摆脱这种状况的方法。”

“我办不——”

“你办得到。你是我的一部分，你参与了整件事，你能取用我的潜意识，你可以解决这个问题。”

她对上我的双眼，而我的一部分自信似乎转移给了她。她猛地点点头，换上了彻底专注的表情。我朝她露出鼓励的微笑。

上方那栋房子的门打开，然后关上。

快点，奥黛丽。

泽恩的脚步声在屋子里响起，然后她摆弄起地窖的门锁来。

快……

奥黛丽猛地抬起头，看着我。“我知道尸体在哪儿了。”

“尸体？”我说，“奥黛丽，我们要做的应该是——”

“它不在泽恩的公司手里，”奥黛丽说，“也不在新新信息手里。那小子什么也不知道。我知道它在哪儿。”

通向地下室的门开了。光线涌入，照出了泽恩在上方的轮廓。“利兹先生，”她说，“为了单独审问你，我需要你跟我走一趟。不会花太长时间的。”

我全身发冷。

* * *

“噢，见鬼，”奥黛丽说着，连连后退，“你得做点什么！别让她杀你。”

我转身面对泽恩——这女人穿着时髦的衣服，看起来就像曼哈顿区某家出版公司的财务总监，而非雇佣杀手。她走下楼梯，装出一副无所谓的样子。那种态度，再加上她之前通话时的紧张语气，让我明白了一切。

她打算干掉我。

“他们真打算这么做?”我问她，“这会留下问题的。大问题。”

“我不知道你在说什么。”她掏出了枪。

“泽恩，我们就非得玩这种游戏吗?”我说着，疯狂地寻找拖延的方法，“我们都知道你想干什么。你真的想服从这么没脑子的指令吗？这会让你陷入危险。人们会好奇我去了哪儿。”

“我猜也会有同样多的人庆幸摆脱了你这个眼中钉。”泽恩说。她拿出一只消音器，装到枪上，彻底放弃了掩饰的打算。

奥黛丽呜咽起来。值得称赞的是，迪翁站起身来，不打算坐着赴死。

“你把他们逼得太狠了，疯子先生，”泽恩说，“他们觉得你一门心思想摧毁他们，所以做出了每个被人推搡的恶霸都会做出的反应。他们尽可能用力地挥出拳头，希望能解决问题，”她举起了枪，“至于我，我能照顾好自己。但多谢你的关心。”

我低头看着枪管，汗如雨下，满心恐慌。没有希望，没有计划，没有化身……

但她并不知道这点。

“他们就在你身边。”我低声说。

泽恩犹豫起来。

“根据某些人的理论，”我说，“我看到的东西是鬼魂。如果你读过关于我的报道，就会知道这件事。我能做到本该做不到的事，知道本该不知道的东西。因为我有帮手。”

“你只是个天才。”她这么说，目光却转向旁边。没错，她读过关于我的报道。她了解得很深，毕竟她知道怎么才能甩掉我的化身，然后开车离开。

但在深入挖掘我的世界以后，任何人都会变得有点……神经质。

“他们追过来了，”我说，“他们就站在你身后的台阶上。你能感觉到他们的存在吗，泽恩？能感觉到他们看着你吗？能感觉到你脖子上的双手吗？如果你除掉我，又该拿他们怎么办？你打算这辈子都让他们跟在你身后吗？”

她咬紧牙关，似乎正强忍着回头张望的冲动。这招真的成功了？

泽恩深吸一口气。“他们不会是唯一缠着我的幽灵，利兹，”她低声道，“如果有地狱，我恐怕早就在那儿赢得了一席之地。”

“你说是这么说，”我答道，“可你真正好奇的是这件事：我是个天才。我知道本不该知道的事，所以此时此刻，我为何要让我们站在这儿？我为什么希望你站在这儿？”

“我……”她举枪对着我。一股凉风从她身边吹过，让装土豆的旧麻袋的袋口沙沙作响。

我的手机在她的衣袋里响了起来。

泽恩跳了起来，名副其实地头撞天花板。她咒骂一声，满头大汗地按住衣袋。她猛地拿枪对着我，然后开了一枪，胡乱开了一枪。我边上的支撑梁木片横飞。迪翁扑向掩体后面。

泽恩——她的眼睛瞪得很大，我能看见她瞳孔周围的眼白——用颤抖的手举着枪，紧盯着我。

“看看手机，泽恩。”我说。

她一动不动。

不！这样可不行。太险了！必须让她——

另一台手机响了起来。我猜这次是她的手机，正在她的另一个口袋里嗡嗡作响。泽恩踌躇起来。我对上她的视线。在那个瞬间，我们之中有一个人正处于疯狂与疯癫的边缘。

而且不是平时那个疯子。

她的手机铃声停止了，随后传来了短信提示音。我们在冰冷的地窖里面面相觑，等待着，最后泽恩终于掏出手机，盯着手机画面看了一会儿，然后发出一声干笑。她退回楼上，拨出一串号码，低声交谈起来。

我呼出这辈子最长的一口气，走向迪翁，将他扶起。他抬头看着泽恩，后者又笑出了声，这次更加响亮。

“怎么回事?”迪翁问。

“我们安全了，”我说，“是这样吧，泽恩?”

她发出狂乱的咯咯笑声，然后挂了电话，直视着我。“您说了算，长官。”

“……‘长官’?”迪翁问。

“艾克塞尔科技立足不稳，”我说，“我放出传闻说，它正在接受联邦调查，然后又让勇在经济方面操作了一番。”

“为了让他们走投无路?”迪翁问。

“为了让那家公司破产，”我说着，回到泽恩那里，从一头雾水的奥黛丽身边经过，“这样我就买得起它了。这本来应该是勇负责的事，但他只完成了一半。我只好让威尔逊去做剩下的部分，打电话给几个艾克塞尔科技的投资人，买下他们的股权。”我朝泽恩伸出手。

她把我的手机还给了我。

“所以……”迪翁说。

“所以我现在拥有这家公司百分之六十的股份，”我说着，确认威尔逊发给我的信息，“还把自己选为了董事会主席。这么一来，我就成了泽恩的老板。”

“是，长官。”她说。她努力恢复了不少镇定，但我能从她仍旧颤抖的双手，还有过于僵硬的表情看出些许慌乱。

“等等，”迪翁说，“你刚刚用恶意收购击败了一个杀手？”

“我只是用了发给我的手牌，但这场收购或许算不上特别恶意——我猜牵扯进来的人都急着想跟它划清界限呢。”

“您当然明白，”泽恩流畅地说，“我不可能真的朝您开枪。我只是想让您担心，以便让您吐露信息。”

“当然。”这是官方说辞，为的是保护她和艾克塞尔科技避免谋杀指控。收购协议里应该包含有阻止我起诉他们的条款。

我把手机装回口袋，从泽恩那里拿回我的手枪，然后朝奥黛丽点点头。“我们去取回那具尸体吧。”

* * *

我们发现马赫拉斯太太还待在院子里。她跪在那边的地上，栽种，培植，照料。

我走上前去，而从她看我的眼神，我怀疑她明白自己的秘密已经暴露了。但我仍旧跪在一旁的地上，把她准备拿的那盒半开的花儿递给她。

警笛声在远处响起。

“有这个必要吗？”她头也不抬地问。

“抱歉，”我说，“但的确有。”我知道政府的人会比我更早察觉真相，所以给勇发了一条信息。在我身后，奥黛丽、托比亚斯、艾薇和垂头丧气的JC朝这边走来。在我的眼里，将逝的夕阳光辉令他们投下了影子，也挡住了站在后面的迪翁。在距离泽恩藏身处几英里远的地方，我们发现他们正沿着道路走着，试图赶到我身边。

我好累。天啊，我真的好累。有时候，在事态最紧张的当口，你会忘记疲劳。但等到压力结束的那一刻，它就会席卷而来。

“我早该料到的，”艾薇交叠双臂，又说了一遍，“真的。大多数正教分支都尖锐地反对火葬。他们将其视为对尸体的亵渎，而尸体本该等待复活才对。”

我们太过在意藏在帕诺思细胞里的信息，没想过或许有人会出于截然不同的理由偷走尸体。这个理由非常有力，甚至足以说服那位原本遵纪守法的女子和她的牧师策划一场劫案。

在某种程度上，这让我印象深刻。“你年轻的时候是个清洁女工，”我说，“我真该跟迪翁详细打听你的生平和工作的。他提到过重体力工作，以及多年养育他和他哥哥。我没问你究竟干什么工作。”

她继续往自己儿子的坟墓——它就藏在院子里——上面种植花儿。

“你扮成了在停尸房工作的那个清洁女工，”我说，“我猜你买通了她，然后代替她上工——而且事先让牧师把胶带贴在了门上。那就是他本人，不是冒充者。你们两个不惜采用极端手段，就是为了阻止你儿子的尸体遭到火化。”

“我在哪里露出了马脚?”在逐渐接近的警笛声中，马赫拉斯太太问。

“你精准地模仿了真正的清洁女工的做事方法，”我说，“精准过头了。你打扫了盥洗室，然后在挂在门上的那张表里签了名，证明已经打扫过了。

“我把莉莉娅的签名学得一点儿不差!”马赫拉斯太太说着，头一次看向了我。

“是啊，”我说着，拿起一张写着经文章节号的纸条，就是她放进她儿子口袋里的那些，“但你把打扫时间也写在了那张表上，而你没有模仿过莉莉娅写数字的方式。”

“你写的‘0’非常有特色。”奥黛丽解释道，神情无比得意。结果密码学没能成为这次破案的关键，需要的就只是一点点优秀而传统的笔迹分析而已。

马赫拉斯太太叹了口气，把铲子插进泥土，垂下头，无声地祷告起来。我——还有艾薇和JC——同样低下头来。托比亚斯没有动。

“所以你们又要带走他了。”马赫拉斯太太祷告完毕，低声说。她看着面前如今种植着花朵和番茄的土地。

“是的，”我说着，爬起身来，拍掉膝盖处的灰尘，“不过至少，你所做的事不会带来太大的麻烦。政府并不将尸体视为财产，所以你的行为算不上盗窃。”

“这算不上什么安慰，”她嘀咕道，“他们还是会带走他，然后他们会烧掉他。”

“的确，”我漫不经心地说，“当然了，谁知道你儿子的身体里藏着什么样的秘密呢？他一直在把秘密信息拼接到自己的DNA上，恐怕把各种各样的秘密都藏在了那儿。在恰当时机做出的恰当暗示也许会促使政府展开一场非常、非常漫长的研究。”

她抬头看着我。

“科学家们对于人体细胞的总数尚存争议，”我解释道，“但至少数以万亿计。或许远多于此。要搜索全部恐怕会花费数十年，我不认为政府愿意做这种事。然而，如果他们认为其中或许藏有重要信息，很可能就会把尸体储存起来，以备需要彻底搜寻的情况出现。

“这不会是你希望的体面葬礼——但也不会是火葬。我记得教会特意制定了条款，鼓励人们为帮助他人而捐献器官？或许以那个角度考虑会比较好。”

马赫拉斯太太似乎陷入了深思。于是我转身离开，而迪翁走上前去安慰她。我的建议似乎起了作用，这让我困惑不解。比起让家人的尸体永久冷冻，我宁愿选择火化。然而，当我走到屋边、回头看去的时候，发现马赫拉斯太太明显打起了精神。

“你是正确的。”我告诉艾薇。

“我有过不正确的时候吗？”

“这可不好说，”JC说，“不过有时候，你在感情方面确实会做出相当差劲的选择。”

我们全都看向他，而他立刻涨红了脸。

“我说的是她甩过我，”他抗议道，“还有一开始没选择我！”

我露出微笑，然后率先走进厨房。他们的归来让我很高兴。我沿着挂着照片的小小走廊走向前门。我想在门口迎接那些赶来的政府人员。

然后我停下了脚步。“墙上有一块空白。看起来很怪。这地方的所有平面，包括桌面和墙面，都摆满了粗糙的装饰品。除了这儿。”我指了指那些家人的照片，然后指了指那两幅圣徒画像。空白处只有几根小小的钉子。艾薇当时说，马赫拉斯太太或许取下了帕诺思的守护圣徒的画像，准备在葬礼时使用。

“艾薇，”我说，“你觉得帕诺思知道如果他死掉，他们就会取下这张照片，跟他的尸体陪葬吗？”

我们面面相觑。然后我伸出手，拔起了那根钉子。它以古怪的方式进行着抵抗。我更加用力，而那根钉子脱离了墙壁——但它的另一头却连着一只旋钮和一根细线。

墙壁里有什么东西发出了一声“咔嗒”。

我看着化身们，突然担心起来，直到旁边墙上的电灯开关——包括后面的金属板之类——旋转而出，仿佛汽车仪表板里的隐藏式杯架。藏在墙内的那部分的两侧有闪闪发亮的LED灯。

“活见鬼，”JC说，“那小子说对了。”

“注意用词。”艾薇咕哝着，仔细打量起那个奇妙的装置来。

“你怎么不用未来的骂人话了？”奥黛丽说，“我还挺喜欢那些的。”

“我意识到了一件事，”JC说，“我不可能是跨次元时空游侠。因为如果我是，也就代表你们全都是。这就有点太蠢了，我可没法接受。”

我把手伸进那只钻出墙壁的托架，取出了一枚U盘。写在标签上的是几个字。

“1 Kings 19：11－12①。”我念道。

“于是耶和华说，”艾薇用平静的嗓音引用道，“你出来站在山上，站在我面前。那时耶和华从那里经过，在他面前有烈风大作，崩山碎石，

①1 Kings 19:11－12:指《列王纪上》19章11—12节。

耶和华却不在风中；风后地震，耶和华却不在其中；地震后有火，耶和华也不在火中；火后有微小的声音。”

我看着化身们，这时有人敲了敲门。我把U盘塞进口袋，把托架推回墙内，然后去和政府人员碰面。

终章

四天过后，我独自站在白房间里。托比亚斯遵守承诺，补好了天花板上那个窟窿。这儿的空白让人心旷神怡。

如果我没有了化身，也会变成这样吗？空白一片？被泽恩抓住的时候，我的确有那种感觉。在自救这件事上，我几乎什么都没做到。没有计划，没有逃生手段，只能拖延时间。艾薇有时会觉得，如果我自己成长得够多，总有一天就不需要她或者其他化身了。

从我失去他们的时候发生的事来看，我猜离那一天——如果真有那么一天——还早得很呢。

门开了。奥黛丽穿着蓝色的连身泳装溜进房间。她快步走到我面前，递出一张纸。“有个泳池派对要赶，但我把问题解决了。既然有了密钥，这问题就不算太难。”

我们在U盘上找到了两样东西。第一样是解锁帕诺思体内数据的密钥。政府扣押了尸体，而我说服他们为了可预见的未来将其冷冻。毕竟，里面可能有非常、非常重要的数据，而密钥或许会在某天出现。

勇开出了夸张的价码，希望我找到密钥。我拒绝了，但我也迫使他用同样夸张的价码买下了艾克塞尔科技，所以我在相当有利的情况下抽了身。

疾病防治中心没能找到帕诺思放出任何病菌的证据，最后断定帕诺思电脑里的留言只是虚言恫吓，目的是让新新信息陷入恐慌。那天清早，迪翁给我发了一条短信，传达了他和他母亲对于我阻止政府火化尸体的感谢。我还没告诉他们，我偷走了那枚U盘。

U盘里包含了密钥，以及……第二个文件。那只是一小段文本，同样做了加密。我们盯着U盘看了一会儿，才意识到密钥就印在U盘外部。《列王纪上》十九章中，任何一串字母或数字，或者两者的混合，都可能是私人密钥的密码——虽然圣经段落这样的知名文本算不上什么保险的选择。

奥黛丽走出房间，但没有把门关紧。我能看到托比亚斯站在外面，倚着墙壁，双臂交叠，身穿很有他特色的宽松西服，没系领带。

我举起那张纸，读出了帕诺思的简短留言。

我猜我已经死了。

我并不意外，但我也没想到他们会真的下手。要知道，他们可是我的朋友啊。

他弄错了。就这件事而言，我和任何人都可以肯定，他的坠亡真的只是个意外。

你是否知道，每个人都是一座行走的病毒丛林？我们都是各自独立的小小生物群落。我做出了一项改动。它名叫“表皮葡萄球菌”，一种我们全都拥有的细菌，它在大多数情况下是无害的。

我的改动并不大，只是添加了一点东西。几兆字节的数据，拼接到DNA里。新新信息监视着我，但我学会了在监督下进行工作。但他们也会监视我发的帖子，所以我决定用他们的工具来对付他们。我把信息存进了自己皮肤上的细菌，然后跟他们所有人握手。我敢打赌，你现在能在全世界找到我修改过的细菌。

它对人完全无害。但如果你能看到这段话，也就代表你得到了能解开我的秘密的密钥。你来做决定吧，迪翁。我把这份权力交给你。

如果你公开U盘里的密钥，所有人都会知道我的研究。他们会知道新新信息在做什么，而所有人都会得到公平竞争的机会。

我盯着那张纸看了一会儿，然后平静地将它折起，塞进裤子后袋。我走向门口。

“你打算这么做吗？”我从托比亚斯身边经过的时候，他问我，“公开密钥？”

我拿出U盘，将它举高。“迪翁是不是说过，要跟他哥哥开一家新公司？治愈疾病？每日行善？”

“类似吧。”托比亚斯说。

我把U盘丢向空中，然后接住。“我们会把这事放到一边，等他毕业那天再寄给他。也许他那个梦想并没有像他以为的那样泡汤。最起码，我们应该尊重他哥哥的遗愿。”我犹豫片刻，又说：“但我们最好设法先弄到那些数据，确认它究竟会有多危险。”

正如化身们的猜测，我在政府那边的线人声称癌症恐慌只是勇的编造，是为了让我的工作显得更加紧急。但我们不知道帕诺思究竟在研究什么。不知为何，他甚至瞒过了新新信息的那些人。

“严格来说，”托比亚斯说，“那份信息是属于勇的。”

“严格来说，”我说着，把U盘装回口袋，“它也属于我，因为我是那家公司的共有人，把它当作我的那部分就好。”

我从他身边经过，朝楼梯走去。“有趣之处在于，”我说着，握住楼梯扶手，“我们从始至终都在寻找一具尸体——但信息并不只在那里。它在我们见到的每一个人身上。”

“我们不可能知道这种事。”托比亚斯说。

“当然可能，”我说，“帕诺思警告过我们。我们去新新信息调查的那天——它就正大光明地写在他打印出来，挂在墙上的一条标语里。”

托比亚斯用询问的眼神看着我。

“信息，”我说着，晃了晃手指——以及存储着帕诺思数据的细菌，“属于所有人。”

我露出微笑，然后留下轻笑出声的托比亚斯，自己觅食去了。

（本篇完）

《军团》第一部&第二部致谢

就像以往那样，我要向我出色的妻子艾米丽竖起大拇指，因为她要应付有时相当怪异的职业作家生活。教区牧师彼得·奥斯特罗姆也为本文作出了特别的贡献。另一位重要人物是摩希·菲德尔，他阅读了本书非常早期的样稿——并从那时就和我讨论各种相关的想法、可能性与推测。感谢艾萨克·斯图尔特和卡拉·斯图尔特对本文以及其他许多故事的协助。感谢霍华德·泰勒在某天午餐时帮我展开的脑力风暴。

感谢我的代理人约书亚；出版公司“地下出版社（Subterranean Press）”的各位员工，包括比尔·沙费尔、雅尼·库兹尼亚、摩根·斯利克、盖尔·克罗斯以及乔恩·福斯特；以及各位读者，包括布莱恩·T.希尔、多米尼克·诺兰、凯琳·佐贝尔、本·奥尔森、丹妮尔·奥尔森、米歇尔·沃克、乔希·沃克、卡莉亚妮·波鲁利、拉胡尔·潘图拉、凯伦·奥斯特罗姆、丹·威尔斯、艾伦·雷顿、伊森·斯卡斯泰特、黛丝·詹姆斯·斯通和埃里克·詹姆斯·斯通、艾米莉·桑德森和凯思琳·多尔西·桑德森。最后要感谢我了不起的家人们，包括那三个非常兴奋——也非常忙碌——的小男孩。